KB164124

브로맨스 북클럽

The Bromance
Book Club

브로맨스 북클럽

리사 케이 애덤스 지음 | 최설희 옮김

할머니께,
그동안 쓴 엉망진창인 책들 중에
이번에는 제대로 하나 해냈어요.
그런 거 같죠?

개빈 스콧이 좀처럼 술을 마시지 않는 데는 이유가 있었다.

그는 술을 못 마신다.

그러니까 어느 정도냐면, 지금처럼 손에 술병을 쥔 채로 카펫에 얼굴을 박고 쓰러져 있을 정도로 못 마신다. 너무 취해서 보이는 게 없을 테니 그냥 이렇게 엎드려 있는 게 나을 정도다.

그래서 지금 그는 절친이자 내슈빌 레전드 팀 동료인 델레이 힉스가 찾아와 호텔 방문을 두드리는 데도 일어나지 못하고 있었다. 그 방으로 말하자면 4층 높이만큼이나 우울함으로 점철되어 있어 망가지는 것도 챔피언답게 극적일 수 있다는 걸 그에게 매 순간 상기시켰다.

"여려 이써……." 개빈의 혀는 완전히 꼬여 있었다.

객실 문이 활짝 열렸다. 델은 침대맡 전등을 밝게 켜고 곧바로 욕을 내뱉었다. "젠장, 완전 나가떨어졌네." 그가 돌아서서 누군가에게 말을 건넸다. "나 좀 도와줘."

델과 또 하나의 거구가 느릿느릿 개빈에게 다가왔고 네 개의 큼지막한 손이 그의 어깨를 잡았다. 다음 순간 개빈의 몸은 벌떡 세워졌다가 방에 있는 싸구려 소파 위에 기대졌다. 천장이 돌았고 머리가 뒤로 넘어가 쿠션 위로 떨어졌다.

"좀." 델이 개빈의 뺨을 탁 소리가 나게 쳤다. "정신 차려봐."

개빈은 훅 숨을 들이마시며 간신히 고개를 들었다. 눈을 두 번 깜빡이고는 손바닥으로 눈 주위를 문질렀다. "나 취했어."

"어련하시려고." 델이 말했다. "대체 뭘 마신 거야?"

개빈은 손을 들어 커피 탁자 위에 있는 크래프트 버번 병을 가리켰다. 몇 주 전 시즌이 끝났을 때 지역 양조장에서 팀원 전체에게 보내준 선물이었다. 델의 입에서 또 욕이 튀어나왔다.

"망할, 차라리 그냥 에틸알코올을 목구멍에 때려 붓지 그랬냐?"

"그런 게 없었어."

"물 좀 가져올게." 개빈의 뿌연 시야에 또 다른 사내의 얼굴이 들어왔다. 내슈빌에 나이트클럽을 여러 개 가지고 있는 브레이든 맥인 것 같았다. 아니, 그자일 리 없지. 그가 왜 여기 있겠어? 전에 자선골프 행사에서였던가, 딱 한 번 만난 적이 있다. 그 자랑 델이랑 언제부터 친구였지?

세 번째 남자가 갑자기 안으로 걸어 들어왔고, 개빈은 이번에는 누군지 알아보았다. 팀원인 얀 펠리치아노였다. "콤 에스 엘?"

'앤 좀 어때?' 개빈은 그 말을 알아들었다. 와, 미친, 술에 취해 있는데 스페인어를 할 수 있다니!

델은 고개를 절레절레 저었다. "이러다 에드 시런 노래까지

8

들을 판이야."

개빈은 딸꾹질을 했다. "노 메 구스타 에드 시런^{난 에드 시런 정말 별론}데."

"시끄러." 델이 말했다.

"나 스페인어 할 때는 안 더듬어." 개빈은 또 딸꾹질을 했다. 이번에는 신물 같은 게 올라왔다. "취했을 때도."

얀이 욕을 내뱉고는 물었다. "케 파소^{무슨 일인데}?"

"세아가 이혼하자고 했대." 델이 말했다.

얀은 믿기지 않는다는 소리를 냈다. "집사람이 둘 사이에 무슨 문제가 있다는 소문이 있다길래 안 믿었는데."

"미이이더어어." 개빈은 머리를 다시 소파에 떨어뜨리며 앓는 소리를 냈다. 이혼이라. 3년을 함께한 그의 부인, 쌍둥이 딸의 엄마, 첫눈에 반하는 사랑이 존재한다는 걸 믿게 해준 여자, 그 여자가 끝내버렸다. 그리고 그건 온전히 망할 그의 실수 때문이었다.

"이거 마셔." 델은 개빈에게 물병을 내밀고 다시 얀을 향해 말했다.

"여기서 2주나 이러고 있었대."

"날 쫓아낸 건 그녀라고." 개빈은 물병을 떨어뜨리며 말했다.

"그야 네가 등신같이 굴었으니까."

"나도 알아."

델은 고개를 가로저었다. "그러게 내가 경고했잖아."

"알아."

"제대로 정신 안 차리면 네놈 등신짓에 질려 나가떨어질 거라고 내가 말했지."

"안다니까." 개빈은 이번에는 맞서 으르렁댔다. 머리까지 번쩍 처들고. 너무 빨랐나, 고개를 너무 빨리 들었다. 한차례 욕지기가 일며 버번이 가장 가까운 출구로 탈출을 시도할 거라고 경고를 해왔다. 개빈은 꿀꺽 삼키고 깊이 숨을 들이마셨…… 지만, 으아, 망할, 안 돼…… 이마와 겨드랑이에서 땀이 샘솟았다.

"이런, 미친, 이 인간 얼굴이 새파래지고 있어." 아마도 브레이든 맥인 것 같은 남자가 소리쳤다.

거대한 손들이 그를 다시 잡아 번쩍 일으켜 세웠다. 델과 브레이든 맥인게 확실한 남자에게 들어올려진 그는 발이 허공에 떠 있다시피 한 채로 화장실로 옮겨졌다. 비틀거리며 변기 앞에 쓰러지자마자 입에서 잘못된 선택의 결과가 뿜어져 나왔다. 맥은 헛구역질을 하며 욕을 하더니 잽싸게 밖으로 나갔다. 개빈이 테니스 선수가 백스윙을 할 때 내는 괴성을 몇 번이나 지르는 동안 델은 그 곁을 지켰다.

"그렇게 센 술은 마시지도 못하면서." 델이 말했다.

"나 죽어가나 봐." 개빈은 신음하며 한쪽 무릎을 꿇었다.

"안 죽어."

"그럼 이 끔찍한 상황에서 날 좀 꺼내줘."

"왜 아니겠냐. 나도 그러고 싶어."

개빈은 바닥에 엉덩이를 붙이고 베이지색 욕실 벽에 기대앉았다. 베이지색 비닐 샤워커튼에 가려진 욕조에 무릎이 닿았다.

일 년에 1500만 달러를 버는 그가 마이너리그 선수 시절에 가던 호텔보다 더 엉망인 곳에 처박혀 있다. 더 좋은 호텔을 구할 수도 있었지만 이건 일종의 벌이었다. 스스로가 내리는 벌. 자신의 자만심이 인생에서 가장 소중한 걸 망치게 둔 벌이었다.

델은 변기 물을 내린 다음 뚜껑을 닫고 밖으로 나가 잠시 후에 물을 갖고 돌아왔다. "마셔. 이번엔 제대로 마셔."

개빈은 병뚜껑을 열고 단숨에 절반이나 마셔버렸다. 몇 분이 지나자 더 이상 방이 빙글빙글 돌지 않았다. "쟤네들은 여기서 뭐 하는 거야?"

"알게 될 거야." 델은 뚜껑 덮은 변기 위에 앉아 팔꿈치를 무릎에 대고 몸을 앞으로 숙였다. "좀 괜찮아?"

"아니." 개빈의 목구멍이 떨렸다. 빌어먹을. 이러다 델 앞에서 무너져버릴 것 같다. 그는 두 눈을 힘주어 감고 엄지로 미간을 눌렀다.

"인마, 그냥 울어." 델이 스니커 앞코로 개빈의 발을 톡톡 쳤다. "창피해할 거 없어."

개빈은 벽에 머리를 기댔고, 두 눈에서 눈물이 흘러 뺨을 타고 내렸다. "말도 안 돼, 그녀를 잃다니."

"그럴 일 없을 거야."

"이, 이, 이혼해달라고 했단 말이야, 빌어먹을."

델은 개빈이 말을 더듬는 것에 딱히 반응하지 않았다. 팀원 중에서도 그걸 신경 쓰는 사람은 이제 거의 없었는데, 가장 큰 이유는 개빈이 동료들 앞에서 말을 더듬지 않으려고 애쓰던 걸 그만둔 데 있었다. 그가 세아에게 고마워하는 수많은 것 중 하나가 바로 그거였다. 그녀를 만나기 전, 그는 아는 사람들 앞에서도 쉽사리 말을 꺼내지 못할 정도로 남을 많이 의식했다. 하지만 세아는 그가 자기 앞에서 처음으로 말을 더듬었을 때에도 전혀 개의치 않았다. 그가 하려던 말을 대신 마무리 지으려 하거나 불편해하며 시선을 돌리지 않았다. 그녀는 그가 말을 다 마칠 때까지 기다렸다. 그가 말이나 더듬는 그저 그런 이상한 운동선수가 아니라고 느끼게 해준 사람은 그때까지 부모님 말고는 아무도 없었다.

그랬기 때문에 한 달 전 그녀의 거짓말을 알게 됐을 때 그는 더없는 배신감을 느꼈다. 그리고 그 사실 자체가 정말로, 거짓말처럼 느껴졌다.

아내는 결혼 생활 내내 잠자리에서 연기를 해왔던 것이다.

"정말로 그렇게 말했어?" 델이 물었다. "아니면 이혼에 대해 생각해볼 때가 된 것 같다고 한 거야?"

"빌어먹을, 둘이 뭐가 다른데?"

"하나는 그녀는 이제 너랑 완전히 끝났다는 뜻이고, 또 하난 아직 너한테 기회가 있을지도 모른다는 뜻이야."

개빈은 벽에 기댄 머리를 힘없이 흔들며 부정했다. "기회 같은 건 없어. 네가 그 목소릴 들어봤어야 돼. 꼭 처음 보는 사람한테 말하는 것 같았다고."

델이 벌떡 일어섰다. "너, 네 결혼 생활을 지키기 위해 싸워볼 생각 있어?"

"그럼." 당연하지, 그렇고말고. 가장 바라는 게 바로 그거다. 아 젠장, 목이 또 멘다.

"뭘 할 수 있는데?"

"뭐든지."

"진심이야?"

"대, 대, 대체 왜 이래? 당연하지. 진심이고말고."

"좋아." 델은 손을 내밀었다. "그럼 일어나."

개빈은 델의 손을 잡고 일어나 그를 따라 다시 객실로 들어섰다. 그러고는 천근만근 같은 몸을 비틀거리며 소파까지 걸어가 쌓아둔 쿠션 위에 털썩 주저앉았다.

"방 멋진데, 스콧." 작은 주방 쪽에서 맥이 걸어 나오며 말했다. 그는 초록색 사과를 어깨에 문지르더니 큰 소리를 내며 크게 한입 베어 물었다.

"그거 내 거야." 개빈이 으르렁거렸다.

"네가 안 먹고 있었잖아."

"나중에 먹을 거였거든."

"그러시겠지. 그 술병 다 비우고 난 다음에 말이지."

개빈은 그를 향해 세 번째 손가락을 들어 보였다.

"그만들 해." 델이 맥을 향해 말했다. "우리도 다 겪어봤잖아."

잠깐, 뭐라고? 지금 그게 무슨 소리야?

안이 소파 반대편 자리에 앉아 카우보이 부츠를 신은 발을 커피 탁자 위에 올렸다. 맥은 벽에 기대어 있었다.

델은 두 사람을 번갈아 보았다. "너희들 생각은 어때?"

맥은 사과를 크게 한입 베어 물고 우물거리며 말했다. "난 모르겠어. 넌 저 친구가 정말로 해낼 수 있을 거라고 생각해?"

개빈은 손으로 얼굴을 쓸어내렸다. 마치 영화 속에 들어와 있는 기분이 들었다. 그것도 소름 끼치는 영화에. "당최 무, 무, 무슨 소리를 하는 건지 누가 설명 좀 해줄래?"

델은 팔짱을 꼈다. "우리가 네 결혼 생활을 구해줄 거야."

개빈은 코웃음 쳤지만 자신을 바라보는 세 쌍의 눈동자는 진지했다. 그는 신음했다. "내가 다 망쳐버렸다고."

"세아를 되찾기 위해서는 뭐든 할 수 있다고 했잖아." 델이 말했다.

"응." 개빈은 웅얼거렸다.

"그러려면 네가 솔직해져야 돼."

개빈은 긴장했다. 델은 커피 탁자 위로 몸을 구부렸다. 190센티미터가 넘는 그의 몸 아래 깔린 테이블이 비명을 질렀다.

"무슨 일이 있었는지 말해봐."

"말했잖아. 세아가 이혼……."

"오늘 밤 일 말고. 대체 무슨 일이 있었던 거냐고?"

개빈은 세 남자의 시선을 훑어봤다. 설사 여기에 안과 내 사과를 처먹은 맥이 없었다고 해도 그걸 털어놓지는 못할 것이다. 그건 너무 창피한 일이다. 아내를 잠자리에서 만족시키지 못했다는 걸 인정하는 것만도 창피한데, 그 거짓말을 한 아내를 벌주려고 일부러 침묵으로 일관하며 손님방으로 잠자리를 옮기고,

거기다가 빌어먹을 내 자아가 너무 유리 같아서 그녀의 설명을 들으려고도 하지 않았다고 말하라고? 어림없는 소리. 말은 감사하지만 됐수다. 절대 털어놓지 않을 거다.

"말 못 해." 개빈이 겨우 웅얼거렸다.

"왜?"

"개인적인 거야."

"우린 지금 네 결혼 생활에 대해 얘기하는 중이야. 당연히 개인적이지." 델이 말했다.

"그렇지만 이건 너무……."

맥은 짜증이 묻어난 말투로 그의 말을 잘랐다. "델은 지금 네가 바람을 피웠냐고 묻고 있는 거야, 얼간아."

개빈은 고개를 확 돌려 델을 노려보았다. "그런 생각을 했단 말이야? 정말로 내가 세아를 두고 바람을 피웠을 거라 생각했다고?" 생각만으로도 개빈은 다시 변기에 머리를 박고 저녁 식사로 먹은 술을 모조리 쏟아내고 싶어졌다.

"아니." 델이 말했다. "하지만 일단 물어봐야 돼. 그게 규칙이거든. 우린 바람피운 녀석들은 돕지 않아."

"망할 '우리'가 대체 누구야? 무슨 소리들을 하고 있는 거야?"

"어젯밤에 세아가 꼭 모르는 사람처럼 굴었다고 했지." 델이 말했다. "혹시 정말로 그녀가 생판 모르는 남처럼 군 적이 있어?"

개빈은 '이게 뭔 귀신 씨나락 까먹는 소리야' 하는 표정으로 그를 쏘아보았다.

"모든 배우자는 결혼 생활을 하다가 어떤 시점에선 서로에게 낯선 존재가 돼." 델이 말했다. "인간은 모두 진화 과정에 있지만 전부가 같은 속도로 변화하지는 않아. 해결할 수 없다고 생각했던 문제들이 사실은 그저 지나가는 하나의 과정일 뿐이라는 걸 깨닫지 못해서 이혼한 사람들이 얼마나 될까?" 델은 양손을 넓게 펼쳐 보였다. "그렇다고는 해도, 하, 너희 두 사람? 두 사람이 서로에 대해 제대로 알아갈 시간이나 있었을까?"

"지금 내 기분을 조, 조, 좋아지게 하려고 일부러 하는 소리야?"

"두 사람 연애 기간이, 보자…… 임신하기까지 4개월이던가?"

"3개월."

맥은 손으로 입을 가리고 캑캑거렸는데, 꼭 '속도위반'이라고 말하는 것처럼 들렸다.

"그랬지." 델은 말은 이었다. "임신한 걸 알고 난 다음에 넌 법원에서 충동적으로 결혼을 하고, 쌍둥이가 태어나기도 전에 메이저리그로 불려갔잖아. 세상에, 개빈, 넌 네 아내가 말 그대로 아무도 모르는 도시에서 쌍둥이를 혼자 키우는 동안 내내 집 밖에 있던 거나 마찬가지야. 그렇게 하고도 그녀가 계속 한결같을 거라고 생각했어?"

그건 아니다. 하지만…… 젠장! 그와 세아 사이의 문제는 그런 게 아니다. 물론 그녀는 변했다. 그 역시 변했고. 하지만 그들

16

은 좋은 부모였고 행복했다. 적어도 그는 자신들이 행복했다고
생각했다.

델은 어깨를 가볍게 으쓱하고는 등을 세워 바로 앉았다. "봐,
내가 하고 싶은 말은 이거야. 우리 같은 직업은 연애를 오래했거
나 결혼 전에 이미 일이 어떻게 돌아갈지 아는 사이였다고 해도
서로 견디기 힘들어. 그러니 너희 부부는 구명조끼도 없이 수영
장 제일 깊은 곳에 뛰어든 거나 마찬가지라고. 아무리 좋은 상황
이라고 해도 그런 데서 살아남을 수 있는 부부는 없어. 어떤 도
움 없이는 힘들지."

"그런 충고를 하기엔 살짝 늦은 것 같은데."

"아니, 안 늦었어. 내가 하려던 말은 이게 아니지만, 아무튼."

"대체 무슨 소릴 하는 거야?"

델은 그를 무시하고 대신 얀과 맥을 다시 바라보았다. "어
때?"

"난 찬성." 얀이 대답했다. "저 둘을 붙여놓지 못하면 다음 시
즌엔 저 녀석 아무짝에도 쓸모없을 것 같거든."

맥은 어깨를 으쓱했다. "난 괜찮아, 저 친굴 여기서 빼낼 수만
있다면. 으, 여긴 진짜!" 그는 방을 둘러보며 팔을 활짝 펼쳐 보
였다.

개빈은 얀이 있는 쪽으로 풀썩 쓰러졌다. "스페인어로 '꺼져'
는 뭐라고 하냐?"

맥은 사과의 남은 한 점까지 베어 물고 사과심을 어깨 너머로
획 날렸다. 사과심은 싱크대 안으로 정확하게 떨어졌다. 개빈은

17

세상 그 누구보다 저 자식이 싫었다.

"내 딸들이 준 사과거든."

"어머, 저런!" 맥이 말했다.

"잘 들어." 델이 말했다. "일단 오늘 밤은 여기서 자. 내일 밤 우리랑 만나서 네 첫 번째 공식 회의를 하자고."

"첫 번째 공식 회의? 뭐에 대한?"

"너의 모든 문제에 대한 해결책."

그들은 이 말이 모든 걸 설명한다는 표정으로 그를 바라보았다. "그게 다야?"

"하나 더." 델이 말했다. "무슨 일이 있어도 아내를 만나러 가면 안 돼."

착하게 사는 데 질릴 대로 질린 여자만큼 세상에 강한 건 없다.

할머니 그랜그랜이 수년에 걸쳐 심어주었던 민간의 지혜 중에서 세아 스콧은 적어도 이 한 가지만은 진실이기를 바랐다. 왜냐하면 젠장, 1톤이나 나가는 이 망치를 네 번이나 휘둘렀지만 벽에 작은 흠 몇 개만 생기고 등은 엄청 아파왔으니까. 아무리 그래도 어림없지, 세아는 포기하지 않을 것이다. 이 집에서 3년을 사는 동안 그녀는 내내 이 벽을 부수는 상상을 했다.

어제 그녀의 결혼이 공식적으로 산산이 부서졌으니 오늘 이 벽이 그다음 차례가 되는 건 너무나 당연해 보였다.

그런 데다가 세아는 정말이지 몹시, 미치도록, 뭐든 때려 부수고 싶었다.

그녀는 끙 소리를 내며 다시 한번 망치를 휘둘렀다. 마침내 무거운 망치 끝부분이 벽에 쿵 소리를 내며 구멍을 만들었다. 승리의 기쁨을 느끼며 세아는 망치를 내려놓고 자신이 만든 결과물에 얼굴을 들이밀었다. 베이지색 감옥 같은 벽 반대쪽이 빛이어서 뿜어져 나오기만을 기다리고 있는 것 같았다. 대체 누가 저런 데에 벽을 세운단 말인가? 정신이 온전한 건축가라면 거실과 주방을 분리시켜서 아래층으로 들어오는 이 눈부신 채광을 막아버릴 생각을 할 수 있을까?

세아는 다시 망치를 휘둘렀고, 첫 번째 구멍 옆에 또 하나의 구멍이 생겼다. 석고 덩어리가 발아래로 떨어지면서 먼지가 공중으로 피어올라 그녀의 팔에 내려앉았다. 세상에, 이렇게 기분 좋을 수가!

격렬하게 분노를 뿜어낸 세아는 헐떡이면서 나무 바닥에 흠이 생길까 봐 사 온 비닐방수포 위에 망치를 내려놓았다. 한 손으로 어깨를 문지르며 돌아서서 거실을 둘러보았다. 그래, 저기가 좋겠다. 뒷문으로 나가는 유리문 바로 옆이다. 이젤과 물감을 놓기에 완벽한 장소다. 언젠가 학위를 마치고 나면 자신만의 작업실을 마련할 수도 있을 것이다. 하지만 지금은 다시 그림을 그리는 것만으로도 충분하다. 딸들이 태어난 이후로 새하얀 캔버스는 만져본 적도 없다. 요즘 그녀가 예술적 성취감을 느낄 수 있는 순간은 하얀 티셔츠에 생긴 얼룩을 부러 그렇게 한 것처럼 그 위에 염색을 할 때뿐이다.

그녀는 그 벽이 어떻게든 괜찮아 보이게 하려고 애를 써왔다. 가족사진을 들쑥날쑥 배치해 걸어두기도 하고, 딸들의 손바닥 도장과 직접 만든 작품들을 액자로 만들어 걸어두었다. 개빈이 가장 좋아하는, 고등학생 시절에 쓰던 야구방망이도 걸어두었다. 언젠가는 바꾸리라, 늘 생각했다. 언젠가 더 강렬한 색깔로 칠해야지. 붙박이장을 넣을 수도 있겠다. 아니면 저 벽을 몽

땅 허물고 새로 시작할까.

오늘 아침 세아는 일어나자마자 그 언젠가가 다가왔음을 알았다. 두 눈은 아직 부어 있었다. 어제 한밤중에 마음 약해지는 순간이 찾아왔고, 그녀는 욕실 안에서 소리가 새어 나가지 않게 주먹으로 입을 막고 울었다.

눈물 따윈 소용없다. 후회해봤자 새 출발에 도움이 되는 것도 아니다. 유일한 길은 앞으로 나아가는 것뿐이고, 그러기 위해선 뭔가를 휘둘러야만 한다.

정답은 휘두르는 것이다.

그래서 세아는 아침 식사를 마치고 개빈이 집을 나간 직후 집으로 들어와 함께 살고 있는 동생 리브에게 두 딸을 무용 수업에 데려가 달라고 부탁했다. 그런 다음 그림 작업할 때 입곤 하던 낡은 멜빵바지를 꺼내 입고 시내 공구점으로 가서 망치를 샀다.

"이거 어떻게 쓰는 건지 알아요?" 계산대에 있던 남자가 물었다. 그는 설명해주고 싶어 안달 난 얼굴로 눈썹을 치켜떴다.

세아는 입꼬리를 올려 억지로 미소를 지어 보였다. "그럼요."

"힘이 더 센 쪽 손을 손잡이 아래에다 두는 거 잊지 마세요."

"네, 그럴게요." 세아는 잔돈을 받아 주머니에 쑤셔 넣었다.

남자는 자신의 양쪽 멜빵을 당겼다. "뭘 부수려는 겁니까?"

"가부장제 구조물이요."

눈 끔벅끔벅.

"벽이요."

"먼저 하중을 견디게 만든 벽인지 확인하는 거 잊지 마시고 요."

미치도록 분노의 트위터질을 하고 싶을 때처럼 무언가를 후려치고 싶은 욕구가 또다시 치밀어 올랐다. 세아는 망치를 어깨 위로 들어 올렸다. 망치를 휘두르는 순간 앞문이 열렸다. 발레 타이츠를 입은 두 딸이 발레 치마를 팔랑거리면서 들어왔다. 똑같은 모양으로 높이 묶어 올린 머리가 달랑거렸다. 골든리트리버 버터가 특수 훈련을 받은 유모처럼 인내심을 갖고 아이들 뒤를 따르고, 버터의 목줄을 잡은 리브가 끝으로 들어왔다.

"엄마, 뭐 해?" 어밀리아는 놀라움과 두려움이 섞인 목소리로 외쳤다. 아이를 나무랄 수는 없다. 엄마가 평소의 엄마처럼 보이지 않을 테니까.

"벽을 부수는 중이야." 세아는 밝은 목소리로 대답했다.

"어⋯⋯. 그러네." 리브는 양손을 비볐다. "나도 같이 해야겠다." 그러고는 버터의 목줄을 내려놓고 거실을 가로질러 달려와 망치를 들었다. "이걸 개빈 얼굴이라고 생각해도 돼?"

"리브." 세아는 목소리를 낮춰 주의를 주었다. 리브가 일부러 딸들 앞에서 개빈에 대해 나쁜 말을 하는 게 아니라는 건 안다. 부모 중 한 사람이 다른 부모의 험담을 늘어놓을 때 상처를 받는 건 아이들뿐이라는 걸 두 사람은 힘든 경험을 통해 배웠다. 하지만 리브의 입은 가끔 제멋대로 움직이는 경향이 있었다. 지금처럼.

"누구 얼굴? 리비 이모?" 어밀리아가 물었다.

세아는 동생을 향해 '조심하라고 했지' 하는 눈빛을 쏘았다.

"이모네 사장님." 리브는 재빨리 대답했다. 리브는 이름 난 내슈빌 레스토랑에서 독재적인 걸로 악명이 높은 데다 연예인 수준으로 유명한 주방장 밑에서 일하고 있었다. 리브가 그 남자에 대해 누누이 불평을 했기 때문에 두 딸은 리브의 말을 곧이곧대로 믿었다.

"우리도 같이 부숴도 돼?" 어밀리아가 물었다.

"이건 위험해서 어른들만 할 수 있어." 세아가 말했다. "물론 보는 건 괜찮아."

리브는 타잔처럼 울부짖고는 힘껏 망치를 휘둘렀고 제법 큰 돌덩이가 벽에서 바닥으로 떨어졌다. 딸들은 까까 응원을 해가며 방방 뛰었다. 에이바는 와 하고 소리를 치더니 공중에다 발차기를 했다. 어밀리아는 옆으로 재주넘기를 하려 했다. 거실 분위기가 제대로 달아올랐다.

"와, 이거 장난 아닌데." 리브는 망치를 세아에게 돌려주며 말했다. "음악이 있어야겠어."

세아가 장비를 받아 드는 동안 리브는 휴대전화를 꺼내 화면을 몇 번 넘겼다. 곧이어 블루투스 스피커를 통해 온 집 안에 어리사 프랭클린의 '리스펙트'가 빵빵하게 울려 퍼졌다.

리브는 바닥에 있던 개빈의 야구방망이를 마이크처럼 잡아들고 큰 소리로 가사를 따라 부르기 시작했다. 그녀는 세아를 향해 손을 뻗었고, 이 즉흥 콘서트가 살면서 본 가장 재미난 광경이기라도 한 듯 신나게 웃고 있는 딸들을 위해 세아도 동참했다.

그렇게 그녀와 리브는 다시 십 대 시절로 되돌아갔다. 쾌적하다고는 할 수 없는 방을 둘이 나눠 쓰며 목청껏 노래를 불렀던 그곳은 할머니 그랜그랜의 집이었다. 그때 두 사람의 엄마는 분노와 이혼수당에 파묻혀 자기 자신을 찾겠다며 제정신이 아니었고, 아빠는 두 번째 부인이 될 여자와 바람을 피우느라 너무 바빠 딸들에게 신경 쓸 여력이 없었다. 그때 두 사람은 핑크의 노래들을 되새기며 절대 남자를 믿지 말자고, 절대로 엄마처럼 나약해지거나 아빠처럼 이기적으로 살지 말자고, 그리고 언제까지고 서로를 지켜주자고 약속했었다.

그들은 세상과 맞섰다. 언제나.

그게 다시 시작된 것이다. 다만 이번에는 세아가 돌보아야 할 상대는 어린 여동생이 아니었다. 그녀는 두 딸을 보호해야만 했고 그렇게 할 것이다. 어떤 대가를 치르더라도. 그녀는 무슨 일이 있어도 두 딸이 부부싸움을 하는 부모들 사이에서 긴장하거나, 자신들이 힘없는 존재라고 느끼며 자라게 두지 않을 것이다.

갑작스레 감정이 일렁이자 가슴이 아파오더니 눈가가 따끔거렸다. 목이 메어 목소리가 가사를 따라잡지 못했다. 세아는 딸들에게서 등을 돌려 재빨리 얼굴을 훔쳤다.

리브가 자연스럽게 그녀를 가려주었다. "이봐, 아가씨들. 위층으로 올라가서 옷 갈아입어, 알았지? 먼저 올라가는 사람이 오늘 밤에 볼 영화 고르는 거다."

경쟁에 약속이 따라붙자 아이들은 계단을 향해 앞다투어 내달렸다. 잠시 후 노래 소리가 잦아들었다.

"괜찮아?" 리브가 물었다.

세아는 고통스러운 웅어리가 복받쳐 쉽게 말을 하지 못했다. "이미 아이들에게 상처를 준 거면 어떡하지?"

"상처 안 줬어." 리브는 날카롭게 받아쳤다. "언니는 내가 아는 가장 좋은 엄마야."

"내가 바라는 건, 바랐던 건, 우리가 절대 가질 수 없었던 그런 삶을 아이들에게 주는 거였어. 안전하고 안심할 수 있고 그리고……."

리브는 세아의 어깨를 잡고 그녀를 돌려세웠다. "집을 나간 건 형부야."

"그래, 내가 나가라고 했으니까." 그녀는 그가 근 한 달 동안 손님방에서 꿍한 채로 지내며 모든 대화를 거부하는 걸 더 이상은 단 1분도 견딜 수가 없었다. 그렇다고 집에 어린아이 둘이 있는데 그녀가 나갈 수는 없는 노릇이었다.

"그런다고 그렇게 곧장 나가냐." 리브가 말했다.

사실이다. 그럼에도 세아의 마음 한구석에는 죄책감이 자리하고 있었다. 리브가 모르는 것들이 있으니까. 물론 세아가 침대에서 연기를 해왔다는 걸 알아차렸을 때 개빈이 보인 반응은 잘못됐다. 하지만 그런 식으로 알게 하면 안 되는 거였다. "관계를 망치는 건 두 사람 모두의 책임이야."

리브는 고개를 살짝 기울였다. "맞아, 그래도 난 언니 동생이잖아. 그러니까 난 생물학적으로 언니 편만 들게 되어 있다고."

두 사람은 서로를 마주 보았고, 다시 한번 조용히 신께 감사드렸다. 적어도 언제까지고 믿을 수 있는 한 사람을 아직 서로가 갖고 있다는 사실에.

세아는 한때 개빈 역시 그런 사람이라고 생각했다.

빌어먹을! 세아는 망치를 집어 들었다. 이제는 자신의 두 발로 일어설 때다. 그와 그의 일을 위해 모든 걸 포기했을 때 자신이 버린 것들을 찾기 위해, 수년 전 리브와 했던 모든 약속을 지키기 위해 새로운 삶을 시작할 때다.

세아는 망치를 휘둘렀고 벽에 새로운 구멍이 생겼다.

리브는 웃으며 말했다. "지금 형부 얼굴을 떠올리고 있는 사람이 나만은 아닌 것 같은데, 아닌가?"

세아는 다시 한번 망치를 휘두르며 소리쳤다. "맞아!"

"좋아. 부숴버려! 언니는 남자 따윈 필요 없는 상여자라고!"

사진을 불태운다는 가사가 테일러 스위프트의 목소리를 타고 스피커에서 터져 나왔다.

리브는 바닥에 있던 개빈의 야구방망이를 집어 들었다. "잘봐, 간다!"

"잠깐만! 그건 개빈이 제일 아끼는 방망이야!"

"그렇게 아끼면 나갈 때 가지고 갔어야지." 리브가 대답했다.

리브는 그대로 방망이를 휘둘렀고 세아는 몸을 숙였다. 방망이가 벽에 부딪히자 엄청난 굉음이 울렸다.

세아는 망치를 내려놓고 리브의 손에서 야구방망이를 낚아챘다. "이건 망가뜨리면 안 돼."

"그냥 야구방망이잖아."

"주 대항 고교챔피언 대회에서 우승해서 받은 거란 말이야."

리브는 눈을 굴렸다. "고작 나뭇조각따위에, 남자들이란."

"그 사람한테는 중요한 거야." 세아는 말했다.

"그게 문제 아니었어?" 리브는 쏘아붙였다. "언제나 언니보다 야구를 더 중요하게 생각하는 거."

"그렇게 생각한 적 없어." 갑자기 들려온 개빈의 굵고 낮은 목소리에 두 사람은 몸을 돌렸다.

그들의 대화가 마치 그를 엷은 공기 중으로 불러내기라도 한 듯 몇 걸음 떨어진 자리에 그가 서 있었다. 버터는 행복한 듯 꼬리를 흔들며 배신자처럼 그를 향해 짖으며 뛰어갔다.

개빈이 버터의 머리 위에 손을 얹어 귀를 기분 좋게 긁어주는 걸 바라보고 있자니 세아의 온몸이 떨렸다. 그는 색 바랜 청바지에 무늬 없는 회색 티셔츠를 입고 있었다. 머리는 후다닥 샤워를 마치고 대충 수건으로 털어서 말린 것처럼 삐죽삐죽 뻗쳐 있었다. 충혈된 담갈색 눈 아래로 다크서클이 진하게 내려와 있었다. 최소 이틀은 깎지 않은 갈색빛이 도는 금발 턱수염이 그의 턱을 거뭇거뭇하게 덮고 있었다.

하지만 그럼에도 그는 여전히 거부할 수 없을 만큼 말도 안 되게 섹시했다.

리브는 음악을 끈 다음 팔짱을 꼈다. "여긴 뭐 하러 왔어, 이 나쁜 놈."

"리브." 세아는 다시 한번 경고했다. 그런 다음 개빈에게 말했다. "개빈, 당신 이제 여기서 사는 거 아니잖아. 이런 식으로 그냥 들어올 순 없어."

그는 등 뒤에 있는 문을 가리켰다. "노크를 하긴 했는데." 그의 시선은 구멍 난 벽과 바닥에 놓인 망치에 다다랐다. "대체 뭐, 뭘 하고 있는 거야?"

"벽을 부수는 중이야."

"그건 알겠는데," 개빈은 천천히 말을 이었다. "대체 왜?"

"왜냐하면 난 이 벽이 싫으니까."

개빈의 눈썹이 치켜 올라갔다. "저거 내 방망이야?"

뭔가 뜨겁고 옹졸한 감정이 세아의 이성을 밀쳐내고 타올랐다. "응. 쓸 만하던데." 세아는 몸을 돌려 방망이를 벽에다 휘둘렀다.

개빈은 본능적으로 몸을 숙였다.

"여기에다 내 이젤을 놓을 거야." 세아는 그렇게 말을 하고는 다시 한번 방망이를 휘둘렀다. "이 거지같은 벽이 이렇게 좋은 볕을 다 막고 있잖아."

"이 문제는 우리 얘기를 좀 나눠보는 게 좋……." 세아는 세 번째로 방망이를 휘둘렀고 개빈은 얼굴을 찡그렸다.

"진즉에 더 많은 대화를 나눠야 했던 걸지도 모르지." 세아는 벽에서 뒤로 물러서며 쏘아붙였다. 그녀는 이마에 맺힌 땀방울을 훔쳤다.

갑자기 계단 쪽에서 꺅 하는 소리가 날아들었다. "아빠!" 어밀리아는 마지막 계단에서 개빈을 향해 뛰어들었다. 그러고는 그의 두 다리를 양팔로 감쌌다. "엄마가 벽을 부수고 있어!" 아

28

이는 웃으며 안아달라는 듯 두 손을 위로 뻗었다.

개빈은 여전히 조심스럽게 세아를 바라보면서 아이를 안아 올렸다. 어밀리아는 곧바로 그에게 얼굴을 기댔다. "아빠, 아파?"

"아니, 아니야, 아가." 개빈이 말했다. "아빠가 어제 잠을 잘 못 자서 그래." 그는 어밀리아의 뺨에 입을 맞추었다. "너한테서 시럽 냄새 나는데. 엄마가 토요일 특별 팬케이크 만들어줬어? 아침밥으로?"

"응! 초콜릿 칩도 같이!" 그 말이 초콜릿 팁으로 들렸다.

개빈과 세아의 시선이 마주쳤다. 그리고 아주 잠깐 두 사람은 전투 중인 상대가 아니라 평범한 부모가 되었다. 어밀리아는 몇 달 전부터 혀짤배기소리를 시작했고 개빈은 그게 자기처럼 말하는 데 영구적인 문제가 될까 봐 두려웠다. 세아는 부드럽게 미소 지었다. "그냥 애들 하는 혀짤배기소리야." 그녀가 나직이 말했다.

개빈은 자기 여동생 뒤로 슬그머니 선 에이바를 향해 다른 한 손을 뻗었다. "안녕, 꼬맹이."

에이바는 그에게 가까이 다가가지 않고 대신 세아의 옆으로 가서 섰다. 본능적인 자기 보호 본능이 스민 이 모습에 세아는 가슴이 아팠다. 거기다 에이바는 한 술 더 떠 턱을 빳빳하게 들어 올리더니 또랑또랑하게 말했다. "엄마 울었어."

아니야, 안 돼. 에이바는 개빈이 집을 나간 후로 한밤중이면 그녀의 침대로 기어들어 오곤 했다. 어젯밤에 세아가 몰래 욕실로 가는 소리를 들었던 걸까? 그녀는 아이들에게 우는 모습을 절대 보이고 싶지 않았다.

개빈은 천천히 침을 삼켰다. 그의 눈동자는 마치 처음 만난 사람을 보듯 세아의 얼굴 위를 이리저리 움직이다 주근깨와 잡티에 머물렀다. 그가 다시 눈이 마주치기 전까지는 그녀는 화장으로 잡티를 가리거나 말거나 상관이 없었다. 하지만 그가 빤히 보고 있자 세아의 얼굴은 붉어졌다. 대체 왜 저렇게 쳐다보고 있는 거람?

"우리 같이 버터 산책시키러 가도 돼?" 어밀리아가 물었다. 개를 데리고 나가 동네를 산책시키는 건 원래 아이들 몫이었다. 아니, 적어도 개빈이 그곳에 살고 있었을 때는 그랬다.

"다음에 하자, 우리 예쁜이." 개빈이 말했다. "아빤 엄마랑 얘기할 게 좀 있어."

어밀리아는 최근에 발견한 효과 만점의 신기술인 골난 얼굴을 해 보였다. 개빈이 마른침을 삼키는 모습에 세아는 동정심을 느낄 뻔했다.

"아빠가 월요일 음악 발표회 때 학교로 갈게." 그가 말했다. "그런 다음 버터 산책시킬 수도 있잖아."

"내가 애들 데리고 산책 갔다 올게." 리브는 누가 들어도 뒤에 '개자식아'가 따라 나올 것 같은 말투로 말했다.

리브가 다시 목줄을 잡고 아이들에게 양털코트를 입히는 걸 도와주는 동안 버터는 신이 나서 문 앞으로 뛰어갔다. 리브는 밖으로 나갔다가 다시 집 안으로 고개를 쑥 내밀고 말했다. "너무 오래 끌지는 마. 데이트 앱에 언니 프로필도 넣어야 하잖아."

현관문이 쾅 소리를 내며 닫혔다.

개빈은 알아들을 수 없는 소리로 중얼거렸다.

세아는 미소가 새어나오려는 걸 참았다.

"당신 전화 안 받던데." 딸들이 소리를 들을 수 없을 만큼 멀어지자마자 개빈이 물었다.

"어젯밤에 배터리가 나갔어. 별로 충전할 마음도 없었고."

그는 걱정이 가득한 부드러운 눈빛으로 가까이 다가섰다. "괜찮은 거야?"

세아는 심장이 작게 콩콩거리는 걸 무시했다. "밤새 술독에 들어앉았다 나온 것 같은 냄새가 나는 건 내가 아니거든."

"어젯밤엔 완전히 취했어."

세아는 벽을 향해 돌아서서 다시 한번 방망이를 휘두를 준비를 했다. "자유의 몸이 된 걸 축하라도 했나 봐?"

"당신이 정말로 그렇게 생각하고 있는 거면, 생각보다 내가 더 많이 망쳐놨다는 거네."

벽에 내다꽂히는 방망이 소리가 이번에는 그다지 만족스럽지 않았다.

"그러게, 그거 정말 문제네, 개빈. 당신이 꽤나 엉망으로 망쳐놨지."

그는 대꾸하지 않았다. "당신 정말로 데이트 앱에 프로필 올릴 생각이야?"

"무슨, 아니!" 세아는 한 손으로 이마를 닦아내며 코웃음을 쳤다. "가장 안 내키는 일이 바로 그거야." 그녀 인생에 또 다른 남자라고? 믿을 수 없는 약속을 또 들어야 하고? 됐습니다요.

개빈은 안도감이 생생하게 드러나는 모습으로 고개를 끄덕였다.

"당신 물건 챙기러 온 거면 서두르는 게 좋을 거야. 애들이 곧 돌아올 테니까."

"물건 가지러 온 거 아니야."

"그럼?"

"나는 대, 대, 대……."

개빈의 목 근육이 힘겹게 움직이는 걸 보면서 세아의 심장이 다시 쿵쿵거렸다.

개빈은 힘들게 문장을 끝맺었다. "나는 대화를 하고 싶어."

"할 말이 남았나, 우리 사이에."

"이러지 마, 세아." 빌어먹을 또 그녀의 심장이 날뛴다. "좋아." 세아는 방망이를 그에게 내밀고는 주방으로 성큼성큼 걸어갔다. 등을 돌린 채로 수도꼭지를 틀어 물 한 잔을 채웠다. 그런 다음 냉장고 옆에 있는 1미터가 넘는 거대한 정사각형 화이트보드 달력을 찬찬히 바라보며 속을 부글부글 끓였다. 세아는 원래 즉흥적으로 행동하고 걱정 없이 지내는 걸 좋아했다. 하지만 지금은 중앙관제탑이 1분 단위로 계획해둔 색깔별 코드에 따라 살고 숨 쉬고 있었다. 무용 수업, 치과 예약, 저녁 메뉴, 유치원 자원봉사, '이걸 잊었다간 큰일 날' 단계의 것들은 빨간 글자로 적혀 있었고, 기억해둘 일 칸에는 월요일 유치원 음악 수업에 필요한, 에이바가 제일 좋아하는 타이츠를 구해놓아야 한다고 적혀 있었다.

뿐만 아니라 달력에는 내슈빌 레전드 선수들의 부인과 여자 친구 들의 사교 모임인 와그WAGs의 자선 행사와 모임도 빼곡하게 적혀 있었다. 하지만 그녀와 개빈의 사이가 심상치 않다는 소문이 돌기 시작하자 모임의 여자들은 그녀에게 거리를 두기 시작했다. 심지어 다달이 모이는 짜증 나는 점심 모임이 있는데, 이번 달에는 초대조차 받지 못했다. 그녀가 이혼 이야길 꺼내기도 전이었는데.

지금까지 무던히도 애써왔지만 그녀는 자신이 그 모임의 일원이라는 느낌을 받아본 적이 없었다. 세아는 그녀들과 함께 어울릴 때면 자신이 언제까지고 '그 여자', 돈 많고 유능한 야구선수와 결혼하려고 일부러 임신한 '그 여자'로 여겨진다는 느낌을 떨쳐낼 수 없었다. 세아가 결혼의 조건으로 가장 중요하게 생각하는 건 돈이 아니라는 걸 사람들은 전혀 모른다. 그녀는 돈이 주변을 어떻게 망가뜨리고 좀먹는지 겪으며 자랐다.

돈이라니, 절대 아닐 말이다. 그녀는 개빈을 사랑해서 결혼했다.

하지만 일이 이렇게 되는 걸 보고 있자니 돈을 좇아 결혼하는 게 나았을지도 모르겠다.

세아는 야구선수의 부인으로 살려면 어떻게 해야 하는지 아무 준비도 되어 있지 않았다. 레전드 팀 선수의 파트너가 된다는 건 일종의 유명인이 되는 것이고, 그에 대한 책임이 따랐다. 자선 행사와 홍보 행사 들의 틈바구니에 끼어 사는 건, 그녀라면 절대 들고 싶지 않은 여학생 클럽에 끌려 들어가는 것 같았다. 물론 여학생 클럽에 감정이 있는 건 아니다. 대학 때 그런 클럽에 가보기도 했다. 연극과 음악을 전공하는 사람들이 모인 예술가 집단과 페미니스트들이 여자를 무대 중앙에 서게 하자고 주장하던 클럽이었다.

하지만 이 클럽은 달랐다. 이곳은 순응과 완전한 복종을 요구했다. 한때 세아는 그 정반대 입장에 섰던 사람인데 말이다. 하지만 세아는 신생아인 쌍둥이와 함께 그 모든 상황을 이해해보려 애써야 했다. 개빈은 집에 있는 시간보다 나가 있는 시간이 더 많았으니까. 그러다 보니 그녀는 자기 자신을 못 알아보는 지경에 이르렀다.

그녀는 자기가 대체 누구인지 스스로 알아볼 수 없게 되어버렸다. 지난여름 〈서던 라이프스타일〉 잡지에 실렸던 테네시주의 프로 선수들과 가족들에 대한 기사에서 그녀를 뭐라고 표현했더라? '때 묻지 않은 파스텔', 그래, 그거였다. 그건 틀린 말이 아니었다. 그녀의 옷장 안에는 솜사탕을 옷으로 바꾸어놓은 것 같은 릴리 퓰리처♥ 옷이 한가득이었으니까. 늘 디페시 모드♥♥가 그려진 티셔츠와 발목까지 올라오는 검은색 캔버스화를 신던 그녀

♥ ———————

Lilly Pulitzer. 주로 밝고 색채가 화려하고 꽃무늬가 들어간 의류 등을 디자인하고 제작하는 의류 브랜드로 상위 계층에서 사랑받는다.

♥♥ ———————

Depeche Mode. 1980년에 결성된 영국의 밴드.

였는데 말이다. 세상에나.

그 기사를 보고 그녀는 얼음물 한 바가지를 뒤집어쓴 기분이었다. 정신 차리라는 알람이었다. 그녀는 말문이 막혀 어버버거리다 그제야 자신이 한때 경멸하던 유의 사람이 되었다는 걸 깨달았다. 그런데 개빈은 그걸 알아차리지도 못했고, 그녀가 일종의 살균 처리된 상태로 바뀌고 있는 것에 신경조차 쓰지 않았다.

아니, 더 최악은 그는 살균 처리된 세아를 더 마음에 들어 한다는 거였다.

그가 헛기침을 하는 소리에 세아는 마침내 뒤를 돌아보았다. 안 그래도 움푹 파인 그의 눈 밑이 주방 등 때문에 더 짙게 부각되어 꼭 멍이 든 것처럼 보였다. 정말로 꼴이 말이 아니었다. 개빈은 이렇게 힘든 일을 당해본 적이 없었을 것이다. 술을 말하는 게 아니다.

그녀는 아일랜드 식탁 위에 잔을 내려놓고 그의 앞으로 밀어주었다. "아스피린 줄까?"

"벌써 몇 알 먹었어."

"효과 없어?"

"그다지." 그는 반쯤 웃었다. 그는 그녀가 방금까지 쥐고 있던 물 잔을 감싸 쥐고는 엄지로 잔에 맺힌 물방울을 위아래로 쓸었다. 막을 새도 없이 그에 대한 갈망이 순식간에 덮쳐와 그녀의 몸 한가운데를 아프게 하고, 또 어떤 곳은 바짝 긴장하게 만들었다. 그녀는 스스로를 멍청이라고 생각해야 할 정도로 한심한 지경에 이르렀던지 아니면, 그의 엄지가 무심히 물 잔을 매만지는 모습에도 분홍빛이 도는 몸 어딘가가 단단해질 정도로 애정에 굶주려 있었다.

그는 '세상에 이럴 수가' 사건이 터진 그날 밤 이후로 그녀에게 손도 대지 않았다. 그가 어떻게 생각하고 있을지 모르겠지만 그녀는 그가 자기 몸을 만져주는 걸 늘 좋아했다. '그것'만큼은 거짓으로 응한 적이 없었다.

망할 인간. "집은 내가 갖고 싶어."

개빈은 못 알아듣겠다는 듯 고개를 갸웃했다. 개들이 그러듯이. "뭐, 뭐라고?"

"무리한 요구라는 거 알아, 하지만 당신이 나랑 애들한테 주겠다고 하는 것 이상을 요구할 생각은 없어. 물론 나도 일을 할 거고, 그렇지만……."

개빈은 물 잔을 밀어냈다. "세아……."

"만일 아빠가 엄마를 떠난 이후에 집을 팔지 않았더라면 나나 리브가 좀 더 편하게 지냈을 거라고 생각해. 게다가 이 집은 애들이 태어나서 자란 집이기도 하고……." 그녀의 목이 메어왔다. 세아는 그걸 감추기 위해 숨을 크게 들이마셨다. "애들한테는 같이 말해야겠지. 언제가 괜찮을지 모르겠지만. 연휴 전으로 할까? 아님 지나고 나서? 모르겠다. 그게 다 무슨 의미가 있어. 애들이 이해는 할까? 애들은 아직도 당신이 야구 때문에 집을 비운 줄 알고 있어. 하지만 계속 그렇게 말할 수도 없고……."

"세아, 그만!"

마디마디에 힘을 주어 말하는 그의 목소리가 평소와 달랐다.

세아는 겁이 나기 시작했다. "뭘 그만둬?"

"난 이러기 싫어."

"집?"

"아니! 젠장!" 그는 손으로 머리를 감싸 쥐었다. "그러니까 내 말은, 맞아, 난 집을 원해. 난 다, 다, 당신이랑 애들이 이 집에 있으면 좋겠어."

"그게 무슨 뜻이야?"

"내가 원하는 건 당신이라고!"

세아의 입이 벌어졌다. 놀라움에 잠시 할 말을 잃은 그녀는 곧바로 냉소를 되찾았다. "그만둬, 개빈. 이러기엔 너무 늦었어."

개빈은 주방 조리대 모서리를 힘껏 움켜쥐었다. 두꺼운 팔뚝에 혈관이 불거졌다.

"아니, 안 늦었어."

"아직 애들이 어릴 때 하는 게 최선이야. 그래야 애들이 기억을 못……." 그녀는 갑자기 목이 메어와 말을 잇지 못했다. 이런 구질구질한 감정 문제까지 처리할 여유가 없었던 것이다.

개빈의 표정이 굳어졌다. "기억하다니 뭘? 자기네 부모가 한때 함께 살았었다는 거?"

"난 그런 건 기억 못 하는 게 차라리 나을 거라고 생각해. 가족이 찢어지는 고통을 억지로 참아야 하는 것보다는."

"그럼 우리 가정을 이대로 지키면 되잖아."

"당신이 집을 나가면서 갈가리 찢어버린 거야."

"나가라고 한 건 당신이야, 세아!"

"그렇다고 기다렸다는 듯이 재깍 나가?"

개빈은 말을 하려다 말고 잠시 입을 다물고 있다가 불쑥 내뱉었다. "생각할 시간이 필요했어."

"그럼 이제 생각할 시간은 충분해졌네."

개빈은 팔꿈치를 아일랜드 식탁에 괴어 몸을 숙이고 두 손으로 머리를 감싸 쥐었다. "나는 이, 이, 이러려던 게 아니야."

세아가 식탁에서 떨어졌다. "그러서? 그럼 어떻게 될 거라고 생각했는데? 보아하니 그냥 이렇게 나타나면 내가 웃으면서 아무 일도 없었던 것처럼 대해줄 거라고 생각했나 본데. 난 지난 3년간 그렇게 했어, 개빈. 이젠 끝이야."

그녀는 다시 벽 앞으로 향했다. 또다시 뭔가를 쳐야 할 기분이었다.

"그, 그, 그게 대체 무슨 소리야?" 그가 그녀를 바짝 뒤따르며 물었다.

"그러니까 오르가슴은 우리 문제 중에서 제일 별거 아닌 거였다는 소리야!"

그게 그녀를 가장 화나게 하는 거였다. 그는 그녀가 침대에서 연기를 해왔다는 것에 화를 냈지만 수년간 모든 일에 연기를 해왔다는 건 몰랐단 말인가?

세아는 방망이를 집어 들고 온 힘을 다해 힘차게 휘둘렀다. 벽에 또 하나의 구멍이 생겼다.

"세아, 잠깐만." 개빈은 손으로 방망이를 감싸고 그녀가 또 휘두르지 못하게 막았다. "제발, 잠깐만 내 말 좀 들어봐."

그녀는 돌아섰다. "서로 얘기를 듣는 단계는 지났어, 개빈. 그날 밤 이후에 난 당신한테 제발 내 말 좀 들어보라고 천 번은 말했어. 그런데 당신이 거부했잖아!"

"그날 밤 전부가 끔찍했던 건 아니었잖아, 세아."

세아는 끓어오르는 화를 주체 못 하고 그에게 다가섰다. "농담하는 거야? 당신의 그 자랑스러운 만루 홈런을 회상하기에 지금이 딱이라고 생각하는 거야?"

상황이 이 정도까지 재미없지 않았더라면 웃었을지도 모르겠다. 완벽한 말장난이었으니까.

아메리칸리그 챔피언십시리즈 여섯 번째 경기에서 만루 홈런을 치며 그의 선수 인생에서 가장 화려한 성공을 거둔 그날 밤은 그가 침대에서 세아를 위해 더 강한 홈런을 날린 날이기도 했다.

"난 게임 이후에 우리가 한 일을 말하는 거야." 개빈은 둘 사이의 거리를 좁혀 오면서 목소리를 낮춰 한층 매혹적으로 말했다. "그건, 나쁘지 않았잖아."

"그럼 왜 나중에 손님방으로 간 거야?"

개빈은 휴전을 제안하듯 두 손을 들어 올렸다. "내가 너무 흥분해서 일을 망쳤으니까, 그랬잖아? 나도 그건 알아. 그리고 나, 나, 난……."

그는 목에 꽉 막힌 말을 내보내려 애썼다. 손으로 턱을 감쌌다가 그대로 목 뒤를 감싸 쥐었다가 결국 짜증을 내며 입술을 찡그리더니 바닥으로 시선을 떨어뜨렸다.

갑자기 현관문이 활짝 열렸다. 벌써 오늘 아침에만 두 번째였다. 어밀리아와 버터가 들어오고 뒤따라 에이바와 리브가 천천히 따라 들어오는 걸 보면서 개빈은 속으로 짜증을 삼켰다. 어밀리아는 복도에 멈춰 서더니 짧은 팔로 개 전용 간식을 최대한 높이 들어 올렸다. "아빠, 이것 봐!"

어밀리아는 버터에게 뛰라고 명령했다. 버터가 고개만 까딱 들어 어밀리아의 손에 들린 간식을 물자 아이는 마치 자기가 버터에게 말을 가르치기라도 한 듯 신이 나서 소리를 질렀다.

개빈은 부드럽게 웃어 보였다. "아주 멋진데, 꼬맹이." 하지만 목소리는 경직되어 있었다.

리브는 주방으로 걸어가며 세아의 눈빛을 살폈다. 몇 초 뒤 블루투스 스피커에서는 '싱글 레이디스'가 꽝꽝 울려 퍼졌다.

"하여간 절묘해." 개빈이 나직이 말했다.

"여동생만큼 믿음직스러운 사람은 없지."

"우린 트램펄린 하러 갈 거야." 리브는 아직도 방 안에 감도는 긴장을 감지하고 말했다. 그러고는 음악 소리를 한층 높여 놓고 조카들을 데리고 뒤뜰로 나갔다.

개빈은 조심스럽게 세아에게 다가갔다. "뭘 해야 하는 건지만 말해줘. 내가 어떻게 해야 돼?"

간절한 표정으로 애원하는 개빈의 모습에 세아는 아빠가 엄마에게 딱 한 번만, 아니 한 번만 더, 마지막 한 번만 더 기회를 달라며 거짓으로 애원하던 말투가 떠올랐다. 엄마가 아빠의 약속을 몇 번이나 믿고 다시 받아주었더라? 셀 수도 없었다. 세아는 그런 실수를 저지르지 않을 것이다.

"개빈, 너무 늦었어." 세아는 이미 했던 말을 되뇌며 한숨을 쉬었다.

개빈의 얼굴에 핏기가 가셨다. "딱 한 번만 기회를 줘."

그녀는 고개를 가로저었다.

그는 멍한 시선으로 있다 목을 졸린 것 같은 소리를 내며 돌아섰다. 깍지 낀 손으로 머리를 감싸자 티셔츠가 딸려 올라가 등이 드러났다. 그가 사념들과 싸우는 동안 등근육도 따라서 울퉁불퉁 움직였다. 한순간 긴장감이 치솟다 사라지고 그가 다시 돌아섰다. 둘 사이의 거리를 좁혀 오는 그의 발걸음에서 확고함이 느껴졌다. "뭐든지 할게, 세아. 제발."

"왜 이러는 거야, 개빈? 다 지나고 이제 와서, 왜?"

그의 시선이 그녀의 입술로 떨어졌다. 그러더니, 잠깐만, 이 남자, 설마.

개빈은 못 참겠다는 듯 끙 소리를 내더니 한 손으로 그녀의 머리 뒤를 감싸고 그녀의 입술을 덮쳤다. 세아는 뒷걸음질을 하다가 넘어지지 않으려고 소파 모서리를 움켜잡았다. 하지만 그럴 필요가 없었다. 개빈이 그녀의 등을 한 팔로 감싸고 있었으니까. 탄탄하고 뭐든 보호해줄 수 있을 것 같은, 울퉁불퉁한 근육질 팔이 그녀를 그의 단단한 몸에 바짝 붙잡아두고 있었다. 그의 입술이 그녀의 입술을 약탈했다. 덮치고 또 덮쳐왔다. 그의 혀가 그녀의 입술 사이를 훑고 지나갈 때는 그녀도 도저히 참을 수 없었다. 그녀는 그의 옷깃을 두 손으로 말아 쥐고 탄식을 내뱉

41

으며 그를 위해 입을 더 벌려주었다. 그에게서 치약과 위스키 맛 그리고 오래전 잃어버린 꿈으로 빚은 술맛이 났다.

하지만 다음 순간 혼란스러움과 배신감이라는 독주가 뒤따랐다. 그녀가 이렇게나 쉬운 여자였던가? 거친 키스 한 번에 그의 품에 안겨 말 그대로 무너져버리는? 키스 한 방에 둘 사이에 있던 일을 전부 다 잊는?

세아는 입술을 거칠게 떼어냈다. "대체 뭐 하는 거야?"

"왜냐고 물었잖아." 개빈이 그윽한 눈빛을 띤 채로 헐떡였다. "이게 이유야."

"무슨 짓을 했다고?"

개빈은 델의 차 보조석에 푹 늘어져 앉아 있었다. 뒷좌석에 있는 피자와 치킨윙, 그 밖의 간식거리에서 풍기는 냄새에 속이 울렁거려 당장이라도 토할 것 같았다. 마지막으로 게워낸 지 몇 시간이나 지났지만 버펄로 소스에서 풍기는 매콤한 냄새에 상황은 언제든 바뀔 수 있을 것 같았다. "키스했다고."

델의 입에서 욕이 튀어나왔다. "내가 찾아가지 말라고 특별히 말해줬잖아!"

"알아."

"거기다 난 그녀한테 키스해도 된다고 허락한 적 없어."

"허락이 필요한 줄 몰랐네."

"필요해. 근데 더 중요한 건, 그녀의 허락이야. 젠장." 델은 한 손으로 운전대를 내려쳤다. "그 멍청한 짓 때문에 몇 주나 뒤로 물러난 걸지도 몰라."

개빈은 델의 말에 토를 달지 않았다. 그의 말이 옳다는 느낌이 점점 강해졌으니까. 만약 세아가 프라이팬을 잡을 수 있었다면 그걸로 그의 머리를 내려쳤을 수도 있다. 그녀는 그를 밀쳐내고 그에게는 자신에게 이런 식으로 키스할 권리가 없다고 말한 다음 당장 나가라고 명령했다.

하지만 그녀가 그에게 기대 온 순간이 있었다. 그녀는 그를 위해 입을 열어주었고 그녀의 혀가 그의 혀와 뒤엉켰을 때 짧게 탄식을 내뱉었다. 진짜 탄식 말이다. 찰나였지만 그 순간만큼은 아내가 그의 키스에 응해주었다. 그러니까 어쩌면 완전히 다 망쳐버린 건 아닐지도 모른다.

델은 우회전을 해 고속도로로 들어섰다. 싸구려 술집에서의 하룻밤을 위해 내슈빌 시내로 향하는 맞은편 차들의 헤드라이트 불빛이 그들의 차 안을 노랗게 채웠다. 두 사람은 거의 15분을 차로 달려 브렌트우드로 빠져나왔다. 운동선수와 연예인이 많이 사는 도시 외곽 동네였다.

개빈은 프랭클린을 더 좋아한다. 연예인들도 많이 살긴 하지만 역사적인 분위기에 나무가 죽 늘어선 거리는 작은 동네 같은 인상을 준다. 그와 세아는 고급 빌라가 가득한 동네가 아닌 평범한 사람들이 사는 동네에 살고 있다. 집에서 걸어갈 수 있는 거리에 딸들이 책을 빌릴 수 있는 도서관과 아이스크림을 사 먹을 수 있는 작은 상점가가 있다. 그리고 그곳에서 그들은 허름한 천막을 친 가게에서 저녁을 사 먹는 보통 주민이 되었다. 그곳을 찾는 관광객이라고는 영화 〈시빌 워〉 전투 장면 촬영지를 구경하고 싶어 하는 사람들 정도였다.

맨 처음 세아가 그곳에 살자고 했을 때 개빈은 썩 마음에 들지 않았다. 그의 연봉이라면 더 호화로운 곳에서 살 수 있었으니까. 하지만 아내가 휴대전화로 1930년대 벽돌 공예 전문가의 목록을 뽑아보면서 눈이 반짝이는 걸 보고는 다른 곳을 밀어붙일 수 없다는 걸 알았다. 그리고 지금은 그에게도 이 작은 동네에서의 생활이 무엇과도 바꿀 수 없는 것이 되었다.

아니 그랬었다.

5분 후 개빈은 피자 다섯 상자와 치킨윙 네 상자를 떨어뜨리지 않게 들고서 깔끔하게 손질된 보도로 올라섰다. "여긴 누구 집이야?"

차고에 죽 늘어선 고급 스포츠카를 보면서 개빈은 혹시 자기 사과를 훔쳐 먹은 개자식네 집이 아닐까 두려움이 일었다.

정답이었다. 문이 활짝 열리고 맥이 코웃음을 치며 두 사람을 맞았다. "이게 누구야, 드디어 제정신으로 만나네."

개빈은 피자와 치킨윙을 그에게 들이밀었다. "이게 누구야, 네놈은 여전히 얼간이네."

"너희 둘은 그 짓거리 좀 그만할 수 없냐." 델이 안으로 들어서며 말했다.

맥은 현관을 활짝 열고는 닫히지 않도록 발로 잡았다. "다 재밌자고 하는 거지, 안 그래, 친구?"

"아니, 난 너 싫어서 그러는 거거든." 개빈이 말했다.

델이 돌아섰다. "다들 왔어?"

"응." 맥이 말했다. "지하실에 있어. 이 친구 입단식 준비는 하고 온 거야? 나 자정까진 양들을 농장으로 돌려보내야 하거든.”

개빈은 그를 노려봤지만 일단은 두 사람의 뒤를 따라 넓고 화려한 입구와 널찍한 나선형 계단을 지났다. 그다음으로 그들은 주방에 들어섰는데, 개빈네 집 주방보다 두 배나 더 넓었다. 지하실로 통하는 문 앞으로 다가서자 목소리가 더 크게 울릴 정도였다.

개빈은 맥과 델이 앞서기를 기다렸다.

“음식은 여기에 둬.” 맥은 계단 마지막에 이르자 모퉁이를 돌면서 말했다. 한 무리의 걸걸한 목소리가 웅성거리는 소리와 ‘진즉에 어쩌고’ 하는 말이 들렸다.

“우리가 늦은 거야?” 개빈은 델의 등에 대고 물었다.

“아냐, 계획 마무리한다고 미리들 모인 거야.”

개빈은 델의 셔츠 등판을 움켜잡았다. “잠깐만. 무슨 계획?”

“세아를 머저리 같은 네 곁으로 돌려놓을 계획.” 델은 그렇게 말하고 맥이 돌아 나간 모퉁이를 따라 돌아 나갔다. “네가 오늘 더 끔찍하게 만든 상황에 대한 계획 말이다.”

개빈은 마지막 계단을 내려가면서 숨을 크게 들이마셨다가 내뱉었다. 이 모든 게 자신의 결혼 생활을 구하는 거라고 되새기며 용기를 끌어모아 마침내 델의 뒤를 따랐다.

프로 운동선수에 사업가, 공무원 등 내슈빌을 쥐락펴락하는 남자 열 명이 정교하게 디자인된 바를 둘러선 채로 서로 밀쳐가며 피자와 치킨윙에 열을 올리고 있었다. 델은 다른 간식거리가 든 종이봉투를 쏟았다. 튀김 봉지들이 쏟아져 나왔다. 초록색 사과 하나가 바닥으로 떨어져 굴렀다.

맥은 그걸 집어 올리며 고개를 절레절레 저었다. "이런 깜찍한 인간 같으니."

"다들 서둘러." 델이 입을 뗐다. "얼른 시작해야 돼. 이 한심한 녀석이 오늘 부인한테 키스했대."

야유가 터져 나왔다. 저마다 고개를 절레절레 흔들고 의자를 넘어뜨렸다. 구석에 있던 하키 선수는 러시아어로 욕을 했다.

"이봐, 대체 뭐 하자는 거야?" 맥이 소리쳤다. "우리가 찾아가지 말라고 말했잖아!"

프로 미식축구 팀에서 공격수로 뛰고 있는 맬컴 제임스로 보이는 남자가 맥주를 마시다 뿜었다. "먼저 물어보고 한 거야, 아님 은근슬쩍 들이댄 거야?"

"은근슬쩍 들이댄 거 같은데?"

얀이 그의 뒤통수를 탁 소리가 나게 쳤다. "제대로 한 방을 그런 식으로 망치면 어쩌자는 거야, 인간아! 아직 그런 짓을 하면 안 되지."

"제대로 한 방, 뭐?"

남자들은 접시를 모아두고 지하실 다른 한 편에 놓인 거대한 게임 탁자로 향하면서 저마다 개빈을 향해 다양한 수위로 한심하다는 표정을 지어 보였다.

러시아인은 음식이 남았다며 계속 투덜거리다가 결국 프레즐 한 봉지를 챙겼다. 그는 과자 봉지를 누가 가져가기라도 할 듯이 옆구리에 꼈다. "피자 너무 많이 먹었어." 그는 개빈 옆을

47

지나면서 그를 노려보며 말했다. "치즈. 그게 곧 내 똥구멍으로 나올 거야."

정말이지 상상도 하기 싫은 장면이었다.

"개빈, 이쪽으로 와. 시작할 거야."

탁자 위에 있던 사과를 낚아채면서 개빈은 마지못해 하나 남은 빈 의자로 걸어갔다.

델은 목소리를 가다듬고 일어섰다. "모두 준비됐지?"

남자들은 입안에 든 걸 씹으면서 고개를 끄덕였다.

"좋아. 북클럽의 첫 번째 규칙은?"

모두 한목소리로 대답했다. "북클럽에 대해 발설하지 않는 다."

대체. 이게. 뭔 소리야.

개빈은 숨겨진 카메라가 없는지 주변을 둘러보았다. 이건 분명 몰래카메라다.

"북클럽이라고? 내 결혼 생활을 구한다는 원대한 계획이 그 거야?"

한쪽 엉덩이를 들어 바지 뒷주머니에서 책을 한 권 꺼내는 맥에게 델이 고갯짓을 했다. 맥이 개빈에게 책을 던졌다. 책이 개빈의 얼굴 정중앙으로 날아갔다.

"반사 신경 좋은데. 유격수일 땐 실력이 더 좋아야 할 텐데."

개빈은 이를 갈았다. "난 2루거든, 멍청아."

맥은 어깨를 으쓱했다. "그거나 저거나 같은 거 아니야?"

개빈은 그를 무시하고 테이블 위에 떨어진 책으로 손을 뻗었다. 그는 표지를 보며 눈을 껌벅거렸다. 1800년대나 뭐 그 정도 시대의 여자 한 명이 소파에 기대앉아 있고 그 뒤로 고릿적 옷을 입은 놈 하나가 서 있었다. 놈의 셔츠는 앞섶이 열려 있었다.

"《백작부인 사로잡기》." 개빈이 천천히 읽었다. 그는 어금니에 힘을 꽉 주고 눈을 치켜떴다. "지금 장난하는 거야?"

"아니." 델이 대답했다.

"이건 로맨스 소설이잖아."

"맞아."

개빈은 자리를 박차고 일어섰다. "진짜 어이가 없다. 누군 인생이 갈가리 조각나고 있는데 너희들은 날 놀리기나 해?"

"맬컴이 이리로 날 데리고 왔을 때 나도 똑같이 생각했어." 델이 말했다. "근데 장난하는 거 아니야. 앉아서 들어봐."

개빈은 손바닥을 이마에 대고 두 눈을 꼭 감았다. 다시 눈을 떠보니 모두가 여전히 그를 바라보고 있었다. 괴상한 꿈이 아닌 것이다. "대, 대, 대체 이게 다 뭐야?"

"잠깐만 입 좀 다물고 있으면 전부 설명해줄 거야, 멍청아." 맥이 말했다.

개빈은 다시 자기 자리로 돌아왔다. "너희들 로맨스 소설 읽어?"

"우린 지침서라고 불러." 러시아인이 말했다.

"단순히 책을 읽는 것만이 아니야." 맬컴이 말했다.

개빈은 등골이 서늘해졌다. "혹시 날 이상한 변태 집단 같은 데 집어넣으려고 하는 거면, 난 빠질 거야."

델은 몸을 앞으로 숙여 탁자에 팔꿈치를 괴었다. "한 번도 너한테 하지 않았던 얘기를 해줄게."

"그러시든지. 듣고 싶은지 난 잘 모르겠지만."

"2년 전에, 네사가 이혼 소송을 청구했었어."

개빈의 의자 아래로 땅이 흔들렸다. "뭐? 왜 나한테 말 안 했어?"

"우선, 그때 난 널 거의 몰랐고, 또 하나는 아마 지금 네가 세아와의 일을 누구에게든 말하고 싶지 않은 거랑 같은 이유였겠지. 감정적이고 개인적인 문제잖아."

"하지만 너랑 네사는 완벽하잖아."

"집 안에서 일어나는 일은 밖에서 보는 거랑 달라, 안 그래?"

그건 그렇다. 하지만 개빈의 경우, 문제는 자기가 침대에서 완전히 죽을 쑤고 있었다는 걸 모를 정도로 멍청했다는 것, 보아하니 부인이 자기 거시기를 싫어하기 시작했다는 것이다. 오늘 그를 쳐다보던 그녀 표정은……. 그는 몸서리를 쳤다. 델에게 그런 일이 있었다니 믿기지가 않았다.

"여기 있는 대부분은 언젠가 부인이나 여자 친구, 약혼 상대를 잃을 뻔했던 남자들이야." 델은 말을 이었다. 개빈은 지난밤에 "우리도 똑같은 처지 겪어봤잖아"라고 했던 아리송한 말이 떠올랐다. "그리고 우린 전부 단순히 짝을 되찾은 게 아니라 그 어느 때보다도 관계가 좋아졌어."

개빈은 탁자에 둘러앉은 얼굴들을 찬찬히 살펴보았다. 모두 고개를 끄덕이고, 미소를 지었고, 맥은 가운뎃손가락을 들어 그를 환영했다. 개빈은 똑같이 해준 다음 고개를 가로저었다. "이게 다 무슨 소린지, 나랑 무슨 상관이 있는 건지 하나도 모르겠어."

"이봐, 친구." 헐크 같이 커다란 두 손으로 정부의 산림 보호 지원을 받아도 좋을 만큼 덥수룩한 수염을 매만지며 맬컴이 입을 열었다. "남자들은 전부 얼간이야. 우린 도통 여자들 속은 모르겠고, 짜증 난다고, 진짜 원하는 게 대체 뭐냐고 불평이나 늘어놓잖아. 우리가 관계를 망치는 건 그걸 알아내는 게 너무 어려운 거라고 스스로를 납득시켜서야. 근데 진짜 문제는 바로 우리야. 우린 남자는 감정을 느끼고 울고 속내를 드러내면 안 된다고 생각해. 남녀 관계에서 그런 감정 노동은 전부 여자들이 해주길 바라지. 그러면서 그녀들이 우릴 포기해버리면 대체 문제가 뭐냐고 혼란스러워해."

크게 들이마시는 개빈의 숨이 떨려왔다. 그 말은 거의 직격탄이나 마찬가지였다. '보아하니 그냥 이렇게 나타나면 내가 웃으면서 아무 일도 없었던 것처럼 대해줄 거라고 생각했나 본데. 난 지난 3년간 그렇게 했어, 개빈. 이젠 끝이야.'

"나, 난 아직도 무슨 소린지 모르겠어." 그는 말을 더듬었다.

"로맨스 소설은 원래 여자들이 여자들을 위해서 쓰는 거야. 때문에 거기엔 온통 여자들이 어떤 대우를 받길 바라는지, 삶과 관계에서 어떤 걸 원하는지에 관한 것들 천지야. 우리가 이걸 읽는 건 우리 자신을 좀 더 편하게 표현하고 여자들의 관점에서 볼 수 있기 때문이야."

개빈은 눈을 끔벅거렸다. "너희들 진지하구나."

"장난 아니게 진지해." 델이 대답했다.

치즈 소화 장애가 있는 러시아인이 고개를 주억거렸다. "로맨스 소설을 읽으면 나와 내 아내가 세상을 얼마나 다르게 보는지, 여자들 언어로 말하는 게 얼마나 필요한지 알 수 있지."

"여자들 언어?"

"혹시 세아한테 아무 생각 없이 한 말인데 갑자기 화를 내고는, 괜찮아지는 데 몇 시간이나 걸린 적 없어?" 맬컴이 물었다.

"있어."

"아니면 웃기다고 생각해서 한 말인데 부인이 완전 열받았던 적은?"

"당연히 있지, 그렇지만……."

얀이 끼어들었다. "식기 세척기에 접시 넣었다고 말했는데, 다 큰 어른이 당연히 해야 할 일을 한 것 가지고 금메달이라도 달라는 거냐고 막 화를 낸 적은?"

냉기가 그의 등골을 타고 내려갔다. "혹시 너희들 내 아내랑 얘기한 적 있어?"

얀이 코웃음을 쳤다. "너희 둘은 서로 다른 언어로 말하고 있는 거야." 그는 책을 가리켰다. "로맨스 소설을 읽으면 네 아내가 쓰는 말을 배우게 될 거야."

"근데 세아는 이런 책 안 읽어!"

남자들은 서로 시선을 교환하더니 큰 소리로 웃음을 터뜨렸다. 델은 개빈의 등을 토닥였다. "계속 그런 소리만 하고 있든지."

"집에서 이런 비슷한 것도 못 봤다니까."

텔레비전 광고에서 본 적 있는 사업가 데릭 윌슨이 입을 열었다. "전자책 읽을 수 있는 기기 같은 건 갖고 있지?"

"있겠지, 그러니까, 모르겠어. 있을 것 같은데."

"전부 로맨스 소설일걸. 내가 장담하지."

개빈은 손에 들려 있는 책을 내려다봤다. "그러니까 너희들 말은 내가 여, 여, 여기에 나오는 남자처럼 해, 해야 한다는 거야?" 워 워 잠깐만, 정말로 녀석들 말에 넘어가기 시작한 건가?

"여기 나오는 대사를 그대로 쓰는 거? 그건 안 돼." 델이 대답했다. "중요한 건, 책에 나오는 교훈을 네 결혼 생활에 맞게 적용하는 거야. 게다가 그때는 섭정 시대야. 그러니까……."

"섭정 시대라니, 그건 또 뭐야?"

"18세기에서 19세기 초 영국을 배경으로 한다는 뜻이야."

"아이고, 딱이네. 퍽이나 실생활과 관련 있겠다."

"관련 있어, 사실." 맬컴이 말했다. "현대의 로맨스 소설가들은 이전 시대의 영국 귀족 계층의 가부장제를 배경으로 써. 요즘 여자들이 놓인 전문적이고 개인적인 영역에서 성별을 기반으로 한 제한에 관해 탐험하려고 말이야. 그 좆 같은 게 바로 페미니스트야."

맥은 눈을 찡긋했다. "섹스 장면은 또 어찌나 좆나게 야한지."

개빈은 손에 들고 있던 책을 떨어뜨렸다.

맥과 윌슨은 웃으며 서로 손뼉을 마주쳤다. "난 그거 너무 좋더라." 윌슨이 말했다. "최소한 '책발' 네 번짜리야."

"그게 무슨 뜻인지 내가 궁금해해야 하는 거야?" 개빈이 몸서리를 쳤다.

"섹스 장면이 몇 번이나 들어 있는지 우리끼리 순위 매기는 방식이야." 윌슨이 대답했다.

"근데 그 '책발'이라는 건 무슨 뜻인데?"

탁자를 둘러싼 전원이 동시에 대답했다. "책 읽다 발기하기."

개빈은 다시 한번 자리를 박차고 일어섰다. "이건 말도 안 되는 짓이야. 세아가 이, 이, 이런 엉터리 책 때문에 나를 다시 받아줄 리 없어." 하지만 더 말도 안 되는 건, 그가 이 제안을 진지하게 생각하기 시작했다는 것이다. 지금보다 상황을 더 엉망으로 만들 수는 없을 것 같으니까.

"책은 그 일부일 뿐이야." 델이 '그의 벌거벗은 백작부인'인지 뭔지를 집어 들며 말했다. "우리는 모두 그 일을 겪고 헤쳐 나와 더 나은 남자, 더 괜찮은 남편, 더 좋은 애인으로 거듭났어."

개빈은 그를 쳐다봤다. "무슨 말이야?"

"어라, 이제야 관심을 보이네." 맥이 코웃음을 쳤다. "이봐, 그게 문제였어? 침대에서 뭐가 잘 안 돼?"

개빈의 목이 새빨개지며 훅 달아올랐다. "아니." 그가 으르렁거렸다.

"왜냐하면 침실 안 문제는 침실 밖에서 생긴 문제들에서 시작되는 거거든. 다른 걸 고치치 않고는 그 문제도 해결이 안 돼."

'그러니까 오르가슴은 우리 문제 중에서 제일 별거 아닌 거였다는 말이야!'

개빈은 엄지로는 맥을 가리키고 눈은 델에게 고정한 채 말했다. "이 재수 없는 놈은 왜 이 클럽에 있는 거야? 심지어 총각이잖아."

"내가 이 구역 난잡함 담당이야." 맥은 피자 한 조각을 들어 한입에 절반을 베어 물고는 쩝쩝 씹으며 윙크했다.

얀이 자리에서 일어나 그에게 다가왔다. "이봐, 나도 이 녀석들이 나를 놀리는 거라고 생각했었어. 녀석들이 줬던 책은 한 달 동안 쳐다보지도 않았고. 하지만 내가 장담할게, 우리 모두 장담할 수 있어. 우린 널 도와줄 수 있어. 북클럽은 단순히 책만 읽는 게 아니야."

맬컴은 단호하게 고개를 끄덕였다. "형제애라고 할 수 있지."

"삶의 방식이기도 하고." 시 공무원 중 한 사람이 말했다.

맥은 윌슨의 어깨에 팔을 둘렀다. "좆나게 감상적인 여행이라고나 할까."

개빈은 뒤로 물러섰다. "감상적인 여행 같은 거 난 싫은데."

"일단 우릴 믿어봐." 델이 말했다. "어떻게 하면 네 결혼 생활을 살릴지 우리가 한 단계씩 알려줄 테니까."

"나 괴롭히려고 일부러 이러는 게 아니란 말이지?"

"넌 내 절친이야." 델이 말했다. "내가 너랑 세아가 헤어지는 문제로 장난이나 칠 것 같아?"

"아니." 개빈은 한숨을 내쉬었다. 하지만 너무 쉬워 보였다. 책 몇 권 읽으면, 짜잔! 세아가 두 팔 벌려 그를 받아줄 거라고? 이걸 믿을 만큼 그토록 절박하단 말인가?

그는 세아가 없는 인생을 상상해봤다.

그랬다, 그는 정말로 절박했다.

개빈은 책 표지를 다시 찬찬히 살펴봤다. "왜 이 책이야?"

맥은 능글맞게 웃었다. "결혼 생활을 제 손으로 망치고 나서 다시 자기 부인을 되찾아야 하는 어떤 멍청이 얘기거든. 어째 낯설지가 않지?"

그는 차오르는 굴욕감을 꿀꺽 삼켰다. "내가 뭘 해야 돼?"

"간단해." 맬컴이 말했다. "우리가 하는 말을 따르고 책을 읽어."

"그래." 델이 콧방귀를 뀌었다. "그리고 젠장맞을! 내가 그러라고 할 때까지 제발 네 아내한테 키스하지 마!"

랫퍼드의 일곱 번째 백작은 스물아홉 해 인생 동안 무수히 많은 여자들이 저마다 다른 수위로 헐벗은 모습들을 보아왔기에 자신의 결혼식 날 밤, 속이 훤히 비치는 가운을 입은 천사 같은 자신의 부인을 보고 숨이 멎을 것 같은 느낌을 받으리라고는 전혀 예상하지 못했다.

특히나 그녀의 눈빛에는 그의 손길에 자신의 살갗을 내어주느니 차라리 돼지 여물통에 들어가고 말겠다는 확고한 의지가 담겨 있었다.

이것은 너무나 터무니없는 일이었다. 왜냐하면 베네딕트 찰스 아서 시모어는 난생처음으로 진실한 사랑에 제대로 빠져버렸으니까.

"제 의무를 다하겠습니다, 영주님." 이제 막 그의 신부가 된 그녀의 목소리에서는 아무 감흥이 느껴지지 않았다. 허리 끈을 푸는 그녀의 두 손은 떨리고 있었다. 그녀의 가운이 하얀 실크 무더기를 이루며 바닥으로 떨어졌다. 그 단순한 동작 하나에 그는 머릿속이 새하얘지며 모든 말과 생각이 사라졌다.

베네딕트는 그녀와 자신의 침실을 분리하는 문틀을 없애라고 지시해두었다. 그가 가까이 갈수록 그녀가 불편해하는 기색이 느껴지자 가슴이 찢어지는 것 같았다. 가만히 내려놓은 꽉 쥔 두 주먹. 오르락내리락하며 떨리는 가슴. 그와 시선을 맞추지 않겠노라 거부하는 반항적인 눈동자.

그녀를 이렇게 만든 건 그였다. 모든 게 그의 잘못이었다.

"편하게 쉬어도 좋소." 베네딕트는 쉰 목소리로 말하며 바닥에 떨어진 실크 가운을 들어 올렸다. 안도를 찾은 그녀의 발이 갑자기 그가 살면서 봐온 것 중 가장 야하게 다가왔다. 몸을 일으킨 그는 그녀를 향해 가운을 들어 펼쳐주었다. "그러려고 여길 온 것이 아니오."

짧은 순간 그녀의 눈빛이 혼란에서 노여움으로 바뀌었다. 그녀는 그가 들고 있는 실크 가운에 팔을 넣었다. 그가 해서는 안 되는 일이었지만 도저히 참을 수가 없어 그녀의 허리에 끈을 묶어줄 때 그녀의 얼굴에 옅은 홍조가 나타났다. 오, 신이시여, 단지 그녀 곁에 가까이 가는 것만으로도 머릿속에 든 논리 정연한 생각이 낱낱이 부서져버릴 것 같았다.

"그렇다면, 어째서 제 침실에 오신 건지 여쭈어도 될까요?" 그녀는 그에게서 살짝 물러서며 물었다.

"당신에게 줄 선물이 있소." 베네딕트는 가운 주머니에서 작은 상자 하나를 꺼냈다.

그녀의 눈길은 아무 무늬 없는 갈색 종이에 닿았다. "저는 결혼 선물을 바라지 않습니다, 영주님."

"베네딕트."

"뭐라 하셨나요?" 그녀는 예의범절을 아는 숙녀가 어이없다는 표정을 지을 때처럼 눈썹을 둥글게 말아 올렸다. 필시 그런 감추어진 놀라운 모습들에 그가 사랑에 빠졌을 것이다.

"우린 이제 결혼한 사이요. 이제 그대가 나의 세례명을 불러주었으면 하오." 그는 선물을 앞으로 내밀었다. "부디."

매혹적인 그녀의 입술 사이로 무거운 한숨이 새어 나왔다. "이러시는 이유가 무엇인지요?"

"남편이 부인에게 선물을 하는 데 이유가 필요한가?"

"우리는 그런 결혼 생활을 하지 않을 거라고 분명히 말씀드렸다고 생각하는데요, 영주님."

"베네딕트요. 그리고 난 우리가 어떠한 결혼 생활을 할 거라고 규정한 데에 동의한 기억이 없소만."

"영주님께서는 저를 의심하심으로써 우리의 결혼을 확실하게 규정하셨습니다."

후회가 밀려왔다. 그가 얼마나 큰 잘못을 저질렀는지 깨달은 그 순간부터 후회는 칼날이 되어 그의 가슴을 깊숙이 찔렀고 그는 피를 흘리고 있었다. 하지만 그가 진실을 알게 된 때에는 이미 늦은 뒤였다. 그는 그녀가 가장 필요로 할 때 그녀의 진심을 저버렸다. "영원히 그대에게 사과를 해야 할 나의 실수였소." 그는 쉰 목소리로 말했다.

"그럼 이게 바로 그 사과인가요?" 그녀는 선물에 눈길을 보내며 물었다.

"그대의 용서를 선물로 살 수 있다고 생각할 만큼 어리석지는 않소, 나의 사랑. 이건 그저 그대를 향한 애정의 징표일 뿐이오."

그의 눈길을 피하면서 그녀는 조심스럽게 포장을 풀고 긴 벨벳 상자를 열었다. 그가 큰돈을 들여 준비한 루비와 다이아몬드 목걸이가 모습을 드러냈다. 그녀의 눈이 커졌다. "영주님……." 그녀는 숨을 들이마셨다.

"베네딕트." 그는 조용히 정정해주었다. "마음에 드시오?"

"아름답습니다. 하지만 저에게는 너무 화려합니다."

"말도 안 되는 소리. 그대는 랫퍼드 백작부인이오. 온갖 보석으로 치장하는 게 당연하지."

"감사합니다, 영주님." 그녀는 돌아서서 그 상자를 화장대 위에 두었다. "다른 용무가 없으시다면……."

그녀의 정중함이 방을 싸늘하게 만들었다. 그는 신중하지 못한 오해와 자만심으로 불을 꺼버리기 전, 둘 사이에 타오르던 그 열기를 되찾고 싶었다. 베네딕트는 다시 한번 그녀에게 가까이 다가섰다. "부탁이오, 나의 사랑. 다시 제대로 되돌릴 수 있도록 나에게 한 번만 기회를 주시오."

그녀가 속눈썹을 펄럭이며 눈을 치켜떴다. "무엇을 위해서요?"

"함께 오래도록 행복하게 살기 위해서."

그녀는 가녀리고 우아한 목으로 떨리는 숨을 힘겹게 삼켰다. "저는 더 이상은 그런 걸 믿지 않습니다." 그녀는 그를 지나쳐 빠른 걸음으로 방을 가로질러 침대 곁에 섰다. "제 의무는 다하겠다고 말씀드렸고 그렇게 할 거예요. 가능한 빨리 후계자를 낳아드리겠습니다. 그런 다음 저와 아이는 멀리 시골로 떠나겠습니다. 영주님이 저에게서 벗어나실 수 있도록."

"나는 그대에게서 벗어나는 걸 바라지 않소." 그는 으르렁거렸다.

"영주님, 2주 전 영주님은 가장 지독한 독사들 앞에서 저를 의심하셨습니다. 제가 영주님의 지위를 노리고 영주님을 교묘한 상황에 처하게 해 결혼을 했다고요."

"그런 다음에 진실을 알게 됐잖소."

"하지만 상처는 그대로 남아 있습니다."

"그럼 내가 고칠 수 있게 해주시오." 그는 그녀에게 다가섰다. "제발, 이레나."

그녀의 입술이 살짝 벌어졌다. 아마 이름이 불렸기 때문이리라. 혹은 그 말에 그녀가 믿어줄 때까지는 절대 멈추지 않을 진실한 사과의 무게가 담겨 있었기 때문일까.

"내가 저지른 끔찍한 행동과 말을 바꿀 수는 없소. 내가 할 수 있는 일은 내가 얼마나 깊이 후회하고 있는지, 당신을 향한 내 마음이 얼마나 진실한지 증명하는 것뿐이오. 당신이 그럴 수 있게 허락해준다면."

그때였다. 무시와는 다른 뭔가가 그녀의 눈에서 반짝였다. 그것은 이내 사라졌지만 분명 거기에 있었고 그에게는 그 사실이 중요했다.

"이레나……."

"너무 늦었어요." 그녀는 나직이 말했다.

"너무 늦은 때란 없소. 사랑에는." 그는 그녀의 두 손을 자신의 입술로 끌어와 손마디 하나하나에 입을 맞추었고 이내 당혹감이 서린 그녀의 눈을 마주 보았다. "진심이오, 이레나. 당신을 사랑하오."

그녀가 손을 빼며 불안한 미소로 답했다. "사랑이 전부는 아니에요, 영주님."

"베네딕트." 그는 가녀린 그녀의 턱 선을 어루만졌다. "그리고 당신이 틀렸소. 사랑이 가장 중요한 것이라오. 어떤 대가를 치르더라도 내가 그걸 당신에게 증명해 보이리다."

그녀가 놀란 눈으로 그를 다시 쳐다보았다. "어떻게, 감히, 그런 대단한 일을 이루겠다고 말씀하시는 거지요?"

"내가 당신의 마음을 사로잡겠소."

이레나는 조신한 숙녀답지 않게 코웃음을 쳤다. '티무니없는 소리 마세요."

그녀의 웃음에 그는 자리에서 일어섰고, 그의 결심은 더욱 확고해지면서 단단히 뿌리내렸다. '나의 사랑." 그가 말했다. "우리는 처음부터 다시 시작하는 거요."

"나 언니한테 정말이지 실망했어."

등 뒤에서 리브의 목소리가 들려와 세아는 깜짝 놀랐다. 쓰레받기를 떨어뜨린 바람에 벽에서 나온 먼지와 부스러기 더미가 그대로 바닥으로 다시 떨어졌다. 그녀가 돌아보았다. "왜?"

"진짜 좋은 와인을 주고 갔는데, 청소한다고 쳐다보지도 않나?"

일요일 밤, 리브는 세아가 아무 생각 없이 있을 수 있도록 아이들을 자기가 재워주겠다고 했다. 하지만 세아는 그렇게 정신을 팔고 있을 시간이 없었다. 두 딸과 개가 벽에서 떨어진 먼지 더미를 가지고 놀 생각을 하기 전에 치워야 했다. 세아가 쓰레기를 모아 통에 버리는 동안 리브가 냉장고에 넣어두어 차가워진 리슬링 와인을 땄다. 잔 두 개에 와인을 채운 리브가 하나를 세아에게 건네고 자기는 소파에 털썩 앉았다. "취할 수 있는 변명으로 쓰지도 못할 거면 이혼에서 재미있는 게 대체 뭐야?"

"난 아직 이혼에서 재미있는 부분은 하나도 못 찾았는데." 세아는 소파의 반대편 끝에 앉았다.

"그러니까, 와인을 즐기라고!" 리브가 이렇게 말하며 두 다리를 쭉 뻗었다. 세아의 허벅지까지 오는 리브의 긴 다리가 지금 세아의 기분에는 전혀 도움이 되지 않았다. 리브는 무슨 운으로 아빠의 큰 키와 늘씬한 몸매를 닮았을까. 세아는 스머프처럼 짜리몽땅한데 말이다. 세아가 키가 작은 걸 불평할 때마다 개빈은 늘 자기가 그녀를 안을 때면 그녀의 정수리에 턱을 괼 수 있으니 완벽하다고 말했다.

"왠지 후회하고 있는 것처럼 보이는데." 리브가 말했다.

"아니야."

리브는 세아의 말을 못 믿겠다는 듯 고개를 기울이고 눈을 가늘게 떴다. "잘 생각한 거야."

"알아." 세아는 죄책감이 슬쩍 올라오는 걸 감추기 위해 와인을 한 모금 홀짝였다. 리브에게 모든 걸 털어놓지는 않았다. 앞으로도 그럴 생각은 없다. 세아는 화제를 바꾸려고 구멍이 생긴 벽을 가리켰다. "이건 좀 충동적이었던 것 같아."

"맞아! 그래서 너무 맘에 든다 이거야. 거침없는 버전의 세아가 으르렁 짖으면서 발톱을 드러낸 거지."

세아는 눈썹을 추켜올렸다. "거침없는 버전의 세아?"

"그래, 기억 안 나? 홀딱 벗고 페인트칠도 해보고, 한번은 학교 교정에 있는 나무 보호하겠다고 불도저에 수갑 걸어서 언니 팔에 채운 적도 있잖아. 그런 언니가 그립다."

세아는 벽과 자기가 그곳에 만든 작은 진전을 바라보았다. "맞아, 그랬었지."

마지막으로 충동적으로 행동했던 게 언제였더라? 물론 충동적인 행동이 지금의 그녀를 이곳에 있게 한 데 일정 부분 책임이 있는 것도 사실이다. 개빈의 차 뒷좌석에서 한 과감한 행동이 정자와 난자를 만나게 해주고 말았으니까. 그래서 그 실수는 가족 내력이 되어 되풀이되었다. 계획에 없던 임신, 혼전 임신, 소도시로의 이사, 늘 집을 떠나 있는 남편.

집 나간 남편 이야기가 나왔으니 말인데……. "너 답장했니?" 세아가 물었다. 그들의 아빠는 12월에 네 번째 결혼식을 올린다.

리브는 코웃음을 쳤다. "뭐 하러?"

세아는 고개를 끄덕였다. "난 카드에 '다음번에는 가능할지도 모르겠어요'라고 적어 보내려다가 너무 무례한 것 같아서."

"그거 진짜 딱 좋다."

"대체 그 여자들 뭐가 문제인 거야? 뭐라고 설득을 하길래 그런 과거를 다 무시할 수 있는 거지?"

"여자들한테 자기 계좌를 보여주나."

그 방법 말고는 말이 안 된다. 정상적인 생각을 가진 여자라면 고질적으로 바람을 피우는 그녀의 아버지를 보면서 '정말이지, 훌륭한 남편감이야'라고 생각하진 않을 것이다.

리브는 와인이 남은 잔을 내려놓았다. "서른두 살이래."

"누가?"

"우리 새엄마가 되실 분."

세아의 입이 벌어졌다. 그녀보다 겨우 여섯 살이 많을 뿐이다. "하, 엄마가 참 좋아하겠네." 세아는 코웃음을 치며 말했다.

"엄마 얘기가 나와서 말인데." 리브가 말했다. "오늘 나한테 두 번이나 전화했더라고."

세아는 순간 몸이 굳었다. 그녀와 리브는 저마다의 이유로 몇 달 동안 엄마와 대화를 하지 않고 있는 중이었다.

"그런데 다시 전화 안 드렸어." 리브가 덧붙여 말했다.

"아버지 결혼식 아는 것 같아?"

리브는 어깨를 으쓱하고는 물을 한 모금 마셨다. "모르지, 암튼 엄마한테 그 얘기 전하는 거, 난 안 한다."

세아는 얼굴을 찡그렸다. 하긴, 좋은 소린 못 들을 테니. 하지만 연락을 하나 안 하나 매한가지다. "나랑 개빈 얘길 들은 거 아닐까."

"아닐걸. 그랬으면 음성 메시지에 무슨 말이든 남겼을 거야."

"아니면 나한테 직접 전화했겠지." 세아의 결혼 실패만큼 엄마를 기쁘게 할 일은 세상에 없을 테니까.

'내내 나를 재고 비난하더니. 너도 알게 될 거다. 지금은 사랑에 홀딱 빠져서 아무것도 잘못될 것 같지 않지. 하지만 언젠가 그 남자도 네 가슴을 후벼 팔 거야. 그럼 너도 나한테 사과를 하는 날이 오겠지.' 세아의 결혼식 날 엄마는 이렇게 충고했다.

세아는 쿠션에 머리를 기대고 화제를 바꿔보려 했다. "알렉시스 카페 개업은 잘되어 가고 있어?" 리브는 고양이 카페를 새로 연 친구의 메뉴 개발을 도와주고 있었다.

리브는 속내를 뻔히 안다는 눈빛을 보냈지만 이내 거기에 따라주기로 했다. "괜찮아. 1월 말에는 문 열 수 있을 것 같아."

"그랜그랜 설탕 쿠키 레시피는, 써도 된다고 했어?"

"아직. 아껴두고 싶은 생각도 있어. 나중에……." 그녀는 어깨를 으쓱해 보였다. "뭔지 알지."

자신만의 레스토랑. 그건 언제나 리브의 꿈이었다. '언제나'라는 기간이 좀 들쑥날쑥하지만. 리브는 몇 년간 어떻게 하면 신선하고 창의적으로 반항할 수 있을까, 거기에만 몰두하던 시절이 있었다. 바닥을 치는 성적, 거친 행동, 나쁜 남자들. 리브는 십대 시절 내내 그런 것들 속에서 흥청망청 지냈다. "방울 단 벌레를 쫓는 것 마냥 잠시도 가만히 있지를 못하냐"고 그랜그랜은 말하곤 했었다. 사실 세아는 그게 무슨 말인지 정확하게 이해한적은 없지만 리브가 세상에 존재하지 않는 무언가를 찾아 헤매고 있는 거라고 생각했다.

그리고 그 무엇은 세아와도 관련이 있었다. 두 사람은 모두 아물지 않은 문제투성이 유년 시절에서 헤어 나오지 못했다. 각자 다른 방식으로 상처로부터 몸을 숨기고 있는 것뿐이다.

하지만 리브는 간절히 자기 사업을 시작하고 싶어 하면서도 세아가 돈을 빌려주겠다는 제안을 번번이 거절했다. 리브는 오롯이 자신의 힘으로 하길 원했다. 독재자처럼 구는 상사에게 혹독한 시련을 견뎌내면서까지 말이다.

"여기 와 있어줘서 고마워." 세아가 고개를 돌려 리브를 보았다.

"고마워할 필요 없어. 언니는 내가 보답할 수 없을 만큼 수없이 내 곁을 지켜줬잖아."

"그게 내 일이었어. 내가 언니잖아."

"언니도 어린애였어."

세아는 남은 와인을 비우고 한숨을 쉬며 일어섰다. "이제 자러 가야겠다."

리브는 곁을 지나가는 세아의 손을 잡았다. "전부 잘될 거야, 언니."

"세상아 덤벼라, 우리가 간다. 맞지?"

리브는 싱긋 웃고는 잡은 손에 힘을 주었다.

위층으로 올라간 세아는 아이들이 잘 자는지 보려고 딸들 방으로 들어갔다. 먼저 어밀리아의 침대를 굽어보고 머리를 쓸어 넘겨주고는 이마에 가볍게 입을 맞추었다. 그런 다음 에이바의 침대로 가서 똑같이 했다. 하지만 에이바의 곁에서 쉽게 자리를 뜰 수 없었다. 잠을 자는 동안에도 이 아이의 표정은 어밀리아보다 심각했다. 에이바는 가장 좋아하는 봉제 인형을 가슴에 꼭 끌어안은 채 작은 분홍색 입술을 굳게 다물고 있었다. 두 아이가 일 분 차이로 태어났다는 사실이 에이바가 모든 책임을 져야 할 언니라고 공식적으로 지정이라도 해준 것 같았다.

세아는 방을 빠져나와 문을 닫았다. 손가락으로 딱 소리를 내자 버터가 따라왔다. 그녀는 재빨리 잠옷으로 갈아입고 욕실로 들어가 세수, 양치질, 머리 손질을 마쳤다. 침대로 가다가 그녀는 개빈의 서랍장 앞에 멈췄다. 일상의 감각이 그녀의 마음에 한 줄기 후회를 잡아당겼다. 그는 대부분의 물건을 그대로 두고 나갔다. 옷가지며 신발, 수집한 야구모자들. 서랍장 위에 놓인 작은 접시에는 그가 주머니에서 꺼내둔 자잘한 물건들이 가득 들어 있었다. 잔돈이며 주유소 영수증, 오렌지맛 틱택 캔디까지.

세아는 캔디 통을 손으로 쓸어보았다. 그녀는 그 맛을 생생히 느낄 수 있었다. 그의 숨결에서는 늘 그 냄새가 났는데, 그가 팀 훈련을 떠나기 전에 입술을 그녀의 입술에 형식적으로 비비댈 때도 그 냄새가 났었다.

오늘 그가 와락 덤벼들며 한 키스는 완전히 다른 키스였다.

세아는 틱택 통을 들어 쓰레기통에 버렸다. 그런 다음 전등을 끄고 침대로 미끄러져 들어갔다. 버터가 뛰어올라 와 몇 바퀴 돌더니 이내 개빈의 자리에 풀썩 몸을 뉘였다.

아니, 이제는 개빈의 자리가 아니다. 그는 떠났다. 아무리 애원하고 사과해봤자 바뀔 것은 없다. 왜냐하면, 정말이지, 대체 그는 자기가 뭐라고 생각하는 걸까? 이제 와서 그런 식으로 당당하게 걸어 들어와서 그렇게 키스를 퍼부을 생각을 하다니. 그럼 마치 아무 일도 없었다는 듯 그녀가 녹아내려 용서라도 해줄 것처럼 말이다.

아니 물론, 아주 잠깐이지만 좋기는 했다. 마치 임신을 하기 전으로 돌아간 것 같았다. 서로에게 빠져 제정신이 아니었던 시절처럼 그가 도저히 못 참겠다는 듯 그녀에게 키스를 한 건 너무나 오랜만이었다. 그때 누군가가 지금은 그녀의 옷을 찢지 않고는 하루라도 견딜 수 없을 것 같은 이 남자가 훗날에는 밤에 그녀와 몸이 스치면 사과라도 할 기세로 변할 거라고 말했다면 그녀는 결단코 믿지 않았을 것이다. 그녀에게 손을 내미는 빈도가 점점 줄어들 거라고, 그녀가 욕구불만인 채로 끝나버린 걸 알려주려 해도 제대로 관심을 보이지 않게 될 거라고 말했던들 믿지 않았을 것이다.

그날 밤까지는 그랬다. '세상에 이런 일이'가 일어났던 그날 밤.

세아는 눈 위로 팔을 얹고 꾹 눌러 기억이 떠오르는 걸 막아보려 했지만, 그 기억은 머릿속에서 맴도는 짜증 나는 노래처럼 이내 되살아났다.

당시 두 사람은 두 달째 관계를 하지 않았고, 아이들 문제나 집, 그의 경기 일정 등 생활에 필요한 말 외에는 대화도 거의 나누지 않고 있었다. 그녀는 경기장에 가고 싶지 않았지만, 아무리 '대체 내가 어쩌다 이렇게 된 거지'라는 새로운 각성을 한 상태였다고 해도 그렇게까지 옹졸한 사람은 아니었다. 플레이오프 경기를 놓칠 수는 없었다. 그렇게 큰 위험을 감수할 수는 없었다. 그래서 여느 착한 와그 멤버들처럼 그녀는 그의 야구 점퍼를 입고 카메라 앞에서 포즈를 취하고 가족석에 앉아 '티 없이 깨끗한 파스텔색' 미소를 지었다.

그리고 9회 말이 시작되었다. 만루에 투 아웃. 개빈이 타자석에 섰다. 그가 1루로 진출하면 동점이었고 2루타를 친다면 승리를 할 수 있는 상황이었다. 개빈의 선수 경력에 너무나 중요한 순간이었다. 오랜 시간 그를 봐왔지만 그 중요함이 그녀에게 다가온 건 이번이 처음이었다.

이유를 생각할 겨를도 없이 그가 방망이를 휘두르는 순간, 그녀는 흐느껴 울기 시작했다. 세아는 방망이에 공이 맞는 소리만 듣고도 그가 해냈다는 걸 알았다. 홈런을 친 것이다. 그냥 평범한 홈런이 아니었다. 9회 말 역전 만루 홈런이었다.

남편이 두 팔을 치켜든 채 모든 베이스를 돌아 들어오는 걸 바라보는 세아의 얼굴 위로 눈물이 흘렀다. 동료들은 환호성을 지르고 날뛰며 축하를 하기 위해 모두 홈으로 나와 그를 기다렸다. 관중들은 그의 이름을 외쳐댔다. 델은 그에게 게토레이를 쏟아부었다. 아나운서들은 영화 같은 역전승이라고 말했다. 모든 운동선수가 평생을 꿈꾸지만 극히 몇 안 되는 선수들만이 얻을 수 있는 순간이었다. 그리고 그녀 역시 누구 못지않게 그런 분위기에 휩쓸렸다. 클럽하우스에서 그녀는 샴페인을 마셨고 그가 자신를 번쩍 들어 올려 키스하도록 두었다.

집으로 돌아왔을 때, 두 사람은 이전과 똑같아져 있었다. 그들은 제정신이 아니었다. 서로에게 미쳐 있었다. 침실에 도착하기도 전에 서로의 옷을 거의 다 벗겨버렸다. 그리고 개빈은, 오, 개빈은…… 이전처럼 그녀에게 게걸스럽게 달려들었다.

그의 손길에는 오랫동안 느끼지 못했던 맹렬함이 있었다. 그녀를 달아오르고 짜릿하게 하는 성급함이 있었다. 그녀는 격정적으로 불타올랐고 정신이 혼미해졌다. 그녀는 샴페인에, 열정에, 그에게 흠뻑 취했다.

순식간에 덮쳐온 오르가슴에 그녀는 눈앞이 캄캄해졌고 온몸을 떨면서 울부짖었다. 그 순간 갑자기 개빈의 몸이 돌처럼 굳었다.

"바, 바, 방금 그거 뭐야?"

환희의 느낌이 차올랐다 빠져나가는 걸 느끼며 세아는 웃었다. "우리가 안 한 지 좀 되긴 했지만, 그게 뭔지도 잊은 거야?"

개빈은 그녀의 머리 옆에 받친 팔꿈치를 세우며 몸을 들었다. "대체 그게 뭐였냐고, 세아?"

그의 목소리에 묻어 나오는 냉기에 그녀의 몸에 소름이 돋았다. "무슨 소리야?"

그는 인정사정없이 그녀를 밀어냈다. 그녀에게 남아 있던 쾌락의 즐거움은 사라졌고, 그의 얼굴에는 열정이 식은 자리에 무슨 의미인지 알 수도 없고, 결코 알고 싶지도 않은 표정이 자리하고 있었다. 그녀는 두려움에 심장이 내려앉았다. 그가 눈치를 챘다. 이런, 젠장. 그가 알아버렸다.

"다, 당신……." 그는 말을 잇지 못했다. 눈을 깜빡였다. 이어 침을 삼켰다. "당신 지금 오르가슴 느낀 거야?"

세아는 웃어보려 했지만 마음대로 되지 않았다.

"말도 안 돼." 그는 뒤로 물러나며 숨을 들이마셨다. "그동안 느낀 척했던 거였어." 확신이었다. 질문이 아니라.

세아는 침을 삼켰다. "뭐? 아니야, 그런 적 없어."

이제 상처와 배신감으로 얼룩진 그의 얼굴을 향해 그녀는 손을 뻗었다. 그는 그녀에게서 떨어져 뒤로 물러섰다. "거짓말하지 마, 세아. 얼마나 오랫동안 그런 척한 거야?"

"개빈……."

"빌어먹을 얼마나 오랫동안 그랬던 거냐고?" 개빈은 평소답지 않은 목소리로 소리를 질렀고 세아는 깜짝 놀랐다. 세아는 바닥에 떨어져 있던 바지를 주워 입었다. 바로 두세 시간 전까지 화려하게 일렁이던 환상이 빠르게 사라지며 그게 신기루였다는 걸 보여주고 있었다.

세아가 아무 말도 하지 않자, 개빈은 양손으로 머리를 감싸쥐었다. "내내 연기였던 거야?"

거짓말을 한들 무슨 의미가 있을까. 그리고 빌어먹을, 그녀 역시 거짓말하는 데 신물이 났다. 거짓 미소를 짓는 것도 지긋지긋한 데다, 다 괜찮은 척하는 것도 지겨웠다. "내내 그랬냐고?" 그녀는 쏘아붙였다. "아니, 늘 그런 건 아니었어. 쌍둥이가 태어난 이후부터지."

"그건 우리 결혼 생활 내내잖아!"

"그래, 그렇긴 해. 그걸 알아채는 데 어떻게 이렇게 오래 걸릴 수가 있지?"

그는 그녀를 뚫어져라 쳐다보더니 대답하지 않고 쿵쿵거리며 손님방으로 향했다. 그리고 다시는 부부 침대로 돌아오지 않았다.

그랜그랜이 해줬던 말 중에 또 뭐가 있었더라? "남자가 너를 떠나려고 할 땐 잘 가라고 손을 흔들어주고 문을 잠가버려. 가망 없는 일을 좇는 것보다 그 편이 더 나은 걸 얻을 게다."

세아는 더 나은 걸 얻었다. 못다 한 학위 마치기. 개빈을 선택하며 내동댕이쳤던 자신의 일에 다시 매진하기. 두 딸을 강하고 자신감 넘치는 모습으로 키우기. 그리고 절대, 무슨 일이 있어도 남자에게 마음을 주는 바보 같은 짓은 하지 않기.

월요일 아침이 오기 전까지 개빈은 이보다 더 우울해질 수는 없을 거라고 생각했다. 하지만 아침 8시부터 누군가 호텔 방문에 노크를 하는 순간 그것이 오산이었음을 깨달았다.

문 뒤에 서 있는 게 바로 책 읽다 발기하는 브레이든 맥이었기 때문이다.

"이런 씨, 뭐 하러 왔어?"

"너한테 커피까지 대령하는 친구한테 그게 할 소리야?"

"넌 내 친구 아니거든. 똥꼬에 난 종기 같은 놈아." 그래도 커피라는 말은 반가워 개빈은 뒤로 물러서서 맥이 들어오게 해주었다. "뭐 하러 왔냐니까?"

"델 기다리고 있어."

"왜?"

"왜냐하면 우린 일을 해야 하니까." 맥이 들고 온 종이 캐리어에서 컵을 하나 꺼냈다. "너 주려고 호박 라테 사 왔어. 계피 가루도 솔솔 뿌렸고. 너랑 어울릴 것 같아서."

개빈은 인상을 찌푸리고 손가락 욕을 하면서 거절했지만 카페인에 대한 절실함이 자존심을 누르고 말았다. 그는 플라스틱 뚜껑을 열어 한 모금 마셨다. 터져 나오는 커피의 풍미에 발걸음이 우뚝 멈췄고 입에서는 절로 '음' 소리가 새어 나왔다. 달달하고 끝내주는 맛이 커피의 제왕급이었다. 이 망할 게 뭐라고 이렇게 맛있단 말인가. 호박 파이를 음료수로 만들어놓은 것 같았다. 왜 이걸 한번도 안 먹어본 거지? 이러니 여자들이 이 망할 걸 마시지!

맥은 싱긋 웃었다. "맞지? 내가 진짜 애정하는 커피야."

누군가 집요하게 두드려대는 바람에 호텔 방문이 덜컹거렸다. 델이었다. 그는 허튼소리는 참지 않겠다는 태도로 방 안으로 재빨리 뛰어 들어왔다. "내 커피 가져왔겠지." 그는 빽 소리를 질렀다.

맥은 커피 캐리어를 가리켰다. "호박 라테, 네가 주문한 대로 사 왔어."

개빈의 입이 떡 벌어졌다. "너도 이거 마셔?"

델은 창가에 있는 의자에 대충 널브러져 앉았다. "완전 좋아하지. 직접 주문하기엔 너무 창피하지만."

맥은 소파에 털썩 앉더니 두 발을 쭉 뻗었다. "이런 거 좋아한다고 창피해하지 마. 호박 라테를 거부하는 건 우리 삶에서 가장 재미없는 부분에까지 남성성이라는 독이 퍼져 있다는 아주 완벽한 사례라고 할 수 있어. 여자들 대다수가 뭔가를 좋아해, 그럼 우리 사회는 자동적으로 그걸 조롱해. 로맨스 소설도 그렇지. 여자들이 그걸 좋아한다고 하면 농담거리가 된다니까, 안 그래?"

개빈은 눈을 깜빡거렸다. "너 꼭 맬컴 같이 말한다."

"친구, 내가 얼굴만 잘생긴 게 아니거든." 맥은 커피를 내려 놓고 자리에서 일어섰다. "네 옷장으로 가보자."

개빈은 마시던 커피를 뿜었다. "왜?"

"오늘 밤 학교 음악 행사에 입고 갈 옷 골라주려고."

"내 옷을 골라주러 왔다고?"

"다른 일도 있고." 델이 말했다.

맥은 욕실 반대편에 있는 한 칸짜리 벽장으로 가 문을 열었다. "이봐, 이건 너무 절망적인데." 그는 옷걸이를 옆으로 밀쳐가며 말했다. "갖고 있는 게 이게 전부야?"

"아니거든, 재수야. 거의 다 집에 있어."

"암튼 난 이걸론 작업 못 해. 아무래도 쇼핑하러 가야겠다."

"난 절대로 너랑은 쇼핑 안 가."

"남성성이라는 독이 문제라니까." 맥은 쯧쯧 혀를 찼다.

델은 마치 소풍 장소까지 앞으로 세 시간은 더 운전해서 가야 하는 괴로운 버스 운전기사처럼 한숨을 내뱉었다. "난 지금이라도 당장 집으로 가서 아내랑 사랑을 나눌 수도 있는 몸이야."

맥과 개빈은 둘 다 야유를 퍼부으며 몸을 돌렸다.

델은 어깨를 으쓱했다. "얼마나 매달렸게. 침대로 다시 돌아오게 하려고 어찌나 나를 유혹하던지……."

맥은 손으로 귀를 가렸다. "애들 앞에서 못 하는 소리가 없어!"

"그리고 행하였도다!" 델은 큰 소리로 외쳤다. 그러고는 맥을 가리켰다. "개빈 옷 헐뜯는 건 그만하고 뭐라도 있나 찾아봐. 그리고 너." 그는 개빈을 가리켰다. "어디 들어보자."

개빈은 델이 누구한테 말하고 있나 두리번거리며 뒤를 보았다. "듣다니 뭘?"

"지금까지 배운 내용."

"배워?"

"책에서 배운 거." 델은 팔짱을 끼며 말했다. "읽기 시작하긴 한 거지, 그치?"

개빈은 얼굴을 찡그렸다.

델의 몸이 약간 더 커졌다. 아니, 그래 보이는 건가. "너 이걸 진지하게 생각하고 있긴 한 거야?"

"응……."

"우린 큰맘 먹고 널 북클럽에 초대한 거야."

"토요일에 이상한 책 하나 준 게 다잖아!"

"어머, 미안해라." 델이 말했다. "지금 네 인생에서 급하게 처리할 게 이것 말고 또 있었어? 난 네 결혼 생활을 구하는 게 지금 제일 꼭대기에 있는 줄 알았는데." 그는 손을 머리 위로 쭉 뻗어 허공을 잠깐 올려다보았다. 그러고는 다시 개빈에게 눈을 돌렸다. "책은 얼마나 읽었어?"

"첫 번째 장."

"미치겠네." 델이 투덜거렸다.

"저기, 델. 솔직하게 말할게. 난 이 책에서 뭔가를 얻을 수 있으리라는 확신이 안 서."

"네가 노력을 안 하니까 그렇지. 책 가져와봐."

개빈은 숙제를 안 해서 교장실에 불려 간 어린애가 된 기분으로 침대 옆 탁자로 터덜터덜 걸어갔다. 그는 서랍에서 '짜증 나는 백작부인'인지 뭔지를 꺼냈다. 델은 책을 받아 들더니 설교 말씀을 전하려는 전도사처럼 책을 높이 들어 올렸다.

"우리가 이 책을 고른 데는 이유가 있어."

"결혼 생활을 망친 남자에 관한 거라서? 그건 알아."

"그것만은 아니야." 델은 책을 펼쳐 몇 페이지를 넘기더니 원하는 부분을 찾았다. 그는 목청을 가다듬었다.

"나의 사랑." 델이 책을 읽어 내려갔다. "우리는 처음부터 다시 시작하는 거요."

"그래서?" 개빈이 물었다.

"그게 바로 너와 세아가 앞으로 할 일이야."

"무슨 소린지 모르겠어."

"아내의 마음을 다시 사로잡을 거라고." 델은 책을 침대 위로 던졌다. "그리고 우린 시간이 그리 많지 않아, 그러니 일어나."

"왜?"

"너한테 유혹하는 기술을 가르쳐줄 거니까."

개빈은 또 한 번 커피를 뿜었다. "아니, 난 그런 거 안 해."

"토요일 날 네가 집에 가서 망쳐놨잖아. 그러니 오늘 밤 제대로 만회해야 돼. 부인 마음을 좀 누그러뜨린 다음 네 입장을 밀어붙일 수 있게. 이리 와봐."

개빈은 뒤로 물러섰다. "절대 안 해. 세아는 추파 던지는 거 싫어해."

"뭐라고?" 맥이 코웃음을 쳤다. "헛소리하지 마. 그럼 맨 처음에 무슨 수로 데이트에 나오게 했는데?"

"암튼 추파를 던지거나 그러진 않았어." 그건 사실이었다. 한 번은 그녀 입으로 직접 그런 말을 한 적도 있다. 그녀는 자신이 일하는 카페에 드나드는 그를 눈여겨보았다고 했다. 그가 자신 앞에서 절대로 시시껄렁한 소릴 지껄이거나 과하게 친한 척하지 않았기 때문이다. 혹시라도 그가 비웃음을 살까 봐 그랬었다는 걸 알게 된다면 그녀가 그 기억을 사랑스러워하려나 궁금해졌다. 아무튼 그 방법은 통한 것이었다.

델은 또 한 번 한숨을 쉬었다. "개빈, 모든 여자는 유혹당하는 걸 좋아해. 다만 그 유혹의 종류가 다를 뿐이야. 어떤 여자들은 질척한 농담을 좋아하고, 어떤 여자들은 예의 바르게 접근하는 걸 좋아하고. 조용히 다정하게 대해주는 걸 좋아하는 여자들도 있어."

"세아가 어떤 걸 좋아하는지 내가 대체 무슨 수로 알아?"

맥은 믿기지 않는다는 표정으로 방으로 돌아왔다. "둘이 결혼한 지 몇 년이나 됐더라?"

델이 끼어들었다. "이건 아내의 언어 배우기 중 일부야."

"오늘 밤까지 그걸 어떻게 배워!" 미치겠다. 창피해 죽을 것 같다.

델은 무언의 뜻을 담아 맥을 향해 고개를 끄덕였고, 맥은 "왜 나야?"라고 징징거리며 느릿느릿 방 밖으로 걸어 나갔다. 하지만 다음 순간 전혀 다른 표정으로 모습을 드러냈다. 그는 반쯤 미소 지으며 팔짱을 낀 자세로 문간에 기대섰다. 그리고 윙크했다.

개빈은 자기 뒤에 누가 있나 돌아보았다. "뭔 미친 짓이야."

"당신 정말 아름다워요. 당신 옆에 있으면 난 사람들 눈에 보이지도 않겠어요."

"어……."

"그런 드레스 입고 나오기 전에는 남자한테 미리 경고하는 거 잊지 말아요." 그런 다음 그는 오랫동안 천천히 시선을 위아래로 움직였다. 그게 끝이었다. 그는 어깨를 으쓱해 보이더니 자연스럽게 문에서 멀어졌다. "꾀는 건 자신감의 문제야, 친구. 그게 전부라고."

"난 지금 자신감 바닥이라고."

"네 자신감 말고, 등신아. 여자의 자신감! 넌 그녀가 그 공간 안에서 마치 자기가 유일한 여자가 된 것처럼 느끼게 해주는 거야. 그녀의 얼굴에 미소가 번지고 발걸음이 가벼워지고 뺨이 살짝 붉어지게 하는 거지. 밤에 잠자리에 들었을 때 계속 되새길 수 있는 말을 해주는 거라고."

개빈은 그 장면을 상상하다가 탄성을 내지를 뻔했다. 오, 잠자리의 세아라니. 짧은 실크 속옷을 입은 그녀…… 혼자 있다. 아니면 어떤 남자랑 같이? 으악, 토할 것 같아.

"커피 내려놔." 델이 명령했다.

개빈은 순순히 응했다. 델은 한 번도 본 적 없는 이상야릇한 미소를 장착하고는 그를 향해 걸어오기 시작했다. 그의 시선은 개빈에게 고정되어 있었고, 환장하게도, 개빈은 그에게서 시선을 돌릴 수가 없었다. 그는 벽에 부딪힐 때까지도 자신이 뒤로 물러서고 있다는 사실조차 몰랐다. 델은 벽에 기댄 개빈의 양어깨 옆으로 두 손을 받치더니 몸을 앞으로 숙이며 싱긋 웃었다.

"이봐요."

"네." 개빈의 입에서 자기도 모르게 대답이 튀어나왔다.

"어젯밤 일이 머릿속에서 떠나질 않아요."

개빈은 침을 꿀꺽 삼켰다. "어, 어젯밤에 무슨 일이 있었는데요?"

델이 윙크했다. "다시 기억나게 해줄까요?"

미치겠네. 개빈은 몸을 벽 쪽으로 더 바짝 붙였다. "나 지금 서서히 달아오르는 것 같다고 너한테 말해야 할 것 같은 기분이야."

"당신 정말 간절해 보이는데요……." 델은 여전히 역할극 말투로 말했다. 그는 눈썹을 추켜 올리더니 개빈의 입술을 지그시 바라보았다. "지금 이건 내 역량을 최대한 발휘한 것도 아니야."

맥은 헛기침을 했다. "두 사람의 중요한 순간을 방해해서 미안하지만, 지금 우리 위기야, 위기." 그는 회색 스웨터를 들어 보였다. "이 얼간이 대장이 가진 한심한 옷장에서 유일하게 쓸 만한 건 이거 하나뿐이야."

개빈은 델의 어깨를 밀쳤다.

델은 뒤로 물러섰다. "일단, 그녀의 눈을 계속 바라보는 것만 기억해. 눈 맞추기가 제일 중요해."

"그리고 윙크." 맥은 스웨터를 침대 위로 던지며 말했다. "여자들은 그거라면 사족을 못 써."

델이 마지막 하나를 덧붙였다. "그리고 입술을 바라봐. 그녀의 입술이 네 온몸에 닿는 걸 상상하고 있다는 걸 그녀가 알 수 있게."

그거라면, 크게 어려울 것 같지 않았다. 개빈은 세아의 입술이 자기 몸에 닿는 걸 생각하며 여러 날을 보냈으니까.

그런데 잠깐만……. 개빈은 두 사람 사이를 번갈아 쳐다보았다. "그게 다야? 오늘 입은 옷이 마음에 든다고 말하고 그녀가 날 핥아주길 바라는 것처럼 행동하라고? 그게 날 위해 준비한 계획의 전부야?"

"일단은."

개빈은 침대 위에 털썩 주저앉았다. "절대 안 될 거야."

"두 사람 사이에 정말 무슨 일이 있었는지 말해주면 좀 더 쉬워질 텐데."

"절대 말 안 해."

"알았어." 델은 또 한 번 긴 한숨을 내쉬었다. "그럼 일단 우리한테 뭐라도 말을 해봐. 아무 거라도. 토요일에 세아가 했던 얘기 하나만 해봐. 그게 오늘 밤 계획에 도움이 될지도 모르잖아."

개빈은 그대로 뒤로 벌러덩 누워 천장을 바라보았다. 토요일에 그녀가 했던 말 하나하나가 전부 그의 기억 속에 영원히 각인될 것처럼 자리하고 있었지만 녀석들과 이야기를 나누다 보면 너무 많은 게 드러날지도 모른다.

"집을 갖고 싶다고 했어." 그는 말했다.

델이 활기를 띠고 물었다. "그렇게 말했어?"

개빈은 고개를 끄덕였다. "쌍둥이가 집으로 여기는 곳은 지금 집이니까. 우리 중 하나가 계속 그 집을 갖고 있는 게 애들한테 훨씬 받아들이기 쉬울 거라고. 그리고 비용은 내가 대줄 수 있냐고 물어봤고."

델과 맥은 서로를 쳐다보았다. "그 방법 쓰면 되겠네." 맥이 말했다.

"너무 위험한데." 델이 받아쳤다. "게다가 지금이 섭정 시대도 아니고. 세아는 법적으로 소유권 절반을 갖고 있잖아."

"그렇긴 해도 그 상징성은 꽤 오래갈 수도 있어." 맥이 대답했다.

"이봐들." 개빈은 몸을 일으켜 앉아 양손을 흔들었다. "지금 나 궁금해서 미치게 하고 싶어서 이래?"

"판돈을 올리는 거야."

"그게 무슨 뜻인지 내가 알아야 되는 거야?"

델과 맥은 개빈이 분명 마음에 들어 하지 않을 거라는 시선을 주고받았다.

개빈이 알아야 하는 건가 보다.

델은 숨을 깊이 들이마신 다음 내뱉었다. "넌 이혼에 동의하는 거야."

이건. 무슨. 개소리야.

"그래." 맥이 말했다. "근데 그 전에 쇼핑부터 가자."

"엄마, 너무 아파."

세아는 에이바의 얼굴에 대고 있는 페이스페인팅용 크레용을 내려다보았다. 너무 힘을 주었나 보다. 그녀는 학교 음악 행사에 무대 소품과 페이스페인팅을 거들겠다고 자원봉사를 자처했다. 때문에 신경을 분산시킬 일이 많았음에도 개빈이 도착할 시간이 다가오자 시계가 째깍거리는 소리까지 들릴 정도로 마음이 어수선해졌다.

리브가 곁에 있으면서 정신적으로 받쳐 주었더라면 얼마나 좋을까 수백 번 바랐지만 동생은 오늘 밤 저녁 근무라 일을 하러 가야 했다.

"미안해, 아가." 세아는 에이바의 얼굴에서 크레용을 떼었다.

"엄마, 그거 너무 예쁘다!" 어밀리아가 엄마에게 칭찬을 쏟아냈다. "엄만 그림 짱 잘 그림이야!"

"잘 그려, 라고 해야지." 세아는 조용히 고쳐주었다. "그리고 고마워. 듣기 좋은데."

세아는 사슴으로 분장한 에이바의 얼굴에 마지막으로 꽃 하나를 그려 마무리한 다음 물감을 정리했다. 두 딸은 연극에서 새끼 사슴을 맡았다. 무대가 시작하기까지 겨우 10분밖에 남지 않았다. 선생님은 신이 나 재잘거리는 아이들에게 박수를 치면서 곧 시작할 테니 줄을 서라고 소리 높여 말했다. 그 말은 세아가 객석으로 나갈 때가 되었다는 뜻이다. 개빈에게 행사 내내 무대 뒤에서 도와야 한다고 거짓말이라도 할 걸 후회했다. 어느 쪽에서 불쑥 다가올지 모르는 사람들에게 가짜 미소를 지어 보이거나 자잘한 잡담을 할 만한 에너지가 남아 있지 않았다. 신이시여, 부디 제일 처음 만나는 사람이 개빈의 만루 홈런에 대해 떠들어대며 불시에 타격하지 않도록 저에게 평화와 고요의 시간을 허락해주시옵소서.

무대 옆으로 난 계단을 내려가는데 그녀의 속이 울렁거렸다. 앉을 자리를 찾는 가족 무리들 사이사이를 훑어보았다. 한 무리의 여자들이 모두 똑같은 표정을 짓고 있었는데, 다들 남편이 늦어서 온 가족이 함께 나란히 앉지 못해서 짜증이 난 모양이었다. 다행히 개빈은 보이지 않았다. 이렇게 오래 서성이고 있다 보면 두 사람도 따로 앉을 수 있을지도 모른다.

하지만 안심도 잠시.

"저기."

그의 목소리에 그녀는 화들짝 놀라며 돌아보았다. 계단 맨 아래에 서서 입가에 미소를 지으며 그녀를 올려다보고 있는 개빈은 그녀가 처음 보는 얄팍한 브이넥 스웨터를 입고 있었다. 옷이 도저히 거부할 수 없다는 듯 그의 근육을 휘감고 있었다.

다행인 건 세아는 거부할 수 있다는 거였다. 그녀는 이미 '상처받은 가슴'이라는 주사를 맞았고 이제는 면역이 되어 있었다. 저 둥근 이두박근과 두꺼운 팔뚝, 잘 단련된 가슴 근육, 그 사이로 보기만 해도 감질나는 가슴골하며…….

윽! 그녀는 나머지 계단을 걸어 내려갔다. "자리 잡았어?"

그는 통로 쪽을 가리켰다. "열 번째 줄이야. 코트로 자리 맡아두고 왔어."

개빈은 그녀가 앞서갈 수 있게 기다렸다가 그녀의 허리춤에 손을 둘렀다. 마치 여전히 함께 지내는 것처럼, 여느 행복한 엄마 아빠들처럼. 그녀는 불협화음을 내다가 목소리 하나가 치고 올라오는 것처럼 슬그머니 그의 손길에서 벗어났다.

"저기요, 개빈 스콧 맞죠?"

그러면 그렇지. 돌아보는 세아의 마음속에 직접 지어낸 뜻 모를 욕지거리들이 스쳐 지나갔다. 머리를 짧게 깎은 청바지 차림의 아빠 하나가 개빈에게 손을 내밀었다. 그는 늘 팬들을 대하는 식으로 예의 바르게 서 있었다.

세아는 가짜 미소를 장착하고 손을 내밀었다.

"세아 스콧이에요."

남자는 그녀의 손가락을 잡고 대충 흔들었다. 어떻게 아직도 여자의 악수를 제대로 못 받는 남자가 있지? 그는 다시 개빈에게 관심을 돌리고 그녀 쪽으론 거의 시선을 두지도 않았다.

"마지막 경기에서 완전 박살 났었죠." 남자가 말했다. "그 마지막 판정은 진짜 말도 안 돼요. 그 심판 혹시 장님 아니에요?"

개빈의 턱 힘줄이 불끈 튀어나왔다. 그는 사람들이 경기에서 진 걸 심판 탓으로 돌리는 걸 싫어했다. "안 좋은 판정을 받아서 경기에서 지게 만든 건 우리 잘못입니다. 제가 제대로 못 해서 그런 거예요."

"에…… 아니, 델 힉스 탓이에요. 그 사람이 뜬 공을 놓쳐버렸잖아요. 그 사람 곧 재계약 시즌인데, 맞죠? 올해엔 그 사람을 빼버리든지 해야 하는데. 한물간 짐은 좀 쳐내야죠."

"델 힉스는 내, 내, 내……."

세아는 남자의 표정만 보고도 개빈이 말을 더듬기 시작했다는 걸 알았을 것이다. 그 개자식의 시선은 개빈만 빼고 사방팔방을 훑었다. 마치 말을 더듬는 게 창피해해야 할 일이라는 것처럼. 세아는 이런 사람들을 경멸한다. 그들은 왕팬이라고 떠들어대다가 개빈이 말을 더듬기 시작하면 그가 무슨 전염병에라도 걸린 사람처럼 행동한다.

그저 본능으로 세아는 개빈의 손에 슬그머니 자신의 손을 넣고 꽉 쥐었다. 그는 그녀의 손을 감싸 쥐고서 숨을 내쉬었다. 그리고 차갑게 말했다. "델 힉스는 가장 친한 친구라서요."

"아, 그럼, 전 이만, 그러니까, 이만 자리로 가시게 제가 비켜드릴게요." 남자는 얼굴을 붉히며 말했다. "만나서 반가웠습니다."

세아는 몸을 돌리고서 개빈에게서 손을 빼내려 했지만 그는 놔주지 않았다. 대신 그녀를 끌어당겨 그녀의 귓가에 입술을 댔다. 비누 냄새와 함께 그의 숨결에 스민 틱택 향기가 놀리듯이 그녀의 피부에 닿았다.

"고마워." 그가 나직이 말했다.

"저 남자 왕재수였어."

"세아."

그의 단호한 목소리에 그녀는 웃음기를 거두고 그를 똑바로 보았다. 그러다 곧바로 시선을 피했다. 그의 눈동자에도 목소리처럼 묵직한 뭔가가 있었던 것이다. 그녀는 지금 그런 진지함을 감당할 힘이 없었다. "그것 좀 하지 말아줄래?"

"뭘 하지 마?"

"뭔지는 모르겠지만 지금 하려고 했던 거. 나 지금은 당신이랑 그런 거 못 하겠어."

"난 당신 이름만 불렀을 뿐인데."

"이름을 어떻게 불렀느냐가 문제잖아."

"내가 어떻게 했는데?"

"꼭 무슨 의미가 있는 것처럼." 그녀는 목소리를 낮춰 쏘아붙였다.

그는 눈에 장난기를 가득 담아 일부러 천천히 몸을 숙여 거리를 좁혔다. 그녀의 심장은 분명 덜컹 내려앉지 **않았고** 매혹적으로 어루만지는 그의 목소리에 그녀의 피부는 절대로 닭살이 돋지 **않았다.** "오늘 아침에 내가 당신 이름을 부르면서 잠에서 깼다고 말하면, 그건 무슨 의미일까?" 그가 속삭였다.

이게 대체 뭐……?

순간, 그가 윙크했다. 그런 다음 그녀의 손을 놓고 맡아둔 자리로 걸어갔다.

세아는 복도에 선 채로 꺅 소리를 질러 이미 때늦은 저항을 표시했다. 그러고 나서 다시 걸음을 옮겼다. "그거 뭐였어?" 그녀는 자리에 앉으며 작지만 화난 목소리로 말했다.

그는 보통 남자들이 그러듯이 발목을 교차시킨 자세로 앉아 있었다.

"무슨 소리야?"

"무슨 말인지 정확히 알잖아! 방금 나한테 윙크한 거야?"

"그런 것 같은데. 맞아."

"당신 윙크 안 하잖아."

"아니야, 나도 해."

"아니, 절대 안 해. 여자는 남자가 윙크한 모든 순간을 기억해. 왜냐면 윙크를 너무너무 좋아하거든. 캣닙 같은 거야. 여자들한테 윙크를 날리면 우리는 바닥을 구르고 가르릉거리기 시작한다니까. 나한테 오랫동안 윙크 안 했잖아."

"그랬다면 내가 바보였던가 보네." 개빈은 천천히 시선을 그녀의 입술로 가져갔다. "왜냐하면 당신이 가르릉거리는 소리 나 싫지 않을 것 같거든."

세아는 꺅 소리를 질렀다. "뭐라는 거야!"

"그건 그렇고, 당신 오늘 참 예쁘다." 개빈은 말을 하고 나서 무심한 듯 시선을 무대로 가져갔다. "그 드레스 입고 나, 나, 나오기 전에는 남자한테 미리 겨, 경고해야겠는데."

조명이 사그라지고, 어둠의 축복이 그녀의 붉어진 뺨을 가려주었다. 그녀의 뺨은 절대로, 분명히 뜨겁게 달아오르지 않았다.

어두운 공연장 안에서 개빈은 세아를 흘깃흘깃 보았다. 그녀는 등을 꼿꼿이 펴고 다리를 단단히 꼰 자세로 앉아 있었다. 쥐고 있는 손에 조금만 더 힘을 주면 손가락이 부러질 것 같았다.

이 방법이 먹히지 않으면 그는 델과 맥을 가만두지 않을 참이다. 추파를 던지는 것만 말하는 게 아니다. 녀석들이 그에게 오늘 밤에 하라고 지시한 일은 도무지 이해가 가지 않았다. 그런데 가장 이해할 수 없는 건 일단 해보겠다고 한 자기 자신이었다.

녹음된 오케스트라 연주곡이 스피커를 통해 흘러나오고 무대 커튼이 올라갔다. 아이들이 한 줄로 올라와 무대 위에서 춤을 추었다. 얼굴은 동물 분장을 해 뒤죽박죽이었고 춤 동작도 제각각이었다. 그는 두 딸을 알아보고 웃음을 터뜨렸다. 무대 위에서조차 두 딸의 성격이 확실히 드러났다. 어밀리아는 현란하고 활기차게 자기만의 박자에 맞춰 춤을 추었다. 에이바는 진지한 모습으로 정해진 동작에 맞춰 움직였다. 꽉 쥐고 있던 세아의 손이 스르르 풀어지고 꼿꼿했던 등도 극장 의자에 편안하게 기대어졌다. 그에게 무엇 때문에 화가 나 있든지 간에 적어도 딸들의 모습을 볼 때는 그걸 잠시나마 옆으로 치워둔 것이다.

에이바와 어밀리아의 귀여운 동작 하나하나에 그녀의 표정이 바뀌었다. 부드럽게 휘어지는 턱 선, 웃을 때마다 더욱 깊어지는 보조개, 왼쪽 귀 아래 있는 초승달 모양의 작은 상처까지, 그녀를 바라보는 그의 눈으로 감정이 휘몰아쳐 들어왔다. 다시 조명이 어두워지자 세아는 고개를 돌려 그를 쏘아보았다. 그녀의 날 선 경계심에 그는 순간 오싹해졌다.

무대는 한 시간 동안 펼쳐졌다. 커튼이 내려가자마자 그녀는 그를 재깍 돌아보았다. "그만해."

그는 못 알아듣는 척하기로 마음먹었지만, 이런 젠장, 겨드랑이에서 땀이 솟구쳤다. "뭘 그만해?"

"뭔진 모르겠지만 지금 하고 있는 거." 세아는 주위에 듣는 사람이 없는지 둘러보며 목소리를 낮췄다. "공연 내내 날 쳐다봤잖아. 그리고 그 가르릉 어쩌고 하는 얘기는 뭐야? 대체 뭐 하자는 거야?"

그는 맥의 전매특허인 웃는 듯 마는 듯 묘한 미소를 지으려 했다. "내 아내한테 추파를 던지는 것뿐인데?"

"추파를 던진다고!" 그녀는 그의 이마에 손을 갖다 댔다. "혹시 열 있어?"

심장이 쿵쾅대기 시작한 개빈은 그녀의 손을 잡아 내려 자신의 입술로 끌어당겼다. "사실은 말이야," 그는 자신의 목소리가 부디 매혹적이길 바라며 나직이 말했다. "나 열 나."

세아는 손을 홱 낚아채더니 몸을 뒤로 빼고 그의 머리에 뿔이라도 난 것처럼 쳐다보았다. "오다가 차 사고 났지? 아니면 계단에서 굴렀거나, 머리에 공 맞은 거 아니야?"

개빈은 침을 삼켰다. "응?"

"머리를 다친 거냐고. 그것밖에 설명이 안 돼. 당신 병원에 가 봐야 할 것 같아."

"우리 둘이 병원놀이를 할 수도 있고?" 그의 목소리에 섞인 묘한 징얼거림이 확실한 유혹을 품고 있었다.

세아의 육감적이고 빛나는 입술이 저절로 벌어졌다. 하지만 그녀는 곧장 입을 굳게 다물고 판단력을 그러모은 뒤 명령을 받은 군인처럼 벌떡 일어섰다. 그가 자기처럼 재깍 일어서지 않자 190센티미터가 넘는 그가 부러 극적인 퇴장을 노리고 그러는 게 아닌가 싶은 의심에 그녀는 그의 무릎을 쏘아보았다.

개빈은 그녀가 자기 곁을 잽싸게 지나가도록 비켜서 있다가 출구로 천천히 몰리기 시작한 사람들 속으로 들어가는 그녀의 뒤를 바짝 따랐다. 공연장 밖 홀은 아이들을 기다리는 가족들로 금세 북적이기 시작했다. 개빈은 정중하게 팔로 사람들을 가르며 세아에게 최대한 가까이 뒤따랐다. 그녀는 클러치백 안에 핵폭탄 발사 비밀번호라도 든 것처럼 옆구리에 꼭 붙이고 고개를 숙인 채 빠르게 걸어 나갔다.

개빈은 자신을 진심으로 반기며 웃는 몇몇 사람들에게 미소로 응답했다. 하지만 다른 종류의 미소를 어떻게 하면 티 나지 않게 피하는지 오래전에 배웠다. 긴장한 표정으로 웃고 있는 팬들의 미소가 바로 그런 경우인데, 사인을 해달라거나 함께 사진을 찍어달라고 요구할 생각에 잔뜩 신이 난 표정은 위험하다는 신호였다. 팬들은 프로 선수에게는 생명줄 같은 존재이고, 그 또한 미국의 그 어느 도시에서도 내슈빌만큼의 충성스러운 팬들을 찾기 어렵다는 것도 알고 있다. 하지만 프로 선수 역시 사람인지라 때로는 가족과 조용한 밤을 보내고 싶고, 아이들의 학교

연극을 감상하고 싶은 것이 사실이다.

아니면 처참하게 다가올 이혼을 막기 위해 자기 부인을 유혹하거나.

그는 세아를 따라잡아 곁에 서서 주머니에 양손을 집어넣으며 말했다.

"그래서 내가 생각해봤는데, 이거 끝난 다음에 혹시 우리……."

그는 델이 생각한, 가족으로서 다 같이 외식을 하자는 제안을 끝마치지 못했다. 정장을 입고 높은 하이힐을 신은 여자가 양손을 흔들고는 세아의 이름을 부르며 또각거리며 다가왔기 때문이다.

"마르티네스 선생님." 세아가 반갑게 인사했다.

"리디아라고 부르시라니까." 여자가 미소 지었다. "이렇게 마주쳐서 다행이에요."

세아는 개빈을 보더니 눈을 깜빡거렸다. "아, 음. 개빈, 이쪽은 초등학교 교장 선생님이신 마르티네스 선생님이셔. 리디아, 이쪽은 개빈, 제 남편이에요."

제 남편. 이 말이 이다지도 품격 있고 미래를 약속하는 말로 들린 적이 있던가.

여자가 의무적으로 손을 내밀자 개빈은 맞잡아 악수했다. "만나서 반갑습니다."

교장은 다시 세아에게로 돌아섰다. "이 말을 전하려고요, 추천서는 다음 주까지는 해드릴 수 있을 거예요. 그때면 괜찮을까요?"

추천서라고? 세아는 왠지 불안한 눈빛으로 그를 흘깃 보고 다시 리디아를 보았다. "딱 좋아요, 리디아. 부탁 들어주셔서 감사합니다."

리디아는 아니라는 듯 손을 저었다. "작년에 이어 올해까지 자원봉사를 해주신 시간에 비하면 별것 아니에요."

리디아는 돌아서서 다음 주에 보자는 말을 남기며 급히 자리를 떴다.

"무슨 추천서?" 개빈이 물었다.

"밴더빌트 대학." 그녀는 억지로 미소를 지어 보였다. "나 다시 학교로 돌아가서 학위 마칠 거야."

"어, 언제 그걸 결정한 건데?"

그녀의 눈에 순간 불꽃이 일었다. "학위 마치는 건 늘 생각하고 있던 일이거든, 개빈."

"세아, 내 말은 하지 말라는 게 아니라……."

이런 젠장. 잘못 말했다. 절대 하면 안 되는 말이 튀어나왔다.

세아의 목이 길어지더니 새빨개졌다. "이런, 정말 다행이네. 당신 허락이 없이는 절대 하지 말아야지 생각하고 있었거든."

개빈은 손으로 머리를 긁었다. "자기야, 그런 말이 아니라. 일단 진정하고 이 문제는……."

"진정하라고? 자기가 나한테 그런 말을 해? 그런 말해서 좋은 결과를 본 적이 없거든, 내가."

하늘에 계신 신이시여, 저는 지금 불구덩이로 떨어지고 있사

옵니다. 그는 정말로 불길이 그에게 혀를 날름거리는 것 같았다. 휘파람 소리가 귀로 파고들며 너는 곧 박살 나고 죽음에 처하게 될 천하의 바보라고 말해주고 있었다.

"엄마, 우리 봤어?"

"하, 살았다." 개빈은 어밀리아와 에이바가 달려오자 낮게 읊조렸다.

세아의 태도가 급변했다. 그녀는 두 팔을 활짝 벌려 아이들이 온몸을 던져 안기기를 기다렸다. "너희 정말 대단했어!" 그녀는 몸을 굽혀 두 아이 모두에게 입을 맞춰주었다. "여태껏 본 춤추는 사슴 중에서 너희가 최고였어!"

"우리 하는 거 봤어, 아빠?" 어밀리아가 그의 다리를 안으려고 다가오며 물었다.

"그럼 봤지, 예쁜이. 너희들 장난 아니던데."

"나 배고파." 에이바의 말에 개빈은 자연스럽게 그 이야기로 넘어가길 바랐다.

"집에 가서 엄마가 마카로니랑 치즈 요리 해줄게." 세아가 말했다.

귀에서는 휘파람 소리가 더욱 거세졌지만 그는 위험을 감수해보기로 했다. "저기 있잖아, 나도 지금 배고프거든. 우리 같이 '스텔라'에 가는 거 어때?"

스텔라는 그들이 가장 좋아하는 식당이었다. 두 사람은 쌍둥이가 유아용 의자에 앉을 때부터 시내에 있는 그 작은 식당에 다녔다.

"야호, 엄마! 우리 스텔라 가도 돼?" 어밀리아가 물었다.

개빈은 세아의 따가운 시선을 받으며 숨을 참고 있었다. 침이 꼴깍 넘어갔다. "나한테 밴더빌트 얘기도 더 해줄 수 있고." 그가 말했다.

세아는 당장이라도 그의 불알을 차버릴 것 같은 눈으로 쏘아보다가 결국 딸들을 위해 기분 좋은 척 웃어 보였다. "좋은 생각인 것 같네." 그녀가 말했다. "당신이 애들 태우고 가면 어때? 난 식당에서 만나기로 하고."

"난 엄마 차 탈래." 에이바가 엄마 손을 잡으며 말했다.

개빈은 아이의 말에 정곡을 찔린 듯 움찔했지만 가까스로 웃어 보였다. "어밀리아는 나랑 같이 타고 가고 에이바는 당신이랑 가면 되겠다."

두 사람의 차가 주차장 양 끝에 주차되어 있어서 그들은 양쪽으로 나뉘어 보도를 걸어갔다. 어밀리아는 그의 손을 꼭 잡고 앞뒤로 흔들기 시작했다. "에이바는 만날 밤마다 엄마랑 댜." 어밀리아가 모퉁이를 돌아 깡충깡충 뛰면서 말했다.

혀짤배기소리에 그의 심장이 철렁 내려앉았다. 세아는 전혀 걱정할 일이 아니라고 몇 번이나 그를 안심시켰지만 걱정이 되는 게 사실이었다. 말을 더듬는 것은 부끄러워할 일은 아니었지만, 개빈이 그걸 받아들이고 마음을 편하게 먹기까지는 오랜 시간이 걸렸다. 유년 시절과 십 대 시절 그는 주변 아이들에게 말도 못 하게 심한 괴롭힘을 당하고 또 견뎌야 했기에 자기 딸이 똑같은 걸 겪게 되진 않을까 걱정이 될 수밖에 없었다.

"매일 밤 그래?" 그는 어밀리아가 한 말을 이해하고 가까스로 물었다.

"만날 일어나서 엄마한테 가, 그치만 난 아냐. 난 밤새도록 내 침대에서 자는걸. 걔는 내가 천둥을 무서워한다고 내가 애기라고 놀리는데, 깜깜한 걸 무서워하는 걔가 애기야."

개빈은 주차된 차들 옆을 걷다 멈추고 아이와 눈높이를 맞춰 쪼그려 앉았다. "서로 애기라고 놀리는 건 별로 좋은 게 아니야, 우리 예쁜이. 무서운 게 있는 건 당연한 거야." 그의 입에서는 아빠의 지혜가 담긴 말이 술술 나왔지만 머릿속은 복잡했다. 언제부터 에이바가 어두운 걸 무서워한 거지? "어른들도 무서워하는 게 있는걸. 그렇다고 어른이 애기가 되나? 그런 거야?"

어밀리아는 고개를 저었다. 개빈은 싱긋 웃고는 일어섰다. 다시 걷기 시작하고 몇 걸음 가지 않아 어밀리아가 물었다. "뭐가 무서운데, 아빠는?"

너희랑 네 엄마를 잃어버리는 거, 하고 생각하자 그는 목이 메어왔다. 아무래도 녀석들이 오늘 그의 감성의 벽을 완전히 무너뜨릴 작정인가 보다. 그는 침을 삼켜 꽉 막힌 목을 풀었다. "광대들." 그는 과장해서 몸을 떠는 척하며 말했다. "빨갛고 커다란 신발에 끽끽 소리 나는 코!"

그런 다음 그는 아이를 번쩍 들어 올려 가슴팍에 안고는 신나서 꺅꺅대는 아이의 소리를 한껏 즐겼다.

"저기 왔다."

세아는 스텔라의 주차장으로 들어오는 개빈의 SUV를 가리켰다. 그녀와 에이바는 식당 외부에 놓인 벤치에서 5분 정도 기다린 참이었다. 개빈은 공연이 끝나고 주차장에서 몰려나오는 차들 사이에 끼어 시간을 지체했을 것이다. 세아에게는 다행스러운 일이었다. 조금이나마 마음을 진정시킬 시간을 벌 수 있었으니까. 진정하라는 개빈의 말 때문에 이러는 건 아니다. 뭐, 줄곧 그렇게 말해서 그런 건 맞지만. 대체 언제부터 남자가 진정하란다고 여자가 그걸 따랐다고?

지금 그녀를 진정시킬 수 있는 건 오늘 밤도 어쨌든 끝이 날 거라는 사실뿐이었다. 아이들 앞에서 스텔라에 가자고 말했을 때 그녀는 개빈을 죽이고 싶었다. 아이들이 당연히 좋아하고 그러자고 조를 거라는 걸 그는 알았다.

개빈과 에이바가 주차장을 가로질러 오는 동안 세아는 자리에서 일어섰다. 그녀가 자신의 미소를 외면했음에도 그는 다시한번 그녀의 허리춤에 살짝 손을 갖다 댔다. 그녀의 몸이 빳빳해지자 그는 손을 거두었다.

"어머나, 이게 누구야." 그들이 들어서자 애슐리가 말했다. 그녀는 그들이 이 식당에 드나들기 시작한 이후 가장 오래 일하고 있는 종업원이었다. "여름 이후에 처음 보는 것 같은데." 그녀는 아이들의 뺨을 호들갑스럽게 감싸며 말했다. "어머나, 어머나, 우리 식당에선 사슴한테는 음식 안 파는데 어쩌지."

"우린 아기 사슴이에요." 어밀리아가 신이 나서 그 말을 고쳐 주었다. "오늘 학교 음악 행사 했어요."

"학교 음악 행사? 그런 걸 했다고? 이렇게나 어린데? 아냐, 아냐, 안 믿을래." 애슐리는 세아에게 윙크를 하고는 자길 따라 오라는 듯 고개를 끄덕였다. "여러분이 제일 좋아하는 자리를 준비해드릴게요."

이런 게 바로 세아가 소도시에 사는 걸 좋아하는 이유다. 그들은 단골손님이었고 늘 앉는 자리가 있었다. 모두가 내 이름을 알고 늘 변하지 않는 메뉴가 있는 곳보다 더 편한 장소가 있을까. 세아나 리브가 어린 시절에 절대 경험해볼 수 없었던 소박한 전통 같은 거였다. 4인조로 다니던 그들이 3인조가 되어 이곳을 오지 않게 되면 이곳이 아이들에게는 덜 특별한 장소가 될까?

아이들은 애슐리를 따라 미로처럼 배치된 테이블 사이를 걸어갔다. 빨간 체크무늬 보를 덮어놓은 테이블 위에는 매일 아침 싱싱한 꽃을 새로 담아 올려두었다. 창문은 모두 시골 농장 집 창문처럼 새하얗고 스텔라가 손님과 가족 들을 찍은 사진이 노끈으로 장식되어 있었다. 물론 세아네 가족사진도 있었다. 몇 달

후면 그 사진도 불변해지겠지.

쌍둥이는 테이블 양쪽으로 갈라져 마주 보는 자리로 미끄러지듯 올라갔고, 그제야 세아는 참고 있던 숨을 내쉬었다. 그녀는 개빈의 옆에 앉고 싶지 않았다. 유치하다는 건 알지만, 그랬다.

"늘 마시던 걸로 드릴까요?" 모두 자리를 잡고 앉자 애슐리가 물었다. "물 두 잔하고 초코 우유 두 잔?"

"네, 좋아요." 개빈이 말했다. "고마워요."

"난 구운 치즈 먹을래요." 어밀리아가 엉덩이를 들썩거리며 탁자에 팔꿈치를 기대고 말했다. "사과 소스랑."

"넌 뭐 먹을래, 아가?" 세아가 에이바에게 물었다. "너도 구운 치즈 먹을래?"

에이바는 어깨를 으쓱해 보였다. 세아는 나오려는 한숨을 참았다. 이 뚱한 태도를 더 오래 참아주지는 못할 것이다. 에이바는 노골적으로 무례하게 행동하고 있었다. 하지만 지금은 아무 말도 하지 않을 생각이었다. 오늘 밤은 이미 긴장감이 최고조에 다다른 상태였다. 게다가 아이가 아이답게 행동하고 아이만의 방식으로 혼란스러움을 표현한다는 이유로 아이를 벌줄 생각은 없었다. 어른들은 가끔 아이들에게 너무 많은 것을 바라곤 한다.

세아의 엄마는 남편이 이혼을 통보하고 나서 몇 주가 지난 어느 날, 몇 날을 방문을 걸어 잠그고 방 안에 들어앉아 있었다. 하루는 세아가 방문을 두드리고 배가 고프다고 말하자 엄마는 그녀에게 제발 철 좀 들라고, 이기적인 짓 좀 그만하라고 소리쳤다.

그때 세아는 열 살이었다. 그날 이후로 세아와 리브는 직접 음식을 해 먹기 시작했다.

세아는 이혼을 하고 나서 아이들이 나이에 맞는 상담을 받게 할 생각이었다. 그녀와 리브도 받았더라면 분명 도움이 되었을 것이다. 그게 에이바가 새로운 현실을 받아들이는 데 도움이 되길 바랐다.

종업원은 그들이 주문한 음료수를 가져오고 어색한 침묵이 감도는 가운데 주문을 받고 자리를 떴다.

"데이지 꽃이네." 개빈은 테이블 한가운데 놓인 꽃병을 바라보며 불쑥 말했다. "엄마는 아빠를 처음 본 날 머리에 데이지 한 송이를 꽂고 있었어." 그리고 어밀리아를 보며 싱긋 웃었다.

어밀리아가 깔깔 웃었다. "진짜?"

"내가?"

개빈은 그녀를 보았다. "그걸로 머리를 한 가닥 땋았었잖아."

"왜 데이지를 넣어서 땋은 거야, 엄마?" 어밀리아가 물었다.

"몰라. 난 기억 안 나."

"실망인데." 개빈은 나직이 말했다. "난 한 번도 잊은 적 없는데."

"엄마는 민들레 좋아하는데." 에이바가 툴툴거렸다.

세아는 눈을 몇 번 깜빡이고는 아까 공연장에서 그랬던 것처럼 자신을 지그시 보고 있는 개빈에게서 눈을 돌렸다. 토요일에도 그랬다. 마치 그녀를 처음 보는 것 같은 눈빛이었다. 어쩌면 정말 그런지도 모르겠다. 그가 그녀를 제대로 바라본다고 느낀 건 몇 년 전이니까.

세아는 에이바의 머리를 매만졌다. "네가 주는 민들레는 언제나 엄마가 제일 좋아하는 거 맞아."

두터운 습기를 머금은 공기층처럼 어색함이 감돌았다. 세아는 가방에서 크레용과 색칠 공부 책을 꺼냈다. 외출할 때 딸들이 시간을 때울 수 있도록 항상 가지고 다니는 것들이다. 하지만 이번에는 그녀가 시간을 메우기 위해 그것들을 꺼냈다. 그녀는 에이바가 색칠하는 걸 도와주었다. 그렇게 몇 분이 지났을까, 개빈이 목청을 가다듬었다.

"그래서." 개빈은 손으로 물 잔을 만지작거리며 말을 꺼냈다. "어, 언제 학교로 돌아가는 거야?"

세아는 색칠 공부 책에서 눈을 들지 않고 말했다. "입학 허가 받으면 내년 여름에 시작할 거야."

"그럼 이번 한 학기만이야?"

그녀는 코웃음을 쳤다. "나야 그러고 싶지. 한 학기 동안 전 과목을 다 들을 수 있다면 될지도 모르지만 애들이랑 있으면서는 절대 안 될 거야. 18개월 안에나 마칠 수 있길 바라고 있어."

"18개월이라." 그가 되뇌었다. "그 정도라면, 음, 가능할 것 같은데."

"허락해주셔서 너무나 기쁘네."

"그런 다음엔? 그러니까, 학위를 받은 다음엔?"

"미술 쪽 일을 계속해야지. 늘 그러려고 생각했던 대로."

그는 한참 머뭇거리다가 대답했다.

"그거, 어, 그러니까 정말 잘됐다." 그가 말했다. "당신이 다시 미술 일을 하려는 거 보니까 좋아."

"나도 그래."

음식이 도착하고, 두 사람은 음식을 먹으면서 아이들이 먹는 걸 도와주느라 바빠 고맙게도 대화를 나눌 시간이 없었다. 온 식구가 늘 나눠 먹는 커다란 브라우니 한 판이 디저트로 나오고, 스텔라가 직접 그들 자리로 다가와 말을 걸었다.

"안 그래도 다들 언제 오나 생각했어요." 그녀가 말했다. "한참 만에 오셨죠."

"한동안 바빴거든요." 세아가 기계적으로 대답했다. 어쩜 이렇게 자연스럽게 거짓말이 나오는지 스스로도 그 말이 믿길 정도였다. "아이들이 지금 유치원에 다니면서 무용 수업을 듣거든요. 시간 내기가 쉽지가 않네요."

"연휴엔 특별한 계획이라도 있어요?"

"딱히 정해진 건 없어요." 세아가 말했다.

어밀리아가 입 주변에 초콜릿으로 동그란 원을 만든 채로 올려다보았다. "우리 투수감사절에 오하이오에 있는 함미랑 하삐 보러 갈 거예요."

이런, 젠장. 세아는 개빈의 부모님 댁에 갈 계획이 취소되었다는 말을 아직 아이들에게 하지 않은 것이다. 개빈과 그 이야기를 한 것도 두 달이나 넘었기 때문에 그녀는 아이들이 잊고 있기를 바랐다. 하지만 자기들 응석을 실컷 받아주는 할머니 할아버지를 만나러 가는 여행을 어린 여자아이들이 잊을 리 만무했다.

"그래, 원래 그러려고 했는데, 음, 그러니까……." 세아는 허공을 보며 변명거리를 쥐어짜 보려 했지만 머릿속은 텅 비어 있었다. 자유자재로 튀어나오던 거짓말이 순식간에 힘을 잃어가고 있었다. "대신 여기 이렇게 오게 됐잖아!"

"그치만 난 함미 보러 가고 싶어!" 어밀리아가 징징거렸다.

"나도." 에이바는 어밀리아보다 한층 소리 높여 말했다.

세아는 에이바의 허벅지에 손을 올렸다. "에이바, 착하지, 이건 나중에 얘기하자."

"그치만 왜 못 가는데?" 어밀리아가 물었다.

"어밀리아." 개빈이 나직하지만 단호한 목소리로 입을 열었다. "엄마가 나, 나중에 집에 가서 얘기하자고 했지."

"아빤 이제 집에도 안 오잖아!"

순간 레코드판이 튀며 끼이이이익 소리가 난 뒤처럼 정적이 흘렀다. 그 순간이 지나치게 만화의 한 장면 같아서 뒤이어 귀뚜라미 소리가 들리는 게 아닐까 싶을 정도였다. "음, 그러니까……." 가까스로 입을 연 스텔라의 뺨은 붉게 물들어 있었다. 방금 어밀리아가 온 식당 안에 들리도록 세아와 개빈이 별거 중이라고 소리친 걸 못 들은 척해보려 했지만 결과는 실패였다. "이렇게 다시 보게 돼서 무지막지하게 반갑네요. 그럼 디저트 계속 드세요."

스텔라가 자리를 뜨고 난 뒤 진짜 혼돈이 찾아왔다.

"제발 우리 함미네 가면 안 돼?" 어밀리아가 물었다.

"올해는 안 갈 거야." 개빈이 말했다.

"왜 안 가는데?"

"야구 때문에 아빠가 너무 바빠, 아가."

에이바는 입술을 삐죽 내밀며 의자에 털썩 기댔다.

"그럼 아빠가 오늘 밤에 책 읽어줄 수 있어?" 어밀리아가 물었다.

세아는 손가락으로 관자놀이를 짚었다. "우리 예쁜 딸, 아빠는 오늘 밤에 못 그래, 알았지?"

"왜 안 되는데?" 어밀리아의 입술이 떨리기 시작했다.

"있잖아," 개빈이 어밀리아를 곁으로 끌어안으며 말했다. "아빠가 조만간 책 읽어줄게, 어때?"

"그치만 난 오늘 밤이 좋아!" 그렇게 댐이 터져버렸다. 어밀리아의 얼굴에 눈물이 줄줄 흘러내렸다.

그걸 본 에이바도 울기 시작했다. 그래, 그래야 쌍둥이지.

에이바의 울음이 점점 대성통곡이 되고 있었다. 그러더니 갑자기 소리쳤다. "난 아빠가 야구하는 거 싫어!"

또 한 번 정신이 멍해질 것 같은 정적이 찾아왔고 에이바는 더욱 크게 흐느끼기 시작했다. 이어 어밀리아가 소리쳤다. "나도 아빠가 야구하는 거 싫어!"

이제 식당 안의 모든 사람들이 그들을 쳐다보고 있었다. 개빈은 입속으로 욕을 삼키고 양손으로 얼굴을 덮었다.

에이바의 어깨를 감싸고 있는 세아의 온몸이 떨려왔다. "아가, 아빠가 야구하는 게 왜 싫은데?"

에이바는 손으로 얼굴을 쓱 문질러 눈물을 닦았고 그 바람에 사슴 분장으로 찍어놓은 하얀 점들이 아이의 뺨에 흰 줄을 만들었다. "그거 때문에 아빠가 집을 나가잖아. 그리고 둘이 화난 말도 하고."

세아의 눈빛이 충격으로 흔들리다 개빈의 시선과 마주쳤다. 그녀는 그의 눈에 자신과 똑같은 생각이 떠오르는 걸 보았다. "우리가 언제 서로한테 화난 말을 했는데?" 개빈이 물었다.

"아빠가 엄청 큰 홈런 쳤던 날." 에이바는 딸꾹질을 했다. "엄마랑 아빠랑 싸우는 소리가 나고 그다음에 서로 화난 말을 했어."

뜨거운 열기가 세아의 목과 얼굴로 덮쳐오더니 곧바로 속이 뒤틀렸다. 에이바는 분명 그날 밤에 깨어 있었고 두 사람이 섹스를 하는 소리만 들은 게 아니었다. 싸우는 소리란 아마 그걸 말하는 거겠지만, 이어 그들이 진짜 싸우는 소리까지 들은 것이다.

세아는 다시 시선을 들어 개빈을 바라보았다. 머릿속이 젤리처럼 울렁였다. 두 사람의 시선이 한데 얽혔다. 고통스러운 그의 눈빛과 심란한 그녀의 눈빛이.

아이들은 울고 있었다. 사람들은 그들을 쳐다보고 있었다. 세아는 찬물을 뒤집어쓴 것 같았다. 그녀는 자신이 무슨 말을 하고 있는지 생각할 겨를도 없이 말을 쏟아내고 있었다. "이건 어때? 아빠가 오늘 밤 같이 집으로 가서 책을 읽어주시는 거야. 그럼 기분이 좋아질까?"

세아가 서둘러 두 딸을 차에 태우는 동안 개빈은 계산을 했다. 세아의 차를 따라 어둠 속을 달려 집으로 향하는 동안 핸들을 잡은 그의 손에는 힘이 들어갔고 가슴은 쥐어짜이는 듯했다. 얼마나 시간이 흘러야 에이바의 말이 머릿속을 떠날까? '그거 때문에 아빠가 집을 나가잖아. 그리고 서로한테 화난 말도 하고.' 그는 대체 두 딸에게 무슨 짓을 한 걸까? 자신의 가족에게?

그는 세아의 뒤에 차를 댔다. 그가 뒷좌석에 앉은 아이들의 안전벨트 푸는 걸 도와줄 때에도 그녀는 그의 시선을 애써 피했다. 버터가 현관에서 그들을 반겨주었다.

"우선 목욕부터 하고 아빠가 책 읽어주시는 거다?" 세아는 아이들의 코트를 걸면서 말했다. 그녀의 목소리에 불안한 기색이 묻어났다. 조금만 더 신경이 날카로워지면 자신이 산산이 부서지거나 아니면 또다시 벽을 때려 부수는 공처럼 돌변할 것 같았다.

"버터는 내가 밖으로 데려다놓을게." 개빈이 말했다.

세아는 건조하게 고맙다고 답했고, 그는 처음으로 자기 집에 있는데도 스스로가 손님처럼 느껴졌다. 세아가 아이들을 데리고 위층으로 가는 동안 그는 버터를 뒷문으로 데리고 갔다. 먼지와 허물어진 벽에서 나는 냄새에 섞여 친숙한 집의 냄새가 났다. 세아의 로션, 그녀가 늘 켜놓는 라벤더 양초 향, 개 특유의 냄새 그리고 늘 집 안에 감도는 아이들의 마커펜과 물감 냄새까지. 버터가 소변을 볼 완벽한 장소를 찾아 마당을 빙글빙글 돌다가 멈추었을 때쯤 위층에서 욕조에 물을 받는 소리가 들렸다. 그는 위층으로 뛰어 올라가 닫혀 있는 욕실 문을 두드렸다.

"내가 도와줄까?" 그가 물었다.

"아니."

문 밖에서 서성이며 그는 다시 한번 자신이 외부인이 된 것 같았다. 고개를 오른쪽으로 돌려 부부 침실을 보았다. 두 사람만의 침실. 그는 그리로 가 열려 있는 문 앞에 섰다. 세아가 아침에 침대 정리를 하지 않아서 헝클어져 있는 이불을 보자 명치를 세게 얻어맞은 것 같은 후회가 그의 가슴을 후벼 팠다. 그가 마지막으로 이 침대를 쓴 건 그날 밤이었다. 그의 인생에서 가장 경이로운 날 중 하루였는데, 곧바로 최악의 날이 되고 말았다.

"뭐 해?" 그의 뒤에 세아가 서 있었다. 그는 돌아섰다. 욕실 문이 열리는 소리를 듣지 못했는데 아이들은 이미 똑같은 목욕 타월로 몸을 감싼 채 통로에 서 있었다.

"아무것도." 그가 말했다. "난 그냥……. 내가 애들 잠옷 입는 거 도와줄게."

아이들 몸을 말려주고, 아이들이 유니콘이 그려진 똑같은 잠옷을 꿰어 입는 걸 도와주는 내내 두 사람 사이에는 침묵이 이어졌다. 세아는 일어나 젖은 수건을 모은 다음 아이들에게 엄마가 옷을 갈아입을 동안 잠자리에서 읽을 책을 골라두라고 말했다.

아이들이 고른 책은 크리스마스에 너구리가 할머니 집으로 가는 도중에 길을 잃는 이야기였다. 다 같이 어밀리아의 침대에 누워 자리를 잡았을 때 세아가 방으로 돌아왔다. 그녀는 트레이닝복 바지와 그가 마이너리그 헌츠빌 로켓츠 시절에 입던 낡은 맨투맨티를 입고 있었다. 두 사람이 연애를 시작하고 얼마 지나지 않아 그녀가 찜한 옷이었다. 그녀가 그 옷을 입은 걸 처음 본 순간 그는 이성의 끈이 끊어지는 것 같았다. 뭔가 퇴행적인 소유욕이 그에게 스며들었다. 마치 이렇게 말하는 것 같았다, 그녀는 그의 것이다. 공식적으로 선언하노라. 이 맨투맨티를 걸고.

아담한 자기 아내가 엄청 큰 자기 옷을 입고 있는 모습에는 여전히 그를 흥분시키는 뭔가가 있었다. 물론 그녀가 오늘 밤 그 옷을 입은 건 그게 편하고 깨끗하게 세탁되어 있고 익숙하기 때문이겠지만, 그에게는 의미와 기억이 담긴 옷이었다. 그녀는 임신 사실을 그에게 말한 순간에도 바로 그 맨투맨티를 입고 있었다. 당시 그는 사흘간 그녀와 연락이 닿지 않았다. 그녀는 그의 모든 전화와 문자에 응하지 않았고, 카페의 동료 직원은 그녀가 병가를 냈다고 했다. 결국 그녀의 아파트로 찾아가 겨우 문을 열도록 설득했을 때, 그는 무슨 일이든 받아들일 준비가 돼 있었다, 아니 그런 줄 알았다.

"뭐 하러 왔어?" 팔짱을 끼고 선 그녀의 두 손이 그의 커다란 맨투맨티 소매 속에 파묻혀 보이지 않았다.

개빈은 두 손으로 문설주를 짚고 섰다. 그녀의 얼굴을 보자마자 준비해뒀던 말이 뒤죽박죽 엉켜버렸다. "말해줘, 응? 그, 그, 그게 뭐든 간에, 일단 말을 해줘야 알지."

그녀는 잠깐 멍하니 그를 보다가 아무 말 없이 돌아섰다. 그는 현관에 선 채로 그녀가 욕실로 사라지는 걸 지켜보았다. 잠시 후 그녀는 두 손으로 하얀 막대기 하나를 들고 돌아왔다.

그 순간 번개를 맞은 것처럼 그의 온 신경이 곤두섰다. "그,

그게 뭐야?"

그녀는 작은 거실을 걸어 나오다 그대로 멈춰 섰다. 개빈은 안으로 걸어 들어가 현관을 닫고 그녀가 서 있는 쪽으로 다가갔다. 그녀는 막대기를 내밀었다. 그는 고개를 숙여 파란색 줄 하나가 더 나타나 있는 걸 보았다.

"자기 임신했어?" 그가 나직이 말했다. 눈앞에서 불빛들이 춤을 추었다.

그녀는 막대기를 채 가더니 다시 팔짱을 끼고 섰다. "임신했어." 경직되고, 도전적이고, 단호한 목소리였다.

그녀가 뒷말을 채 마치기도 전에 그는 그녀에게 다가가 입을 맞추었다.

"읽을 준비됐어?" 그의 회상 사이로 세아의 목소리가 끼어들었다.

"엄마 자리도 좀 만들어주자." 개빈이 말했다. 어밀리아가 잽싸게 그의 곁으로 붙었고 세아는 아이들과 벽 사이의 좁은 공간을 비집고 들어가 자리를 잡았다. 그의 옆으로 자리가 더 넓게 남아 있었지만 그걸 말해봐야 원하지 않는 쪽으로 끝이 날 게 뻔했다.

개빈이 책을 읽자 아이들이 그에게 파고들었고, 그는 한 줄 읽을 때마다 세아를 흘깃 보았다. 그녀는 그와 시선을 맞추기를 완강히 거부하고 있었다. 몇 분 후 책을 다 읽고 나자, 세아가 자리에서 너무 빨리 일어나는 바람에 침대가 흔들렸다. 그녀는 아이들에게 뽀뽀를 해달라고 말하고 '아빠'에게 애들 이불을 덮어주라고 말했다.

에이바는 쉽게 잠들지 못했다. 아빠 말고 엄마가 와주기를 바랐고, 옆에 폭신한 인형 여러 개를 늘어놓아야 했다. 어밀리아는 훨씬 쉽게 잠들었다. 그가 이불을 덮어주고 다 잘될 거라고 말해주니 순순히 믿었다. 아이는 믿음과 희망이 가득한 눈빛으로 그를 바라보며 조그마한 손으로 그의 손을 말아 쥐고는 "사랑해, 아빠" 하고 속삭인 다음 그대로 잠이 들었다. 그는 언제 방을 떠날 수 있을까 기회를 노릴 필요가 없었다.

그는 최대한 소리가 나지 않게 가만히 문을 닫고 천천히 길게 숨을 들이마신 다음 아래층으로 내려갔다. 세아는 주방에 있는 거대한 화이트보드에 무언가를 적고 있었다.

그가 뒤에 나타나자 그녀는 긴장했다. "애들 자?"

그는 목을 가다듬고 말했다. "응. 다들 피곤했겠지."

"나도 그래."

그는 그녀가 마커펜 뚜껑을 닫고 서랍에 넣는 걸 지켜보았다. 코르크판을 둘러보던 그의 시선이 압정으로 꽂아둔 양각무늬 청첩장에 다다랐다. 그는 자신이 제대로 읽은 게 맞는지 의아해하며 두 번이나 눈을 깜빡였다.

"장인어른 또 결혼하셔?"

그녀는 그의 곁을 지나쳐 싱크대로 갔다. "놀랐어?"

"크리스티는 어쩌고?"

"크리스털이었어. 새로 등장한 영원한 사랑이랑 바람난 거지 뭐."

세아는 잔에 물을 채우더니 편두통이 오기 시작하면 먹곤 하는 두통약과 함께 들이켰다.

"언제 일이 이렇게 된 거야?"

세아는 팔짱을 끼고 돌아섰다. "지난겨울쯤? 나도 기억 안 나."

"왜 나한테 말 안 했어?"

"나도 몰라." 그녀는 한숨을 쉬었다. "별로 중요한 것 같지 않아서."

"장모님 반응은 어떠셔?"

세아는 손가락으로 관자놀이를 눌렀다. "나 지금은 우리 부모님 얘기하고 싶지 않아."

"미안해. 알았어. 당신……." 그는 그녀의 이마로 손을 뻗으며 말했다. "당신 괜찮아?"

"괜찮아." 그녀는 침을 삼키고 바닥을 내려다보았다. "개빈, 우리 몇 가지 결정할 게 있어."

그녀의 말에 그는 다시 과거의 기억이 떠올랐다. 그녀가 알고 있는지 모르지만 임신 사실을 말하던 그날에도 그녀는 똑같은 말을 했었다.

세아는 그의 키스를 받아주었지만 오래는 아니었다. 그녀는 그의 가슴팍에 손을 대고 그를 밀어냈다. "왜 이래?"

개빈은 그의 아기이자 그들의 아기가 자라고 있는 그녀의 배에 손을 갖다 댔다. "나 행복해, 세아."

"잘됐네." 그가 기대했던 것과 달리 그녀는 적대감이 느껴지는 말투로 말했다. "근데 우리 몇 가지 결정할 게 있어."

"결정할 게 뭐가 있어?" 오른손은 여전히 그녀의 배 위에 댄 채로 그는 왼손으로 그녀의 턱을 감싸 쥐고 말했다. "결혼하자."

한 가지 묘안이 번뜩였다. 그때도 그 말이 효과가 있었으니까 어쩌면 또 효력을 낼 수 있지 않을까. 이름이 뭐였지, 암튼 그 백작이 할 법한 말임에 틀림없어 보였다.

개빈은 그녀에게 가까이 다가갔다. 세아는 바닥을 보고 있다가 그가 왼손을 그녀의 뺨을 따라 미끄러뜨리는 순간에 딱 맞춰 눈을 들어 올렸다.

"결정할 게 뭐가 있어?" 그가 말했다. "결혼하자."

그녀는 머리를 뒤로 빼 그의 손길을 피했고, 무슨 소린지 모르겠다는 표정으로 얼굴을 찡그렸다. "뭐라고?"

긴장감에 심장이 쿵쾅댔다. "이게, 그게, 내가 한 말이잖아. 그, 그때……."

"나도 알아, 개빈." 그녀는 두 팔로 몸을 감쌌다. 강해 보이는 한편 연약해 보이는 자세였다. "지금 그 말을 해서 망치지 말아 줬음 하는데."

망친다고? 그의 심장이 쿵쾅거렸다. "난 우리 사이 포기할 수 없어."

"너무 늦었어."

"너무 늦지 않았어." 그는 '구구절절 옳은 말씀 백작'을 떠올리며 말했다. "사랑에 늦은 때란 없어. 절대."

세아는 코웃음을 쳤다. "지금 진심으로 이러는 거야?"

그래, 이건 좀 너무했나. 대단히 고맙수다, '얼간이 백작' 씨. 그렇긴 해도 지금이 아니면 절대 못 할 것 같다. 그리고 이게 효과가 없으면 그는 맥과 델을 죽여버린 다음 '헛소리 백작'을 벽난로에 처넣을 작정이었다. "혹시…… 혹시 우리 다시 시작할 수 있을까?"

세아는 그의 말을 막으며 두 손을 들어 올렸다. "개빈, 그만."

"집으로 오게만 해줘……."

"안 돼." 세아는 그의 옆을 지나쳐, 그가 따라잡아 뭐라 말할 새도 없이 거실을 성큼성큼 가로질렀다.

"집으로 오게 해줘." 그는 다시 말했다. "그러고도 자기 마음 못 돌리면, 내가…… 내가 나갈게. 이혼에 합의해줄게."

세아는 돌아섰다. 도무지 믿기지 않는다는 표정이었다. "지금은 21세기야. 당신이 동의하든 안 하든 난 이혼할 수 있어."

그렇다. 당연한 말이다. 빌어먹을. "나도 알아. 내, 내 말은 당신이 뭘 원하든 다 해준다는 거야. 당신이랑 애들 위해서 집값도 다 내가 낼게. 당신이 양육비로 얼마를 원하든 줄게. 뭐든지 다. 변호사도 필요 없어."

그녀는 눈썹을 치켜올렸다. "변호사 없이 이혼하면 당신 소속사에서 죽이려고 들 텐데."

"왜? 당신 내 재산 전부 가져갈 계획이었어?" 그녀의 입술이 일자로 굳어지는 걸 보니 웃겨보려고 한 그의 시도는 부적절했음이 명백히 드러났다. "아니, 하지만 혹시라도 당신이 이적하거나 다른 데로 가게 되면? 양육권 문제로 복잡해질 거야."

양육권. 그는 토할 것 같은 기분이 들었다. "제발, 세아. 한 번만 기회를 줘."

"무슨 기회?" 그녀는 두 팔을 활짝 벌리며 쏘아붙였다.

"내가 당신을 얼마나 사랑하는지 증명할 기회."

그녀의 입술이 또다시 벌어졌다. 그녀는 영원히 거두지 않을 것 같은 시선으로 그를 뚫어져라 보았다. 한참 후 그녀는 나직이 말했다. "제발 그 소리 좀 그만해." 몹시 힘겨운 목소리였다.

"무슨 말? 내가 당신을 사랑한다는 거?"

그녀의 침묵이 마치 잘못 날아온 공처럼 그를 강타했다. 그는 한 걸음 뒤로 물러섰다. "왜?"

"그런 말 난 안 믿어. 더 이상은."

개빈은 완전히 낙담했다. 그는 살면서 꽤 혹독한 실연을 겪어봤다. 삶을 바꿔놓을 만한 것들이었다. 아직까지도 생각하면 창피함으로 불타오르는 일들도 있었다. 하지만 이건…… 이건 그가 예상조차 할 수 없었던 완전한 붕괴에 가까웠다. 혹시라도 베네딕트 백작이 그가 할 말을 전해줄 시간이 남아 있다면 바로 지금이었다. 하지만 그의 머릿속에서 들려오는 건 여자의 목소리뿐이었다.

사랑이 전부는 아니에요.

이레나의 이 대사를 읽었을 때 그는 속으로 툴툴대며 책을 덮어버릴 뻔했다. 사랑에 의미가 없다고 말하는 로맨스 소설이 다 뭐야? 모든 로맨스 소설의 핵심은 사랑이 모든 걸 정복한다는 거 아니었어? 그는 그게 진실인지 아닌지도 모른 채 현실에서 이제 곧 그걸 찾으러 가야 한다는 생각에 나락으로 떨어진 기분이었다. 제발 개빈 대신 '상사병 백작'이 그의 부인이 틀렸다는 걸 증명할 더 나은 생각을 떠올려주기를 바랄 뿐이었다.

"늦었어." 세아는 조용히 말했다. 마치 부드러운 자신의 말투가 충격을 가라앉힐 수 있다는 듯이. "이제 집으로 가."

"집에 와 있잖아. 당신이랑 아이들이 내 집이야."

세아는 짧게 숨을 들이켰다. 거의 알아챌 수 없을 정도긴 했지만 그의 말 속에 깃든 가없은 정직함이 그녀에게 가 닿았다는 걸 보여주기엔 충분했다. 이제 그걸 흔들 차례였다.

"그거 알아? 나 당신한테 실망했어. 이전의 자기라면 이런 말도 안 되는 제안은 대수롭지 않게 여겼을 텐데."

그녀의 시선을 받으며 그는 잠자코 있었다. 그녀의 입은 일자로 굳어 있었고 눈썹은 미동도 없었다. 화가 난 건 아니었다. 아니, 그녀는 고민하고 있는 것이다. 담담하지만 번뜩이는 그녀의 눈빛을 보면 알 수 있었다.

다른 무엇보다 그 눈빛에 그는 모든 위험을 무릅쓰고 말했다. "제발, 세아." 그는 도전장을 내밀었다. "당신이 잃을 건 없잖아."

세아는 대답 대신 돌아서서 뒷문으로 난 유리문을 향해 성큼성큼 걸어갔다. 그녀는 유리문 밖의 어두운 허공을 바라보았다. 그러고는 양팔로 자신의 몸을 단단히 그러안았다. 그녀의 마음속을 들여다볼 수 있다면, 그녀의 마음속에서 어떤 생각들이 싸우고 있는지 들을 수만 있다면 그는 뭐라도 할 수 있을 것 같았다. 계단 복도에 걸린 대형 괘종시계가 고통스러우리만치 천천히 초를 세며 째깍거렸다.

극도의 긴장감이 그를 삼켰다. "세아……."

그녀가 허리를 꼿꼿이 세운 채 돌아섰다. "몇 가지 조건이 있어."

그녀의 말은 오랫동안 허공을 떠돌다 급작스러운 충격을 주며 개빈의 뇌에 흡수되었다. 지금 그 말은……? 동의한다는 뜻……?

혹시 너무 격하게 반응하면 그녀가 방금 한 말은 신경 쓰지 말라고 할까 봐 그는 천천히 대답했다. "무, 무슨 조건?"

"이……." 그녀는 적절한 말을 찾으려고 허공에 손을 휘저었다. "제안이 영원히 지속되는 건 안 돼. 일종의 기한이 필요할 것 같아."

"봄 전지훈련까지." 그가 말했다. 완벽하다. 혹시 실패하더라도 최소한 집을 떠난 후에 정신을 팔 곳이 있는 거니까. 아 물론, 그는 실패하지 않을 테지만. 봄 훈련까지는 3개월 정도 남아 있었다. 그 정도 시간이면 충분하다.

물론 세아의 생각은 달랐다. 그녀는 고개를 가로저었다. "크리스마스까지."

"겨우 한 달이잖아!"

"그보다 더 오래 끌면 애들이 힘들어질 거야."

그도 그 말에는 반박할 수가 없었다. "좋아."

"그리고 당신은 손님방에서 지내야 돼."

아니, 이건 치명타였다. "같이 방을 안 쓰면서 우리 문제를 어떻게 풀어갈 수 있겠어?"

"전에는 아무 문제도 없어 보이던데."

더 떠들어봐야 자기 잇속만 차리거나 징징거리는 소리로 들릴 것 같았다. "또 다른 건?"

"리브도 같이 지낼 거야."

아, 망했다. "얼마나?"

"내가 원할 때까지."

그는 마지못해 고개를 끄덕였다. 선택의 여지가 없으니 별수 없지 않은가.

"좋아. 또 없어?"

"일단은 그거면 돼."

"일단은?"

무의식적으로 그의 말투가 뾰족하게 튀어나왔고 그녀의 입술이 일자로 굳어졌다. "이건 내 조건이야, 개빈. 받아들이든지, 아니면 떠나."

물론 받아들일 것이다. 그가 할 수 있는 거라면 뭐든 받아들여야지. 갑자기 입이 바싹 말라와 그는 힘겹게 침을 삼켰다. "날 언제 원해? 아니, 그러니까, 언제 집으로 돌아오면 될까?"

"수요일 밤."

추수감사절 전날 밤이다. 이틀 남았다. "좋아."

"내가 애들 하교시킬 때 맞춰서 오면 돼."

"알았어. 그러자. 그게, 음, 그렇게 할게."

"저녁으로 피자 시켜 먹을 거야."

피자. 그래 피자 좋지, 는 무슨 망할 피자야? 이건 그가 살면서 해본 최고로 어이없고 상황에 안 맞는 대화였다. 그럼에도 이 기이하도록 평범한 상황은 이상하게 그의 속을 진정시켜주는 효과가 있었다. 이 모든 혼란과 감정의 소용돌이 속에서도 저녁 식사는 해야만 하는 것이다.

"그럼 수요일에 봐." 그녀의 말에는 이제 가보라는 의도가 확실하게 담겨 있었다.

그녀의 얼굴을 찬찬히 살피던 그는 가슴이 뻥 뚫린 기분이 들었다. 그녀는 꼿꼿이 서 있었지만 작아 보였다. 경직되어 있는 그녀의 어깨에서 패배의 느낌이 묻어났다. 그가 원한 건 이런 게 아니었다. 마치 생의 가장 중요한 싸움에서 방금 진 것 같은 그녀의 모습을 바란 게 아니었다. "세아, 이게 정말로 당신이 워, 워, 원하는 거야?"

"집에 들어올 거야, 말 거야?" 그녀는 그의 어깨 너머를 보며 쏘아붙였다.

"올 거야. 단지 난······."

"단지 뭐? 확실히 정해, 개빈."

그는 참았던 숨을 내쉬었다. "좋아. 수요일에 올게."

그는 떠나기 전에 거실을 가로질러 가 그녀를 끌어안을까 생각했지만 무엇보다 그녀의 온몸에서 '나 건드리기만 해봐, 불알이 남아나지 않을 테니까'라는 기운이 뿜어져 나오는 바람에 그 생각을 접었다. 예예, 알겠습니다. 일단 출발선은 넘어섰으니까.

개빈은 살짝 고개를 끄덕이는 걸로 마무리하고 터덜터덜 자기 차로 걸어갔다. 시동을 켰지만 그는 주차 진입로에 세워둔 차 안에서 집 안의 불이 차례로 꺼지는 것을 지켜보았다. 그가 세상에서 가장 사랑하는 모든 것이 저 집 안에 있었다. 오늘 밤 차를 빼 집을 떠나는 게 그 어느 때보다도 힘든 일이 될 것 같았다. 다음에 돌아올 때에는 그가 집에 머물 수 있는 시간은 딱 한 달뿐일 테니까. 그녀가 내건 조건들이 일을 좀 어렵게 했지만 타자는 경기장을 가리지 않는 법이다. 그가 해야 할 일은 경기장을 연구하고 경기 계획을 세우는 것뿐이다.

한 달이다.

그들이 처음 사랑에 빠지는 데 걸린 시간도 딱 그만큼이었다.

그는 다시 할 수 있을 것이다.

"좋아, 쫄바지 백작." 개빈은 차를 후진해서 진입로에서 빠져나왔다. "다음엔 뭘 하면 되지?"

백작부인
사로잡기

베네딕트가 자신의 새 출발 계획에 치명적 결함이 있다는 걸 알아내는 데는 2주하고도 3일 그리고 16시간이 걸렸다.

그의 부인이 이 일에 자발적으로 참여한 게 아니라는 사실이 바로 그것이었다.

넘어가줄 마음이 전혀 없는 누군가를 유혹하는 건 결코 쉬운 일이 아니었다.

결혼식 날 밤 이후로 그녀는 5분 이상 그와 단둘이 있는 시간을 내주지 않았는데, 의도적으로 그런 게 아닌 것처럼 보이게 할 만큼 영리한 여자였다. 그가 어느 때고 그녀와 함께 무언가를 해보려 하면 갑자기 요리사와 급히 상의할 일이 생기거나 다른 곳에서 처리해야 할 일이 생기는 식이었다. 그가 사유지 관리 문제를 마무리하고 나면 그녀는 갑자기 그녀만의 일로 바빠졌다. 물론 두 사람의 침실이 연결된 방문은 늘 잠겨 있지 않았지만 그가 그녀의 방으로 밀고 들어가 부부라는 명목하에 관계를 가짐으로써 자신의 달아오른 갈증을 풀 수는 없었다. 그를 침실로 받아들이는 일이 자신의 의무라고 그녀가 생각하는 한 안 될 말이었다. 그녀의 갈증이 그만큼 강해지기 전까진 아니다.

하지만 베네딕트는 포기하지 않았다. 그는 모험가였고 앞으로도 그럴 것이다. 그런 면에서 그와 이레나는 닮은 구석이 있었다. 그들이 만나게 된 것도 결국 그 때문이었으니까. 일은 그가 한 하급 남작의 말이 자신의 최고급 순종 말을 이겼다는 말을 듣고 놀라면서 시작되었다. 알고 보니 그 말을 길들인 게 다름 아닌 하급 남작의 딸이라는 걸 알고는 그녀에게 홀딱 반하고 만 것이다.

그로 인해 두 사람은 도전적인 내기를 하게 되었고, 베네딕트가 절대 가능하리라고 생각지 못했던 방법으로 서로에게 절대적으로 완벽한 짝이 되게 해주었다.

그리고 이제 판돈을 올릴 때가 온 것이다.

베네딕트는 잔에 브랜디를 두 마디쯤 따라 집무실 벽난로 옆에 자리를 잡고 그녀를 기다렸다. 무거운 나무 문을 두드리는 소리가 나자 그는 긴장을 가라앉히고자 호박색 액체를 죽 들이켠 다음 그녀에게 들어오라고 말했다.

그녀는 옅은 파란색 평상복을 입고 짜증 나는 표정으로 걸어 들어왔다. 앞으로 맞잡은 그녀의 두 손에 힘이 단단히 들어가 있었다. "절 부르셨습니까, 영주님?"

그녀가 날 선 목소리로 비꼬는 투로 말했지만 그는 개의치 않았다. 베네딕트는 창가 가까이에 놓여 있는 소파를 가리켰다. "앉아보시오."

그녀는 그의 격식 차린 말투에 경계심을 느껴 머뭇거리는 듯했으나 곧 순응했다. 그녀는 숙녀들이 늘 그러하듯이, 등은 곧게 펴고 양손은 허벅지 위에 단정하게 포개고 두 다리는 발목 부분을 꼬아 가지런히 한쪽으로 우아하게 기울인 자세로 앉았다.

"그대에게 줄 선물이 또 하나 있소." 그가 말했다.

그녀는 증기기관차라도 움직일 만큼 크게 한숨을 내쉬었다. "영주님."

"베네딕트."

"그만두세요."

"내가 주었던 선물들이 마음에 들지 않았소?" 그는 지금까지 그녀에게 일곱 개의 선물을 주었다. 다양한 색조의 보석으로 만들어진 귀걸이, 목걸이 그리고 팔찌 들이었다.

"모두 쓸모없는 것들입니다."

"그대는 내가 그동안 만나 본 여자들 중 귀걸이와 반지가 쓸모없다고 말하는 유일한 여자요."

"그렇다면 많은 여자를 만나보지 못하신 거겠지요."

"정곡을 찔렀군." 베네딕트는 벽난로에서 물러나 방을 가로질러 그의 책상으로 갔다. 그러고는 서랍에서 포장이 되어 있지 않은 상자 하나를 꺼냈다. 소파까지는 몇 걸음이면 닿을 만큼 가까웠지만 실패에 대한 두려움을 안고 그녀의 시선을 받으며 다가가는 그 거리가 길게만 느껴졌다. "이 선물은 그대에게 좀 더 유용할지도 모르겠소."

그녀는 상자를 받아들고 말없이 열어보았다. 가느다란 은색 도구를 꺼내는 그녀의 눈썹이 치켜올라갔다. "이게 무엇인가요?"

"그건." 베네딕트는 몸을 낮춰 그녀 곁에 앉았다. "만년필이오."

"그렇군요."

"여기 이 부분을 살짝." 그는 끝의 뾰족한 부분을 가리켰다. "잉크병에 담그는 것이오. 그럼 이 얇은 관에 잉크가 채워져 글씨를 쓰면 머금고 있던 잉크를 종이 위에 내보내오. 잉크를 묻히려고 멈추지 않아도 되고 더 오래 쓸 수 있게 해주지."

그녀가 고집스러움과 만년필에 매료된 마음 사이에서 갈등하는 것을 그는 가만히 지켜보았다.

고집의 승리였다. 그녀는 만년필을 도로 상자 안에 넣었다. "제가 그런 재간을 부릴 일이 무엇이 있겠어요?"

"여동생에게 매일 편지를 쓰고 있잖소, 이레나. 나는 이게 그대의 수고로움을 덜어줄 수 있으리라 생각했소."

돌덩이처럼 평정을 유지하던 그녀의 무관심한 표정에 금이 가고 외로움의 흔적이 새어 나오는 걸 그는 알아챘다.

"동생을 무척이나 그리워하는 모습에 내 마음이 편치가 않소." 그가 말했다.

"저는 단지 염려가 되는 것입니다." 그녀는 단호하게 표현을 바꿔주었다. "우리의 결혼에 관한 좋지 못한 소문이 그 아이에게까지 오점을 남겼습니다. 제 부모님은 너무 늦기 전에 그 아이를 시집보낼 남부끄럽지 않은 자리를 찾느라 무자비하게 변해버리셨어요. 이제 그 애를 보호하기 위해 제가 할 수 있는 일은 아무것도 없습니다."

죄책감이 그의 숨통을 조여왔다. 그가 저지른 일뿐만이 아니라 앞으로 해야 할 일로 죄책감이 가중되었다. 그는 포개진 그녀의 손을 향해 한 손을 뻗었다. "이레나, 나는 결정을 내렸소."

그녀의 눈길이 재빨리 그의 시선에 닿았다. "어떤 결정이요?"

"후계자는 없을 것이오."

그녀의 동공이 커지고 에메랄드빛 홍채가 짙어지면서 그녀의 눈에 당혹감이 떠올랐다. "무슨 말씀이신가요?" 그녀는 앉은 채로 휘청거리며 나직이 말했다.

"그대는 내가 그대를 사랑한다는 걸 증명하려는 모든 제안을 거절했소."

그녀가 벌떡 일어서자 만년필이 쨍그랑 소리를 내며 바닥으로 떨어졌다. "그래서 이런 식으로 행동하시겠다고요? 제 아이를 거부하는 방법으로요?"

"나는 당신의 무엇도 거부하지 않을 것이오." 그는 자리에서 일어나 그녀의 손을 감싸 쥐었다. "만일 내가 또다시 그대의 사랑을 얻지 못한다면 나는 그대가 요구하는 대로 차갑고 열정 없는 방식이 됐든 뭐가 됐든 아이를 갖게 해줄 것이오. 그런 다음 그대가 아이와 함께 사랑해 마지않는 그대의 말들과 지낼 수 있는 풍족하고 안정적인 토지를 마련해주겠소. 그리고 다시는 그대를 귀찮게 하지 않으리다. 단 그 전에 우리 사이에 얼마나 많은 것이 남아 있는지 내가 그대에게 상기시킬 수 있는 기회를 주어야 하오."

그녀의 머리가 앞뒤로 사정없이 흔들렸다. "어떻게 제가 그런 끔찍한 제안을 받아들일 거라고 생각하실 수 있나요?"

"왜냐하면 그대는 내기에서 이기면 모든 것을 얻게 될 테니까. 반면에 나는 잃을 것밖에 없소."

그에게서 손을 홱 잡아 빼는 그녀의 표정에 역겨움이 짙어졌다. "오랜 시간 남성의 희뿌연 시선으로 세상을 지켜본 사람답게 말씀하시는군요! 우리 사이에 어떤 일이 벌어진다 해도 영주님은 지금의 지위, 명예, 재산 그리고 전체 토지의 소유권을 여전히 가지고 있을 거예요. 모든 사교클럽과 무도회장에서 환영을 받을 테고요. 그리고 잔인하고 교활한 여자에게 당한 피해자로 영원히 남으실 테지요. 하지만 저는 당신의 후대를 끊은 데릴라로 남을 테고요. 영주님은 그 '어떤 것'도 잃을 게 없습니다."

베네딕트는 그녀의 어깨를 잡았다. "나는 그대를 잃게 되잖소!" 그가 소리쳤다.

그녀의 입술 사이로 낮은 탄식이 새어 나왔다.

베네딕트는 손을 들어 그녀의 턱 선을 부드럽게 감쌌다. "내가 그런 것들, 돈이며 명예, 그 어느 것이라도 염두에 두고 있다고 생각했다면 그대의 오산이오. 그대를 잃게 되면 그것들은 내겐 아무 의미도 없소."

그녀는 그의 말을 믿고 싶었다. 그는 그녀의 눈동자에서 그걸 읽을 수 있었다. 하지만 그녀는 그의 손에서 몸을 빼 돌아서더니 디캔터가 죽 진열된 반대편 바 쪽으로 걸어갔다. 그는 그녀가 독한 위스키를 잔에 따라 몸에 익은 정확한 동작으로 쭉 들이키는 걸 괴로움과 즐거움이 뒤섞인 멍한 기분으로 바라보았다. 그의 여인은 이토록 늘 놀라움의 연속이었다.

"저에게 무얼 바라시는 건지 모르겠습니다, 영주님."

"그대의 마음을 사로잡을 수 있게 해주시오. 그대를 극장에 데려가고, 무도회에 데려갈 수 있게 해주시오. 저녁 시간에 함께 앉아 시간을 보내고 저녁 식사를 하며 나와 이야기를 나누는 거요. 나와 함께 춤을 춥시다. 함께 말을 타고 공원을 달려요. 우리가 함께 하던 모든 걸 합시다, 그 일이 있기 전……."

그는 말끝을 흐렸다. 그녀가 매몰찬 목소리로 말을 맺었다.

"제가 당신을 배반했다고 의심하고 저의 이야기를 듣기를 거부했던 그 일이 있기 전 말인가요?"

"그렇소." 그는 나직이 대답했다.

"제가 내기를 거부하면요?"

그는 깊은 숨을 들이쉰 다음 마지막 카드를 내밀었다. "그럼 그대의 동생은 엉망이 되겠지."

그녀는 다시 한번 그를 향해 쏘아붙였다. "이 문제가 어째서 제 동생과 연관이 있다 하시나요?"

"우리의 소문이 동생의 평판에 해가 됐다고 그대가 직접 말했잖소. 만일 우리가 사랑으로 맺어졌고 지금도 그런 사이라는 걸 사람들에게 알린다면, 당신에 대한 소문은 거짓으로 드러날 것이고, 그럼 그대 동생의 미래 또한 밝아질 것이오. 하지만 우리가 계속 아이 없이 지내고 혹여 우리의 소문이 오래 지속된다면 그녀는 그대 부모님이 밀어붙이는 아무 놈팽이와 강제로 결혼하게 될 것이오. 내 말이 맞다는 걸 그대도 알고 있잖소."

두 사람 사이에 긴 침묵이 흘렀고 시간이 흐를수록 고통은 깊어져 갔다. 마침내 그녀가 입을 열었다. "베네딕트, 여전히 이해가 가지 않는 게 있어요."

그녀가 자기 이름을 불러주자 그는 그녀에게 성큼 다가섰다. "무엇이오?"

"당신이 이기게 되면, 당신은 대체 무엇을 얻게 되는 건가요?"

베네딕트는 그녀의 손을 잡아 자신의 가슴으로 끌어당겼다.

"가장 값진 상이지. 바로 그대의 사랑이오."

다음 날 아침 울렁거리는 속으로 세아는 잠에서 깼다. 눈앞에 발이 하나 보였다. 한밤중에 또 잠에서 깬 에이바가 깜깜한 게 무서워 그녀의 침대로 기어들어 온 것이다.

세아는 자기 얼굴 위에 올라온 딸의 발에 가볍게 입을 맞추고 살며시 아래로 내려놓았다. 절대 조용히 시작되는 법이 없고 정신을 쏙 빼는, 엄마로서 해야 할 일들이 세아의 머릿속으로 슬그머니 기어들어 왔다. 장보기. 수건 빨기. 개빈의 나머지 옷가지들 손님방에 던져두기.

하지만 그 전에 일단 리브를 대면해야 한다.

세아는 욕실에서 볼일을 마치고 복도로 슬그머니 나가보았다. 손님방의 문은 열려 있었고 리브는 방 안에 없었다. 일을 마치고 돌아와 또 소파에서 잤다는 의미였다. 저녁 근무를 한 날엔 리브는 집에 와서도 일터에서의 긴장이 채 가시지 않아 바로 잠들지 못하고 텔레비전을 보다가 곯아떨어지곤 했다.

세아는 발소리를 죽인 채 계단을 내려갔다. 계단을 따라 내려가며 깐깐하게 순서를 잡아 걸어둔 가족사진에 떠오르는 햇살이 부드러운 주황색 빛을 비추고 있었다. 세아는 해마다 찍는 가족사진을 빼먹어 본 적이 없다. 그게 바로 선수들의 완벽한 여자들이 하는 일이니까. 크리스마스카드로 쓸 완벽한 가족사진 한 장 없이 진짜 야구선수 부인이라고 할 수 있을까?

버터가 문에서 낑낑대고 있었다. 세아는 버터를 뒷문으로 나가게 해주었다. 등 뒤로 소파에서 리브가 하품하며 기지개 켜는 소리가 들렸다. 세아는 돌아보며 물었다. "집에 몇 시에 들어왔어?"

"3시쯤." 리브는 팔 하나를 머리 위로 쭉 뻗고는 일어나 앉으며 늘어지게 하품을 했다. "어젯밤 완전 장난 아니었어. 늦은 시간에 재수 없는 팀이 와서 메뉴에 있는 걸 전부 주문한 거 있지." 그녀는 쌓아둔 쿠션 위로 다시 풀썩 쓰러졌다. "총각파티는 정말 최악이야."

다시 집 안으로 들어온 버터는 세아를 따라 주방으로 들어와 꼬리를 흔들고 앞발을 풀썩대며 그녀가 아침밥을 주길 기다렸다. 버터의 그릇에 사료를 한 컵 따라준 다음 세아는 커피를 내렸다.

"어젯밤에 어떻게 됐는지 내가 물어볼 때까지 버틸래, 아님 그냥 순순히 말해줄래?" 리브가 물었다.

세아는 머그잔에 커피를 채우고, 우유를 따르고 설탕까지 넣은 다음에야 아일랜드 식탁용 높은 의자에 앉아 동생을 마주 보았다. 단도직입적으로 말하는 것보다 더 쉬운 방법은 없다. "그 사람 내일 집으로 들어올 거야."

리브는 귀신 들린 인형 같은 얼굴이 되더니 당장이라도 꺅 소리를 지를 것 같았다. "뭐라고!"

세아는 한 손을 들어 올렸다. "딱 한 달만이야."

"이게 다 뭔 소리야? 왜?"

"복잡해."

리브는 몇 분전까지만 해도 세상모르고 자고 있던 사람이라고는 생각할 수 없는 순발력으로 소파 등받이를 뛰어넘어 왔다. "복잡할 게 뭐가 있는데? 완전히 마음 굳혔던 거잖아. 대체 변할 게 뭐가 있어?"

"그 사람이 내가 거부할 수 없는 제안을 했어." 그리고 아픈 데를 찔렸지, 그녀는 속으로 덧붙였다. 그는 그녀가 원래 어떤 사람이었는지 생각나게 했다. 충동적이고 대범하고 어떤 도전에든 뛰어들곤 했던 자신의 본모습을 떠올린 순간 그녀는 모든 이성이 날아가버리고 그의 제안을 받아들이리라는 걸 직감했다.

리브는 고개를 가로저었다. "다시 집으로 돌아올 수 있게 언니를 설득할 만한 제안이 대체 뭐가 있는데?"

세아는 어젯밤 개빈의 말을 간단히 전했다. "크리스마스까지 내 마음을 못 돌리면 이혼에 관해서 어떤 것도 주장하지 않을 거야. 내가 애들 양육비로 얼마를 원하든 주고 우리가 살 수 있게 집도 넘겨줄 거래."

리브의 얼굴에 어딘지 오싹한 차분함이 떠올랐다. 속눈썹은 천천히 깜빡였고 입술의 긴장이 풀어졌다.

그녀는 몸을 돌려 천천히 냉장고로 다가갔다. 세아는 여동생이 냉장고 문을 열고 기계적인 몸짓으로 오렌지 주스를 꺼내 잔에 따른 다음 주스 팩을 도로 집어넣는 것을 지켜보았다. 행동 하나하나가 침착함 그 자체였지만 세아는 여동생을 잘 알고 있었다. 리브는 여름에 갑자기 불어 닥치는 돌풍 같은 아이다. 그것도 세찬 바람과 폭우를 동반하는 조용하지만 강력한 돌풍.

세아는 전자레인지에 뜨는 시계를 보았다. 초강력돌풍 리브가 쏟아지기까지 3초, 2초, 1초—

리브는 조리대 위에 유리컵을 쾅 소리가 나게 내려놓았다. "이 교활한 개자식!"

세아는 흘깃 계단을 보았다. "목소리 낮춰!"

"그 인간은 가족을 이루는 게 언니한테 얼마나 중요한지 알고 있는 거야. 우리가 어떻게 자랐는지 아니까. 제일 중요한 걸 눈앞에서 달랑달랑 흔들어대면 언니가 그걸 잡고 말 거라는 걸 알고 있던 거라고!"

세아는 손으로 이마를 문질렀다. "리브, 날 좀 믿어봐, 응?"

"내가 어떻게? 언니 하는 짓이 꼭……."

세아가 들고 있던 머그컵을 거칠게 내려놓았고 그 바람에 뜨거운 커피가 흘러넘쳤다. "절대. 그런 소리. 하지 마. 난 엄마랑 비슷한 거 하나도 없어. 게다가 내 상황은 엄마랑은 완전히 달라."

"어떻게 다른데?" 리브가 비웃었다.

"왜냐하면 난 엄마랑 달리 내 딸들을 위해서 이러는 거야. 나 자신이 아니라." 세아는 식당에서 있었던 일들, 아이들이 추수감사절에 조부모의 집에 가지 않는다고 얼마나 기분이 상했었는지, 얼마나 개빈을 보고 싶어 하는지, 야구를 끔찍이 싫어하는지 전부 털어놓았다.

뭐, 전부 다는 아니지만. 그녀는 자신의 마음을 흔들었던 개빈의 말은 남겨두었다. '당신이랑 아이들이 내 집이야.'

리브는 흔들리지 않았다. "애들은 이런 걸 이해하기엔 아직 너무 어리다는 거 언니도 알잖아."

"애들도 우리만의 전통이 있고 그게 바뀌는 게 슬프다는 걸 알 정도로는 충분히 컸어. 적어도 이번 추수감사절이나 크리스마스는 엉망으로 보내지 않을 수 있잖아."

"그럼 내년 추수감사절이랑 크리스마스는 엉망으로 보내도 되고?"

"내년 정도면 이런 상황에 애들도 익숙해지고, 그렇게까지 힘들어하지 않기를 바라야지."

리브가 뭔가 더 주장하려 하자 세아는 손을 들어 올렸다. "넌 그 자리에 없었잖아. 애들이 우는 걸 네가 못 봐서 그래."

"지금 언니 얼굴은 볼 수 있거든."

세아는 그 말을 못 들은 척했다. 그게 뭘 의미하는지 알고 싶지 않은 이유가 가장 컸다. "충동적으로 결정한 거 맞아. 네가 나의 그런 면을 좋아하는 줄 알았는데."

"그야 그렇지, 뒤에 재밌는 일이 따라올 때는. 근데 이건 재앙이야."

"네가 내 편을 들어주는 게 싫다고 하면 그런 거고."

리브는 주스를 한 모금 더 마셨다. "대체 무슨 수로 언니 마음을 돌릴 생각이래?"

"나도 몰라."

"안 물어봤어?"

"그게 뭐가 중요해."

"그게 어떻게 안 중요해?"

"왜냐하면 난 이미 경험이 있으니까, 리브."

"그치만 그러다 혹시라도……."

"나도 몰라! 알겠어? 나도 모른다고! 머릿속에서 이래라저래라 하는 목소리가 바글바글해. 네 목소리, 그 사람 목소리, 그랜 그랜 목소리, 애들 목소리. 뭐가 내 목소린지조차 모르겠어. 내가 아는 건 그 사람이 그 제안을 밀어붙였을 때 내 안의 뭔가가 툭 끊어져버렸다는 거야. 그러니까 함부로 판단하지 마."

"판단하는 게 아니야." 리브는 미안함이 묻어나는 목소리로 말했다. "언닐 걱정하는 거지."

세아는 그 말 역시 그냥 넘겨버리고 싶었지만 참지 못하고 묻고 말았다. "왜?"

"언니가 사라져버렸잖아." 리브가 말했다. "이제 막 언니를 되찾은 기분이었어. 언니를 다시 잃는 걸 보고만 있지 않을 거야."

세아는 동생을 끌어당겨 꽉 안았다. "다시는 잃어버리지 않을게." 그녀는 약속했다. "겨우 한 달이야."

"가장 최근에 형부가 언닐 유혹했을 때 걸린 시간이 딱 그 정도였거든."

"그 가장 최근에는 내가 적극적인 참여자였고."

"지금은 아니야?"

"집으로 돌아오는 데는 동의했지만." 세아가 몸을 떼며 말했다. "그 사람이랑 시간을 보낸다고는 안 했거든."

"피하는 게 언니 생각보다 쉽지 않을 거라는 예감이 드는데, 난."

"손님방에서 지내는 데 어려울 리가 없지."

리브는 징얼거렸다. "그럼 난 어디서 자?"

"지하실."

"끝내주네. 처음엔 우리 언니를 빼앗아가더니 이젠 내 침대까지 가져가?"

세아는 화이트보드가 있는 곳으로 성큼성큼 걸어가 달력을 들여다봤다. 크리스마스까지는 5주도 남지 않았다.

겨우 5주다.

할 수 있다.

그녀가 해야 할 일은 오직 아닌 척, 연기하는 거다.

델, 맥, 얀 그리고 맬컴까지 남자들이 모여 이미 아침 식사를 먹고 있는 내슈빌 중심가의 한 식당 안으로 덥수룩하게 수염을 기른 개빈이 도끼눈을 하고 들어섰다. 오는 중에 그를 알아본 사람들이 활짝 웃으며 다가왔지만, 못 본 척 지나치는 그의 온몸에서 '오늘 사인해줄 기분 아니거든요'라는 기운이 뿜어져 나오고 있었다. 그 식당은 사실 관광객들이 주로 다니는 곳은 아니었지만 여전히 충분히 바쁘고 짜증 날 만큼 시골스러웠다.

그는 자리에 털썩 주저앉았다. 델이 그의 초췌한 몰골을 보고는 한숨을 내쉬었다. "젠장. 거절당했어?"

"더 나빠. 승낙했어."

"그게 왜 더 나쁜 거야?"

"조건을 걸었거든."

맥은 계란 흰자를 덥석 베어 물고는 입안에 음식을 잔뜩 넣은 채로 말했다.

"뭘 걸어? 수건? 속옷?"

개빈은 그에게 가운뎃손가락을 들어 보이고는 지난밤에 있었던 일을 읊기 시작했다. 그가 말하는 동안 델은 종업원을 향해 고개를 끄덕였는데, 오기로 했던 다섯 번째 손님이 왔다는 걸 전하는 것 같았다. 개빈은 일명 '허리띠 풀러 아침 만찬'이라는 걸 주문했는데 젠장, 알게 뭐람. 어차피 경기 시즌도 아닌 데다가 부인이 그의 사랑을 믿어주지도 않는데.

맥은 종업원이 자리를 뜨자 얼굴을 찡그렸다. "어이, 그런 거 먹다간 제 명에 못 죽어. 그리고 돼지 된다."

개빈은 티셔츠를 들어 올려 배를 내려다보았다. 트레이너들이나 코치가 요구하는 대로 납작하고 팽팽했다. "까짓것, 먹어버릴 거야."

맥은 티셔츠를 들어 올려 빨래판 같은 복근에다 손을 흔들어 보이며 맥의 배를 부끄럽게 만들었다. "청정한 삶." 맥은 뿌듯함이 느껴지는 자신의 오믈렛을 향하며 능글맞게 웃었다. "이런 거 먹어봐."

"꺼져, 스테로이드 덩어리야. 너 토요일 밤에 혼자 피자 한 판 다 먹었잖아."

맬컴은 델을 보고 말했다. "얘네 원래 이래?"

델은 한숨을 쉬었다. "한결같이."

얀은 개빈을 보았다. "부인이 내건 조건이 뭔데?"

개빈은 길게 한숨을 내쉬고 난 다음 목록을 나열했다. 그가 말을 마치자 심지어 맥조차 동정의 눈길을 보냈다. "으, 네 부인이 '사랑해'라고 못 하게 하려고 단단히 작정했나 보다. 심한데."

"같은 방도 못 쓰고 내 마음도 표현을 못 하는데 내가 당최 무슨 수로 마음을 돌려."

"그러니까, 거기다가 그것도 못 하면⋯⋯." 맥은 한 손으로 구멍을 만들고 다른 쪽 손가락을 그 안에 넣었다 뺐다 하는, '섹스'를 뜻하는 전 세계 공용 동작을 해 보였다.

"너 완전 잘못 이해하고 있는 거야." 맬컴이 말했다. "이건 기회야."

"어떻게?"

"그녀는 네가 자기를 제대로 알아낼 수 있을지, 자신의 진짜 언어를 알아갈 수 있을지 해보라는 거야. 부인이 '사랑해' 같은 말로 마음을 표현하는 걸 싫어하면 그녀가 받아들일 수 있는 다른 표현을 네가 배워야지."

"어디서부터 시작해야 하는지도 모르겠는데."

"우린 알아." 델이 말했다. 이어 남자들이 동시에 입을 모아 말했다. "배경."

"배경, 그게 다 뭐야?"

"전부지, 암." 맥이 말했다. "전부고, 말고."

"너를 만나기 전에 그녀가 겪은 일들이 지금 그녀가 어떤 행동을 하는 바탕이 된다는 뜻이야." 맬컴이 말했다. "언제 어디가 됐든 우리는 그동안의 경험이 합쳐 이루어진 존재야. 그래서 어떤 일에 대한 반응은 그 경험을 바탕으로 이루어지지. 로맨스 소설에서도 그렇잖아. 책이 시작되기 전에 주인공이 겪었던 일이 결국은 책 속에서 그들이 어떻게 행동할지를 결정하지."

"근데 우린 지금 내 진짜 삶을 얘기하는 거잖아, 책이 아니라."

"똑같은 원리야." 맬컴이 말했다. "그래서 사람들이 소설에 공감하는 거야. 만고불변의 진리를 말해주니까."

개빈이 주문한 음식이 나왔다. 그는 베이컨 하나를 들어 두 입 만에 먹어치웠다. 맞은편에 앉은 맥이 볼을 빵빵하게 부풀리고 손으로 자기 배 주위에 둥근 모양을 만들어 보였다. 개빈은 그를 뚫어져라 보면서 두 번째 베이컨을 먹었다.

"세아의 어린 시절 얘기 좀 해봐." 맬컴이 말했다.

개빈은 방금 목구멍을 타고 내려간 베이컨이 순간 돌덩이로 변하는 것 같았다. "세아는 그 얘기하는 거 별로 안 좋아해. 내가 그런 얘길 꺼내면 늘 주제를 바꿔."

"어린 시절이 별로 좋지 않았나?" 얀이 뒷말을 부추겼다.

"아빠가 완전 개자식이야. 엄마는 전형적인 공주병이고. 세아가 열 살 때 두 분이 이혼했어. 그래서 여동생이랑 같이 몇 년간 할머니네서 살아야 했지. 부모님 둘 다 아이들을 원하지 않았거든."

"아이들을 원하지 않았다고? 대체 그게 무슨 뜻이야?" 델이 물었다.

"장인은 이혼 후에 곧바로 재혼했고 새로 맞은 부인은 아이들하고 같이 사는 걸 원하지 않았거든. 그리고 장모는 그런 책임을 감당하기엔 너무 이기적이었고." 개빈은 얼른 한입을 더 베어 물었다. "어젯밤에 알았는데 장인이 조만간 또 결혼을 한대. 그러니까, 네 번째든가? 몇 주 안 남았나 봐."

남자들은 모두 놀란 표정으로 시선을 교환했다. 델이 물었다. "넌 그걸 모르고 있었어?"

"응."

"세아는 언제 알았는데?"

"확실하진 않은데. 세 번째 부인이랑 이혼을 할 거라는 건 지난봄에 알게 됐는데, 아마 청첩장은 내가 집 나가 있던 지난 몇 주 사이에 온 것 같아."

델이 몸을 앞으로 기울였다. "세아는 그 문제를 어떻게 생각하는데?"

"결혼식엔 안 갈 거래, 그걸 묻는 거라면."

"이유도 말했어?"

개빈은 머리를 쥐어짜 어젯밤의 대화를 떠올렸다. "어차피 이번 여자를 두고 또 바람을 피우고 떠날 텐데 결혼식에 가는 게 다 무슨 소용이냐고 했어."

남자들은 일제히 개빈을 보았다.

그는 눈을 깜빡거렸다. "왜?"

맥이 코웃음을 쳤다. "이런 등신 같으니."

"세아가 내가 집으로 돌아오는 걸 허락한 게, 장인 결혼이랑 무슨 관계가 있다고 그래?"

델은 그의 뒤통수를 탁 쳤다. "아니, 멍청아. 애초에 널 쫓아 낸 거랑 관계가 있다는 소리다."

개빈은 항의라도 할 듯 입을 열었다가 이내 다물었다. 항의 이전에 자기가 집에서 쫓겨나게 된 진실을 깨닫고 이내 창피함 이 몰려왔기 때문이다.

"그리고 네가 '사랑해'라고 말하는 걸 싫어한다고 했지?" 얀 이 말을 이었다. "당연하지, 그런 말을 못 믿는 거잖아, 개빈. 사 랑은 믿을 수 있고, 영원할 거라는 걸 본 적이 있어야 말이지."

"말이 중요한 게 아니야, 개빈." 맥이 평소답지 않게 정색을 했다. "행동에서 나타나는 거지. 그리고 부인이 어린 시절에 덴 경험이 있다면 네가 몇 번이고 그런 말을 한대도 그건 아무 의 미가 없는 거야. 넌 그녀를 떠나면서 네 사랑을 의심하게 만든 거지."

"자기 아빠가 그랬던 것처럼." 델이 콕 집어 말했다.

"날 내쫓은 건 세아라니까." 개빈이 우는소리를 했다.

"시험이었을지도 몰라." 얀이 말했다.

개빈은 고개를 좌우로 돌려 팀원들을 바라보았다. "시험." 그는 얀의 말을 되풀이했다.

"어쩌면 자기가 떠나라고 했을 때 네가 어떻게 나오는지 보고 싶었던 걸지도 몰라. 그녀를 얻기 위해 싸우는지, 그냥 떠나버리는지. 넌 그냥 나와버렸지, 그러니까……."

방금 아침으로 먹은 음식이 그의 배 속에서 부글부글하기 시작했다.

맥이 비웃었다. "그렇게 된 거네. 이제야 감을 잡다니."

그는 속이 너무 울렁거려 한입도 더 먹을 수가 없었다. **사랑이 전부는 아니에요.** 이레나의 말이 옳은 걸까?

"저기," 맬컴이 나직이 입을 열었다. "우린 이 일이 쉬울 거라고 말한 적 없어. 사실 넌 세아가 이 일을 최대한 어렵게 끌고 갈 상황까지 대비해야 돼. 처음엔 네가 하는 모든 시도에 저항할 거야."

"이미 그러고 있어."

"그래서 네가 책을 더 열심히 읽어야 하는 거고." 델이 말했다.

그는 한숨을 쉬었다. "어젯밤에 좀 읽었어."

"그래?" 델이 다그쳤다. "뭐 와닿는 거라도?"

개빈은 식당 안을 둘러보았다. 그는 한쪽 어깨를 으쓱했다. "몰라. 그럴지도."

"읽어봐."

"여기서?"

"내년 부활절까지 위태로운 결혼 생활을 질질 끌고 가고 싶지 않다면." 얀이 말했다.

개빈은 다시 한번 주위를 둘러보았다. 몇몇 사람들이 여전히 그에게 시선을 주고는 있었지만 대부분은 음식을 먹으며 대화를 나누는 데 여념이 없어 보였다. 개빈은 코트 주머니에 손을 쑥 집어넣어 책을 꺼냈다. 그는 아무도 표지를 볼 수 없도록 책을 든 손바닥을 쫙 폈다.

읽던 부분까지 책을 넘기고 그는 어젯밤에 밑줄 그은 문장을 읽었다.

"무엇보다 그녀가 가장 두려워하는 것은 어느 아침, 잠에서 깨 그녀의 삶 전체가 그냥 그렇게 가버렸다는 걸 깨닫게 되는 것이었다." 그가 읽어 내려갔다. "어느 순간, 자신의 존재가 아무것도 아니라는 걸, 그녀가 사, 사, 상상하던 것보다 하찮은 존재라는 걸, 자신이 바, 바, 바라던 모습보다 못한 존재라는 걸, 한 남자의 조용한 액세서리에 불과했다는 걸, 반짝이는 테이블의 반들거리기만 한 표면 같았던 자신의 엄마보다 나은 것이 없었다는 걸 깨닫게 되는 것이었다."

개빈은 책을 내려놓고 맥에게서 날아올 시건방진 말을 기다렸다. 하지만 그는 조용히 듣고 있었다. 둘러보니 모두가 그를 가만히 보고 있었다. "뭐야?"

"네가 말해봐, 친구." 델이 말했다. "그 부분이 왜 와닿았어?"

개빈은 낯이 뜨거워지는 걸 느꼈다. 큰 소리로 읽는 게 아니었다. 그냥 아무 의미 없는, 말도 안 되는 구절을 읽어서 녀석들 구미나 맞춰주는 거였는데. 그게 왜 와닿았는지 그는 분명히 알고 있었다. 3년의 결혼 생활 동안 언젠가부터 세아는 '존재감이 없는 세아'로 바뀌어갔다. 근심 따위 없던, 그가 사랑에 빠졌던 충동적인 그녀는 사라져버렸다. 그림을 그리느라 밤을 꼴딱 새우던 여자, 그에게 격정적인 키스를 퍼붓는 바람에 결국 어두운 밤길에 차 뒷좌석에서 끝을 맺게 하던 여자, 교정의 백 년 된 나무를 없애는 데 저항하고자 불도저에 자기 팔을 수갑으로 엮어놓던 여자, 화해 후의 섹스를 하려고 부러 싸움을 걸던 여자는 사라졌다.

그리고 최악인 건, 그는 자기 일에 완전히 정신이 팔린 나머지 일이 이렇게 되도록 그런 변화를 알아채지 못했다는 것이다. 그날 밤 그 일이 벌어질 때까지도 몰랐다. 서로가 의미 없는 싸움을 한 지 너무 오래라 진짜 싸움이 되돌릴 수 없을 만큼 커져버렸던 그날 밤까지도.

"다른 건 필요 없으세요?" 어디선가 여자 종업원이 불쑥 튀어나왔다. 개빈은 놀라 자빠질 뻔했다. 그 바람에 손에서 책을 놓쳤고, 책은 그의 달걀 요리 위에 표지가 보이게 떨어졌다.

"어머, 난 그 작가 맘에 들더라." 종업원은 지체 없이 말했다.

개빈은 책을 집어 올려 냅킨으로 닦고 웅얼거리며 대답했다. "아, 아, 아내한테 선물하려고요."

종업원은 한쪽 눈썹을 치켜올리더니 계산서를 소리 나게 내려놓았다. "좋아하는 거 맘껏 즐겨요, 손님, 비밀은 지켜드릴 테니."

그녀는 느긋하게 자리를 떠났고 개빈은 테이블에 팔꿈치를 괴었다. 그는 머릿결 사이에 손가락을 파묻은 채로 책 표지를 바라보았다. '잘난 체 백작'은 이레나의 가슴골에 추파를 던지느라 바빠서 조언 따위 해줄 생각이 없어 보였다.

아니, 어쩌면 이미 해주었던 걸까.

"제가 내기를 거부하면요?"

그는 깊은 숨을 들이쉰 다음 마지막 카드를 내밀었다.

개빈은 자리에서 벌떡 일어섰다. 또 한 장의 카드를 가진 건 '왕가슴 마니아 백작'만이 아니었다. 그는 테이블에 30달러를 내려놓고 코트를 입었다.

"이봐, 어디 가는 거야?" 맥이 물었다.

"판돈 올리러."

"뭘 한다고?" 델이 말했다.

"나도 나만의 조건이 있거든."

"어이!" 황급히 자리를 뜨는 그의 뒤에다 대고 맥이 소리쳤다. "남은 베이컨 내가 먹어도 돼?"

아이들 학교 앞 도로는 휴가 전의 늘어난 차들로 꽉 막혀 있었다. 그럴 줄 알고 20분이나 미리 나왔음에도 세아는 아슬아슬하게 제시간에 도착할 수 있었다. 그녀는 간신히 자리를 찾아 주차를 하고 아이들을 데리러 건물 안으로 뛰어 들어갔다. 큰 아이들은 통학버스를 타는 곳에서 데리고 올 수 있지만 유치부 아이들을 데리러 가려면 건물 안으로 들어가야 한다. 게다가 이런 날에 아이들은 버스로 귀가하지 않고 부모가 직접 데리러 오는 경우가 많다.

교무실 옆 벤치에 나란히 앉아 있는 두 딸을 보자 언제나 그렇듯 세아의 마음이 푸근해졌다. 아이들은 무슨 이야기를 하는지 조그만 입으로 쉴 새 없이 재잘대고 있었다. 목청껏 외치는 다른 아이들의 소리와 다른 부모들의 대화 소리, 보통의 방과 후 복도를 채우는 혼잡함에 묻혀 아이들이 하는 말은 들리지 않았다. 두 아이의 연대는 무척 강해서 이미 서로에게 가장 친한 친구가 되어주고 있었다. 세상 모두가 아이들을 실망시키더라도 언제까지나 둘은 함께할 것이다.

세아는 학교 경비원이 내부 현관의 잠금 장치를 풀어줄 때 나는 지잉 소리를 기다렸다가 직원에게 고맙다며 손을 흔들고 안으로 뛰어 들어갔다. 아이들은 그녀를 보자 깡충깡충 뛰며 직접 색칠한 알록달록한 종이를 내밀었다.

"우리 칠면조 만들었어." 어밀리아가 말했다.

"잘 만들었네!" 세아는 에이바의 어깨에서 흘러내린 가방 끈을 제대로 올려주며 말했다. "이제 집에 갈까?"

아이들은 대답 대신 달려 나갔다. 세아는 아이들에게 걸어가라고 말하긴 했지만 신이 나서 저러는 걸 어쩌겠는가. 아이들이란 원래 휴일 전날에는 가만히 못 있는 법이다. 휴일에 대한 떨림과 기대, 유치원을 쉬는 것, 가족만의 신나는 행사, 모든 것이 몸을 가만히 두지 못하게 만들 테니까.

물론 세아와 리브는 자신들의 휴일이 같은 반 아이들과 상당히 다르다는 걸 금세 깨달았다. 어떤 추수감사절에는 데워서 먹는 포장 음식을 먹은 적도 있었다. 이런저런 이유로 아빠를 벌주기 위해서 명절 음식을 만들지 않겠다는 엄마의 수동적 공격 전략 때문이었다. 그녀의 부모는 실제로 싸운 적은 없다. 그들은 긴장으로 가득한 침묵의 감옥을 선택했다.

세아는 보도로 올라서 두 딸의 손을 각각 잡았다. 아이들의 손이 차가워서 세아는 아침에 장갑을 보내줄걸 하고 생각했다. 이 무렵의 테네시는 때에 맞지 않게 추웠다.

"맞춰봐." 그녀는 주차장에 세워둔 스바루의 잠금 장치를 풀며 말했다.

"뭘?" 에이바는 엄마가 카시트에 올려주길 기다리며 물었다.

세아는 몸을 안으로 숙여 에이바가 안전벨트를 채우는 걸 도와준 다음 빙 돌아 반대편으로 가 어밀리아에게도 똑같이 해주었다. 그런 다음 자신이 지을 수 있는 최대한 밝은 미소를 지으며 두 딸을 보았다.

"집에 깜짝 선물이 너희를 기다리고 있어." 그녀가 말했다.

"뭔데?" 어밀리아가 가쁘게 숨을 몰아쉬며 물었다.

"새끼 고양이?" 에이바가 물었다.

"아니, 새끼 고양인 아냐." 세아는 어밀리아 쪽의 차문을 닫고 돌아서 운전석으로 갔다. 그녀가 차에 타자 아이들은 선물 맞추기 게임을 시작했다.

"고슴도친가?" 어밀리아가 물었다.

"아니." 세아는 시동을 걸고 주차장에서 차를 빼 정체 중인 도로에 차를 진입시켰다.

"기린이야?" 에이바가 묻자 어밀리아가 깔깔거렸다.

"아니, 기린도 아니야."

"사자?"

"아니." 세아는 정지 신호에서 좌회전 차선으로 옮겼다. "동물 같은 건 아니야."

사실, 그보다 훨씬 위험한 것인지도 모르겠다. 월요일 밤 이후로 세아는 불안함을 떨칠 수가 없었다. 그리고 마침내 그날이 오고야 말았다. 개빈이 돌아오는 날. 그녀는 불안해서 미칠 것 같았다. 아이들과 집에 도착하면 어떤 게 기다리고 있을지 감도

오지 않았다. 무슨 말을 해야 할지조차 그녀는 알 수 없었다. 그녀가 아는 거라곤 자신이 취해야 할 행동뿐이었다.

바로 최대한 그에게서 멀리 떨어져 있는 것이었다.

세아가 집까지 운전해서 가는 동안 아이들은 뒷좌석에서 아까 하던 이야기를 이어갔다. 세아가 동네 어귀로 들어서자 나무에서 떨어진 낙엽이 공중에서 춤을 추었다. 아직 몇 집이나 더지나야 집에 도착하지만 집 앞에 세워져 있는 어두운 승합차밖에 눈에 들어오지 않았다.

집 주차진입로에 들어서며 그녀의 폐는 팽팽한 긴장감으로 부풀어 올랐다. 그녀가 시동을 끌 때에 맞춰 현관문이 열렸다. 개빈은 현관으로 걸어 나오며 자연스럽게 손을 흔들었다. 마치 한 번도 집을 떠난 적이 없던 것처럼.

어밀리아가 창으로 먼저 그를 보고 소리쳤다. "아빠다!"

"맞아. 아빠 돌아왔어." 세아가 힘겹게 침을 삼키며 말했다.

"그게 깜짝 선물이야?" 에이바가 물었다. 세아는 아이가 실망을 한 건지, 신이 난 건지 감이 오지 않았다.

"그게 깜짝 선물이야!" 세아는 억지로 목소리에 활기를 띠며 말했다. "아빠가 추수감사절에 딱 맞춰서 돌아왔네!"

어밀리아가 꺅 소리를 지른 바람에 에이바의 반응은 그게 뭐였든지 간에 밀려났다. 하지만 곧 개빈이 현관에서 내려와 다가오자 아이들이 그녀의 귀에 대고 괴성을 질렀고 이어 두 가지 생각 모두 사라졌다.

동시에 두 가지 생각이 그녀를 강타했다. 첫째, 개빈은 월요일 이후로 면도를 하지 않은 것 같다. 둘째, 그 모습이 완전 그녀 취향이다. 그도 그렇다는 걸 알고 있을 것이다. 면도를 하지 않은 모습이 섹시하다고 그녀가 말하곤 했으니까.

거기다 그녀가 좋아하는 스타일로 옷을 입고 있었다. 헐렁한 청바지를 탱탱한 엉덩이에 살짝 내려 입고 몸에 꼭 맞는 티셔츠 위에 플란넬 셔츠를 잠그지 않고 걸치고 있었다. 그는 필살기를 시전하고 있었다. 그녀의 심장이 강철로 만들어져 있어서 얼마나 다행인지.

"아빠다, 아빠!" 어밀리아가 소리쳤다.

뒷좌석에 있는 딸들에게 손을 흔드는 개빈의 얼굴에 웃음이 번졌다. 그러자 긴장감이 사그라들었다. 아이들이 행복해하고 있다. 지금으로선 그게 가장 중요한 거다. 일단 지금은 아이들을 위해 이걸 받아들이자.

개빈이 차 앞을 돌아오는 걸 그녀는 보고 있었다. 그는 운전석 옆에 서더니 의아하다는 듯 눈썹을 치켜올렸다.

아, 맞다. 계속 앉아 있었구나.

세아는 차 키를 빼고 보조석에 있는 가방을 집어 들었다. 그녀가 차 문을 열자 그는 한 걸음 뒤로 물러섰다. 그는 침을 꿀꺽 삼키며 뒷주머니에 양손을 꽂으며 말했다. "왔어." 저음의 섹시한 목소리였다.

"수염 기를 생각이야?" 그녀가 불쑥 물었다.

그는 씩 웃더니 한 손으로 자기 턱 주변을 쓸었다. "어떠냐에 따라서."

"뭐가 어때?"

"당신 반응이 좋은지 어떤지."

그녀는 어깨를 으쓱해 보이고는 에이바 쪽 문을 열어주었다. "당신 얼굴이잖아." 그녀는 투덜거리듯 말했다.

"그렇긴 하지만, 만약에 당신이 수염을 기른다고 하면 나는 좋은지 싫은지 확실히 말해줄 수 있을 것 같은데."

두 딸이 낄낄 웃었다. 그녀는 몸을 굽혀 에이바의 안전벨트를 풀어주었다. 개빈은 어밀리아 쪽으로 돌아가 안전벨트를 풀어주었다. 세아는 그의 시선을 피한 채 에이바를 차에서 내려주었다. "아빠한테 가봐." 그녀가 말했다.

개빈은 어밀리아를 차에서 내려 두 팔로 안아 올린 다음 느릿느릿 차 뒤쪽으로 돌아오는 에이바를 기다렸다. "이야, 꼬맹이." 그는 무릎을 낮추고 다른 한 팔을 내밀었다. 에이바가 잠깐 멈칫하는 순간, 세아는 숨을 참았다. 그러다 에이바가 개빈을 향해 기쁘게 다가가는 모습을 보고 나서야 숨을 내쉬었다. 그는 두 팔로 두 딸을 가뿐하게 안고 일어선 다음 차 후드 너머로 세아와 시선을 마주했다.

"가지고 들어갈 건 없어?" 그가 물었다.

"칠면조."

그는 또 한 번 무슨 소리냐는 듯 눈썹을 치켜올렸다. "델네 집에 칠면조 가져가려고?"

"델이라니? 그게 무슨 소리야?"

"난 부모님 집에 가는 게 취소됐으니까 당연히……." 그는 어깨를 으쓱했다.

"당연히 우리가 뭘 할지를 당신이 정해버렸다고? 나한테 한 마디도 안 하고?"

"작년에 그렇게 했잖아. 그래서 난 올해도 그럴 수 있겠다 생각한 거지."

"그래, 엄마, 우린 델 아저씨네 가고 싶어." 어밀리아가 끼어들었다.

"델 아저씨네 가서 조조랑 놀고 싶어." 에이바가 거들었다.

분노가 그녀의 등골을 타고 흘렀다.

"괜찮겠어?" 개빈이 물었다.

"아니, 안 괜찮아. 집에서 해 먹으려고 생칠면조도 샀잖아."

"나한테 미리 물어보지." 개빈이 말했다.

"당신한테 미리 물어보라고?" 황당함에 목소리가 크게 튀어 나왔다. 그녀가 주차진입로에 서 있는 동안 그는 아이들을 집 안으로 데리고 들어갔다.

세아는 거칠게 돌아서 해치백을 향해 성큼성큼 걸어갔다. 저 사람은 진심으로 다른 사람들하고 추수감사절을 같이 보내는 게 좋을 거라고 생각하는 건가? 보통 사람들도 아닌 레전드 팀 선수들에 그 부인들까지? 세상에, 그녀가 바라는 게 딱 그거라는 걸 어떻게 알았을까.

세아는 장을 본 봉투 두 개를 들어 집 안으로 옮겼다. 주방 조리대 위에 무거운 봉투를 올려놓자 안에 든 유리 단지들이 조리대에 부딪쳐 쨍그랑댔고, 그녀는 얼굴을 찡그렸다. 그녀의 시선이 싱싱한 데이지 꽃다발에 꽂혔다. 집을 나설 때만 해도 없었던 것이다. 그녀는 끓어오르는 무언가를 꾹 눌렀다.

그녀가 장바구니를 비우며 내일 쓰지도 않을 추수감사절 음식 재료들을 꺼내고 있는데 문이 열리는 소리가 들렸다. 개빈이 잠시 후에 들어와 조리대 위에 봉투 두 개를 더 올렸다.

"저기." 그가 말했다.

봉투 안에서 신선한 크랜베리 상자를 꺼내던 그녀의 손길이 그대로 멈칫했다.

"응." 그녀는 그에게서 뿜어져 나오는 열기를 피하기 위해 짐을 계속 풀면서 아무렇지 않은 척 이리저리 움직였다.

"내가 방수포 덮어놨어."

그녀는 그를 쳐다보았다. 그는 파란 플라스틱 포장으로 덮인 벽을 가리켰다.

"아."

"이걸 어떻게 처리할지 언제든 얘기를 좀 나누면 좋겠는데."

"전부 허무는 건 내가 직접 할 거야."

개빈은 헛기침을 했다. "내일 말인데."

"뭐가?"

"난 잘 모르겠어. 아이들이 명절에 즐거운 시간을 보내면 좋겠다고 말한 건 당신이잖아. 애들은 델 집에 가는 거 좋아하고, 또 작년에도 그렇게 했고. 그래서 난 그게 그렇게 큰일이라고 생각 안 했어."

"큰일이지."

"왜?"

"지금 우리 사이에 문제가 있는데, 우리 일거수일투족을 지켜볼 사람들 한 무더기하고 시간을 보내고 싶겠어?"

"우리 친구들이잖아, 세아."

"당신 친구들이야, 개빈."

"무슨 뜻이야?"

"네사 빼고는 난 거기 여자들 거의 다 못 참겠어. 아니, 그보다, 그 여자들이 나를 못 봐주겠지."

개빈은 그녀의 말이 터무니없다는 듯 고개를 흔들었다. "그게 대체 무슨 소리야, 세아? 언제부터 그랬는데?"

"늘 그랬어." 세아는 캔에 든 음식들을 한 아름 들고 식기 저장실로 걸어갔다.

"그게 끝이야? 더 해줄 얘기 없어?" 개빈이 그녀의 뒤를 따르며 물었다. 그는 저장실 문간에 서서 두 팔로 문설주를 받친 자세로 막아섰다.

"상관없어." 그녀가 쏘아붙였다. "우린 어차피 내일 델 집에 갈 거고, 그 이후로 다시는 그 여자들이랑 만날 일 없을 테니까." 그녀는 그를 밀치고 밖으로 나와 거실에 있는 아이들을 찾았다. 아이들은 바닥에 앉아 PBS에서 하는 만화영화를 보고 있었다. 세아는 쪼그리고 앉아 두 아이 모두에게 뽀뽀를 해주었다. 이 아이들을 위해서 그녀는 해내야만 한다. 그 사실을 잊으면 안 된다.

오후 내내, 피자를 먹고, 아이들을 씻기고 재우는 동안 그녀는 잘 버텨냈다. 두 딸이 잠자리에 들고 나서 그녀는 개빈에게 한마디도 건네지 않고 자기 침실로 가 방문을 닫았다. 매일 밤 이런 식으로 할 수 있다면 그녀는 살아남을 수 있을 것이다.

그녀가 브래지어를 풀고 팬티를 내린 순간 침실 문이 열렸다.

개빈이 성큼성큼 방 안으로 들어서자 세아가 휙 돌아보았다. "여긴 뭐 하러 왔어?"

그는 방문을 닫고 등을 기댄 채 아무것도 입지 않은 그녀의 모습에 마른침을 삼켰다. "당신, 조건을 걸었잖아. 이제 내 차례야."

세아는 '지금 나랑 장난하자는 거야' 눈빛을 쏘아준 다음 짜증 섞인 한숨을 쉬며 고개를 절레절레 저었다. "아니. 당신은 아무 조건도 걸 수 없어."

"첫째," 그는 문에서 몸을 떼며 말했다. "구단 크리스마스 파티에 함께 간다."

매년 레전드 팀은 시즌이 끝나면 선수들과 가족들, 관계자들을 초대해 야구장에서 정장을 입고 파티를 즐겼다.

"아니." 세아는 고개를 저었다. "절대 안 가."

그는 가까이 다가섰다. "둘째, 일주일에 한 번씩 데이트한다. 우리 단둘이서."

그녀는 소리 내어 웃었다. "아니."

개빈은 한 발짝 더 다가섰다. "진짜 데이트, 당신이 나랑 단둘이 있는 걸 피하려고 하는 재미없는 일이나 장보기 같은 거 말고."

"안 되겠는데. 그다음은?"

그가 그녀에게 바짝 다가섰고, 두 사람 사이에 있던 거리가 완전히 좁혀졌다. "잘 자라는 의미로 키스해준다. 매일 밤. 오늘 밤부터."

"장난하는 거지?" 세아는 다문 입에 힘을 주고 말했다. "아니. 절대 안 돼."

개빈은 뒤로 물러섰다. 그의 패를 내밀 차례가 왔다. "그래, 좋아." 그는 양손을 넓게 벌렸다. "그럼 지금 당장 없었던 일로 하자. 애들한테 가서 우리가 이혼할 거라고 말해. 그리고 변호사를 고용해서 크리스마스에 애들은 누가 데리고 있을지, 이 집은 누가 갖게 될지 정해달라고 하지 뭐."

그녀의 갑옷에 첫 번째 금이 갔다. 그 표시로 그녀는 연달아 눈을 깜빡거렸다. 애들에게 그런 짓을 할 수는 없다. 개빈도 그걸 알고 있다. 그녀는 괴로움에 눈만 끔벅거리고 있었고, 그걸 보는 그의 마음은 조금도 즐겁지 않았다. 어제 아침 녀석들이 한 말이 맞았던 것이다. 자기 부인에 대해 모르고 있던, 알아내야 할 것들이 있었다.

세아는 이를 악물었다. "당신이 이런 식으로 애들을 이용할 줄은 몰랐어." 그녀의 몸이 떨리고 있었다.

그는 속으로 움찔했지만 밀어붙였다. "내가 할 수 있는 게 없게 만들었잖아, 세아. 그 조건대로라면 내가 이기는 건 불가능해."

"'이긴다'고? 당신한텐 이게 게임이야?"

그는 시선을 낮춰 그녀의 입술을 지그시 바라보았다. "게임이냐고? 아니. 시합이냐고? 맞아."

개빈이 가까이 거리를 좁혀오자 그녀는 뒤에 있는 서랍장 모서리를 양손으로 잡고 버텼다. 그녀의 시선이 그의 입술에 꽂히더니 그 자리에 머물렀다. 그의 귀로 피가 확 솟구쳤고 다음 순간 논리와 이성이 그를 넘어뜨렸다. 그도 그럴 것이 응당 해야 할 행동, 즉 뒤로 물러서는 대신 그녀에게 가까이 몸을 기울여 고개를 숙이고 코를 그녀의 코끝에 살짝 맞댄 것이다.

"뭐 하는 거야?" 세아가 속삭였다. 아마 화난 것처럼 보이려고 했겠지만 그녀의 목소리에서는 숨이 멎을 것 같은 기대감만이 새어 나올 뿐이었다. 그녀는 그만큼이나 달아올라 있었다.

"확인 도장 찍는 거야." 쉰 목소리로 그가 말했다.

그런 다음 그는 손으로 그녀의 머리를 받치고 그녀에게 키스했다. 지난 주말에 했던 바로 그 키스, 입을 벌린 채로 그녀의 구석구석을 탐하는 키스였다. 그리고 꼭 지난 주말처럼 그녀는 그의 열정을 기꺼이 받아들였다. 물론 아주 짧은 순간 저항해보려 했지만 이내 그의 사타구니를 향한 끓어오르는 욕망으로 탄식을 내뱉으며 그에게로 녹아들고 말았다. 개빈은 각도를 바꾸어 더 깊숙이 들어왔다. 맞닿은 그의 입술이 그녀의 입안으로 밀고 들어왔다 빠지며 그가 말로는 할 수 없는, 그녀가 말로 듣기 원하지 않는 그 모든 것을 쏟아부었다.

그의 셔츠 앞섶에 있는 세아의 두 손이 꼭 쥐어 있었다. 그녀가 떨리는 숨으로 그의 입술을 빨아들일 만큼 경계가 허물어졌을 때, 그는 기회를 잡았다. 그는 뜨겁게 달아오른, 예민해진 그녀의 목으로 입술을 가져갔다.

"내가 전부 원래대로 돌려놓을게." 그는 열기를 뿜으며 열정적으로 속삭였다. "맹세할 수 있어. 당신이 다시 나를 믿을 수 있게 만들 거야, 세아. 다시 완벽하게 바꿔놓을 거야."

그 순간 그의 팔에 안긴 그녀의 몸이 뻣뻣해졌다. 그녀는 그를 밀치고 고개를 돌렸다.

"왜 그래?" 개빈은 그녀가 빠져나가지 못하게 그녀의 엉덩이를 잡은 손을 놓지 않고 숨을 헐떡이며 물었다.

"세상에 완벽이라는 건 없어." 그녀는 아무 감정이 느껴지지 않는 목소리로 말했다.

개빈은 뭐라 말해야 할지 '유혹왕 백작'의 지침서를 떠올려보려 했지만 아무것도 생각나지 않았다. 그가 주춤거리는 사이 그녀는 그의 손목을 잡아 자기 몸에서 떼어냈다. "당장 나가줬음 좋겠어."

"세아……."

"가라고, 개빈."

개빈은 뒤로 물러서며 좀 더 긴 셔츠를 입고 올 걸 후회했다. 청바지 앞으로 단단하게 튀어나온 걸 가릴 수 있도록. 세아는 오른쪽으로 돌아서서 지탱할 게 필요한 사람처럼 서랍장 상판을 두 손으로 꽉 누르고 섰다. 분명 대가를 치를 것이 뻔함에도 그는 다시 한번 그녀에게 다가서려는 발걸음을 멈출 수가 없었다. 그는 그녀의 귓가에 얼굴을 가까이 가져갔다. 그녀의 어깨가 바짝 긴장했다.

"뭘 말하는지 잘 알아." 그가 속삭였다. "왜 그러는지도 알고. 하지만 난 당신이 또다시 나를 밀어내게 두진 않을 거야. 싸움 없이 이루어낼 거라고."

그녀는 숨이 막혔다. "대체 왜 이러는 거야?" 쉿소리가 나왔다. "이렇게 해서 얻는 게 뭐가 있다고?"

미소가 개빈의 얼굴에 넓게 번져 나갔다. 고마워요, 베네딕트 백작.

"최고의 선물을 얻잖아." 개빈은 손가락 하나를 들어 그녀의 목 뒤를 쓸어내렸다. "바로 당신."

다음 날 아침 세아는 이상한 소리에 잠에서 깼다.

빗소리가 나는 것 같은데 창밖으로 보이는 하늘은 맑았고 옅은 보라색을 띠고 있었다.

따뜻한 증기가 피부에 닿는 순간, 그녀는 그게 뭔지 알아차렸다. 세아는 벌떡 일어나 앉아 이불을 걷어찼다. 욕실 문이 살짝 열려 있고 그 사이로 수증기가 부드럽게 피어올랐다.

안 돼, 이건 절대 아니야. 개빈이 그녀의 욕실을 쓰고 있다고? 그가 매일 밤 그녀에게 키스를 하겠다고 사실상 협박을 해온 것만으로 충분히 어려운 상황이었다. 그런데 샤워까지 한다고? 절대 매일같이 이런 일이 일어나게 두면 안 된다.

갑자기 물소리가 그쳤고, 세아는 침대에서 튀어 내려왔다. 그녀는 갓 태어난 새끼 망아지마냥 잠이 덜 깬 발걸음으로 휘청거리다가 침대 옆 탁자를 잡고 섰다. 그가 밖으로 나올 때 그녀가 여기에 있으면 안 된다. 그에게 그런 만족감을 줄 수는 없다, 절대로. 샤워실 유리문 열리는 소리가 났다. 도망가야 돼. 하지만 그녀가 튀어 나가려고 발을 내디딘 순간, 아까는 그녀를 구해주었던 바로 그 탁자에 새끼발가락이 충돌하고 말았다.

"이런 젠자……." 그녀는 욕을 삼키고 한 발로 깡충거렸다. 하지만 아직 제대로 기능을 회복하지 못한 다리 탓에 또 휘청거리다 침대로 고꾸라졌다. 빌어먹을! 밖으로 나가야 하는데, 얼른 나오기 전에…….

욕실 문이 활짝 열렸다. 안에서 엉덩이에 수건만 슬쩍 두른 그녀의 남편이 걸어 나왔다. 수건 하나는 목에 두르고 있었다.

어머, 환장하겠네. 그의 몸통은 대충 물기를 닦아낸 탓에 흘러내리는 물방울로 반짝거렸다. 개빈은 샤워를 한 뒤에 제대로 물기를 닦는 법이 없었고, 지금 이 순간, 그녀는 그것이 원망스러웠다. 돌처럼 단단한 그의 가슴팍을 덮고 있는 짙은 가슴 털에 맺혀 있던 물방울이 널찍하고 단단한 구릿빛 가슴 근육 사이로 조르륵 흘러내렸다.

그의 머리는 젖어 있었다. 그의 가슴도 젖어 있었다. 갑자기 그녀도 젖어버렸다.

망할! 신이시여, 왜, 대체 왜! 내가 왜 끝내주는 몸매를 가질 수밖에 없는 직업을 가진 남자와 결혼을 했을까요?

"일어났어?" 그가 눈부신 하얀 치아를 반짝이며 씩 웃었다. 아니, 실제로는 아니지만 그렇게 보였던 걸지도 모른다. 왜냐하

면 그가 겁나 멋있는 광고 모델처럼 생겼으니까! "추수감사절이
네."

그녀는 아직도 새끼발가락이 욱신거리는 걸 느끼며 다시 일
어섰다. 통증이 반갑기도 했다. 그녀의 분노에 기름을 부어주었
으니까. "반칙이야, 이건!"

"어, 뭐가?"

"내 샤워실을 쓰고 있잖아. 그건 반칙이라고."

"그게 무슨 소리야?" 그는 웃었다.

뭐가 웃기다고 이 남자는 웃고 있는 거지? "내 샤워실을 쓰는
건 우리 계약에 없거든."

"내가 어느 욕실을 쓸지는 정한 적 없잖아, 세아. 그럼 내가
애들 욕실 쓸게, 그게 당신 조건이라면."

"허, 순진한 척 그만하시지. 당신 일부러 이러는 거잖아."

"그래, 일부러 샤워했어. 보통 우연히 샤워를 하진 않잖아."

"무슨 말인지 다 알면서! 당신, 일부러, 여기……." 그녀가 그
의 가슴과 근육을 가리키며 손을 흔들고 있는데, 세상에나, 안
돼, 수건이 흘러내리기 시작했다. "그것 때문에 이러는 거잖아."

그는 눈썹을 치켜올리더니 자기 몸을 내려다봤다. "미안한데,
무슨 말인지 모르겠어."

"날 흥분시키려고 벗다시피 하고 돌아다니고 있는 거잖아!"

"맹세하건데 절대 의도한 건 아니지만 결과가 그렇게 된 거
라면 받아들일게." 그는 눈썹을 들썩들썩하더니 그녀에게서 등
을 돌렸다. 그러고는 두껍고 단단한 팔로 뿌옇게 된 거울을 닦았

다. 그녀는 그가 전기면도기를 들어 수염 가장자리를 다듬는 모습을 지켜보았다. 그는 고개를 살짝 기울이더니 턱 선 아래 부드러운 수염을 다듬는 데 집중했다.

아니 저건, 그냥 명백한 반칙이다. 그는 공정하게 임하려는 노력조차 하지 않고 있었다.

개빈은 이 일을 '시합'이라고 말했다.

아니, 이건 시합이 아니다.

전쟁이다.

반칙을 쓰겠다면, 그녀라고 못 할 거 없다. 충동이야말로 그녀에게 최악의 적인 것 같으니 두 번 생각할 것도 없었다. 세아는 잘 때 입는 민소매티 옷단을 잡아 머리 위로 확 벗어버렸다.

개빈의 움직임이 멈추었다. 면도기는 그의 목 근처 공중에서 헛돌고 있었다. 그의 눈길은 거울에 비치는 그녀의 모습에 단단히 고정되어 있었다. 반나체에 가까운 그녀의 모습을 뚫어져라 보는 그의 목젖이 불쑥 튀어나왔다. 거울 속의 그와 눈을 마주친 그녀는 씩 웃더니 잠옷 반바지와 팬티까지 내려버렸다.

개빈의 눈빛이 깊어지며 다시 한번 천천히 침을 꿀꺽 삼켰다. 그의 시선은 완전히 벗은 그녀의 몸을 죽 따라 내려갔다가 그의 뜨겁고 진득한 노골적인 시선에 반응한 그녀의 신체 곳곳에서 머물며 다른 경로로 다시 위로 올라갔다.

그녀는 자신의 엉덩이에 두 손을 올렸다. "자, 기분이 어때?"

"저기 말이야." 그가 그녀의 가슴에 시선을 고정한 채로 말했다. "당신이 벗은 걸 보는 게 왜 벌인지 설명해줄래?"

그런 다음 그는 윙크를 날렸고, 그 순간, 짠! 그녀의 젖꼭지가 단단해졌다. 아니 이게 대체……? 세아는 분홍색이 도는 자신의 둥근 유륜을 내려다보았다. 탱탱하고 단단해져 있었다. 미치고 환장하겠네. 그의 옆에 있으면 그녀의 젖꼭지는 파블로프의 개처럼 반응하고 말았다.

그리고 그 역시 그걸 알고 있었다. 그의 입꼬리가 말려 올라갔다. "내가 이 게임을 싫어할 거라고 생각했다면 당신이 틀렸어. 왜냐하면 이번 판은 내가 확실히 이겼으니까."

세아는 샤워기 스위치를 확 틀었다가 델 것처럼 뜨거운 물이 피부에 쏟아져 내리자 소리를 지르면서 뒤로 피했다. "대체 왜 이렇게 뜨거운 물로 샤워하는 거야?" 그녀는 수도꼭지를 반대쪽으로 확 젖히면서 투덜거렸다.

그는 다시 수염을 다듬고 있었다. "내 샤워 습관이 우리의 첫 싸움이 될지는 생각도 못 했는데."

세아는 바디워시 병을 집어 들었다. 그에게 대가를 치르게 할 테다. 머리부터 발끝까지 비누질을 해서 그가 쳐다보게 만들어 줄 테다. "첫 말싸움은 그게 아니야." 그녀는 향이 나는 핑크색 거품을 손에 크게 한 덩어리 짜내면서 무심한 듯 말했다. "어젯밤에 싸웠잖아."

"그건 말싸움이 아니었지."

"그럼 그건 뭔데?"

"협상."

"그러셔, 그럼 이건 뭐라고 부를 건데?" 세아는 바디워시를 배에 천천히 동그란 원을 그리며 펴 발랐다. 샤워실 바깥쪽에서 목이 졸리는 것 같은 소리가 들려왔다.

세아는 눈을 들어 다시 한번 거울 속의 그와 눈을 마주쳤다. 그녀는 천진한 얼굴로 고개를 갸우뚱 기울이며 가슴을 덮고 있는 거품 쪽으로 양손을 미끄러뜨리듯 가져갔다. "뭐라고 할 건데?"

그의 시선은 더 이상 그녀의 눈에 있지 않았다. 그의 눈동자는 그녀가 손가락이 빙글빙글 주위에 거품을 내고 있는 젖꼭지에 고정되어 있었다. "당신이 마지막에 한 말이 뭐였더라. 다시 듣고 싶네." 그녀는 자기 젖꼭지를 꼬집으며 혼잣말처럼 읊조렸다.

개빈은 입을 벌렸다가 이내 힘겹게 마른침을 삼키며 이를 악물었다. 그는 면도기를 다시 아래로 내리고 돌아섰다. 유리문에 수증기가 서려 있긴 했지만 그가 다시 한번 그녀의 몸을 눈으로 훑는 게 보였다. 그녀의 손은 그의 시선을 받으며 가슴 아래로, 배꼽으로, 더 아래로 미끄러져 내려갔다.

갑자기 문이 벌컥 열리고, 수건만 두른 개빈이 샤워실 안으로 들어왔다. 그는 그녀를 샤워실 벽으로 밀어붙이고 그녀의 양옆으로 손을 뻗어 벽을 짚었다. 그의 가슴이 방금 팔굽혀펴기를 한 판 하고 난 것처럼 위아래로 들썩였다. "어디까지 해볼 셈이야, 세아?" 그가 빠르게 말했다.

"어디까지라니? 미안하지만 당신이 무슨 말을 하는지 모르겠는데."

그는 다시 한번 이를 악물었다. "마, 마, 말만 해. 당신 손 대신에 내 손으로 해줄 테니까."

세아는 우쭐거리는 기분을 그대로 드러내며 그의 팔을 옆으로 밀쳐낸 다음 물 쪽으로 몸을 기울여 거품을 씻어냈다. "미안하지만, 그건 선택지에 없거든." 그녀는 눈을 내리깔고 어깨 너머의 개빈을 보았다. 그의 턱 근육이 울룩불룩거리고 있었고 그걸 본 그녀는 능글맞은 웃음을 지었다. "근데 걱정하지 마. 난 다 큰 여자야. 스스로 해결할 줄 아니까."

개빈의 눈썹이 움찔하더니 그의 눈에 서려 있던 욕망이 사라지고 다른 무엇으로 뒤바뀌었다. 그건 그날 밤 그녀가 그간 잠자리에서 거짓으로 연기해왔다는 걸 고백했을 때 번뜩였던 상심의 눈빛에 가까웠다.

그는 돌아서서 문을 닫아줄 생각도 없이 성큼성큼 밖으로 나가버렸다.

세아는 젖은 벽에 기대섰다. 이겼다는 기분이 들지 않았다.

세아는 몸이 차게 식을 때까지 물을 맞고 서 있었다. 그런 다음 재빨리 옷을 입으며 아이들 소리를 들으려고 침실 문을 열어두었다. 리브의 목소리와 아이들이 깔깔거리는 소리가 들리자 적어도 오늘 그들의 추수감사절 전통이 망가지지는 않을 거라는 생각에 안심이 됐다. 리브는 아이들에게 호박 파이를 미리 몰래 빼 먹을 수 있게 해주고 있었다. 개빈이 아래층으로 내려가 무리에 끼어들거나 손님방 문이 닫히는 소리는 들리지 않았다.

세아는 자기 방으로 돌아가 옷장 안의 옷들을 바라보았다. 작

165

년에 델의 집에 갔을 때 세아는 제대로 차려입었다. 와그라면 그렇게 하는 게 당연한 거니까. 다들 가장 좋은 옷을 입고 와 서로에게 뽐을 냈다. 그런데 빌어먹을, 올해엔 그럴 만한 힘조차 없었다.

결국 그녀는 레깅스에 긴 스웨터를 골랐다. 머리는 대충 말아 올렸고, 화장도 1, 2분 안에 끝냈다. 아주 오랜만에 처음으로 그들이 그녀를 어떻게 생각할지 아무 상관없다는 느낌이었다. 와그로 사는 것도 어차피 몇 주 남지 않았으니까.

그녀가 옷 방에서 나와 보니 개빈이 침대에 앉아 있었다. 그는 청바지에 검은색 티셔츠를 입고 있었다. 그녀가 그의 무릎에 가까이 몸을 기울였다. 그의 가슴을 감싼 티셔츠는 터질 것 같았다.

"여기서 뭐 하고 있어?"

그는 그녀를 올려다보았다. "그거 무슨 뜻이었어? 아까 샤워실에서 한 말."

세아는 맨발로 보송보송한 카펫을 밟으며 아무 소리 없이 옷장으로 자리를 옮겼다. "별거 아냐. 그냥 내숭 떠는 척해본 거야."

"좋아. 근데 내가 스스로를 고문하는 기분이 들어서 그러는데, 이 질문이 매일 밤 날 고문하거든. 그날 밤…… 그 이후로 쭉 그랬어. 이것만 물어볼게. 당신 해?"

그녀는 그의 말이 쉽사리 이해되지 않았다. "내가 뭘 해?"

"관계하고 나서 혼자 해결했어? 내가 당신한테서 떨어지고 나면 몰래 욕실로 가서 혼자 해결했냐고?"

"지금 나한테 자위하냐고 묻는 거야?"

"아니. 나랑 섹스한 후에 자위해본 적이 있냐고 묻는 거야."

세아는 서랍장을 열며 거짓말을 해볼까 생각했다. 하지만 또다시 그럴 수는 없었다. 거짓말하는 것, 아닌 척 연기하는 것, 모든 게 완벽한 척하는 것. 그 어느 것도 그들에게 전혀 도움이 되지 않았다. 그녀는 양말 한 켤레를 꺼내고 돌아섰다. "맞아. 가끔 그랬어."

개빈은 낙담하더니 얼굴이 빨갛게 달아올랐다.

"대답을 듣고 싶지 않았으면 왜 물어본 거야?"

"알고 싶었다고 해서 대답에 상처받지 않는다는 뜻은 아니잖아."

"그게 왜 상처가 되는데? 다들 자위하잖아. 설마 당신은 한 번도 자위한 적 없다고 말하는 거야?"

그는 벌떡 일어나 앞으로 다가섰다. "그래, 해, 나도 자위했다고. 집을 떠나 있을 때마다 호텔 침대에 누워서 당신 생각하면서, 집으로 돌아와 진짜로 하게 될 걸 꿈꾸면서 해." 그의 얼굴은 고통에 얼룩진 조소로 일그러졌다. "그런데 그게 진짜로 하는 게 아니었던 거지, 세아?"

그의 말에 따귀라도 맞은 것 같은 느낌이었지만 세아는 몸을 꼿꼿이 세웠다.

"그래서 모든 게 '완벽'했던 때로 돌아가고 싶어 안달이 난 거구나."

경직되어 있던 그의 얼굴에 미안함이 감돌며 누그러졌다. 그녀는 그 사과를 듣고 싶지 않았다. "세아……."

"내 방에서 나가, 개빈."

몇 분 뒤, 개빈이 주방으로 걸어 들어올 때 세아는 그에게 눈길도 주지 않았다. 그녀를 탓할 수는 없다. 그는 자신이 한 짓을 말하고 난 다음 스스로 목을 조를 뻔했지만 그러기엔 너무 창피했다. 그리고 창피함은 그의 크립토나이트♥였다. 언제나 그랬다. 그의 자존심이 궁지에 몰릴 때면 괴수 같은 것이 그의 입에서 튀어나왔다. 그리고 빌어먹을, 그가 늘 잠자리에서 자기 부인을 만족시켜주지 못해서 그녀가 자기 손으로 직접 해결했어야 했다는 사실은 그의 파리한 자아가 감당할 수 있는 것이 아니었다. 그래서 그는 어젯밤에 그들이 이루어낸 아주 미약한 진전을 망치게끔 협박하고 몰아세운 것이다.

세아는 아일랜드 식탁에 서서 델의 집에 가져갈 파이를 은박지로 포장했다. 그가 뱉은 추악한 말이 두 사람 사이를 떠돌고 있었다.

그는 팽팽한 긴장을 풀기 위해 안전한 말을 선택했다. "에이

♥ ───────────
슈퍼맨을 무력화시키는 운석.

바랑 어밀리아는 어디 있어?"

"지하실에서 리브랑 요가하고 있어."

커피 향에 이끌려 그는 가스레인지 옆에 있는 조리대로 다가 갔다. 그는 머그잔에 커피를 채우고 몹쓸 것들을 왕창 때려 부었다. 그는 블랙커피를 마시는 사람들을 절대 이해할 수 없었다. 그러고는 돌아서서 조리대에 등을 기대고 섰다. 아무 말 없이 몇 분이 흘렀다. 개빈은 결국 손에 든 잔을 내려놓았다. "미안해."

그녀는 그를 쳐다보지도 않았다. "뭐가?"

개빈은 주방을 가로질러 와 그녀 옆에 섰다. 고개를 숙이고 있는 그녀의 얼굴 앞으로 머리카락이 흘러내려 한쪽 뺨을 가리고 있었다. 그가 머리칼을 그녀의 어깨 뒤로 넘겨주었다. "내가 개, 개, 개자식이었어. 미안해."

"진실을 뱉어놓고는 절대 사과하는 게 아니야." 그녀는 그랜그랜의 말을 인용할 때 쓰는 어색한 남부 억양으로 말했다. 개빈이 알고 있는 세아는 할머니의 명언을 끝없이 길어 올릴 수 있는 우물을 가지고 있었다.

세아는 그에게서 떨어져 파이 여섯 판을 가리켰다. "이 파이들 차에 실어야 돼."

개빈은 그녀의 손을 잡았다.

그녀는 손을 잡아 뺐다. "아무 소용없어, 개빈. 어차피 크리스마스 지나면 이런 것도 다 끝이니까."

그녀는 그가 뭐라 답하기 전에 성큼성큼 발걸음을 옮겼다. 그녀가 일부러 쿵쿵거리며 계단을 오르는 소리가 들렸다. 개빈은 팔꿈치를 조리대에 기대어 양손으로 머리를 그러쥐었다.

"손님방 잠자리가 사나웠나 봐?"

개빈은 화들짝 놀라 올려다보았다. 리브가 난데없이 나타나서 있었다. 그녀는 어젯밤 늦게 일을 마치고 돌아왔기 때문에 그가 집으로 돌아온 후 첫 대면이었다. "애들은 뭐 하고 있어?"

"가위질하고 있지."

그의 표정이 벼락이라도 칠 기세인지라 그녀는 장난을 그만두었다. "워 워, 진정해. 걔랑 같이 텔레비전 보고 있어. 애들 오렌지 주스 가져다줄까 하고 왔지."

그녀는 아리송한 눈길로 그를 보면서 작은 빨대 컵 두 개에 오렌지 주스를 담고 주스 팩을 다시 냉장고에 넣었다. 그녀가 가려는데 그가 붙잡았다.

"리브."

그녀가 돌아섰다.

"세아랑 애들 위해서 여기 있어 줘서 고마워. 분명 큰 도움이 될 거야."

그녀는 코웃음을 쳤다. "당신 좋으라고 한 거 아니거든, 재수탱이."

"알아. 그렇긴 해도⋯⋯."

그녀는 눈알을 굴리고 지하실로 향해 가다 멈추더니 돌아섰다.

"저기, 개빈?"

그는 다시 한번 고개를 들었다. 그녀는 위험한 표정으로 미소

짓고 있었다. "한 번만 더 내 언닐 아프게 하면, 당신 단백질 파우더에 독 탈 줄 알아. 행복한 추수감사절 보내!"

그런 다음 그녀는 지하실로 사라졌다.

곧이어 그는 파이 여섯 판을 차로 옮겨 싣느라 분주히 움직였다. 그런 다음 거실을 서성이며 꼭 해야 할 번거로운 임무를 해치우기 위해 부모님께 전화를 걸었다. 부모님은 아직도 유선전화를 쓰셨는데, 예상치 못한 목소리가 전화를 받았다.

"나한테 빚진 줄 알아." 그의 남동생 서배스천이 인사 대신 으르렁거렸다.

"너 거기서 뭐 해?"

"형 대타 뛰고 있지. 엄마가 올해 추수감사절엔 가족 한 명도 없이 보내게 생겼다면서 울더라고. 정신 차리고 보니까 나는 짐 가방을 싸고 있고. 나 새벽 5시부터 일어나 있어. 엄마가 2시까지 먹으려면 그 시간에는 일어나서 칠면조를 요리해야 한다고 해서."

개빈은 콧날을 쥐었다. "넌 잘 버틸 수 있어. 아버지 좀 바꿔 줘."

"샤워하고 계셔. 엄마랑 통화해."

그는 저항해보려 했다. 자위에 대한 이야기와 엄마와의 통화 사이에는 일정량의 시간이 존재해야 한다는 규칙이 있었으니까. 하지만 서배스천은 수화기를 귀에서 멀리 떼버렸다.

잠시 후, 그의 엄마가 전화를 받았다. "어머나, 우리 아들! 행복한 추수감사절 보내렴!"

"잘 지냈어요, 엄마? 올해 칠면조는 얼마나 커요?"

개빈의 엄마는 늘 온 식구가 먹을 수 있는 양의 세 배에 달하는 큰 칠면조를 샀다. 이 질문은 가족끼리의 농담 같은 것이었다. 그의 엄마는 눈앞에서 사람이 굶주림으로 죽을지도 모른다는 두려움 속에 살아왔다.

"8킬로그램 정도 될 거야." 그녀가 말했다. "아주 큰 놈이지."

개빈은 곧바로 엄마의 모습을 떠올릴 수 있었다. 분명 명절에만 꺼내 입는 프릴 달린 앞치마를 입고 계실 것이다. 요리하는 중에 흘러내리지 못하도록 머리는 배배 꼬아 정수리에 말아 올려놓으셨겠지. 조금 있으면 슬로 쿠커에서 뜨거운 향신료 내음 가득한 음료를 한 잔 따라 가져오신 다음 크리스마스 음악을 트실 것이다. 스코틀랜드 가정에서는 추수감사절이 크리스마스 기간이 시작됨을 알리는 공식적인 날이니까.

"너희들이 왔더라면 정말 좋았을 텐데." 그녀가 말했다. "너랑 아이들 모두 보고 싶구나. 세아도. 세상에, 내가 지난 두어 주 동안 그 애한테 몇 번이나 전화를 걸었는데 계속 음성 메시지로 넘어가더구나. 참, 내 이메일은 받았을까?"

"모르겠어요."

"아니, 뭐, 어쩌다 보니 너한테 말을 못 했을 수도 있지. 올해 크리스마스에는 아이들이 뭘 갖고 싶어 하는지 물어보려고 했거든."

"저한테 물어보시면 되잖아요."

그의 엄마가 입으로 풋 하고 바람 새는 소리를 냈다.

"설마 우리 애들이 크리스마스에 뭘 받고 싶어하는지 제가 모를 거라 생각하시는 거예요? 세상에, 너무하잖아요!"

"세아라면 아마 진작에 색색으로 구분해서 표로 만들어뒀을 거다. 어디 가면 살 수 있는지, 이미 할인하고 있는 건 뭔지 표시까지 해서 말이다."

기분에 상관없이 개빈의 입가에 슬며시 미소가 감돌았다. 딱 세아다운 행동이었다.

"맞다, 크리스마스에 너희가 이리로 오는 것도 좋겠다!" 그의 엄마가 말했다. "여기서 크리스마스이브를 보내는 거지. 애들도 선물 양말 여기서 풀어볼 수 있고. 어머나, 개빈, 정말 재미있을 거야."

엄마가 색을 입히는 그림을 떠올리며 그의 가슴에 통증이 번져 나갔다. 물론 재미있을 거다. 하지만 방금 지하실에서 올라온 세아가 그 생각에 동조할 리 만무하다.

"저기, 세아 바로 옆에 있어요. 이메일 받았는지 직접 물어보실래요?" 개빈은 휴대전화를 내밀었다. "엄마야."

세아는 불이 뿜어져 나올 것 같은 눈으로 개빈을 쏘아보았다. 하지만 숨을 훅 들이마시고 컨디션 최고의 목소리를 장착했다. "어머니, 안녕하세요. 추수감사절 즐겁게 보내세요."

개빈은 세아가 통화하는 소리를 들으면서 아픔이 점점 번져가는 걸 느꼈다. 그의 부모님은 세아를 몹시 아끼신다. 두 분에게는 세아가 늘 바라왔던 딸이라면서 서배스천에게 개빈의 부인만큼 완벽하진 않더라도 그 비슷한 아내감이라도 찾으려면 부단히 애를 써야 할 거라고 농담처럼 말씀하셨다.

바로 그게 개빈이 아직까지 세아와의 사이에 문제가 있는 걸 말씀드리지 못한 큰 이유다. 두 분은 낙담하실 게 분명하다. 하지만 그게 유일한 이유는 아니었다. 부모님의 결혼 생활은 완벽했다. 그러니 개빈이 두 분을 본받지 못했다는 걸 알게 되면 무척 실망하실 것이다.

세아는 작별 인사를 한 다음 전화를 끊고 개빈에게 전화기를 돌려주었다. "두 분께 말씀드려야 돼, 개빈."

"뭘 말씀드려?" 자신에게는 이 상황이 일시적임을 자꾸 상기시키는 세아의 말에 그는 씁쓸함을 느끼며 말했다. "크리스마스까지는 당신 마음을 돌릴 수 있는 시간이 있잖아. 그 전까진 드릴 말씀 없어."

델과 네사는 내슈빌 외곽의 고급 빌라가 들어찬 동네에 살고 있었는데, 음악의 도시에 사는 돈 많은 일부 유명인들에게는 고향과도 같은 곳이었다. 휴일이었기 때문에 드물게 차가 막히긴 했지만, 32킬로미터 남짓의 거리라 30분밖에 걸리지 않았다. 뒷좌석의 아이들이 없었더라면 아마 침묵의 여정이 됐을 것이다.

"엄마, 우리 수영해도 돼?" 에이바가 갑자기 물었다.

델네 집에는 실내수영장이 있었고, 모두 저녁 식사를 끝내고 나면 남자들이 아이들을 데리고 수영을 시켜주는 게 전통처럼 되어 있었다. 세아는 뒤로 돌아앉았다. "엄마가 너희들 수영복 가지고 왔지."

아이들은 신이 나서 소리를 질렀다. 적어도 아이들만이라도 오늘을 즐겁게 보낼 수 있을 것이다.

개빈은 모퉁이를 돌아 델의 집 앞에 도착했다. 긴장의 끈이 세아의 가슴을 꽉 죄어왔다. 보통은 이때가 세아가 완벽한 와그로서의 미소를 장착하고 매 순간을 기꺼워하는 듯 연기를 시작해야 하는 순간이었다.

올해엔 됐다 그래라. 그녀와 개빈이 안전벨트를 풀어주고 보도에 내려주자마자 아이들은 내달렸다. 아이들이 거대한 기둥이 받치고 있는 현관에 다다르자 문이 활짝 열렸다. 델의 부인인 네사는 늘 그렇듯 눈부신 모습으로 걸어 나왔다. 그녀는 통이 넓은 검은색 정장 바지와 늘씬하게 목까지 올라오는 캐멀색 상의를 입고 있었다. 딱 그녀나 리브처럼 키가 큰 사람들만이 멋스럽게 보일 수 있는, 전형적인 대충 걸쳤지만 갖춰 입은 차림이었다. 네사는 자기 다리에 매달려 있는 아이들을 두 팔로 잠깐 안아준 다음 미소를 머금은 고개를 들고 손을 흔들었다.

세아는 손을 흔들고 뒷좌석으로 몸을 기울여 파이 하나를 잡았다. 개빈도 똑같이 하나를 들고 인도로 올라서서 그녀를 따라갔다. 네사는 아이들은 안으로 들여보내고 개빈에게서 파이를 받아 들었다.

"세아가 물건 나르는 건 내가 도와줄게요. 뒷마당으로 가서 델이 스스로 고문하는 것 좀 말려주세요."

"뭐 하고 있는데요?" 개빈이 물었다.

"그 멍청한 사람이 칠면조 통구이 기계를 샀지 뭐예요."

"이런, 젠장." 개빈이 급히 뛰어 들어갔다.

네사는 세아 쪽으로 몸을 돌렸다. "이렇게 와줘서 얼마나 좋은지 몰라요." 그녀는 세아에게 안으로 들어오라는 듯 고개를 끄덕이며 말했다. "이번 해엔 개빈 부모님 댁에 갈지도 모른다고 델이 말해줬거든요. 세아가 안 왔으면 서운했을 거예요."

세아는 뭐라고 답해야 할지 몰라 그냥 말없이 네사를 따라 거대하고 번쩍이는 하얀색 주방으로 들어갔다. 오븐에서 풍기는 환상적인 칠면조 냄새와 슬로 쿠커에 담긴 사과 차 향기가 주방을 가득 채우고 있었다. 칠면조 속을 채운 세이지와 마늘 냄새에 입안 가득 침이 고였다. 그랜그랜의 집에서 먹던 냄새와 똑같았다. 그녀가 리브와 함께 그곳에서 살면서 보낸 세 번의 추수감사절이 그녀에게는 최고의 날들이었다.

두 딸은 델과 네사의 딸인 조조를 쫓아 계단을 향해 내달렸다. "세아네가 오길 기다리면서 조조가 얼마나 애가 닳았는지 몰라요." 네사는 파이가 망가지지 않게 높이 들어 올리면서 웃었다. 그러더니 연극배우처럼 과장된 한숨을 내쉬며 파이를 조리대 위에 내려놓았다. "거짓말 안 하고, 해가 뜨기도 전에 날 깨워서 다들 언제 오냐고 물어봤다니까요."

세아는 웃었다. "쌍둥이들도 똑같이 내내 흥분 상태였어요."

솔직히, 이렇게 두 가족끼리만 보내게 될 거라면 오늘 하루도 나쁘지 않을 것 같았다. 네사는 진실하고 다정하고 재미있는 사람이었고, 다른 부인이나 여자 친구 들 중에서 세아가 친구라고 부를 수 있는 유일한 사람이었다. 무엇보다도 델과 개빈은 가장 친한 친구 사이다. 게다가 쌍둥이도 조조와 노는 걸 무척 좋아한다. 이런 식이라면 오늘이 순조롭게 흘러갈 것이다. 하지만 그럴 리가 없다. 왜냐하면 머지않아 그녀는 상어들이 득시글대는 수영장으로 들어가야 할 테니까.

네사는 세아에게서 또 다른 파이를 받아 조리대 위에 놓았다. 구석에 고정되어 있는 네사의 시선을 보고 세아는 그녀가 할 다음 말을 알아챘다.

"저기……." 네사가 가까이 몸을 기울이며 입을 열었다. "기분 나쁘게 생각지 않았으면 좋겠어요. 근데 개빈이 집으로 돌아왔다고 델이 말해주더라고요. 별일 없는 거죠?"

"그럼요." 세아의 입에서 자동으로 대답이 튀어나왔다. 잠깐만. 아니야. 그녀는 더 이상 이러지 않겠다고 생각했는데. 세아는 몸을 꼿꼿이 세웠다. "사실은, 괜찮지 않아요. 개빈이 어젯밤에 돌아왔는데 그 이후로 계속 싸우고만 있어요."

"델이 지난주에 개빈을 만났더라고요. 개빈이 그렇게 망가진 걸 본 적이 없대요."

세아는 발끈했다. 개빈이 망가졌다고? "저도 마냥 즐거운 건 아니었어요."

"당연히 아니죠." 네사가 재빨리 덧붙였다. "뭐랄까, 두 사람이 어떤 일을 겪고 있는지 약간은 알 것 같아요. 이 남자들은, 자기 자신을 표현하는 데 재주가 없잖아요. 시간을 좀 줘봐요."

세아는 네사의 말에 반박하고 싶었다. 그도 그럴 것이 그녀와 델은 완벽한 부부였으니까. 하지만 현관문 두드리는 소리에 이어 참을성 없이 눌러대는 벨 소리가 들려와 입을 다물었다. 네사는 앓는 소리를 내고는 또 한 번 눈을 굴렸다. "신이시여, 제게힘을 주소서. 델이 이 사람을 왜 초대했는지 정말 모르겠다니까요."

"누굴 초대했는데요?"

"자, 자, 스콧 부인이 돼야 할 시간이에요."

돌아선 세아의 시선은 꽉 끼는 하얀색 티셔츠 아래 자리한 엄청난 가슴 근육과 맞닥뜨렸다. 고개를 든 그녀는 눈부신 그의 미소에 눈이 멀 지경이었고, 어쩌면 살짝 끙 신음이 새어 나왔을지도 모르겠다. 그녀의 시선은 아름답기 그지없는 굵고 짙은 머리칼, 짓궂은 갈색 눈동자, 유리라도 벨 것 같은 날렵한 턱 선을 따라 내려갔다. 그가 윙크를 날리는 순간, 천사의 노랫소리가 울려퍼졌다.

"브레이든 맥이에요." 그는 세아의 손을 잡아 자기 입술로 가져가며 말했다.

"드디어 만나게 되다니, 정말 기쁘네요."

그의 입술은 그녀의 손가락 마디를 부드럽게 쓸었고, 세아의입은 바싹 타들어갔다.

"제가…… 저를 어떻게 아세요?"

"당신 남편을 알죠. 그런데 당신이 이렇게나 아름답다고 말하지 않은 걸 보면 제가 그 친구랑 그리 가까운 사이는 아니었나 봐요."

세아는 무슨 말이든 하고 싶었지만 끽 소리만 새어 나왔다.

네사가 헛기침을 하고 말했다. "맥, 당신 매력을 발산하기엔 아직 좀 이른 시간 아닌가요? 가서 남자들 일이나 좀 도와주지 그래요?"

브레이든은 엄지손가락으로 세아의 손목을 부드럽게 쓸었다. "여자에 대한 조언이 필요하다든가요?"

"아니오, 칠면조를 굽겠다고 저러고들 있어요."

브레이든은 태도를 바꾸고 세아의 손을 놓아주었다. "이런, 젠장." 그는 뒷문을 통해 밖으로 나갔다.

세아는 침을 꿀꺽 삼키고 몸을 떨었다. "와우. 저 방금 유혹의 신을 만난 기분이에요."

"아서요, 절대 그 사람한테는 그런 말하지 말아요. 안 그래도 자존감이 이미 머리 꼭대기에 올라가 있으니까."

세아와 네사는 유리문 쪽으로 슬그머니 다가가 그가 걸어가는 걸 바라보았다. 그녀는 입술을 핥으며 눈을 들어 올렸다. 그리고 의심의 여지없이 질투로 이글거리고 있는 개빈의 시선과 마주쳤다. "으, 망했다."

"내가 저 자식 죽여버릴 거야."

개빈은 유리문 너머를 보다가 맥이 세아의 손에 키스하는 걸 보았다. 바로 그 순간, 뭔가 뜨겁고 시뻘건 것이 이미 지난 24시간 동안 헤집어질 대로 헤집어진 그의 감각을 단숨에 사로잡았다. 그리고 그 개자식은 지금 손을 흔들며 아무 일 없었다는 듯 으스대는 걸음걸이로 그들에게 다가오고 있었다.

"쟤 일부러 너 짜증 나게 하려고 저러는 거야." 뎀이 말했다. "우리 부인들한테 다 저랬다니까."

"그런데도 살려뒀어?"

"진심으로 그러는 거 아니야."

개빈은 끓어오르는 질투에 주먹을 말아 쥐었다. 어린애 같고 유치하고 완전히 비이성적이라는 건 알지만 저 망할 브레이든 맥이라는 놈은 지금 그와 세아 사이에 하등 쓸모없는 방해꾼 그 자체였다. 개빈은 맥 같이 말만 번지르르하고 제멋에 취해 나대는 놈들과 평생에 걸쳐 싸웠다. 자기 아내를 두고 녀석과 경쟁할 일 따위는 없다는 건 당연히 알고 있다.

게다가 이런 생각을 하면서 패배자가 된 느낌을 가질 일이 없다는 것도 물론 안다. 여긴 고등학교가 아니니까. 세아는 졸업 무도회에 함께 가고 싶은 여자애가 아니라 그의 부인이니까. 하지만 최근 들어 그의 삶에서 논리와 이성은 자취를 감춰가고 있다. 가장 손쉬운 예 하나로, 오늘 아침 자위에 대한 말싸움부터 그렇다.

"멍청이들아, 그러다 집 다 태워먹겠다." 맥은 어슬렁거리며 그들에게 가까이 다가오며 농담을 던졌다. 그는 개빈을 콕 집어 말했다. "어이, 스콧. 너 부인이 초섹시녀라고 왜 나한테 말 안 했어? 마음이 너덜너덜해질 만하겠어."

개빈은 입 밖으로 뭐라 말을 내보내기도 전에, 이어질 행동을 인지하기도 전에 이미 주먹을 날리고 있었다. 그의 주먹은 정면으로 맥의 눈 아래에 꽂혔고 그 바람에 놀란 맥은 뒤로 주춤거리며 물러났다. 맥이 상처받은 눈빛으로 한 손으로 뺨을 감쌌다.

"무슨 미친 짓이야?" 맥은 얼굴에서 손을 떼서 손가락을 벌려 꼼꼼히 살폈다. 아마 피가 나는지 보는 듯했다. "대체 왜 이러는 거야?"

"나도 모르지. 남성성이라는 독소가 네놈이 내 아내한테 추파 던지는 걸 싫어하나 본데."

"지금 장난해?" 맥이 말했다. "난 모든 부인들한테 치근덕거린다고! 그게 내 특권이야. 그런다고 날 때려?"

개빈은 한 발짝 앞으로 다가섰다. 델은 개빈의 어깨를 감싸고 그를 저지했다. "진정해, 친구."

유리문이 미끄러지듯 열렸다. 네사와 세아가 똑같이 충격받은 얼굴로 뛰어나왔다. 세아의 표정에서 좀 더 험악한 분위기가 풍겼고, 개빈은 자기가 방금 사고를 쳤다는 걸 알았다. 또 사고다.

"무슨 일이야?" 세아가 다그쳤다.

"아무것도 아니야." 개빈은 손을 내저으며 웅얼거렸다. 빌어먹을, 이건 진짜 못 할 짓이다. 보통 남자들과 달리 프로 운동선수들은 쉽게 주먹을 내지르지 않는다. 개빈은 선수 생활 기간 중 모두 벤치에 있다가 경기장으로 달려 나갔던 싸움에 딱 한 번 끼어들었던 적이 있지만 그마저도 누군가의 모자를 벗겨내는 정도였고 곧바로 심판에 의해 중단되었다.

세아는 맥을 보았다. "괜찮아요?"

"당신 저 인간을 걱정해주는 거야?"

"방금 맞았잖아!"

맥은 한쪽 입꼬리를 쓱 올려 미소를 지어 사태를 필요 이상으로 악화시켰다. "내 걱정은 하지 말아요, 자기. 이런 반응을 보이는 남편들이 한둘은 아니니까."

개빈은 목을 쥐어짜는 소리를 냈다.

세아는 그를 노려보았다. "따라 들어와. 당장."

개빈은 다리를 질질 끌며 세아의 뒤를 따랐다. 그녀는 안으로 성큼성큼 걸어 들어가 주방을 가로질러 1층에 있는 델의 서재로 들어갔다. 그녀는 쾅 소리가 나게 문을 닫고 거칠게 뒤돌아섰다.

제대로 사고를 친 것 같다. "자기야……."

"경고하는데, 지금 여기서 나한테 자기라고 또 부르면 우리 계약은 전부 무효야."

그는 입을 다물었다. '계약'이라는 말이 씁쓸한 뒷맛을 남겼다. 그의 결혼 생활 전체가 이렇게 전락하고 말았다는 씁쓸함이었다.

"대체 왜 그러는 거야, 개빈? 당신 지금 정신 나간 사람 같아. 이게 내 마음을 다시 돌리게 하는 방법이야?"

"미안해."

"혹시라도 당신이 그 사람을 치는 걸 애들이 봤으면? 애들이 얼마나 무서웠을지 생각해봤어?"

아니. 그런 생각은 해본 적도 없다. 그녀의 말이 맞았다. 그는 정신병자처럼 행동하고 있었다.

끈적끈적한 뱃살벌레 같은 중생이여.

속삭임이 들려왔다. 미치겠네. '농담 따 먹기 백작'이 도움이 될 정보는 건너뛰고 셰익스피어 흉내를 내며 그를 골려댔다.

"한 달 동안이나 입 꽉 다물고 있다가 대체 무슨 권리로 갑자기 내 인생에 다시 뛰어드는데? 거기다 고작 내 손에 키스 좀 한 남자를 상대로 흑기사라도 되는 듯이 난리냐고?" 세아는 부글부글 끓었다. "정말 나한테 최소한의 믿음이 있기는 한 거야?"

"당신은 믿어, 세아. 못 믿는 건 그 자식이지."

"세상에, 정말이지 불쾌해." 세아는 과장된 몸짓으로 손을 들어 이마를 짚더니 활기 넘치고 자신만만한 상류층 아가씨 같은 말투로 말했다. "전 이렇게나 강하고 맹렬한 남자들 사이에서 제 자신도 지킬 줄 모르는 곤궁에 빠진 한낱 작고 연약한 처녀랍니다. 부디 제 순결을 지켜주세요, 낭군님." 그녀는 그를 정면으로 바라보며 말했다. "당신이 날 떠난 적이 없다면 이 귀여운 질투에 감동받았을지도 모르지."

"당신이 날 쫓아냈잖아, 세아." 아니 대체 왜 다들 그 부분은 잊어버리는 거야?

그보다 훨씬 오래전에 네 녀석이 그녀를 떠나서가 아닐까, 밴댕이도 울고 갈 중생 같으니.

세아는 고개를 절레절레 젓더니 문을 향해서 성큼성큼 걸어갔다.

"세아, 잠깐만." 개빈은 그녀에게 손을 뻗었다. "미안해. 당신 말이 맞아. 내가 등신같이 굴었어."

그녀는 숨을 고른 다음 밖으로 나갔고 방에는 그와 '거지같은

'타이밍 백작'의 목소리만이 덩그러니 남았다. 벌레 같은 중생? 제대로 들은 게 맞나? 근데 이게 다 어디서 들리는 소리야?

마침내 서재 밖으로 나온 개빈은 굳은 표정으로 팔짱을 낀 채로 복도 끝에 죽 늘어선 무리에게 내던져졌다. 그가 서재에 있는 동안 몇 명이 더 도착한 모양이었다. 거기다 아무리 봐도 그를 반가워하는 얼굴은 없어 보였다.

델, 얀 그리고 맬컴은 그가 축구라도 보다 걸린 것처럼 노려보고 있었다. 델은 고개를 까딱여 지하실로 향하는 계단을 가리켰다. 단단히 화가 난 목소리였다. "아래층으로. 당장."

"세아 찾아야 돼."

"다른 여자들이랑 있어, 가자."

체념의 한숨을 내쉬며 개빈은 남자들을 따라 계단을 내려가 지하실로 갔다. 그는 모퉁이를 돌다 그대로 멈춰 섰다. 맥이 뺨에 얼음팩을 댄 채 소파에 앉아 있었다.

개빈은 돌아섰다. "싫어, 절대 싫어. 저 자식이랑 말 안 해."

델이 그의 팔을 잡았다. "맥이 할 말 있대."

"네 부인 섹시하더라."

개빈이 으르렁거렸다. 델이 맥의 머리를 탁 쳤다.

"장난이야." 맥이 말했다. "아, 물론 섹시하다는 건 진심이지만. 네 부인 완전 끝내주던데."

"너 이 새끼 내가 죽여버릴 거야."

맥이 일어섰다. "미안해. 나 때문에 너랑 부인 사이에 없어도 될 문젯거리 만들어서. 그렇지만 천부적으로 카리스마가 넘치는

185

걸 나더러 어쩌라고."

"작작 좀 해, 맥." 델이 짜증을 냈다.

맥이 바닥을 보았다. "미안해."

"됐다." 델이 두 사람 사이를 번갈아 보았다. "괜찮아졌지? 이제 다시 친구다?"

"우린 친구였던 적 없어." 개빈이 말했다.

"에이, 친구, 진정해. 네 사과 다신 안 건들게."

"자리에 앉아봐, 개빈." 맬컴이 소파를 가리키며 말했다. 개빈은 순순히 따르며 호되게 야단맞을 각오를 했다. 그럴 만한 짓을 했다는 걸 자신도 알고 있었다.

"오기 전에 무슨 일이 있던 거야?" 델이 물었다.

"그러니까 그게, 나랑 아내랑 지금 몇 가지 문제를 해결해보려고 애쓰고 있다는 거 너도 들었을 거야."

"네 부인이 서재에서 나올 때 표정을 보아 하니 네가 상당히 병신 같은 짓을 한 것 같은데."

개빈은 쿠션들 위로 털썩 주저앉아 낙담한 표정으로 천장을 올려다보았다.

"겨우 하루 지났어." 델이 큰 소리로 말했다. "어떻게 그새 일을 망칠 수가 있냐?"

맥이 코웃음을 쳤다. "너 저 녀석 처음 보냐?"

"무슨 일이 있었는지 우리한테 말해봐." 맬컴이 차분하게 말했다.

"나 미쳐가고 있는 것 같아. 자꾸 머릿속에서 이렇게 말해라,

저렇게 행동해라, 영국 억양으로 말하는 소리가 들려."

"우리도 다들 그랬어." 맥이 말했다.

개빈은 고개를 똑바로 들어 그가 거짓말을 하고 있나 살폈다. 표정을 보니 거짓말이 아닌 것 같았다. "너도 그 목소리 들려?"

"네 무의식이야." 맬컴이 말했다. "이걸 해나가는 중에 어떤 시점이 되면 머릿속에서 영국 귀족이 우리라면 무시해버렸을 것들을 찾아내서는 뭐라 하거든. 다들 그런 것 때문에 힘들어했어."

그보다 훨씬 오래전에 네 녀석이 그녀를 떠나서가 아닐까, 밴댕이도 울고 갈 중생 같으니.

"그 남자 말을 들어야 돼?"

"사람을 죽이라고 시키는 게 아니라면, 그렇지." 델이 말했다.

개빈은 맥을 후려친 게 '쫄쫄이 바지 백작' 탓이라고 둘러댈까 생각해보았다. 하지만 그건 오롯이 그의 잘못이었다. 오늘 아침 부인에게 자위를 해본 적이 있냐고 물었던 게 끈적끈적한 뱃살벌레 같은 자신의 잘못이었듯이.

개빈은 몸을 앞으로 숙여 팔꿈치를 무릎에 괴었다. 그는 양손 사이로 머리를 떨어뜨렸다. "세아는 계속 이게 크리스마스 때까지만이라고 얘기해. 나한테 제대로 기회나 줄지 모르겠어."

"이봐, 친구." 델은 호텔 방에서 낙담한 채로 술에 절어 있던 그를 찾아낸 그날 밤처럼 개빈의 맞은편에 앉았다. "무슨 일로 둘 사이가 벌어지게 된 건지 사실대로 말해주면 우리가 더 많은 도움을 줄 수도 있어."

개빈은 벌떡 일어섰다. "절대 말 못 해."

"알았어." 맬컴이 말했다. "하지만 이건 꼭 기억해. 이 일의 핵심은 그녀의 마음을 사로잡는 거야, 개빈. 그녀를 꾀는 게 아니라."

"뭐가 다른데?"

맥이 또 코웃음을 쳤다. "애초에 네가 결혼을 한 것부터가 기적이다."

개빈은 가운뎃손가락을 치켜들었다.

"그 차이는," 맬컴이 말했다. "그녀가 너를 원하게 만드는 게 핵심이야. 네가 그녀를 얼마나 원하는지 증명하는 게 아니라."

지옥. 그 뒤로 보낸 두 시간이 세아에게는 딱 그거였다. 완벽한 지옥. 서재를 빠져나온 그녀는 네사가 요리하는 걸 도우면서 다른 부인과 여자 친구 들이 와인 잔 너머로 속닥이는 소리가 들리지 않는 척했다.

"둘이 헤어졌다던데."

"브레이든 맥을 때렸대!"

"정말 집을 나간 걸까?"

이보다 더 상황이 나빠질 수 없다고 생각한 순간, 높고 뾰족한 여자 목소리가 다른 여자들의 목소리를 압도하고 튀어 올랐다.

"안녕하세요? 다들 있나요?"

세아는 가슴에 성호를 긋고 재빨리 기도했다. 신이시여, 부디 저에게 저 여자를 후려갈기지 않을 침착함을 주소서.

"우리 주방에 있어요." 네사가 대답했다.

레이첼 탬본, 전직 모델이자 전형적인 와그, 모든 불협화음의 최고봉인 그녀가 딱, 딱, 스틸레토 힐 소리를 울리며 들어섰다. 그녀가 지나간 자리에 값비싼 향수 냄새가 확 퍼져 나가며 좋은 걸 넘어서 짜증을 불러일으켰다. 머릿결 반들반들, 화장 완벽. 안 그래도 돋보이는 몸매를 더욱 부각시키는 몸에 쫙 달라붙는 피부색 드레스까지. 개빈과 같은 팀 선수인 제이크 탬본이 그녀의 뒤를 따라 들어왔다.

레이철은 네사의 양 볼에 쪽쪽 소리를 내며 인사를 했다. "이렇게 초대해줘서 얼마나 고마운지 몰라요." 그녀는 나긋나긋하게 말을 이었다. "올해에는 양가 부모님들하고 다 약속이 안 잡혀서 우리 집 요리사는 휴가를 줬거든요. 이렇게 초대 안 해줬으면 불쌍한 우리 제이크는 쫄쫄 굶었을 거예요."

"당연한 거죠." 네사가 자연스럽게 답했다. "사람이 많을수록 더 즐거운 법이니까."

레이철은 몸을 뒤로 빼고 마치 처음 보는 것처럼 주방을 둘러보았다. 그리고 곧바로 세아를 알아보았다. 그녀의 눈이 휘둥그레지고 반짝거리는 입술이 살짝 벌어졌다. 세아는 그 사이로 송곳니 두 개가 솟아 나오는 건 아닐까 살짝 기대했다. 그러다 레이철은 불현듯 다른 사람들의 시선이 생각난 것 같았다.

그녀는 두 팔을 들어 올렸다. "어머나, 세상에! 이게 누구예요, 세아!"

그녀는 보아구렁이 같은 민첩함으로 요란한 구두 소리를 내며 다가와 세아를 안았다. "여기서 보다니 너어어무 좋네요." 레이철은 몸을 뒤로 빼며 말했다. "정말 보고 싶었어요!"

"내가 보고 싶었다고요?"

"그러니까, 그 왜, 지난 경기에도 안 왔고……."

이런, 벌써부터 화살이 날아들기 시작하는 건가.

"……거기다가 최근에 한 점심 모임에도 빠졌잖아요."

"초대를 못 받았는……."

"뭐 이런저런 이유들도 있고 해서, 난 당신이 여기 못 오겠지 했어요."

와우. 대체 말 속에 무슨 뜻이 저렇게 많이 담겨 있는 거야. 세아는 참을 수가 없었다. 갑자기 충동이 그녀의 입을 지휘하기 시작했다. "왜 여길 못 오는데요?"

레이철이 지나치게 상냥한 미소를 지었다. "어머나, 그게 그러니까, 알잖아요……."

세아는 몸을 꼿꼿이 세웠다. "아뇨, 무슨 뜻인지 모르겠는데요." 그러고는 어디 한번 말을 끝맺어보라는 표정으로 눈썹을 치켜올리고 그녀를 뚫어져라 보았다.

레이철은 마침내 몸 앞에서 양손을 짝 소리 나게 마주 잡았다. "그럼, 당신이랑 개빈, 다시 합친 건가요?"

아, 드디어 올 게 왔다. 세아가 내내 기다리던 게 오고야 말았다. "그건 당신이 상관할 일이 아닐 텐데요, 레이철." 그녀는 나직이 말했다.

레이철의 눈이 커지면서 감히 자신에게 맞서는 사람이 있다는 사실에 충격을 받았다는 걸 고스란히 드러냈다. 제이크는 헛기침을 하더니 자기 부인 옆으로 가서 섰다. "이렇게 보니 반갑네요, 세아." 그는 사람들이 보통 미안할 때 하듯이 가볍게 세아를 안으며 인사했다. "오늘 아름답네요, 늘 그렇지만."

레이철이 이를 가는 소리가 들리는 것 같았다. "세아야 언제나 너무 아름다우니까." 그녀는 세아의 옷을 천천히 위아래로 훑으며 말했다. "그런데, 이런 스타일로 입은 건 처음 보네요? 뭐 가끔은 편하게 입는 게 제일일 때도 있긴 해요, 안 그래요?"

"당연하지. 예쁜 것보단 우아함이야."

제이크는 윙크를 했다. "개빈이랑 델은 어디 있죠?"

세아는 뒷문을 가리켰다. "밖에서 칠면조 굽고 있어요."

"예감이 안 좋은데요." 제이크는 자리를 떴다.

레이철은 몸 앞으로 양손을 맞잡고 만면에 미소를 지었다. 일부러 가식적인 웃음을 짓는 그 모습에 세아는 웃음을 터뜨릴 뻔했다. 그게 가짜 미소라는 걸 상대에게 알리려고 짓는 미소였는데, 어쨌거나 그걸 보고 상대방 기분이 좀 나아지라는 게 목적이긴 했지만 실은 기분이 더 나빠지라는 의도가 담긴 미소였다. 대박, 레이철은 가식을 연기하고 있었다.

레이철과는 늘 이런 식이었다. 언제나 그랬다. 친절한 얼굴 이면에는 부인들 사이의 경쟁의식이라는 추악한 뱃살이 자리하고 있었는데, 세아가 다른 부인들이나 여자 친구들과 맨 처음 만난 순간부터 그게 드러났다. 그녀가 와그 회원들에게 다들 직업이 뭐냐고 묻는 순간 칠판을 긁은 직후 같은 정적이 흘렀다.

"이거요." 레이철이 대답했다.

마치 그 말 하나면 모든 게 설명되는 것처럼.

시간이 지나고 나서야 그녀는 그 말뜻을 이해할 수 있었다.

대다수의 부인이나 여자 친구에게 야구선수의 부인이란 하나의 직업이었다. 어떤 부인들에게는 남편의 일에서 요구되는 것들과 아이들 양육의 균형을 맞추는 게 단순히 정규 직장에서의 일 이상이기에 그런 것이었다.

하지만 그 밖의 여자들에게 있어 이건 그들의 정체성이었다. 마치 옛날 사교계에 첫발을 내딛기 위해 몸단장을 했던 것처럼. 잘생기고 예쁜 사람들은 결국 끼리끼리 만나는 게 자연스러운 수순인 듯 그들은 돈 많고 잘생긴 남자들과의 친분과 관계를 과시했다.

그러다 세아가 나타났다. 이 바닥의 규칙도 제대로 이해하지 못하는 여자, 단순히 임신을 했다는 이유로 프로 야구선수와 결혼을 한 여자, 다른 여자들은 모두 애를 써서 들어올 수 있었던 그들만의 특별한 모임에 아무 노력 없이 들어온 여자가 세아였다. 그녀는 남편이 후보로 지내거나 오랜 시간 성과 없이 마이너리그에 머무는 몇 년 동안 끝장을 보기 위해 싸울 필요가 없었던 것이다.

그런 점 때문에 레이철은 그녀를 싫어했다.

세아는 신경 쓰지 않는 척해왔지만 실은 신경 쓰였다. 외톨이가 된다는 건 외로운 일이었다.

하지만 곧 그녀는 여자들의 적대감에서 자유로워질 것이었다. 그 생각이 들자 세아는 자기 뒤에서 들리는 소리에 신경을 곤두세우지 않고 네사를 돕는 데 집중할 수 있었다.

마침내 음식이 전부 차려졌다. 네사는 밖에 있는 남자들에게 구워진 칠면조를 가져오라고 소리쳤고 세아는 자처해서 모든 준비를 도왔다.

세아와 개빈은 아이들 전용 탁자에 두 딸의 접시를 챙기고 아이들까지 앉혀놓은 다음 응접실에 차려진 어른들 자리에 합류했다. 세아는 네사 옆에 앉았다. 절실히 아군이 필요했으니까. 하지만 불행하게도 바로 맞은편이 레이철이었다.

식사가 시작되고 20여 분이 지나고 델은 긴 탁자의 제일 끝자리에서 일어섰다. "모두 잠시만요."

말소리가 잠잠해지며 모두가 델에게 집중했다. 델은 한 손으로 맥주병을 들고 다른 한 손으로는 부인의 손을 잡고 있었다.

"오늘 이렇게 와주셔서 다 같이 추수감사절을 보낼 수 있어서 네사와 저 모두 고맙게 생각하고 있어요. 너무 좋아해서 부른 사람들도 있고 억지로 부른 사람들도 있지만."

모두가 웃었지만 세아는 그의 말에 엄청난 진실이 담겨 있다고 생각했다. 세아는 레이철을 보며 웃음을 지었고 그녀 역시 미소로 응했다. 세아는 레이철의 한쪽 입꼬리에서 피가 흘러내리는 걸 본 기분이었다.

"그래서 말인데, 이렇게 서서 고맙고 어쩌고 길게 떠들 수도 있지만 그러고 싶지가 않아요." 델이 말했다. "왜냐하면 네사와 제가 전할 말이 있거든요. 지금까지 한두 달 말하지 않고 입 다물고 있었던 건데요."

네사가 자리에서 벌떡 일어나 양팔을 활짝 벌리고 말했다. "저 임신했어요!"

행복한 기운이 감도는 찰나의 정적이 흐른 뒤 박수와 축하,

보통 임신 소식을 들었을 때의 온갖 반응이 정신없이 튀어나왔다. 개빈은 자리에서 일어나 델의 손을 잡고 흔들었다. "정말 잘됐다, 델. 축하해."

몇 분 후, 네사가 다시 자리에 앉자 세아는 그녀를 끌어당겨 오랫동안 안아주었다. "두 사람 정말 너무 잘됐어요."

네사는 희미하게 웃었다. "자기한테 말하고 싶어서 죽는 줄 알았어요. 하지만 두 번이나 유산했으니까, 확실해질 때까지 기다리고 싶었거든요."

세아는 네사의 손을 꼭 쥐었다. "어머나, 미안해요. 전혀 몰랐어요."

"자기 속 끓이고 싶지 않아서 그랬던 것도 있어요. 개빈이랑 당신 사이에 무슨 일이 있는지 몰랐으니까. 둘 사이에 문제가 있는데 좋은 소식이랍시고 막 전하는 게 아닌 것 같다는 생각이 들었거든요."

왠지 기분이 좋지 않았다. 누군가 자신의 좋은 소식을 전하지 못하고 있었다는 걸 안다는 것, 그것도 세아가 받아들이기 힘들까 봐. 더 최악인 건, 그녀가 눈을 들고 보니 레이철이 이 모든 이야기를 들었다는 것이었다.

레이철은 즉시 달려들었다. "세아, 당신이랑 개빈은 어때요? 두 사람도 대충 수습된 거 같은데 조만간 또 좋은 소식 들을 수 있을까요?"

"제가 학사 학위 받았다는 소식을 듣기 전에는 힘들겠는데요."

"어머나, 학위를 못 끝냈어요?"

"아직은요."

"어머나 어쩌다가요?"

제이크가 레이철이 앉은 의자 뒤로 팔을 둘렀다. 그녀의 어깨에 둘러진 그의 손가락에 힘이 들어가는 게 보였다.

"글쎄요, 레이철, 당신이 확실히 알고 있다시피, 임신하는 바람에 학교를 그만둬야 했거든요."

"어머, 맞아. 그랬었지. 알고 있었어요. 두 사람 연애를 그리 오래 하지 않았던 것 같은데, 그렇죠? 그런 다음 곧바로 개빈은 메이저로 올라갔고요. 어쩜 그렇게 시기가 딱딱 맞아떨어졌을까."

세아는 개빈이 탁자 아래로 손을 뻗어 그녀의 무릎을 꽉 쥐는 걸 느꼈다.

"우리 관계를 시간 순서에 맞춰 정확하게 읊어줘서 고맙네요, 레이철. 위키피디아에 뜨는 우리 정보, 당신이 써줘도 되겠어요."

개빈의 손가락이 그녀의 무릎을 파고드는 동안 레이철의 입은 점점 벌어졌다.

"어느 대학 나왔다고 했죠, 레이철?" 세아가 물었다.

탁자를 둘러싼 절반은 할 말을 잃었고, 나머지 절반은 마치 이것이 마지막 식사인 것처럼 음식을 먹고 있는 가운데 긴장감이 분위기를 압도했다.

"미시시피 대학에서 법학 전공했어요."

"로스쿨은 안 갔어요?"

레이철은 고개를 돌려 남편을 향해 눈부신 미소를 발사했다. "안 갔어요. 제이크의 일을 위해 기쁜 마음으로 포기했어요."

제이크는 자기 접시에 담긴 음식에 정신이 팔린 척했다.

"하지만 여전히 변호사가 되고 싶긴 하잖아요, 그렇죠?" 세아는 대답을 재촉했다. 왜냐하면 충동이 입을 꼭두각시 부리듯 조종하고 있었으니까.

개빈의 손이 세아의 무릎을 꽉 잡았다. 그녀는 그 손을 밀쳐 버렸다.

레이철은 예쁜 척 자세를 한번 고치더니 대답했다. "아니, 그렇지 않아요." 그녀는 말했다. "우린 남편을 위해 모두 희생한답니다. 우리들은 그런 거 신경 안 써요."

끓어오르는 화에 세아는 눈앞이 새빨개지는 것 같았다. 개빈의 일 때문에 세아가 얼마나 많은 걸 희생했는지 레이철은 쥐뿔도 모른다. 그녀가 입을 열려는 순간 얀의 부인인 솔레다드 펠리치아노가 긴장을 깨고 입을 열었다.

"저기 그럼, 세아." 그녀는 광견병에 걸린 개를 달래기라도 하듯 한껏 긴장된 목소리로 말했다. "그림 전공이니까, 우리 자선 소프트볼 경기에 쓸 새로운 로고 디자인을 할 때 도움을 줄 수도 있겠네요."

소프트볼 경기 또한 와그의 또 다른 전통이었다. 매년 여름, 레전드 팀 부인과 여자 친구 들은 내슈빌 하키 팀 부인과 여자 친구 들을 상대로 경기를 벌여 도움이 필요한 아이들에게 보내줄 학교 물품을 마련할 기금을 모은다. 몇 년째 그 경기는 와그대 하그라고 불렸다. 왜냐고? 하키의 '하'다, 알다시피. 하하하. 아이고, 웃겨라. 문제가 뭔지 제대로 아는 사람이 이렇게나 없다는 게 놀랍다. 그런데 드디어 누군가 새로운 이름이 필요하다는 의견을 낸 걸까.

"새로운 로고를 만드는지 몰랐어요." 세아가 말했다.

"지난번 모임에서 결정됐어요." 레이철의 얼굴에 미소가 번졌다.

세아가 초대받지 못한 지난번 모임이었다.

"정말 좋을 것 같아요." 세아가 가까스로 입을 열었다. "어쩌면 와그라는 모임 이름도 없앨 수 있지 않을까요."

레이철은 와인을 마시다 뿜었다. 누군가의 포크 하나가 접시 위로 떨어졌고, 누군가는 불경스러운 말을 내뱉었다.

"대체 왜 우리가 그래야 하죠?" 레이철이 가슴골에 튄 와인을 닦으며 물었다.

"에이, 알잖아요." 세아가 말했다. "부인과 여자 친구라고요? 그건 너무 제한적이잖아요. 언젠가 여자가 메이저리그에서 뛰게 되는 날이 오면요? 남자 친구는 뭐라고 부를 건데요?"

"여자 선수가 그런 실력 근처라도 가는 건 거의 불가능하니까 난 그런 걱정은 할 필요 없다고 생각해요." 레이철이 대답했다.

"좋아요, 그럼 동성애자 선수들은요? 와그라는 이름은 완전히 이성애자 중심이에요. 더 많은 걸 포용하는 게 필요하지 않을까요?"

"정확히 제안하고 싶은 게 뭔가요?" 레이철이 물었다.

"배우자나 파트너 어때요?"

레이철은 잠시 가만히 있다가 말했다. "그럼 샙스[SAPs]♥가 되겠군요."

"맞아요. 그렇게 되겠죠." 세아는 자리에서 일어나 자기 접시를 들었다. "애들을 좀 보고 와야겠어요. 뭐 필요하신 분?"

세아는 정적에 싸인 응접실을 나가 모퉁이를 돌았다. 곧바로 개빈이 따라 나왔다. "방금 그게 다 뭐야?" 그가 물었다.

"그게 바로," 세아는 자기 접시를 내려놓았다. "우리가 결혼한 다음부터 매 순간 내가 레이철이랑 그 여자 친구들한테서 받고 참아야 했던 허튼짓거리야. 이제 맞서볼까 하고."

"언제나 당신을 저런 식으로 대했다고?"

세아는 코웃음을 쳤다. "음, 맞아. 첫날부터."

그의 시선이 모퉁이에 꽂혔다. "왜 나한테 말 안 했어?"

"왜 당신은 몰랐던 건데?"

개빈은 고개를 흔들며 뭐라 말을 하려 했지만 아무 말 않는 게 낫다는 생각에 대신 침을 삼켰다.

"걱정할 거 없어." 세아가 쏘아붙였다. "어차피 이런 문제도 더 이상 없을 테니까."

♥————

sap. 배우자와 파트너들(spouses and partners)의 줄임말. 그러나 비격식 표현으로 특히 미국에서 '얼간이'라는 뜻으로 주로 쓰임.

그녀는 획 돌아서서 그를 그대로 두고 자리를 떴다. 그 뒤로 그녀는 아이들과 시간을 보내며 그가 조금이라도 곁에 다가오지 못하게 피했다.

6시 무렵 에이바가 배가 아프다고 징얼거리기 시작해서 개빈은 먼저 자리를 떠야겠다고 양해를 구했다. 개빈이 아이들 채비를 챙기는 동안 네사는 플라스틱 통에 남은 음식을 잔뜩 싸서 밖에 있는 차까지 가져다주었다.

"차차 좋아질 거예요." 네사가 차 뒤에 음식 통을 쌓으며 말했다.

세아는 한숨을 쉬었다. "고마워요. 근데 레이철이 절 좋아하게 될 일은 없을 거예요."

"난 세아랑 개빈 이야길 하는 거예요."

세아는 고개를 들어 그녀를 보았다.

"좋아질 수 있게 기회를 줘봐요, 세아." 네사가 말했다.

현관문이 열리고 개빈이 에이바를 안고 걸어 나왔다. 어밀리아는 두 사람 앞으로 잽싸게 나왔다. 네사는 세아의 팔을 잡은 손에 힘을 주며 나직이 말했다. "언제든 전화해요."

세아가 차 트렁크 문을 닫는 동안 네사는 보도로 올라섰다. 그녀는 멈춰서 아이들 뺨에 뽀뽀를 하며 작별 인사를 해주고 개빈은 한 팔로 안아주었다. 세아는 에이바 자리의 차문을 열고 개빈과 눈을 마주치지 않도록 피하면서 그에게서 아이를 건네받았다.

"어밀리아 벨트는 내가 채울게." 그가 말했다.

집으로 돌아가는 차 안은 올 때만큼이나 조용했다. 개빈은 핸들을 꽉 움켜잡았다. 창밖을 바라보는 세아의 눈에 지나가는 차에 탄 가족들이 들어왔다. 웃고 떠드는 가족들. 저 남편이나 부인들도 자위에 대해 말싸움을 하며 명절을 시작했을까? 그런 생각을 하자 갑자기 신경질적인 웃음이 터져 나왔다가 곧바로 짜증 섞인 한숨으로 바뀌었다. 개빈이 고개를 돌려 그녀 쪽을 보는 게 느껴졌지만 그녀는 여전히 지나가는 풍경에 시선을 박고 있었다. 생기 없는 회색 하늘이 그녀의 기분과 딱 맞았다.

집에 도착하자 세아는 몸을 던지다시피 차에서 빠져나왔다. 그녀는 에이바의 벨트를 풀어주고 아이를 현관으로 데려갔다. 열쇠를 더듬더듬 찾아 문을 열었다. 버터가 현관에서 짖으며 반겼다.

"엄마, 나 몸이 이상해." 에이바가 징얼거렸다.

"그래, 아가. 코트부터 벗……."

그녀가 말을 채 끝내기도 전에 토사물이 바닥으로 쏟아졌다. 에이바는 울기 시작했고 버터는 킁킁거렸다.

"버터, 안 돼!" 세아는 개 목줄을 그러잡았고, 그 순간 에이바가 또 게워 올렸다. 애가 먹은 것들이 보란 듯이 또 한 번 바닥을 장식했다. 현관에 들어선 개빈은 나직이 욕을 뱉었고 어밀리아는 소리쳤다. "더러워!"

개빈은 급히 뛰어 들어가 버터의 목줄을 잡았다.

"이건 내가 치울게." 세아가 말했다. "당신은 애 데리고 올라가서 씻겨줄래?"

"싫어!" 에이바가 울며 말했다. "엄마가 해줘!"

"내가 치울게." 개빈이 말했다. "어밀리아, 착하지, 잠깐만 뒤로 물러서 있어봐."

하지만 이미 늦었다. 에이바는 몸을 돌려 또 한 번 게워 올렸고, 어밀리아는 온통 토사물로 뒤덮였다. 어밀리아가 꺅 비명을 질렀다. 개빈의 입에서 이번에는 큰 소리로 욕이 튀어나왔다. 버터는 자기만의 천국이라도 찾은 것처럼 신이 나 짖어대며 어밀리아를 핥기 시작했다.

"버터! 그만해! 얘들아, 이리로 와. 위층으로 올라가자." 세아가 아이들을 달랬다. "에이바, 욕실로 갈 때까지만 최대한 참아봐."

세아는 아이들을 앞세웠고, 아이들은 둘 다 울면서 위층으로 올라가 자기들 방 욕실로 들어갔다. 그녀는 무릎을 꿇고 앉아 아이들에게 팔을 들게 하고 입고 있던 셔츠를 벗겼다. 옷 하나라도 구할 수 있으면 다행일 터였다. 그녀는 아이들에게 나머지 옷도 전부 벗으라고 말하면서 욕조에 물을 받기 시작했다. 아래층에서는 개빈이 버터를 밖으로 내보내기 전에 뭐라고 듣기 싫은 소리를 하고 있는 것 같았다.

"엄마, 나 속이 이상해." 어밀리아가 창백한 얼굴로 딸꾹질을 시작했다.

아니야, 안 돼. 세아는 어밀리아의 어깨를 번쩍 들어 올려 황급히 변기 쪽으로 데리고 갔지만 간발의 차로 늦고 말았다. 바닥 청소가 두 군데로 늘어났다.

"괜찮아, 아가." 세아는 어밀리아의 등을 부드럽게 쓸며 말했다. 그녀는 몸을 돌려 에이바를 확인했다. 아이가 홀딱 벗은 채로 떨고 있었다. 세아는 한 발로 버티고 서서 몸을 숙여 물의 온도를 확인했다. "얼른 욕조에 들어가자, 에이바."

다시 어밀리아에게로 돌아선 그녀는 아이를 가만히 변기 옆으로 데려가 혹시 올라올 게 더 남아 있을지 몰라서 기대어 있게 했다. 예상은 적중했다. 어밀리아는 측은하게 훌쩍이며 몸을 떨었다. 세아는 아이의 머리칼을 부드럽게 뒤로 넘겨주었다. "괜찮아, 아가. 금방 끝날 거야."

몇 분 후 마침내 그녀는 어밀리아를 욕조 안에 넣었다. 그녀가 에이바의 머리를 감기고 있을 때 개빈이 욕실 문 앞에 나타났다. 그는 바닥을 보고 얼굴을 찡그리고는 버터가 안으로 들어가지 못하게 다리로 막아섰다.

"어밀리아도 아파." 세아가 말했다. "장에 있는 깨끗한 수건 좀 갖다줄래?"

"어떤 장?"

그녀의 관자놀이가 끓어오르는 화로 욱신거렸다. "늘 거기 있던 바로 그 장." 그녀는 에이바의 머리에 물을 부으면서 딱 부러지는 말투로 말했다.

"그게 어떤 거냐고?" 그가 땍땍거렸다.

"진심이야? 대체 여기 몇 년을 살았는데."

"난 수건에 그렇게까지 신경 안 써, 세아."

이런, 망할. "복도에 있는 수건들 넣어두는 장."

개빈은 사라졌다가 잠시 후 손수건 한 장을 들고 나타났다.

"이것밖에 못 찾겠어."

욱신거리던 관자놀이는 이제 망치로 두들겨대는 것 같았다.

"내가 어제 바로 거기에 깨끗한 수건 한 다발을 넣어뒀거든."

"글쎄 그게 안 보인다니까. 내가 어떻게 하면 돼?"

"내 방에 가면 바구니 안에 깨끗한 수건들 있어."

그의 턱 선을 따라 힘줄이 불끈 튀어나왔다. "내…… 방?"

세아가 벌떡 일어섰다. "됐어. 내가 가져올게."

그녀는 발을 쾅쾅거리며 수건 장으로 가서 개빈이 일부러 안 보려고 하지 않은 이상 절대 못 볼 수 없었던 수건 다발을 꺼내 화난 발걸음으로 돌아왔다.

"그게 다 어디 있었어?"

"장 안에." 그녀는 수건 다발을 바닥에 놓고 에이바의 머리를 마저 헹궜다. "자, 됐다. 아빠한테 가봐."

"엄마가 해줘." 에이바가 징얼거렸다.

"결국 아빠랑 하게 될 거야, 꼬맹이." 개빈은 에이바를 물에서 건져 올렸다. 아이의 몸을 닦아주려 무릎을 꿇다가 개빈의 몸이 세아와 살짝 스쳤다. 그녀는 황급히 몸을 떼며 짜증이 가득 담긴 눈빛으로 그를 쏘아보았다.

"에이바 잠옷은 내가 입힐게." 개빈이 말했다. 그는 두 팔로 에이바를 안고 일어서서, 아이의 머리를 어깨에 딱 고정시키고 욕실을 나갔다.

세아는 어밀리아의 머리를 다 감기고 나서 아직도 얼굴이 창백한 딸을 가만히 바라보았다. "이제 좀 나아진 거 같아, 우리 딸?"

어밀리아는 고개를 끄덕이고는 하품을 했다. 오늘은 일찍 잠자리에 들 것 같다.

"이리 와, 우리 아가." 세아는 어밀리아를 욕조에서 번쩍 들어 올려 꺼내 몸을 닦아준 다음 아이들 방으로 데려갔다. 개빈은 바닥에 앉아 에이바의 머리에 옷을 끼우고 있었다. 그는 고개를 들어 그녀를 보았다. 그녀는 시선을 외면했다.

세아의 묵살에 대한 불만으로 개빈은 목이 화끈화끈했다. 그는 에이바의 잠옷 바지를 끌어 올렸다. "자, 이제 네 침대로 가자."

"엄마가 해줘."

하, 언제쯤이면 상처받지 않고 받아들일 수 있을까? 그런 날이 오긴 올까? 아이를 갖는다는 건, 전에는 상상할 수도 없는 여러 가지 방법으로 한 남자를 비탄에 빠뜨릴 수 있다는 걸 누가 미리 말해줬더라면 얼마나 좋았을까. 개빈은 일어서서 에이바를 안아 올렸다. "엄마는 어밀리아 옷 입혀줘야 돼."

그는 흘깃 뒤를 보았다. 세아는 어밀리아를 침대에 앉히고 잠옷을 입는 걸 도와주고 있었다. 어밀리아는 세아의 목에 얼굴을 꼭 붙이고 있었고 세아는 아이의 등을 부드럽게 어루만지면서 개빈에게 들리지 않는 작은 소리로 무언가 속삭이고 있었다. 부드럽고 사랑이 가득 담긴, 한결같은 목소리. 개빈은 솔직히 자기 아이들이지만 질투가 났다.

에이바가 하품을 하자 개빈은 아이를 침대에 눕히고 포근히 파고들 수 있게 이불을 덮어주었다. 세아는 유아용 침대를 건너 뛰고 곧바로 어른용 싱글 매트리스 두 개를 들였다. 개빈의 큰 키에는 여전히 작았지만 그래도 그는 몸을 구기고 에이바의 옆에 누웠다. 그는 아이의 얼굴에 붙은 젖은 머리칼을 부드럽게 넘겨주었다.

"몸은 좀 나아졌어?" 그가 소곤소곤 물었다.

아이는 머리를 끄덕이고 다시 하품을 했다. "나 이제 배 안 아파."

"다행이다. 델 삼촌네 집에서 너무 많이 먹어서 그랬나 봐."

"파이 세 조각이나 먹었어."

아이고. "어떻게 세 조각이나 먹었어?"

"맥 아저씨가 우리한테 먹고 싶은 만큼 먹어도 된다고 했어."

언젠가 그 자식을 죽이고 말리라. "그런 건 엄마나 아빠한테 물어봐야지, 아가. 너도 알잖아."

"하지만 엄마는 안 된다고 할걸."

개빈은 큭큭 웃었다. "아마 그렇겠지. 하지만 엄마는 네가 너무 많이 먹으면 아플 거라는 걸 아니까 그러는 거야."

눈꺼풀이 점점 무거워지면서 에이바가 자기가 제일 좋아하는 솜 인형을 얼굴 가까이 꼭 끌어안았다. 한때는 밝은 노란색이었던 그 오리 인형은 이제는 너무 많은 사랑을 받은 탓에 색이 다 빠져 탁해 보였다. 개빈이 아이의 작은 등에 손을 대고 위아래로 쓸어주자 잠옷 위로 피부의 온기가 전해졌다.

"아빠." 에이바가 다시 눈을 번쩍 뜨며 속삭였다.

오, 안 돼. 제발 내 얼굴에 토하지만 말아줘. "뭔데, 우리 아가?"

"나는 자기 전에 잘 자요 뽀뽀를 꼭 해야 돼." 그러고는 에이바는 베개에서 고개를 들어 올리더니 입술을 동그랗게 모았다.

무언가 따뜻하고 걷잡을 수 없는 감정이 개빈의 가슴을 적셨다. 그는 옆으로 누워 아이에게 뽀뽀해주었다. 에이바는 곧바로 잠이 들었다. 개빈은 아이의 젖은 머리칼에 얼굴을 묻고 에이바 특유의 냄새를 맡았다. 사람들이 자기 아이들을 위해서라면 어떤 일이라도 할 수 있다고 말하는 걸 그도 수없이 들어봤다. 아이들을 보호하기 위해서라면 지구 끝까지라도 걸어갈 수 있고, 아이들을 행복하게 해줄 수 있다면 무슨 일이든 감당할 수 있다고들 말한다. 그건 직접 경험하고 느끼기 전에는 절대 이해할 수 없는 감정이다. 그의 부모님도 이런 감정을 느끼셨을까. 그와 그의 동생을 향한 사랑에 완전히 압도되었을까. 아마도 그럴 것이다. 쌍둥이가 태어나고 어느 날 아버지가 해준 말은 아마 그런 뜻이었을 것이다.

개빈이 신생아 집중 치료실의 아기 침대에 누워 있는 아이들을 보고 있는데 아버지가 찾아왔었다. 그리고 그의 등을 토닥이며 말했다. "아들아, 앞으로 어떤 일을 겪게 될지 넌 상상도 못할 게다."

그때 개빈은 따라 웃었지만 아버지의 말이 맞았다. 아이들로 인해 삶이 어떻게 바뀔지 그는 전혀 모르고 있었다. 말 그대로 그의 몸 안에 든 가슴이라는 게 이렇게나 커져버릴 줄 몰랐다. 때로는 고통으로 가득 찰 거라는 것도 몰랐다. 아이들에게 무슨 일이라도 생길까 두려운 마음이 들면 아무것도, 아무 말도 할 수 없게 되어버릴 거라는 것도 몰랐다. 아이들을 사랑함으로써 도무지 가능하리라고 생각지도 못했던 감정으로 전보다 더 부인을 사랑하게 될 줄은 몰랐다.

그런데 그 모든 걸 그가 내칠 뻔했다. 지금도 여전히 그러고 있었다. 만일 아버지가 개빈이 한 행동을 보았더라면 실망감에 고개를 절레절레 저었을 것이다.

그의 등 뒤로 세아가 침묵을 깨고 어밀리아에게 눈을 감고 좋은 꿈을 꾸라고 나직이 말하는 소리가 들렸다. 감정이 복받쳐 목이 콱 막혔다. 잠시 후 세아가 일어서자 어밀리아의 침대가 삐걱거렸다. 그런 다음 그녀의 자그마한 형체가 에이바의 침대 쪽으로 그늘을 드리웠다. 개빈은 그녀를 올려다보려고 고개를 돌렸다. 그녀는 에이바를 들여다보려 몸을 숙이면서도 그의 시선은 고집스럽게 거부했다.

"금방 잠들었어." 개빈이 속삭였다.

세아는 에이바의 이마에 잠깐 손등을 대보더니 뺨에도 똑같이 했다. "둘 다 열은 없네."

개빈은 대체 어떻게 그걸 확실히 알 수 있냐고 묻는 짓은 오래전에 그만두었다.

가장 정확한 체온계는 엄마의 손이다. 그도 이제는 그랜그랜 말씀은 익히 알고 있다. 그리고 그 말이 옳다는 걸 늘 경험하고 있다. 세아는 아마 자신의 평소 체온보다 아이들의 평소 체온을 더 잘 알고 있을 것이다.

피곤한 듯 한숨을 쉬면서 그녀는 몸을 도로 폈다. "난 샤워할 거야."

개빈은 등을 펴면서 에이바의 허리에 두르고 있던 팔을 아이가 깨지 않도록 조심스럽게 뺐다. "욕실은 내가 치울게."

세아는 얼굴을 찡그렸다. "까먹고 있었어. 당신이 아래층 했으니까 내가 할게."

"내가 할게, 자기야. 가서 샤워해."

자기라는 말에 세아가 눈을 깜빡이며 몸을 빳빳하게 세웠다. "내가 한다니까." 그녀는 아주 작은 화해의 표시라도 절대 받아들이지 않겠다는 듯 완강히 거절했다.

"제발 좀, 세아, 좀 돕겠다는 건데 그걸로 또 싸워야겠어?"

그의 날카로운 목소리에 에이바가 뒤척거렸다. 세아는 그를 째려보았다. "알았어. 그럼 욕실 치워."

그녀는 거친 걸음으로 방을 나갔다. 개빈은 또 욕이 나오려는 걸 참았다. 욕실 청소를 마치고 나왔을 때 샤워기 소리도 멈추었지만, 그녀에게 다시 말을 걸기 전에 그는 잠깐 머리를 식히고 싶었다. 그는 손님방으로 가 달리기를 할 때 입는 옷으로 갈아입었다. 근육의 긴장을 풀어줄 수 있는 유일한 방법은 뛰고 땀 흘리는 것뿐이다.

개빈은 쓰레기를 아래층으로 가지고 내려가 창고에 있는 쓰

레기통에 버렸다. 버터가 적적한지 따라오더니 주방 바닥에 엎
드렸다.

"너도 쫓겨났구나, 그치?" 개빈은 쭈그리고 앉아 버터의 귀를
긁어주었다. 버터는 꼬리를 툭 떨어뜨리더니 한숨을 내쉬었다.
그래, 우리 집 대장이 무시무시하게 포효를 내지르고 나면 우리
같은 졸병들은 서로 상처나 핥아줘야지 뭐.

개빈은 휘파람을 불어 버터에게 현관으로 따라오라는 신호
를 주었다. 개빈이 목줄에 손을 뻗는 걸 보자 버터는 앞발을 펄
쩍 들어 올리며 깽깽거렸다. 개빈은 털로 짠 비니를 쑥 눌러쓰고
장갑을 챙겨 밖으로 나왔다. 다시 들어가 세아에게 어디로 가는
지 말할까 생각했지만 둘 사이에 여전히 그런 거리감을 유지해
야 한다는 생각만으로도 화가 났다.

밖으로 나오니 상쾌한 공기가 폐로 훅 들어와 그는 몇 시간
만에 처음으로 깊게 숨을 들이마셨다. 달리기 시작한 지 10분이
지나 늘 다니던 길로 접어들기까지 그는 늘 그렇듯 인생을 원망
했다. 직업 선수라는 이유만으로 좋아서 달리기를 하는 건 아니
다. 필요악일 뿐이다. 하지만 그의 몸은 괴로워하면서도 속도에
적응을 했고 결국은 무아지경에 다다랐다. 발을 내디딜 때마다
어깨에서 긴장이 빠져나갔다. 버터도 속도를 맞춰 달렸다. 꼬리
를 흔들고 혀를 달랑거리며 아까 자길 내쫓은 걸 용서해주었다.
그를 용서한 게 뭔가 하나는 있었다.

개빈은 3킬로미터 이상을 달려 시내에 있는 공원에 도착했
다. 그는 속도를 줄이고 걸어서 주차장 근처에 있는 야구장으로

갔다. 쇠사슬이 걸린 울타리 안에 마름모 구장과 본루 양쪽으로 두 곳의 선수 대기석이 있었다. 구장의 전등은 모두 꺼져 있었지만 주차장에 있는 가로등 불빛이 먼지 낀 내야와 투수석의 다 닳아 해진 언덕을 비추고 있었다. 개빈은 차가운 외야석 바닥에 앉았다. 여름이 오면 이곳은 자기 아이가 가장 귀엽고 제일 잘한다고 생각하는 부모와 할머니, 할아버지 들로 가득 찰 것이다.

그는 이런 구장에서 어린 시절 대부분을 보냈다. 그리고 바로 이런 먼지 이는 경기장에서, 그가 말을 더듬어서가 아니라 다른 이유로 사람들이 그를 눈여겨보고 그에 대해 속삭이기 시작했다. 코치들이 모여 "저 애야?"라고 모여서 말하기 시작한 곳, 선수 발굴단에서 마침내 그의 부모를 찾아와 대학교 티셔츠를 보여주며 자기네 학교를 소개하고, 오하이오 변두리의 꼬맹이가 모두들 말하듯이 정말 잘하는지 보려고 모여들기 시작한 곳이었다.

100만 분의 1의 확률이야. 사람들은 늘 그렇게 말했다. 그가 메이저리그에 가게 되는 건 100만 분의 1의 확률밖에 되지 않는다고. 하지만 그 꿈이 머릿속에 자리 잡고 나자 개빈은 다른 건 아무것도 필요 없었다. 무엇도 그를 막을 수 없었다. 그는 다른 누구보다 열심히 했다. 왜냐하면 먼지 이는 구장에서는 더 이상 교실에서 큰 소리로 책을 읽지 못하는 어린애가 아니었으니까. 너무 긴장해서 여자애들에게 말도 못 붙이는 그런 애가 아니었으니까.

버터는 헐떡거리면서 개빈의 발 옆에 털썩 엎드렸다. 주머니에 있는 휴대전화가 진동했다. 그는 꺼내서 세아에게서 온 문자를 보았다.

— 집 나간 거야?

젠장. 말하고 나왔어야 했다. 그는 재빨리 답장을 보냈다.

— 뛰러 나왔어.

그녀가 문자를 입력하고 있다는 표시의 점들이 몇 초 동안 춤을 추었다.

— 들어올 때 문 잠그지 마. 리브 늦게 올 텐데 열쇠로 열고 들어오면 버터가 짖으니까. 난 잔다.

문자에는 없었지만 그녀의 싸늘한 의도는 생생하게 전해졌다. '굿 나이트 키스는 꿈도 꾸지 마.'

그의 신세는 점점 개판이 되어가고 있었다.

개빈은 마음이 바뀌기 전에 최근 통화 목록을 열어 스크롤을 올려 보다가 부모님 집 전화번호를 찾았다. 벨이 세 번 울리고 아버지가 잠기운에 가라앉은 목소리로 전화를 받았다.

"아이고, 영감님." 개빈이 놀리듯 말했다. "잠으로 칠면조를 쫓으려는 거예요?"

"깜빡 졸았다." 그의 아버지가 말했다. "네 엄마 오길 기다리고 있었어."

"어디 가셨는데요?"

"네 동생이 극장엘 간다고 하던데."

"아." 개빈은 입술을 깨물었다.

"별일 없지?"

"예, 뭐."

"괜찮은 거냐?"

개빈은 목을 가다듬었다. 아버지는 뭔가 잘못되었다는 걸 즉각 알아차렸다.

"이런, 개브. 무슨 일이냐?"

"그게 그러니까, 음, 아부지, 엄마한테 말씀 안 드린 게 있어요."

"아이고, 이런. 애들 문제냐? 둘 다 괜찮은 거야?"

"쌍둥이는 괜찮아요. 그보다……."

"세아도 괜찮은 거지?"

젠장. 그는 숨을 훅 들이마신 다음 내뱉었다. "아뇨."

아버지의 낡은 리클라이너 의자에서 끽 하더니 덜컹 소리가 들렸다. 아버지가 자리에서 일어나는 모습이 그려졌다. "무슨 일인지 말해봐라, 아들."

개빈은 또 한 번 떨리는 숨을 내쉬고서 아버지에게 기본적인 것들을 전했다. 둘 사이에 문제가 있었고, 크게 싸웠고, 그가 1, 2주 정도 집을 나갔었고, 지금은 집으로 돌아왔지만 상황이 좋지 않게 흘러가고 있다는 것까지. 물론 가장 창피한 이야기만은 털어놓지 않았다.

아버지가 무겁게 숨을 내쉬었다. "왜 더 빨리 말하지 않았니?"

"모르겠어요. 걱정시키고 싶지 않아서겠죠, 아마. 아버지랑 엄만 이런 일은 한번도 겪어보지 않으셨을 테니까 그래서……."

아버지가 갑자기 폭소를 터뜨리는 바람에 그는 깜짝 놀랐다.

"그렇게 생각하고 있는 거냐?"

"네, 뭐."

"오호. 내 생각보다 우리가 잘 숨겼나 보구나."

개빈은 앉은 채로 등을 꼿꼿이 세웠다. "무, 무, 무슨 말씀이에요?"

"아들, 누군가와 결혼해서 30년 가까이 함께 살면서 한두 번 지옥을 경험하지 않을 수는 없단다. 네 엄마한테 물어보면, 혼자서 너희 두 녀석을 키울 수가 없어서 날 떠나지 않았던 게 몇 번이나 된다고 말할 거다. 내가 이걸 아는 건, 네 엄마가 내 면전에 대고 그렇게 말해서고."

유년 시절의 환상이 부서져 내리는 소리가 개빈의 귓속을 마구 때렸다. "하지만 싸운 적도 없으시잖아요."

"너희들 앞에서는 안 했지만 우리도 참 많이 싸웠다. 지금도 그렇고."

"어떤 걸로요?" 개빈은 마치 산타클로스가 존재하지 않는다는 걸 다시 한번 알게 된 기분이었다.

"허, 뭐든 다지. 네 엄만 내가 다 먹은 그릇을 식기 세척기에 넣지 않고 그냥 둔다고 화를 내지. 난 네 엄마가 수표 기입장에 체크카드 쓴 금액을 안 적어둔다고 화를 내고."

개빈은 코웃음을 쳤다. "아빠, 요샌 수표 기입장 쓰는 사람 없어요."

"아이고, 세상에. 너까지 잔소리 시작할 생각은 마라."

개빈은 자기 앞의 어두운 경기장을 물끄러미 바라보았다. 부모님이 완벽한 게 아니었다는 걸 알고 나서 낙담을 한 건지 안심이 되는 건지 확신이 서지 않았다. "저기, 아버지, 무슨 말인 줄은 알겠는데 엄마랑은 별거 아닌 것들로 싸운 거잖아요. 세아랑 전 그보다 심각한 문제가 있어요."

"넌 네 엄마가 고작 그릇 때문에 날 떠난다고 협박했을 거라고 생각하니? 우리도 심각한 문제들로 힘든 시간을 보낸 적도 있단다."

개빈은 신발로 바닥의 흙을 비볐다.

"아들, 너한테 한 번도 안 한 이야기가 있는데 지금 그걸 해야겠구나. 그런데 뭐라 대꾸하지 말고 일단 끝까지 들어라."

개빈은 긴장했다. "알았어요."

"네가 처음으로 우리한테 세아를 만났다고 얘기했을 때 우리는 기뻤단다. 네가 행복해했으니까. 마침내 만났구나 싶었지. 하지만 네가 한두 달쯤 지나서 그 애가 임신을 했고 결혼을 하겠다고 했잖니? 글쎄다, 그땐 진심으로 기뻐할 수가 없었어."

"뭐, 뭐라고요? 왜요?"

"끝까지 들어보라고 했다."

개빈은 투덜거리며 사과했다.

"넌 메이저리그로 갈 수 있는 확실한 재목이었어, 개브. 우린 네가 고등학교 3학년 때 그걸 알았지. 하지만 뭐랄까, 여자애들에 관해서는 젬병이었다고 할까, 일단 그렇다고 치자."

이런, 세상에. 심지어 부모님조차 그가 찐따였다고 생각했다니.

"너는 언젠가 큰돈을 벌게 될 거고, 그걸 노리고 너에게 접근하는 여자애들한테 쉽게 넘어가지 않을까 걱정스러웠지."

순간 화가 치밀어 올라 개빈은 등을 꼿꼿이 폈다. "세아는 그런 여자가 아니에요."

"나도 안다, 아들아. 그 애를 만나자마자 우리는 알았어. 우리가 어떻게 알았는지 너 알고 있니?"

"어떻게요?"

"그 앤 네가 말 더듬는 걸 무시하지 않더구나. 못 들은 척하지도 않았어. 너는 평생 네 말더듬이에도 불구하고 널 사랑해줄 여자를 찾아야 한다고 생각했지만, 그것 때문에 너를 사랑해줄 여자를 찾아야 하는 거였어. 왜냐하면 그건 너의 일부니까. 세아가 바로 그런 여자야."

맞다, 그런 그녀였다. 그리고 개빈은 그녀를 잃기 일보직전이었다.

아버지는 갑자기 말을 끊었고, 뒤로 부모님 집 뒷문이 끽 하고 열리는 소리가 생생히 들려왔다.

"네 엄마 왔다." 아버지는 목소리를 낮춰 말했다.

젠장. "엄마한테 세아 얘긴 하지 마세요."

"안 하마." 그러고는 큰 소리로 말했다. "여보, 나 개브랑 통화하고 있어."

그의 남동생이 뒤에서 뭐라 큰 소리로 외쳤는데 "나한테 빚진 줄 알아"처럼 들렸다. 아니면 "죽을 줄 알아"라고 한 걸까. 둘 다 가능했다.

아버지는 다시 전화로 돌아왔지만 잠시 뜸을 들였다. 낮은 목소리로 말했다. "내 말 들어라, 아들아. 네가 무슨 잘못을 저질렀든 세아랑 같이 이걸 해결하기 위해서는 죽을힘을 다해서 싸워야 한다. 알아들었니?"

"노력해볼게요."

"더 열심히 해."

이럴 수가. 그 말을 끝으로 아버지마저 먼저 전화를 끊었다. 그는 요즘 들어 공식적으로 승률 0점인 상태다.

짧게 휘파람을 불어 버터를 일으킨 그는 집으로 향하는 공원 길을 천천히 달리기 시작했다. 현관에 들어서니 집 안은 깜깜하고 조용했다. 버터는 곧장 자기 물그릇으로 가서 바닥에 절반은 흘리며 물을 마셨다. 어질러진 바닥을 닦고 나서 개빈은 위층으로 올라갔다. 샤워를 할 생각이었지만 정신을 차리고 보니 그녀의 침실 문 앞에 서 있었다.

부부의 침실이었던 곳.

자기 방에 들어가는 데 허락을 구해야 하다니, 그는 분한 마음이 끓어오르는 걸 억누르며 손을 들어 노크를 했다. 그녀는 곧바로 대답하지 않았다. 몇 초간의 공백은 진땀이 나기 충분한 시간이었다.

"들어와." 마침내 그녀가 대답했다.

문에서 부드럽게 끼익 소리가 났다. 침대 옆 탁자 위 전등만 켜놓은 상태라 모든 게 부드러운 노란 빛으로 물들어 있었다. 방에서는 그녀의 로션 냄새가 났다. 그녀는 무릎 위에 노트북을 두고 침대 헤드에 기대앉아 있었다. 머리는 샤워 후에 늘 그렇듯 수건을 감싸 위로 말아 올리고, 그의 티셔츠를 잠옷 삼아 입고 있었다. 그의 심장이 강렬하게 쿵쿵거렸다. 그가 장기 출정 중에 자기 손으로 욕구를 해결해야만 했던 그 모든 순간에 바로 딱 이런 모습의 그녀를 간절히 바랐었다고 고백한다면 그녀는 과연 뭐라고 할까? 따뜻하고 부드럽고 의도하지 않았음에도 도발적인 이런 모습을 말이다.

버터는 껑충거리며 방으로 들어와 침대 위로 뛰어올라 갔다. 녀석은 자리를 잡고 누워 세아의 맨다리에 얼굴을 올려놓으면서 실제로 능글맞은 웃음을 흘렸다. 요 망할 녀석.

"나 왔어." 갑자기 입이 바싹 마르면서 말문이 막혔다.

그녀는 노트북 너머로 그와 눈을 마주쳤다. "알았어."

"뭐 하고 있어?" 그는 노트북을 향해 고갯짓을 했다.

"애들이 크리스마스 선물로 받고 싶어 하는 거 어머님한테 메일로 보내는 중이야."

"그렇구나." 어젯밤 그렇게 쉽게 그녀를 무너뜨린 걸 생각하면 지금 키스해도 되냐고 묻는 것만으로도 이렇게 떨리다니 웃긴 일이었다. 하지만 뭔가 달랐다. 이유는 알 수 없지만 그냥 그랬다.

결국 세아는 길게 숨을 내쉬고는 다시 노트북으로 시선을 돌렸다. 제기랄. 그는 황급히 앞으로 다가갔다. 그의 발이 카펫에 닿는 소리에 그녀가 다시 눈을 치켜떴고, 그 안에는 그가 기대감이라고 생각하고 싶은, 하지만 아마도 놀라움에 가까울 무언가가 스쳤다.

그는 세아가 무슨 말이라도 해주길, 뭐라도 해주길 기다렸다. 그녀가 먼저 움직여주기를, 얼굴을 들거나 그에게 다가와 주기를 기다렸다. 그는 소리 없이 애원했다. 눈빛으로, 가빠진 숨으로 애원했다. 아무리 그가 내건 조건이라고 하더라도, 선택은 그녀의 몫이었으니까. 그녀에게 강요할 수는 없는 노릇이었다.

그녀의 콧구멍이 살짝 벌어졌고, 맹세컨대 그녀의 몸이 약간, 아주 약간 그가 있는 쪽으로 기울어졌다. 그녀의 혀가 통통한 입술 사이에서 살짝 빠져나와 아랫입술을 핥았다. 그걸 본 그의 마음이 움찔거렸다.

"잘 자." 그가 무뚝뚝하게 말했다. 그러고는 참아보겠다는 의지를 발휘할 겨를도 없이 저절로 몸이 숙여지고 입술을 그녀의 입술에 살짝 스쳤다.

됐다. 겁나 반짝이는 황금 별을 딴 것이다. 아내에게 키스를 했다!

세아는 커다래진 눈으로 그를 올려다보았다. "잘 자." 그녀는 웅얼거렸다.

"내가 이불 덮어줄까, 아니면 그런 건 혼자서 해결할 수 있나?"

아주 잠깐 세아의 눈이 가늘어졌지만 이내 그녀를 놀린다는 걸 알아차렸다. 그녀는 눈을 굴렸지만 입술 양 끝은 살짝 올라가 있었다. 그는 더도 말고 한 번만 더 그녀에게 키스해서 어젯밤처럼 그녀가 앓는 소리를 내도록 할 수 있는지 보고 싶었다.

하지만 그는 이미 이 침대를 떠나버렸다. 그리고 그건 순전히 그의 잘못이었다.

그는 손님방으로 가 자리를 잡았다. 그리고 '척척박사 백작'이 그가 저지른 과오를 씻어줄 지혜를 전해주기를 간절히 바라며 책장을 열었다.

12

끔찍했던 구토 릴레이는 끝이 났다.

아이들은 잠에서 깨 배가 고프다며 팬케이크를 구워달라고 아우성이었다. 세아는 다른 이유로 긴장되고 달아오르고 허기를 느끼며 일어났다. 꿈이 너무 생생했던 것이다.

세아는 레깅스를 입고 아이들을 따라 아래층으로 내려갔다. 개빈의 방문은 닫혀 있었다. 그러니 아직도 자고 있든지 아니면—

아니면 벌써 일어나 샤워를 마치고 그녀가 주방에 들어섰을 때는 이미 커피까지 내려놓고 있든가. 와우. 뭐, 나쁘지 않네.

"아빠!" 어밀리아가 달려가 그의 다리에 두 팔을 둘렀다.

"잘 잤어, 꼬마 아가씨들." 그는 어밀리아의 머리에 한 손을 올리며 말했다. "오늘 아침엔 다들 괜찮은 거지?"

"나 팬케이크 먹고 싶어." 어밀리아가 말했다.

"그거라면 확실히 해줄 수 있지." 그는 에이바를 보았다. "너도 팬케이크 먹고 싶어, 꼬맹이?" 아이는 고개를 끄덕이고 오리 인형을 끌어안았다.

개빈은 어깨 너머로 세아와 눈을 마주쳤다. 그는 한쪽 입꼬리를 살짝 들어 올리고 눈으로는 미안함을 발사했다. "잘 잤어?" 그가 말했다. "커피 줄까?"

"어, 그래." 그녀는 빠른 걸음으로 아일랜드 식탁으로 가 의자에 앉았다. 잠시 후 그가 그녀 앞에 있는 머그잔에 커피를 따라주었다.

"내가 팬케이크 만들까?" 그가 물었다.

"내가 할 수 있어." 그녀는 머그잔을 들어 입술로 가져갔다. 그는 커피에 바닐라 크림과 설탕을 완벽한 비율로 타두었다.

"당신이 할 수 있는 거 나도 알아." 그는 차분히 말했다. "오늘은 좀 색다르게 당신이 쉬어보는 건 어떻겠냐는 거지."

휴전 제안이었다. 팬케이크 평화 제안. 아무리 최근 계속 옹졸하고 꽁한 상태이긴 했지만 그렇다고 계속 말싸움을 이어가기엔 너무 쩨쩨한 것 같아 그녀는 기세를 누그러뜨렸다. "좋아. 고마워."

개빈은 그녀가 부부 침실로 돌아와도 좋다고 허락이라도 해준 것처럼 기쁜 표정을 지었다.

"리브는 어디 있어?" 세아는 자리에서 일어나며 물었다.

"지하실에 있겠지. 계속 안 보이던데."

세아는 몸을 돌려 지하실로 통하는 문 앞까지 걸어갔다. 문을 열고 귀를 기울여봤지만 아무 소리도 들리지 않았다. 그녀는 살그머니 계단을 내려가 모퉁이를 돌아 내려가다가 폭소를 터뜨릴 뻔했다. 리브는 외출복을 그대로 입은 채 침대에 대자로 엎드려 있었다. 머리는 한바탕 소용돌이가 지나간 듯 산발이었다.

그녀는 깨금발로 물러나려 했다.

"나 깼어." 리브가 웅얼거렸다.

세아가 돌아섰다. "미안."

리브는 끙 소리를 내며 등을 대고 돌아누웠다.

"어제 힘들었어?"

"추수감사절에 식당에 가는 사람들은 정말 최악이야. 나 죽을 때까지 다시는 호박 파이는 안 만들 거야."

세아는 벽에 기대서서 커피를 홀짝였다. "몇 시에 집에 왔어?"

"지금 몇 신데?" 리브는 하품을 했다.

"8시."

"그럼 네 시간 전에."

세아가 컥 소리를 냈다. "4시까지 일을 했다고?"

"내 인생 정말 싫다."

"아니, 그게 아니야. 넌 네 일이 싫은 거야."

"추수감사절에 새벽 4시까지 일했어. 내 일이 곧 내 인생이야."

세아는 다시 위층으로 걸어 올라왔다. 주방에서 펼쳐진 광경에 순간 숨이 멎었다. 두 딸들은 반죽 그릇에 손이 닿을 수 있도록 아일랜드 식탁의 높은 의자에 무릎을 세우고 올라가 있었다. 각자 그릇을 하나씩 안고 리브에게서 선물로 받은 어린이용 거품기로 어줍게 반죽을 섞고 있었다. 개빈은 둘 사이에 서서 양팔로 아이들을 감싼 자세로 혹시 반죽을 엎거나 망치지 않을까 살펴며 움직이고 있었다. 그는 잘하고 있다는 둥 격려의 말을 중얼거리면서 아이들이 된 반죽을 거품기로 섞는 걸 참을성 있게 기다려주고 있었다. 아이들은 수시로 잘하고 있나 확인을 받으려 고개를 들었고, 그럴 때마다 개빈은 부드럽게 웃으며 아이들 이마에 뽀뽀를 해주었다.

그녀의 마음이 일렁거렸다. 부모님이 함께 살 때조차도 그녀의 아버지는 그녀나 리브와 저런 걸 해본 적이 단 한 번도 없었다. 개빈처럼 일로 집을 떠나 있는 것도 아니었는데, 개빈이 에이바와 어밀리아의 삶에 큰 부분인 것과 달리 아버지는 자매의 인생에서 빠져 있었다. 마침내 아버지가 오로지 본인을 위해 떠나던 그때까지도 세아는 너무 어려 스스로를 돌볼 수 없었다. 그는 자기가 가장 중요하게 여기는 걸 위해서만 살았을 뿐이다.

개빈이 눈을 들었고, 그녀와 눈이 마주쳤다. 그녀는 표정을 감추려 했지만 그렇게 날래지가 못했다. 개빈이 눈썹을 치켜올렸다. 그녀는 웃음을 지어 보이며 가벼운 투로 말했다. 이건 애들을 위해서다, 그가 아니라. "재미있어 보이네, 우리 딸들."

어밀리아가 의자 위에서 엉덩이를 살짝 흔들며 거품기를 들어 올렸다. "다 했어, 아빠." 반죽이 아이의 양손과 식탁 위로 흘렀다. 개빈은 둘 다 닦고 에이바도 준비가 됐는지 물었다.

에이바는 고개를 저었다. 완벽을 기해야 하는 것이다. "굽기 시작할 거면 에이바가 완성하는 건 내가 도와줄게." 세아가 말했다.

그들은 10분 정도 말없이 짝을 맞추어 착착 일을 진행했다. 개빈이 팬케이크를 뒤집는 동안 세아는 시럽과 생크림과 초콜릿 칩을 꺼냈다. 그녀는 아일랜드 식탁 위를 치우고 아이들 의자 앞에 접시를 놓았다. 개빈은 아이들 접시 위에 음식을 차려주고 나서 세아와 자기 접시도 준비했다. 그들은 아일랜드 식탁을 마주하고 선 채로 각자 한 아이씩 맡아 아이들이 제 머리에 시럽을 흘리지는 않는지 살피며 먹었다. 아이들이 조잘대는 중에도 두 사람은 한마디도 하지 않았다.

개빈은 남은 팬케이크를 크게 한입에 삼키고 나서 등 뒤의 조리대에 기대고 말했다. "저기, 내가 생각해봤는데."

세아가 고개를 들었다. 개빈은 말을 마저 하기가 망설여지는지 입술을 깨물었다.

"애들 상태도 좋아지고 했으니까, 오후에 내가 시내에 데리고 나가서 크리스마스 쇼핑을 하면 어떨까 해. 당신은 집에 있고. 오랜만에 그림을 그리거나 좀 쉬면서."

'크리스마스'라는 말에 아이들은 한껏 흥이 올랐다. '쇼핑' 때문인 건가. 어쨌든 애들에겐 둘 다 강력한 말이니까.

"어떨 것 같아?"

"가도 돼, 엄마?" 어밀리아가 뺨을 시럽 범벅으로 만들며 물었다.

세아로서는 도저히 거절하기 힘든 제안이었다. 그녀의 계획은 그로부터 일정한 거리를 계속 유지하는 게 전부인데 그가 집을 떠나 있는 것만큼 좋은 게 어디 있을까. 하지만 크리스마스

같은 것들은 전에는 온 가족이 함께하던 행사였다. 그가 생각해낸 계획에 그녀가 빠져 있다는 사실에 상처를 받다니, 어쩐지 위선자가 된 기분이었다. 이제부터는 이런 식으로 흘러가게 될 일이다. 아이들이 잘 받아들이고 있는 것처럼 그녀도 익숙해져야만 한다.

"물론이지, 괜찮을 것 같은데." 결국 그녀는 허락했다. "다들 나가 있는 동안 나는 벽을 마저 허물면 되겠네."

그녀는 잔에 커피를 다시 한번 채워서 옷을 갈아입으러 위층으로 올라갔다. 몇 분 뒤에 개빈이 들어왔다. 그녀의 휴대전화를 들고 있었다.

"방금 댄한테 전화 왔었는데."

그녀의 아버지였다. 세아는 휴대전화를 옷장 위에 내려놓았다. 아버지에 관한 생각을 하기엔 너무 이른 시간이었다.

개빈은 문 앞에서 서성였다. "무, 무슨 일로 전화하셨을까?"

"결혼식 초대에 아직 답장 안 보냈거든."

"당신 괜…… 찮은 거야? 당신 아버지 결혼하는 거. 혹시 화가 난다거나?" 그가 물었다.

그녀는 눈살을 찌푸렸다. 저런 생각은 대체 어디서 나오는 걸까? "거기에 대해선 정말 아무 생각도 없어." 그녀가 마지못해 대답했다.

"내가 처리해줄까?"

"처리한다고?"

"당신이 장인이랑 말하기 싫으면 다음에 또 전화 왔을 때 내

226

가 받아줄게. 아니면 직접 내가 걸어서 그만두시라고 말할 수도 있고. 그렇게 해줄까?"

뭐라 형용할 수 없는 감정이 그녀의 마음속에서 일렁였다. 개빈이 어떤 식으로든 그녀의 아버지를 상대하는 장면을 상상해 보려고 했다. 개빈이 그녀의 아버지 댄을 직접 대면한 건 딱 한 번, 쌍둥이가 태어나고 몇 달 지나지 않아 출장인지 뭔지로 지나는 길에 들렀을 때뿐이었다. 그리고 세아가 알고 있기론 그 이후로도 개빈이 아버지와 통화를 한 것은 서너 번이 전부였다. 그럼에도 그녀가 직접 아버지를 상대하지 않도록, 직접 아버지에게 전화를 해 결혼식에 가지 않을 거라고 대신 말해준다니, 정말이지 거절할 수 없는 유혹이었다.

"아냐, 괜찮아." 그녀가 말했다. "어차피 내가 통화해야 돼."

개빈은 고개를 끄덕였다. "혹시 마음 바뀌면 알려줘."

"그럴게." 그녀는 천천히 말했다. "고마워."

개빈과 아이들이 외출하고 세아는 복잡한 감정을 벽에다 쏟아붓기로 했다. 쾅쾅 때리고 부서지는 소리에 리브가 뇌를 찾는 좀비 같은 몰골로 지하실에서 올라왔다.

"커피……." 그녀가 앓는 소리를 냈다.

세아는 커피포트를 가리켰다. "데워야 할 거야."

"다들 어디 있어?"

"개빈이 애들 데리고 쇼핑한다고 시내에 갔어."

"얼마나 오래 나갔다 올 것 같아?"

"모르겠네. 왜?"

"언니랑 나가서 페디큐어를 받든 마사지를 받든 뭐든 하려고." 리브가 하품을 참아가며 대답했다.

"난 못 할 것 같……." 세아는 말을 멈추었다. 그녀는 왜 나갈 수 없는지 이유를 장황하게 늘어놓으려던 참이었다. 장도 봐다놔야 하고, 빨래도 개야 하고, 다음 주 식사 메뉴도 짜야 했다. 근데, 오늘 하루쯤 편하게 지내면서 자신을 위해 쓰면 안 되나? 아이들은 개빈이 맡고 있고, 설사 다들 일찍 돌아온다고 해도 그가 아이들과 종일 집에 있어줄 수 있다. 게다가 리브도 오늘 쉬는 날인데, 안 될 게 뭐람?

세아는 고개를 끄덕였다. "있지, 네 말이 맞아. 나가서 미치게 놀아보자, 초밥도 먹고."

"이러고 있는 거 보니까 결혼식 날 준비하던 거 생각난다."

세아는 탈의실 거울에 비친 동생과 눈을 마주쳤다. 리브가 여러 솔깃한 곳을 제안했지만 세아는 결국 쇼핑몰에 가서 옷을 사는 걸로 합의를 봤다. 블랙프라이데이 기간에 쇼핑몰을 가다니, 세아로서는 절대 하고 싶지 않은 일이었지만 요조숙녀 같은 옷들로 가득한 옷장 안을 바꿀 필요가 있다는 리브의 말에 수긍하고 말았다.

"네가 애먹던 거 생각난다. 내 드레스 지퍼 올려주려다가." 세아는 대답하면서 거울에 비친 검은 드레스의 뒤태를 보기 위해 고개를 돌렸다.

"딱 맞았지."

"간신히였어."

"그때 언닌 쌍둥이 임신 중이었잖아."

"그때 엉덩이 사이즈는, 휴 말도 마."

"행복해했으면서."

"내가?"

리브는 등을 꼿꼿이 펴더니 한쪽 눈썹을 위로 치켜올렸다. "아니었다고?"

"긴장했던 거였어." 세아가 정확한 설명을 붙였다. "내가 행복해 보일까 확신이 안 섰으니까."

리브는 코웃음을 쳤다. "그랬다면 성공이야."

행복해 보이는 데 성공한 게 아니었다. 세아는 정말로 행복했었다. 두려웠지만 행복했고 희망에 가득 차 있었고 온통 순진함 그 자체였다. 지금 알고 있는 걸 그때도 알았더라면.

"하긴, 형부도 그날은 진짜로 행복해 보였어. 저런 개자식이 될 줄 누가 짐작이나 했겠어."

세아는 검은 드레스를 벗고 자기 옷으로 갈아입기 시작했다. "난 네가 그 사람 싫어하지 않았으면 좋겠어, 리브."

"싫어하는 거 아냐. 실망한 거지."

세아는 다시 한번 거울 속의 동생과 눈을 마주쳤다. "무슨 뜻이야?"

"두 사람은 내 유일한 완소 커플이었어. 어쩌면 괜찮은 남자가 세상에 남아 있을지도 모른다는 희망을 심어줬다고."

"그 사람, 괜찮은 남자 맞아."

리브는 잔뜩 쌓아둔 옷가지들을 두 팔로 끌어모아 세아에게 떠밀었다. "대체 왜 그 인간을 옹호하는 거야?"

"옹호하는 거 아니야. 난 그냥……." 세아는 사려고 마음먹은 옷들을 골라 팔에 걸쳤다.

"그냥 뭐?"

"단지 누군가에게 완벽하기를 기대하는 건 위험한 일인 것 같아."

리브는 코웃음을 쳤다. "또 나왔네, 수수께끼 맞추기."

세아는 더 이상 자세히 설명할 마음이 없었지만 리브가 손쉽게 놓아줄 리 없었다. 근처에 있는 초밥 식당에서 주문한 음식이 나올 때쯤 그녀의 동생은 공격 준비를 마친 상태였다.

"그래서, 무슨 일이 있었던 거야?" 리브는 매운 참치 롤을 간장에 찍으며 말했다.

"무슨 소리야?"

"왜 그 인간한테 약하게 구는 거냐고? 갑자기?"

"그런 거 없어. 난 그냥 그가 저질 양아치는 아니라고 말한 것뿐이야."

"뭔가 달라졌어. 대체 뭐야?"

나 대신 아빠를 상대해준다고 했어. 나에게 키스하고 나쁜 일은 전부 잊고 싶게 만들었지. 아이들에게 팬케이크를 만들어주고. 세아는 고개를 저었다. "아무것도 없어."

"나 따돌릴 생각 마, 세아." 리브는 새끼손가락을 세아의 새끼손가락에 걸었다. "언니랑 나랑 세상에 맞서자, 잊었어?"

세아는 숨을 훅 들이마셨다. 리브는 절대 이대로 넘어가지 않을 것이다. "알았어, 너한테 말 안 한 게 있어."

"그럴 줄 알았어." 리브는 노기를 담아 낮게 읊조렸다. "그 인간이 뭘 한 거야?"

세아는 개빈의 조건에 대해 말했다. 키스 부분은 빼고. 그건 너무 개인적인 거니까.

리브의 입이 벌어지더니 쉽게 다물어지지 않았다. "그런데도 저질 양아치가 아니라고 하는 거야? 언닐 협박하는 거잖아!"

"상관없어. 데이트를 나간다고 해서 무너지는 건 아니니까."

세아와 리브가 저녁 식사를 마치고 집으로 돌아왔을 때는 이미 날이 어두워져 있었다. 두 사람이 집으로 들어갔을 때 개빈과 아이들은 거실에서 놀고 있었다. 그가 올려다보며 미소 짓자 그녀의 심장이 곧 날뛰기 시작했다.

리브가 다 안다는 듯 코웃음을 쳤고, 그 소리에 세아는 좀 전의 감정을 얼른 쓸어버렸다.

"재미있었어?" 개빈은 한 팔을 소파 뒤로 넘기며 물었다.

"그럼." 그녀는 두 딸에게 입맞춤을 해주며 나직이 말했다.

"우리 막 〈엘프〉 보려던 참이야." 개빈이 말했다.

"다 같이 봐도 돼?" 에이바가 물었다.

"물론이지." 세아는 슬쩍 동생을 보며 말했다. "리브 이모가 혹시 캐러멜 팝콘 만들어주려나."

"예, 예, 그럼요." 리브는 느글느글하고 달달하고 최대한 길게 끄는 목소리로 말했다. "그러고 나면 우리는 행복한 대가족이 되는 거랍니다!"

세아는 터져 나오려는 탄식을 한숨으로 애써 눌렀다.

영화가 끝나자 개빈은 자기가 애들을 재울 테니까 세아는 천천히 거품목욕을 즐기며 하루를 마무리하면 어떻겠냐고 말했다. 거절하기엔 너무나 달콤한 제안이었다. 결국 45분 후 욕실에서 나온 그녀는 그의 제안이 오롯이 그녀만을 위한 이타적인 생각이 아니었다는 걸 알았다.

개빈은 침대 헤드에 등을 기댄 채 두 다리를 쭉 펴 발목만 겹친 자세로 편하게 앉아 있었다. 그의 옆에는 선물이 하나 놓여 있었는데, 그가 직접 했다고 보기엔 지나치게 예쁘게 포장되어 있었다. 그의 포장 실력이라면 필요한 포장지의 다섯 배 정도를 쓰고 온통 테이프로 도배를 해놓는 게 보통이었는데 말이다.

"뭐 필요한 거 있어?" 그녀는 알몸을 가린 폭신한 목욕가운 앞으로 팔짱을 끼며 물었다.

아 맞다. 굿 나이트 키스가 있었지. 그녀의 심장이 쿵쿵대기 시작했다.

개빈은 선물을 내밀었다. "오늘 당신 주려고 샀어."

그녀가 받으려는 움직임을 보이지 않자 그가 침대에서 일어나 가지고 왔다. "별거 아니야. 그냥 보니까 당신 생각 나길래."

마지못해 세아는 선물을 받아 들고 뒷면에 붙은 테이프 아래로 손가락을 넣었다. 빨간색과 금색으로 꾸며진 포장지가 바닥으로 떨어졌다.

그리고 그녀의 심장도 함께 떨어졌다.

그건 책이었다.

그냥 보통 책이 아니었다. 그건 '그들만의' 책이었다. 몇 주 동안 수줍은 미소만 보내던 그가 마침내 카페에서 그녀에게 다가오던 날, 그녀가 읽고 있던 책이었다.

"뭐, 뭐, 뭐 읽고 있어요?" 그가 물었다.

그리고 두 사람이 만나기 시작한 지 3개월쯤 됐을 때, 그녀가 장염이라고 생각하고 몸 상태를 대수롭지 않게 여기고 있을 때, 그가 그녀에게 큰 소리로 읽어주겠다고 했던 책이었다.

"이걸 어디서 났어?" 그녀는 그렇게 물었다. 사실 포크너의 소설을 구하기 힘든 건 아니었지만 무슨 말을 해야 할지 몰라서였다.

"시내 서점에서." 그는 목을 가다듬었다. "호, 호, 혹시 우리 다시 읽어보면 어떨까 해서. 끝까지 다 못 읽었잖아."

맞다, 끝까지 읽지 못했다. 왜냐하면 그 장염인 줄 알았던 게 결국은 헛구역질로 이어졌고, 그 후 책은 까맣게 잊고 말았으니까. 세아는 사실 전에 읽던 책이 어떻게 됐는지도 기억나지 않았다. 아마 방치해둔 대학 교재들과 같이 다락방 상자에 넣어두었을 것이다.

최고의 기분으로 시작한 하루가 안개처럼 사라지기 시작했다. "왜 이러는지 알아, 개빈. 나도, 나도 그런 마음은 이해해. 그런데……."

"어젠 진짜 엉망이었지." 그가 불쑥 끼어들었다. "나도 알아." 그는 더듬거리며 다음 말을 이었다. "다, 다, 다시 해보고 싶어.

우리 어제 스물네 시간은 없었던 걸로 치면 안 될까?"

"아무 문제없는 척한다고 문제가 해결되진 않아, 개빈."

전투적이고 방어적인 말투가 나와버렸다. 별수 없지 않은가, 지금 그녀의 기분이 그런데. 그걸 왜 감추려고 해야 하지?

"난 전에 하던 것처럼 가, 같이 책을 읽고 싶었을 뿐이야." 개빈이 말했다.

"그러고 나선? 책을 읽어, 그런 다음엔?"

"그런 다음엔 굿 나이트 키스를 하고 내 방으로 가는 거지. 내일 밤도 그렇게 하고, 그다음 날 밤에도."

세아는 침대 위에 털썩 주저앉았다. 개빈은 세아의 마음이 약해진 걸로 오해했는지 침대 가까이 다가왔다. "난 우리 둘을 원래대로 돌려놓을 거야, 세아. 당신은 중간까지만 와주면 안 될까?"

그녀가 아무 말도 하지 않자 개빈은 그녀 곁을 지나 침대 위에 올라앉았다. 그러고는 그녀가 욕실에서 나왔을 때 보았던 그 자세로 침대에 기대앉았다. 다만 이번에는 손에 든 책을 펼치고 있었다. 그는 그녀를 올려다보며 곁으로 와 앉으라는 듯 눈썹을 들어 올렸다.

세아는 눈알을 굴렸다. "알았어. 읽어, 그럼." 그녀는 발을 쾅쾅 구르며 자기 자리로 가서 침대에 올라 목욕가운을 꼭 여미며 그의 옆에 앉았다. 그녀는 베개를 팡팡 쳐서 부풀린 다음 그 위에 몸을 뉘였다. 그녀의 머리가 침대 헤드에 닿으며 쿵 소리가 났다. 그녀는 다시 자리를 만들었다.

그가 소리 없이 큭큭거리는 바람에 침대가 흔들렸다. "이제 편해?"

"응."

그는 소리까지 내며 웃고 있었다. "그냥 확인하는 거야."

세아는 또 한 번 짜증 섞인 한숨을 내쉬었다. "읽다 만 데서부터 시작할 거야?"

개빈은 잠시 생각했다. "처음부터 시작하는 게 좋을 것 같아."

13

개빈은 눈부신 이른 월요일 아침을 아내에게 거짓말을 하며 다시 시작했다.

"나 오늘 훈련 있어." 그는 아이들 그릇에 시리얼을 부으며 말했다. 아이들은 똑같은 빨간 티셔츠를 입고 졸린 얼굴로 아일랜드 식탁의 키 높이 의자에 앉아 있었다. "정오까진 돌아올 거야."

"알았어." 세아는 아이들 머리 위로 우유를 넘겨 그에게 주었다. 주고받는 과정에 두 사람 손가락이 부딪쳤지만 그녀는 아무 반응도 보이지 않았다. 이건 진전이었다. 금요일 밤 이후로 두 사람 사이에 기분 좋은 휴전 상태가 이어지고 있었다. 그는 매일 밤 그녀에게 책을 읽어주고 잠들기 전에 순수하게 굿 나이트 키스를 했다. 그녀가 제대로 적극적으로 반응을 한 적은 아직 없지만 어젯밤 소파에서 아이들과 함께 영화를 보는 중에 그가 팔을 둘러도 그냥 있었다. 마치 길 잃은 떠돌이 개를 훈련시키는 것 같은 기분이다.

"나는 우유 많은 게 좋아, 아빠." 어밀리아가 말했다.

"나도 알아, 우리 딸." 개빈은 어밀리아의 그릇에 우유를 꼭 대기까지 붓고 에이바의 그릇에는 절반쯤 부어주었다. 분명 자기는 여동생과 다르고 싶다면서 우유를 더 적게 달라고 하리라는 걸 그는 속으로 알고 있었다.

"화이트보드에 훈련 일정 전부 적어줄 수 있어? 당신 스케줄 알 수 있게." 세아는 우유를 냉장고에 집어넣으며 말했다. 그녀는 아직도 하품을 했다 멍하니 있다 하며 잠에서 깨는 중인 두 딸을 바라보았다. "얼른 먹어. 이러다 늦겠다." 그녀는 그를 향해 돌아섰다. "나 추천서 받으러 학교에 갈 거야. 그런 다음 진로 담당 선생님이랑 상담도 있고."

"알아. 보드에 적어놓은 거 봤어."

버터가 비어 있는 자기 그릇을 보더니 왕왕 짖었다. 그런 다음 앞발로 툭툭 건드리다가 결국 물그릇을 엎지르고 말았다. 세아는 총총 뛰어 한 바퀴 빙그르 돌아 엎어진 물웅덩이로 오더니 키친타월을 한 움큼 잡아 물웅덩이가 생긴 곳에 떨어뜨렸다. 그 와중에 어밀리아가 자기 분홍색 머리띠는 어디 있느냐고 묻는 말에 대답까지 해주었다. "네 방 서랍장 안에 있지, 예쁜이. 오늘 그거 하고 싶어?"

어밀리아는 입 한쪽으로 우유를 흘리며 고개를 끄덕였다. 세아는 다시 가벼운 춤을 추듯 식탁으로 건너와 다른 한 손으로 키친타월을 쥐고 흘린 걸 닦아주었다. "됐다. 엄마 지금 옷 안 갈아입으면 우리 전부 늦을 거야."

그녀는 빙그르 돌아 주방을 나갔는데 개빈은 그녀가 지나는 길에 정말 가벼운 바람이 이는 걸 느꼈다. 아침 시간의 세아는 꼭 잘 짜인 안무를 하는 것처럼 보인다. 그는 개밥을 채워주고 젖은 키친타월을 치웠다.

그런 다음 그는 휴대전화의 달력 앱을 열고 입으로 펜 뚜껑을 연 다음 12월 말까지 있는 다양한 훈련 일정과 약속, 회의, 행사들을 죽 적어나갔다. 일정을 다 적고 보니 스케줄 표에서 화요일 밤이 비어 있는 게 눈에 들어왔다. 게다가 그날은 리브가 일을 쉬는 날이기도 했다. 아직 세아와 첫 데이트 날짜를 정한 건 아니지만 이런 기회를 놓칠 수는 없다. 그는 다른 색깔 펜을 꺼내 '밤 데이트'라고 적었다.

세아가 계단을 올라오는 소리가 들리자 개빈은 몰래 소나무 타르♥에 코를 박고 킁킁거리다 들킨 것처럼 후다닥 펜을 제자리로 돌려놓았다. 그녀는 전에 본 적 없는 치마와 카디건 차림에 갈색 롱부츠까지 신고 주방으로 걸어 들어왔다. 금요일 쇼핑 때 왕창 사들인 옷 중 하나인 것 같았다. 한 손에는 어밀리아의 분홍색 머리띠가 들려 있었다.

"화이트보드에 일정들 적어놨어." 그가 말했다.

"고마워." 그녀는 보드를 훑고 나서 고개를 돌리려다가 그가 적어둔 내일 밤 일정을 다시 살펴보았다.

"괜찮지?" 그는 다시 처음으로 돌아가 그녀에게 첫 데이트를

♥————

pine tar. 소나무에서 추출하는 끈적한 액체로 보통 가구 손질이나 약재로도 쓰인다. 야구에서 타자의 그립감을 좋게 한다고 하여 불법적으로 사용되기도 한다.

신청하는 기분으로 물었다.

그녀는 그의 시선을 피했다. "리브가 애들 봐줄 수 있는지 확실히 물어볼게."

"안 된다고 하면 베이비시터 구해도 되고."

그녀는 애매한 느낌으로 고개를 끄덕였는데, 거절은 아니라는 소리였다. "여기 네 머리띠, 우리 딸. 다들 먹었어?" 그녀는 두 딸에게 물었다. 아이들은 고개를 끄덕였다. 세아는 아이들 그릇을 집어 싱크대로 옮겨 물로 헹구었다. 그런 다음 식기 세척기에 그릇을 넣으며 말했다. "오늘 그릴에 쓸 프로판가스 좀 준비해줄 수 있어? 다 떨어졌거든. 오늘 밤에 스테이크 해 먹을까 하는데."

"그럼. 나간 김에 더 사 올 건 없고?"

"없는 것 같아. 혹시 생각나는 거 있으면 문자할게. 자, 그럼⋯⋯." 그녀는 긴 숨을 뱉으며 아이들을 향해 몸을 돌렸다. "이제 코트 입자."

개빈은 아이들이 식탁 의자에서 내려오는 걸 도와주었다. 그들은 나란히 서서 아이들 팔에 옷을 끼워주고 가방을 매주었다. 아이들이 집을 나설 걸 직감한 버터가 주방 바닥에서 펄떡 뛰어올라 껑충껑충 달려왔다.

"버터가 슬픈가 봐." 세아는 아이들에게 말했다. "가서 뽀뽀해 주자."

아이들은 뒤뚱거리며 버터에게 달려가 쪼그리고 앉아 금방 돌아오겠노라고 약속한 뒤 부드럽게 뽀뽀했다.

"이제 가서 아빠한테 뽀뽀." 그녀가 말했다.

"뭐…… 내가 개 다음이야?" 그가 장난으로 받아쳤다.

"당신은 개보단 덜 불쌍해 보이거든."

"와, 그거 정말 기운 나는 말인데."

세아는 작게 소리 내어 웃었다. 그 소리에 개빈은 주먹을 허공으로 쳐올리고 싶은 기분이었다.

개빈은 두 딸을 안아 올려 뺨에 뽀뽀를 해주고 그대로 안은 채 차까지 갔다. 아이들을 카시트에 앉히고 안전벨트를 채운 다음 개빈은 차 앞으로 돌아가 운전석 옆으로 갔다. 세아는 보조석에 가방을 던지고는 부끄러운 눈빛으로 오른쪽에 시선을 고정하고 있었다.

"학교 마치면 집으로 올 거야." 그녀가 말했다.

개빈은 운전석 문 위에 한 팔을 받치고 섰다. 두 사람은 아직 이 선까지는 넘지 못했다. 잘 다녀오라고 말할 때 늘 하던 가벼운 키스.

"그럼……." 그가 말했다.

"이따 봐?"

그는 그녀의 입술을 지그시 바라보며 고개를 끄덕였다. 그녀는 흡 숨을 들이마시고는 그의 입술을 보았다.

"잘 다녀와." 그는 웅얼거리며 한 발을 앞으로 내밀었다.

그녀는 고개를 돌리고 차를 출발시켰다.

30분 뒤 개빈은 이번에도 역시 마지막 주자로 식당 안으로 걸어 들어갔다. 남자들은 이번엔 가까스로 관광객들의 집요한 시선에서 멀리 떨어진 구석 자리를 잡고 앉아 있었다. 그럼에도 개빈은 모자를 깊숙이 눌러썼다.

델은 그 앞에 커피 한 잔을 내밀었다. "보고해."

"내일 데이트할 거야."

"단둘이?"

"응."

"어디로 데려갈 거야?" 맬컴이 물었다.

"그건 말 안 해줄 거야."

"왜?"

"왜냐면 저 녀석이 알면," 그는 턱으로 맥을 가리켰다. "훔쳐보려고 내 뒤를 밟을 테니까."

"변장할 거야. 넌 내가 거기 있는 줄도 모를걸."

여자 종업원이 커피를 가져오고 주문을 받았다. 개빈은 이번에도 '허리띠 풀러 아침 만찬'을 주문한 다음 맥을 가리켰다. "내 베이컨에 손가락 하나 대지 마."

"아이고 무서워라. 아무도 당신 베이컨은 못 건드리겠어요."

종업원이 끅끅 웃음을 참았다.

"좋아, 집중." 델이 입을 뗐다. "세아를 어디로 데려갈 거야?"

"대형 미술용품점."

맥은 커피를 뿜었다. "뭐?"

"시내에서 가까운 곳인데, 큰 미술 재료나 도구를 파는 엄청 큰 창고형 매장이야."

"그게 뭔지는 나도 알아. 데이트를 하는 데 부인을 그런 데로 데려가서 어쩌겠다는 거야?"

개빈은 코웃음을 쳤다. "네놈이 내 아내를 알 턱이 없지. 그녀한테는 거기가 장난감 가게나 마찬가지야. 우리 집 서랍엔 펜들이 색깔별로 정리되어 들어 있어. 또 마스킹 테이프가 잔뜩 든 바구니가 두 개나 있다고."

"마스킹 테이프가 뭐야?"

"그게, 그러니까, 장식할 때 쓰는 예쁜 테이프 같은 거야. 나도 몰라. 암튼 세아가 그거라면 환장해."

델이 고개를 끄덕였다. "네사도 서랍 두 개에 꽉 차게 갖고 있어. 가끔 이렇게 이상한 미소를 흘리면서 그걸 뚫어져라 보고 있을 때도 있지."

맥은 자기 휴대전화를 꺼내 뭔가를 입력하기 시작했다.

"뭐 해?" 개빈이 물었다.

"마스킹 테이프 검색해보려고."

"왜?"

"당연한 거 아냐, 미래의 맥 부인을 위해서 알아둬야지."

"좋은 생각이야." 맬컴이 말했다. "마음에 들어. 그녀가 학교로 돌아가겠다는 결정을 네가 지지하고 그녀의 열정을 이해하고 있다는 걸 보여주는 거니까."

"그런 다음엔?" 델이 물었다.

"저녁을 먹을까 생각 중이야."

"어디서?" 얀이 물었다.

"모르겠어."

"와." 맥이 주의를 흐트러트리며 말했다. "이 물건 이거 아주 난리네." 그는 자기 휴대전화를 돌려 보여주었다. "핀터레스트♥에 마스킹 테이프에 관한 게시물 천지야."

"무슨 게시판인데?" 델이 물었다.

"핀터레스트."

"그니까 그 핀터레스트가 뭐냐고?" 개빈이 말했다.

"뭐지, 갑자기 노땅들에게 둘러싸인 이 기분은." 맥은 한숨을 내쉬었다. 그는 몸을 앞으로 숙이고 휴대전화 화면을 돌려 모두에게 보여주었다. "로맨스 소설이 지침서라면 핀터레스트는 직접 사진을 올리는 곳이야."

"웹사이트야?" 델이 휴대전화를 꺼내며 물었다. "철자가 어떻게 돼?"

"계정을 새로 만들어야 할 거야. 지금은 일단 내 걸로 봐." 맥은 델에게 자기 전화기를 건넸다.

"저기, 우리 다시 내 데이트 얘기로 돌아가면 안 될까?" 개빈이 물었다.

모두가 무시했다.

"근데 이걸 왜 쓰는 거야?" 델이 엄지로 화면을 죽 올리면서 물었다.

♥ ——————

pinterest. 벽에다가 사진을 붙이거나 보드 위에 메모장들을 붙여두듯 사진을 바둑판식으로 정렬해놓고 클릭해서 보는 방식의 SNS의 일종.

"내 최애 옷은 다 여기서 얻은 거야." 맥은 개빈을 가리켰다. "넌 진짜 이거 써야 돼."

"꺼져."

맥은 뭔가를 입력했다. "여기 아마 우리들 사진도 있을 거야."

"왜?"

"그야 우린 유명하고 잘생겼으니까." 그는 개빈을 쳐다보았다. "전부 다 그렇다는 건 아니고."

델은 목을 쥐어짜는 것 같은 소리를 냈다. "왁, 이게 뭐야. 이 망할 사이트, 온통 내 사진이잖아. 왜 이딴 게 있는 걸 몰랐지?"

"절반은 아마 너희 팀 소셜미디어 직원들이 올린 걸 거야. 진정해."

"잠깐만, 여기 이 여자 게시판엔 온통 내 사진뿐이잖아."

맥은 화면을 흘깃 보았다. "그러네. 야, 이거 봐. 네 왕팬이라는데."

"이 여자 완전 스토커 수준이야! 내 아내가 보면 어떡해?"

"그 여자가 네 부인일지도 모르지." 맥은 자기 휴대전화를 도로 가져왔다. "어디, 개빈도 찾아보자."

"하지 마."

맥은 다시 이름을 입력하고 검색 버튼을 눌렀다. "와우, 개브!" 그는 화면을 돌렸고 개빈은 화면 안에 빼곡히 뜬 자기 사진을 보았다. 작년 봄 훈련 중에 운동을 하다 웃옷을 벗은, 땀에 젖은 모습의 사진도 있었다.

"누가 너한테 홀딱 빠졌나 본데." 맥이 말했다.

"내 아내 아니면 난 관심 없어."

맥은 오오 소리를 길게 늘여 냈다. "귀엽기도 하지. 얼굴 붉히는 것 좀 봐."

"설마 다들 지금 핀터레스트로 본인 사진 찾아보는 거예요?"

여자 종업원이 음식이 담긴 쟁반을 들고 불쑥 다가왔다.

"여기 이 친구한테 어떤 옷이 괜찮을지 찾아보는 중이에요. 옷 입는 게 영 별로라."

그녀는 개빈을 향해 미소를 지어 보였다. 누가 봐도 진짜 마음에 든다는 미소였다. "왜요, 내 눈엔 괜찮아 보이는데." 그녀는 그 앞에 음식을 놓아주며 말했다. 개빈은 결혼반지가 보이도록 손등을 위로 해 수염을 긁적였다.

맥이 코웃음을 쳤다. "오버하긴."

"자, 다시 개빈의 데이트로 돌아가서," 델이 말했다. "저녁 식사에 어디로 데려갈지 말하다 말았지."

"내가 좀 찾아볼게." 맥이 말했다. 그는 손으로 휴대전화를 두드리면서 입으로 동시에 말했다. "내슈빌…… 최고의…… 식당…… 섹스에 성공할……."

"얌마, 집어치워."

맥은 팟 하고 웃음을 터뜨렸다. "와, 장난 아냐. 진짜 그런 식당 목록이 있어."

개빈이 휴대전화를 가로챘다. "진짜?"

"이거 기대가 되시겠는데요, 개브 씨. 이제 손가락 운동은 안

넝인가."

개빈은 전화기를 맥에게 도로 던졌다. 그딴 게 무슨 상관인가. 그는 내일 밤 섹스를 하자고 데이트를 하는 게 아니다. 그녀가 다시 웃을 수 있게 하고, 어쩌면 조금 더 긴 굿 나이트 키스를 하는 걸 목표로 정했다.

"개빈, 들어봐." 델이 말했다. "결국 내일 밤 벌어질 일은 네가 어떻게 처신하느냐에 달려 있어. 그러니까 완벽한 데이트를 준비하는 데 너무 신경 쓰다가 가장 중요한 걸 놓치지 마."

"그게 뭔데?"

"대화. 그녀가 너에게 마음을 열도록 해야지. 이제 다음 단계로 넘어갈 차례야."

맥이 웃었다. "오예, 제일 좋아하는 부분이지."

"아, 미치겠네." 개빈은 한 손으로 얼굴을 비볐다. "뭔데?"

"자네." 개빈보다 겨우 한 살 많다고는 믿기지 않는 오라를 풍기며 맬컴이 물었다. "성감대에 대해 뭘 알고 있지?"

개빈은 컥컥거리며 기침을 해댔다.

"들어봐." 맬컴이 말했다. "네 부인은 '사랑해'라고 말하는 걸 원하지 않아. 그렇다고 네가 그런 표현을 하지 말라는 뜻은 아니야."

얀이 고개를 끄덕였다. "그냥 그 말만 안 쓰면 되는 거야. 그녀의 언어에 더 이상 그런 말들이 존재하지 않는 거니까. 으, 어쩌면 처음부터 없었을지도 모르겠다."

"넌 그녀가 원하는 방식으로 네 사랑을 전해야 돼." 델이 말했다. "그녀의 마음이 편해지고 기분 좋게 느낄 수 있는 방식으로. 그녀의 벽과 두려움을 허물어뜨릴 수 있는 식으로 말이야."

"대, 대체 그게 성감대랑 무슨 상관인데?"

맬컴이 활짝 웃었다. "넌 그녀의 감정적인 성감대를 찾아서 쓰다듬어주는 거야."

"모든 여자들한테 있는 거야." 델이 말했다. "그녀의 아주 깊은 곳에 있어서 진정한 상대만이 가닿을 수 있는 바로 그 건……."

델의 목소리가 떨렸다. 그는 손으로 입을 막고 뜸을 들였다. 맥은 그의 어깨를 톡톡 두드렸다. "괜찮아, 친구. 뱉어버려."

"우리 모두가 가지고 있는 바로 그건, 마음속의 빈 공간이야." 델이 잠시 쉬었다 말을 이었다. "우리 안에는 스스로 잊고 있는 무언가가 있어. 다른 사람 안에서 찾아낼 때까지는 우리 안에 있어도 인정하기 싫은 그것, 어쩌면 우리가 잃어버리고 있다는 것조차 모르고 있는 그것. 네가 이 문제를 세아와 함께 풀어나가고 싶다면 그녀 안에 잃어버린 게 뭔지 알아내야 돼. 그런 다음 그녀의 상처 입은 그곳을 만져주는 거야, 더 이상 아프지 않을 때까지. 그게 세아에게 '사랑해'라고 말하는 방법이야."

"정말 그게 전부야, 개빈." 맬컴이 말했다. "네 아내는 빈 공간을 가지고 있어. 구멍이지. 찾아서 네가 채워줘."

맬컴의 말이 끝나자 불편한 침묵이 찾아왔다. 마치 중학교 선생님이 열네 살짜리 남자애들 앞에서 실수로 '발기'라고 말한 것 같은 분위기였다. 모두가 웃고 싶지만 누구도 처음으로 웃음을 터뜨릴 만큼 대범하지 못했다.

마침내 맥이 그 침묵을 뚫었다. "개빈은 한동안 세아의 구멍을 못 채워줬잖아."

"나중에 아무도 안 볼 때 내가 너 가만 안 둘 줄 알아."

델은 짜증 섞인 소리를 냈다. "봐, 세아가 데이트에 응했다는 건 좋은 일이야. 진전이라고. 하지만 그렇다고 일이 쉽게 풀릴 거라고 생각하고 들이대진 마. 쉽게 넘어오진 않을 거야. 내일 밤 너한테 시비를 걸려고 할 수도 있어."

얀이 고개를 끄덕였다. "그녀는 지금 '최대한 밀어내기' 모드에 있다는 걸 잊지 마. 넌 일단 침착하고 냉정하게 참을성을 유지하면 돼."

침착. 냉정. 참아내기. 그거라면 할 수 있을 것 같다.

맥은 주머니에 휴대전화를 집어넣었다. "그리고 장담하건데, 내일 밤 절대 날 못 알아볼 걸."

"그럼," 델이 말했다. "이제 책 얘기 해보자. 어디까지 읽었어?"

"절반쯤."

"딱 좋아." 맬컴이 말했다.

"뭐가 딱 좋다는 거야?"

"그야," 맥이 말했다. "이제 진짜 재미있는 게 시작되니까."

온통 우스꽝스럽기만 했던 그 행사에서 유일하게 가치가 있던 일이라면, 그런 게 있을지 모르겠지만, 교회로부터 언제나 자신이 옳다고만 들어왔던 한 남자에게 모든 여자가 너무나 해주고 싶었던 말을 그녀가 마침내 남편의 면전에 대고 했다는 것이다.

양손을 가지런히 무릎에 올려둔 채로 그녀는 마차 안 맞은편에 앉은 베네딕트를 바라보며 애써 웃음을 참고 있었다. "제가 그럴 거라고 말씀드렸지요."

베네딕트는 목에 맨 스카프를 잡아당기며 분통을 터뜨렸다. 그러다 갑자기 허벅지를 주먹으로 세게 내려쳤다. "뻔뻔한 여자 같으니라고!"

"어떤 여자를 말씀하시는 건가요? 여자들이 너무 많아서."

"그 공작 부인 말이오."

"아, 그분이요." 마버리 공작 부인은 무도회장에서 이레나에 대한 거부감을 악의적으로 드러내왔다. 그곳에 있던 보다 힘이 약한 다른 여자들도 무도회장 맞은편에서 큰 소리로 흉을 보고 업신여기는 눈빛을 쏘아댔지만, 무엇보다 가장 큰 모욕을 준 건 역시 공작 부인이었다.

그들이 자신을 소개하는 동안 그녀는 이레나를 보는 것도, 이레나와 말을 섞는 것도 단칼에 거절했다.

"그 여자의 직책 따위 난 상관없소. 아무도 내 부인을 면전에 대고 거절할 순 없어. 그 누구도!"

"너무 심하다고 생각하지 마세요, 영주님. 우리 여자들은 가능하면 우리의 힘을 훔쳐야만 해요. 게다가 그 세계에서는 그 힘이라는 게 슬프게도 고작 다른 여자들의 힘을 약화시키는 데에만 쓰이지요."

"그녀가 남자였더라면 당장 끌어냈을 것이오."

예상 밖의 기쁨에 그녀의 가슴에서부터 까르르 웃음이 터져 나왔다. 베네딕트는 놀란 눈으로 그녀의 눈을 보았다. "나를 비웃는 것이오?"

"미안해요." 이레나는 손으로 입을 막았다. "전 그저…… 지금 모습을 결코 잊을 수 없을 거예요."

"조심하시오, 내 사랑. 그대의 웃음이 나에게는 승낙의 표시로 들리니까. 달려가 살인을 저지를지도 모르오."

"몹시 낭만적이네요."

"내 사랑을 증명하기 위해 어떤 것이든 하겠다고 내 진즉 말했소."

"내일부터 며칠 떠나 계셔야 하는 게 다행일지도 모르겠네요." 그녀는 생각에 잠겼다. 베네딕트는 사유지에 일어난 문제를 처리하기 위해 며칠간 여행을 떠나야 한다. 이레나는 그에게 인정한 적은 없지만 내일 그가 떠나는 게 기다려지지 않았다.

진흙 길에 난 바퀴자국 위를 지나며 마차가 몹시 덜컹거렸다. 이레나는 코르셋 뼈대가 갈비뼈를 찌르자 얼굴을 찡그렸다.

"불편한 거요?" 베네딕트가 물었다.

"이 끔찍하고 흉물스러운 가운만 벗고 나면 괜찮아질 거예요."

그는 한쪽 입가를 씩 올리며 웃었다. "지금 이런 말을 하기에 적절한 때가 아니라는 건 알지만, 그대가 그런 말을 할 때 내가 극도로 흥분이 되니 이를 어쩌면 좋소."

"정말이지, 부적절하네요."

"그렇긴 해도, 혹시나 그대가 말한 그 가운을 없애버리는 데 도움이 필요하다면 내가 거들어주리다."

그녀의 품위만이 홀로 분노를 표하는 가운데 그런 건 안중에도 없이 몸 곳곳에서 열기가 모이며 피부 위로 번져나갔다. 그녀의 온몸이 그렇듯, 품위마저 그의 말 아래 이미 무너져 내린 뒤였다. 특히 오늘 밤 그와 함께 춤을 출 때 그랬다. 왈츠를 추는 데 아무리 부부 사이라 할지라도 그는 격에 맞지 않게 그녀를 너무 바짝 끌어당겼다. 그녀의 등에 닿은 그의 손이 실크 가운을 관통해 그대로 뜨겁게 전해졌고 피부에 그대로 각인되었다. 빙글빙글 돌던 느낌이 음악이 끝난 후에도 오래도록 남았다.

"미안하지만 오늘 저녁에는 바라시는 대로 될 것 같지 않습니다." 이레나는 뜬금없이 긴장된 목소리로 말했다.

"내 팔에 그대를 안았으니, 내가 바란 그대로 이미 이루었소."

그의 말에 그녀의 등줄기가 떨리고 팔에는 소름이 돋았다. 이렇게 심장이 쿵쾅대는데 다른 소리가 들리다니 신기할 지경이었다. 그를 또다시 이렇게 가까이 다가오게 한 것도 바보 같은 행동이었지만 그를 이렇게 계속 밀어낼 수 있다는 생각 역시 어리석었나. 그의 몸이 바라는 걸 그녀의 몸도 바라고 있는데. 그녀의 마음이 이렇게나 강렬히 그를 따르고자 하는데.

마차가 집 앞에 천천히 멈추어 섰다. 하인이 마차 문을 열어주자 베네딕트는 조약돌이 깔린 길 위로 내려섰다. 돌아선 그는 손을 내밀어 그녀가 내리는 걸 도왔다. 그녀의 손에 그가 팔을 받친 순간, 그의 몸에서 전해지는 온기에 그녀는 또 한 번 불길에 휩싸였다. 만일 이전 두 번의 외출처럼 일이 흘러갔다면 그는 그녀를 방까지 데려다주고 손에 담백한 키스를 하고는 잘 자라는 인사를 했을 것이다. 그런 다음 한 시간 후 그녀와 서재에서 만나 벽난롯가에서 책을 읽었을 것이다.

하지만 무언가가 오늘 밤 그는 그 이상을 원한다고 말하고 있었다.

어쩌면 욕망 어린 그녀 자신의 말이었을까.

그는 그녀를 에스코트해 집 안으로 들어가 곧바로 계단으로 향했다. 그녀의 닫힌 방문 앞에 이를 때까지 두 사람은 입을 열지 않았다.

"제 방까지 함께 와주셔서 고마워요." 그녀가 말했다.

이 말은 그녀의 손을 그의 입술에 가져가도 된다는 신호였다. 하지만 대신 그는 가까이 다가섰다. "이레나." 그가 거친 목소리로 말했다.

"네?" 그녀는 속삭였다.

베네딕트는 그녀의 귓가에 입을 바짝 붙였다. "그대에게 굿 나이트 키스를 해도 좋겠소?" 그가 나직이 속삭였다.

아니오! 그녀의 마음은 그렇게 말하라고 외쳤다. 하지만 그의 코가 턱으로 깊숙이 파고들자 그녀의 몸이 제멋대로 움직여 그의 얼굴을 향해 고개를 들어 올리고 있었다.

그의 입술이 스친 첫 느낌은 깃털처럼 가볍고 옅은 숨이 섞여 그녀는 자신이 상상을 하고 있나 생각했다. 바로 그때 그의 입술이 짝을 맞추려는 듯 그녀의 입술로 격렬히 다가왔고, 그의 손가락이 그녀의 머리칼 사이를 헤집고 들어왔다. 다른 한 손은 그녀와 손깍지를 끼더니 두 사람 사이의 가슴팍으로 끌어당겼다. 그 순간, 그녀가 싸워왔던 모든 것, 추억들, 바람들, 욕망들이 항복을 선언하며 하얀 깃발을 흔들었다. 그녀는, 항복하고 말았다.

베네딕트는 그녀의 등이 방문에 닿을 때까지 그녀를 밀어붙였다. 그의 입술은 열정과 부드러움으로 그녀의 입을 탐하여 그녀의 마음은 위험한 고도에 이르러 아릴 정도였다.

그의 이마가 그녀의 이마에 맞닿았다. "이제야 오늘 저녁이 완벽해졌소." 그는 윙크를 하며 한 발짝 물러섰다. "우리의 비밀 장소에서 만나겠소?"

결혼한 부부에게는 터무니없는 일과였다. 하지만 두 사람의 비밀 만남은 금세 그녀가 하루 중 가장 좋아하는 일이 되어버렸다. 그녀는 고개를 끄덕였다. "그리로 갈게요."

한 시간 후, 그녀가 서재 안으로 걸어 들어갔을 때 그는 이미 와 있었다. 소파에 있던 쿠션 몇 개가 바닥으로 내려와 있고, 벽난로 앞에는 널찍한 담요가 깔려 있었다. 이레나는 들고 온 양초를 가까이에 있는 탁자 위에 올리고 그가 내민 손을 잡고 담요 위에 앉았다. 그런 다음 그가 난로 앞에 쪼그리고 앉아 불을 피우는 걸 바라보았다. 주황색 불빛이 타오르며 어둠을 쫓아냈다.

베네딕트는 그녀의 뒤에 자리를 잡고 편하게 등을 뉘었다. 그는 한 팔로 뒤통수를 받친 자세로 헤픈 남성다움을 드러내고 있었는데, 소극적인 사람들이 봤다면 난처해서 키득했을 것이다. 그는 그녀를 올려다보며 담요를 가로질러 팔을 뻗었다. 그의 손가락이 그녀의 실내용 가운을 가볍게 어루만졌다. "보고 싶었소." 그가 나직이 말했다.

"겨우 한 시간이었는걸요."

"그 정도면 긴 시간이지."

"오늘 밤엔 무얼 읽나요?"

베네딕트는 그녀가 한 번도 본 적 없는 책을 내밀었다. 올록볼록 튀어나온 책 표지를 손가락으로 쓸던 그녀는 갑자기 목이 멨다. "어떻게 아셨어요?" 그녀가 속삭였다.

"그대가 말한 적이 있소. 소피아와 함께 야생마를 보러 미국에 가는 꿈을 꾸곤 했다고. 그 즉시 이 책을 주문했소. 오늘에야 도착했다오."

그녀의 심장이 빠르게 요동쳤다.

"왜 야생마를 보고 싶었던 거요, 그대?"

격한 감정에 그녀는 말문이 막혔다. 사랑해 마지않던 언니의 죽음을 되돌릴 사람은 정녕 없는 것일까? "자유로우니까요." 이레나가 작은 소리로 답했다. "우린 늦은 밤이면 어떻게 탈출할지 비밀 계획을 세우곤 했답니다. 소년처럼 옷을 입고 몰래 배를 탈 수도 있었겠지요. 아니면 바다를 건너 가족을 찾으러 가는 고아인 척하며 표를 구할 수도 있었을 테고요. 갈 수 있었는데. 언니를 위해 그렇게 했어야 했는데."

"그녀에 대해 말해주시오." 베네딕트는 나직이 말했다.

"언니는 저만큼이나 말을 사랑했답니다."

"그대만큼이나 말 타는 데 재능이 있었소?"

"아니오. 그럴 수도 있었겠지요. 하지만 저처럼 그런 흥미로운 걸 탐험할 수 있는 자유를 누려본 적이 없었어요."

"그건 어째서?"

"언니는 세 딸 중 첫째였어요. 결혼을 잘해야만 한다는 기대감이 언니의 어깨를 짓눌렀지요. 어쨌든 언니가 집안에서 가장 아름다웠으니까요."

베네딕트는 터무니없다는 듯 알아들을 수 없는 소릴 불쑥 내뱉었는데, 그녀는 내심 기뻤다. "그대는 내가 지금껏 본 여인 중 가장 아름답소, 이레나. 그대를 본 순간, 나는 할 말을 잃고 말았소."

"저는 칭찬을 바라는 게 아니에요, 영주님. 저의 매력은 저도 익히 알고 있답니다. 물론 그걸 인정하는 여자는 없겠지만, 세상일이 다 그렇지요. 영국 사회는 우리 여자들이 서로에 대해 질투와 시기를 드러낼 때까지 서로를 적대시하라고 요구하는 것만 같아요."

그는 그 말에 대꾸하지 않았다. 잠시 후 곧 입을 열었다. "그대는 언니를 질투했소?"

이레나는 고개를 저었다. "결코요. 하지만 언니가 저를 질투했어요."

"어째서?"

"저는 언니처럼 짐을 지고 있지 않았으니까요. 언니의 삶은 오로지 가족을 기쁘게 하기 위해 원치 않는 남편을 얻는 것에 달려 있었어요."

"그리고 그녀가 죽고 나자 그대가 그 짐을 받은 거로군."

이레나는 그의 시선을 피했지만 고개를 끄덕였다. 그의 손이 그녀의 손에 가닿았다. "말해보시오, 나의 사랑. 나를 믿어요."

그녀는 그의 눈을 바라보았다. "언니는 병이 든 걸 죄스러워했어요. 그리고 죽기 전에 저에게 약속을 받았지요. 사랑이 아닌 다른 이유로는 절대 결혼을 하지 말라는 약속을요."

베네딕트는 천천히 일어나 앉았고 두 사람의 얼굴이 바짝 가까워졌다. "약속을 지켰소?"

그녀의 입을 바라보며 대답을 기다리는 순간이 마치 한 시간처럼 흘러갔다.

갑자기 들려온 헛기침 소리에 두 사람은 낯 뜨거운 자세로 있다 걸린 것처럼 깜짝 놀라 떨어졌다. 물론 두 사람은 이제 결혼한 사이고 창피해할 이유가 없었지만, 그럼에도 이레나의 뺨은 붉게 물들었다.

베네딕트는 방해꾼을 돌아보았다. 늙은 집사가 몇 발자국 떨어진 곳에 서 있었다. "무슨 일인가, 이사야?"

"영주님, 사죄드립니다. 에버필드에서 급한 전갈이 왔습니다."

에버필드라 하면 도싯에 있는 베네딕트의 사유지 이름이었다.

"무슨 소식인가?" 베네딕트는 긴장된 목소리로 물었다.

"로젠데일 일입니다. 끔찍한 부상을 당했다고 합니다."

베네딕트의 몸이 뻣뻣해졌다. "당장 가겠다."

이레나는 한 손을 그의 팔 위에 조심스럽게 얹었다. "저도 함께 가겠어요."

"안 되오. 그대가 함께 가면 속도가 나지 않을 거요."

"말이라면 제가 훨씬 잘 탈 수 있습니다, 영주님."

"이레나, 제발." 그러더니 순간 그는 거만한 백작이 되어 말했다. "그대의 남편으로 명하노니 여기에 남으시오."

그의 말이 차가운 채찍처럼 그녀를 후려쳤다. 뒷걸음질치는 그녀의 손이 떨렸다.

베네딕트는 혼잣말로 욕을 뱉더니 그녀에게 가까이 다가섰다. "미안하오." 쉰 목소리였다. 그는 그녀의 목 뒤로 늘어진 머리칼 사이로 손을 깊숙이 넣었다가 그녀를 앞으로 끌어당겼다. 반응할 새도 없이 그의 입술은 그녀의 입술에 닿아 있었다. 그것은 강렬하고 절실한 키스였다. 그는 입술을 뗐지만 이내 그녀의 이마로 가져갔다. "용서하시오. 하지만 지금은 그대에게 말할 수 없는 것들이 있소."

그렇게 그는 돌아서서 그녀를 떠나버렸다.

"진짜로 나간다니 말도 안 돼!"

화요일 밤, 욕실 문 앞에 울려 퍼진 리브의 목소리에 세아는 마스카라를 바르고 있다가 깜짝 놀랐다. 그녀의 오른쪽 눈 아래로 반달 모양의 갈색 점이 생겼다. 미치겠네. 그녀가 어떻게 보일지 신경 쓰는 건 물론 아니다. 진짜 첫 데이트도 아니고 말이지. 이건 그냥 계약 사항일 뿐이다. 어디까지나 거래의 일부분이다.

세아는 면봉으로 마스카라 얼룩을 지우고 이 정도에 만족하며 끝내기로 했다. 그녀는 뒤로 물러서서 거울에 비친 최종 결과물을 살펴보았다. 좋아, 살짝 기대 이상이었다.

"다른 게 다 안 먹히면 다리 살짝 보여주면 되겠네, 안 그래?" 리브가 비꼬며 말했다.

"괜히 엄마 얘기 들먹이는 게 아니란 거 다 알아."

리브는 침대 위에 풀썩 앉았다. "내 말은 언니가 지금 전혀 잘 보일 필요가 없는 남자를 위해서 너무 애쓰고 있다는 거야."

세아는 광택이 나는 검정색 하이힐 위에 올라섰다. "이 드레스 좀 아닌 것 같아."

"'날 벽에 밀어붙여 줘요. 그리고 그걸 해줘요, 자기!'라고 옷이 말하고 있네."

"'지난주에 이걸 사라고 한 건 당신이거든'이라고 하는 것 같은데."

"했지, 그땐 그 인간이 언니를 협박해서 데이트하러 갈 줄 몰랐을 때니까."

흠흠, 낮은 기침 소리가 문 앞에서 들려오자 두 사람은 마치 '아니, 우린 절대 당신 얘기한 적 없어'라는 듯 좌우로 고개를 저었다.

"준비됐어?" 개빈은 입가를 씩 올리며 '둘이 내 얘기한 거 다 알고 있거든' 하는 미소를 지었다.

세아는 뭐라고 대답을 하려 했지만 그를 본 순간 입에서 작게 꺅 소리가 새어 나왔다. 그도 그럴 것이, 와우! 남편의 자태가 너무 훌륭했다. 그는 처음 보는 회색 모직 정장을 쫙 빼입고 있었는데, 딱 봐도 맞춤인 것 같았다. 안에 입은 푸른 빛깔 단추가 달린 민무늬의 깔끔한 짙은 회색 셔츠도 처음 보는 옷이었는데, 그의 가슴과 근육을 감싸며 꼭 맞았다. 그는 근육이 있는 팔뚝을 내보이기 위해 소매를 걷어 올린 채였다. 그녀는 머릿속으로 부채질을 해댔다. 남자들은 팔뚝 근육 만드는 데 더 많은 시간을 써야 한다. 털이 무성한 팔 근육인지 뭔지가 딱 그 자리에서 움직이는 모습에 여자들이 얼마나 맥을 못 추는지 남자들은 절대 모를 것이다.

"보기 좋은데." 그가 말했다.

"당신도."

"새로 샀어?"

"응, 셔츠도 산 거야?"

"응."

"괜찮네."

"이 말은 자릴 비켜달란 말 같은데, 리브." 그가 세아에게서 시선을 떼지 않은 채 말했다.

"그럼 이 말은 형부가……."

"리브." 세아의 목소리가 왕언니 같았다. 그녀의 동생은 입술을 깨물더니 침대에서 벌떡 일어나 나갔다.

개빈은 부끄러움이 묻어나는 미소를 지으며 방으로 들어섰다. "당신 가방은 어디 있어?"

"서랍장에. 왜?"

그는 주머니에서 반다나 하나를 꺼냈다. "왜냐하면 당신이 이걸 해야 하거든."

"어, 내가 무서워해야 하는 건가?"

그는 살짝 부끄러움이 가신 미소를 지으며 대답했다. "알게 될 거야."

아래층으로 내려가 그들은 두 딸에게 키스해주고 침을 흘리는 개를 슬쩍 지나 쌍둥이에게 이상한 유튜브 영상은 보여주면 안 된다고 리브에게 말했다. 그녀는 그건 장담 못 하겠다면서 두 사람을 현관으로 쫓아냈다.

개빈은 세아가 차에 타는 걸 거들고 난 뒤 돌아서 운전석으로 갔다.

"그럼⋯⋯." 그는 차가 고속도로에 들어서자 헛기침을 몇 번 했다. "오늘 밴더빌트에서 무슨 연락이라도 받았어?"

"아직. 이번 주 안에는 무슨 연락이 오겠지."

"호, 혹시⋯⋯." 그가 말끝을 흐렸지만 무슨 말을 하려는지 그녀는 알고 있었다.

"혹시 재입학하지 못하면? 모르겠어. 그런 생각까진 안 해봤 거든."

"들어갈 거야." 그는 도저히 그럴 자신은 없었지만 애써 말했 다. "그런 다음 우린 축하하는 거지."

세아의 반응은 뜨뜻미지근했다.

잠시 후 개빈은 곧 목적지에 다다를 거라는 신호를 보냈다. "눈 가려." 그는 신이 난 목소리로 말했다.

"여기서?" 그녀는 주위를 둘러보았다. 그들은 특징이 전혀 없 는 커다란 상자만 잔뜩 쌓인 주차장 구역으로 들어서고 있었다.

"응. 여기서."

심장이 방망이질 치는 가운데 세아는 눈 위로 반다나를 둘렀 다. 우스꽝스러우면서도 사랑스러웠다. 이건 위험하다는 신호 다. 그녀는 이번 데이트에 억지로 맞춰주는 시늉만 하려 했지, 이렇게 진짜로 즐길 생각은 전혀 없었다.

"보여?"

"하나도 안 보여."

"좋아. 훔쳐보면 안 돼."

차가 두 번 더 모퉁이를 돈 다음 세아는 개빈이 차를 세우는 걸 느꼈다. 어두운 시야에 반다나의 직물 사이를 뚫고 빛이 새어 들어와 붉게 보였다.

그가 그녀 쪽으로 몸을 기울이는 게 느껴졌다. "좋아. 준비됐어?"

그녀는 웃었다. "준비됐어."

개빈은 반다나를 향해 떨리는 손을 뻗었다. 그녀의 머리칼을 잡아당기지 않도록 조심하면서 그는 반다나를 풀어 내렸다. 갑자기 밝은 빛이 보이자 세아는 잠시 주춤했다. 그러다…… "날 미술용품점에 데려온 거야?"

"당신 수업에 쓸 재료를 가, 같이 살 수 있지 않을까 해서."

세아는 그를 뚫어져라 보았다. 그녀의 가슴은 경고를 울리며 방망이질하고 있었다. 그는 그냥 시늉을 하려는 게 아니었다. 이건 그야말로 그녀를 완전히 허무는 그런 데이트였다. 그녀의 남편은 마커펜과 새하얀 캔버스로 그녀를 유혹하고 있었다.

깜빡거리는 그의 눈에 순간 불안의 빛이 스쳤다. "마음에 들어? 괜찮은 거야?"

"그럼." 그녀는 말했다. "고마워…… 정말로."

매장 안에서 그녀는 쇼핑 카트를 잡고 그에게 진심이냐는 눈빛을 던졌다. "당신 정말 이래도 괜찮겠어?" 그녀는 최대한 밝은 목소리를 유지하면서 물었다.

"당신은 괜찮아?"

"당연하지, 근데 미리 경고할 게 있는데, 나 이런 데 오면 사탕 가게에 온 어린애 같아져."

그는 빙긋 웃었다. "알아. 우리 집에 있는 펜 서랍장 봤거든, 세아. 난 준비됐어."

그것은 오산이었다.

미술용품점에서의 세아는 마치 스페인 팜플로나에서 열리는 '황소의 질주' 행사에 풀어놓은 정신 나간 동물들을 보는 것 같았다. 개빈은 그녀가 물건을 고르는 동안 카트를 밀어주겠다고 자처했다. 약간은 그에게도 득이 되는 일이었는데, 드레스를 입고 있는 그녀의 모습을 좀 더 볼 수 있었기 때문이다.

세상에, 저 미친 드레스는 뭐란 말인가. 침실로 들어선 순간 그는 만화 주인공처럼 눈알이 튀어나오고 입에서 혀가 쭉 빠진 기분이었다.

그가 그녀를 따라 여러 개의 복도를 위아래로 오르내리던 중 그녀의 입에서 사랑스러움이 물씬 묻어나는 한숨이 새어 나왔다. "마스킹 테이프야." 그녀는 한 손을 가슴에 얹고 속삭였다. 그 통로는 온통 그걸로 가득 차 있었다. 상상할 수 있는 모든 무늬와 색깔의 테이프가 칸칸이 들어차 있었다. 세아는 깐깐한 눈으로 테이프를 하나하나 살피다가 어떤 건 카트에 던져 넣고 어떤 건 다시 진열대에 돌려놓았다. 마치 그 물건 전부를 두 개씩은 살 여유가 없는 것처럼. 또 그런 건 세아 스타일도 아니었다. 사실 그는 세아가 지난 금요일에 그녀 자신에게 그렇게 많은 돈을 썼다는 데 놀랐다.

"이것 좀 봐." 세아는 학교와 관련된 테이프 묶음을 그의 얼굴 앞에 내밀었다. "애들이 너무 좋아할 거야."

개빈은 그걸 선반에 돌려놓았다. 그녀는 영문을 알 수 없다는 표정으로 그를 보았다. "왜 그러는 거야?"

"여기 당신 물건 사러 온 거야, 애들 거 말고." 그는 그녀를 지나쳐 반 고흐 그림을 따라 그려보는 상품을 집어 들었다. "이런 건 어때?"

그녀는 그의 손에서 그걸 낚아채 카트에 담았다.

"혹시 핀터레스트라고 들어봤어?" 잠시 후 그가 물었다.

그녀는 '엘비스 프레슬리'에 대해 들어본 적 있냐는 질문을 받은 표정으로 그를 보았다. "장난해? 핀터레스트에서 살다시피 하는데."

"거기 계정이 있다고?"

"어, 있어. 왜?"

"그걸 뭐 할 때 쓰는데?"

세아는 길게 숨을 내쉬며 팔짱을 꼈다. "엄마야, 안 쓰는 데가 있을까? 요리법, 해보고 싶은 만들기 활동들, 애들 육아 정보, 귀여운 강아지 사진들. 왜?"

그의 뺨이 붉어졌다. "그런 게…… 있더라고, 거기에 내…… 사진이."

세아는 콧방귀를 뀌더니 웃었다. "알아."

"본 적 있어?"

"핀터레스트라는 걸 이제야 알고 그러는 거야?"

264

"그런 셈이지." 그는 고개를 살짝 기울였다. "그럼 당신도 거기서 내 사진 본 적 있겠네?"

그녀는 어깨를 으쓱했다. "그럼. 레전트 팀 전용 게시판도 있는걸. 그럼 그 사이트에서 알고리즘이 자동으로 나한테 관련된 핀을 보내줘. 당신 사진이 있을 때도 종종 있고. 특히 그때 이후로……"

그녀는 말끝을 흐렸다. 만루 홈런 이후를 말하려던 참이었다. 그 기억을 다시 떠올리고 싶진 않았다.

"그럼, 당신이 컴퓨터 앞에 앉아서 무슨 구이 요리법 같은 걸 찾고 있으면 갑자기 다른 여자가 올린 당신 남편 사진이 뜬다고?"

"개빈, 여자들은 우리가 처음 만날 날부터 모든 SNS에 당신 사진을 계속 올렸어. 어쩔 땐, 우리가 같이 찍힌 사진인데 포토샵으로 날 지우고 올리기도 하고. 그런 거 난 익숙해."

"만약에 어떤 웹사이트가 있는데 이상한 남자들이 당신 사진을 수천 장 올린다고 하면, 와우, 난 저, 절대로 못 그래."

"그건 다른 얘기지. 난 당신처럼 유명하지 않잖아."

"당신은 나한테 세, 세, 세상에서 제일 중요한 사람이야. 그러니 그 말, 난 절대 동의 못 해."

그녀의 입술이 벌어졌다. 그녀의 눈앞에서 상반된 감정들이 만화경 속 무늬들처럼 춤을 추고 있었다. 그의 말을 믿지 않으면서도 간절히 믿고 싶은 마음이었다. 다음 순간, 무슨 일이 벌어지는지 그가 제대로 인지하기도 전에 그녀는 까치발을 들어 그의 입술에 가볍게 입을 맞추었다.

너무 순식간에 일어난 일이라 그는 실제 상황인지 감이 오지 않았다. 그녀는 고개를 살짝 가로저으며 뒤로 물러섰다. "미안, 왜 그랬는지 나도 모르겠어."

개빈은 농담으로 긴장을 풀어보려 혼잣말처럼 중얼거렸다. "마, 마, 마스킹 테이프 사러 더 자주 데리고 나와야겠는데."

그 농담이 먹혔다. 세아의 긴장이 누그러졌다. "미술용 붓 코너에서는 더할지도 모르는데?"

"거기까지 제일 빨리 가는 길이 어디야?"

세아는 즐거운 듯이 그의 가슴을 슬쩍 밀었다.

슬프게도 미술용 붓 코너에서는 아무 일도 일어나지 않았다. 아무튼 좋은 일은 없었다. 대신 세아는 두 줄로 진열된 다양한 크기의 붓 스무 개를 꼼꼼히 살피다가 갑자기 그의 팔을 그러잡고 그를 끌어당겨 귓속말을 했다.

"저기, 방금 핀터레스트 때문에 내가 과대망상을 하고 있다고 생각할지 모르겠는데, 아무래도 지금 광팬 두어 명이 정말 당신을 따라다니고 있는 것 같아."

개빈의 목이 뻣뻣해지면서 머리가 쭈뼛 섰다. "무슨 소리야?"

"상점 안에서 우리가 어딜 가든 계속 나타나는 이상한 남자 두 명이 있어. 너무 눈에 띄어. 모르겠어. 자길 보는 것 같은데 안 보는 척하려고 엄청 애쓰고 있는 느낌이랄까."

개빈은 애써 아무렇지 않은 표정을 지었다. "어떻게 생겼어?"

"다시 보이면 내가 알려줄게. 어쩌면 내가 과잉 반응하는 걸지도 몰라."

"일단 나한테 바짝 붙어 있어." 그는 긴장하며 말했다. 야구선수로 사는 것 중에 싫은 일 하나가 바로 이런 것이다. 자신의 가족이 노출되는 것. 핀터레스트 농담은 제쳐둔다 해도, 그녀가 불편함을 느끼리만치 누군가 그녀를 쳐다보는 걸 걱정하지 않고는 함께 외출할 수 없다는 걸 받아들이는 게 쉬운 일은 아니다.

계산을 마치고 나오는 길에 그녀가 말한 남자들이 아직도 있는지 개빈은 마지막으로 한 번 더 뒤를 돌아보았다. 아무도 보이지 않자 그는 긴장을 풀었지만 걸어가면서 그녀의 등 뒤에 두른 손을 내리지 않았다. 개빈은 차 뒤에 사 온 것들을 실은 다음 세아가 차에 탈 수 있도록 다시 한번 도와주었다.

"이제 어디로 가?" 그가 차를 출발시키자 그녀가 물었다.

그는 어두운 데로 가서 차 뒷좌석으로 넘어가자고 말하고 싶었지만 그랬다간 지금껏 얻은 운을 걷어차는 꼴이 날 것이다. "저녁 먹으러." 그는 좌회전을 하며 말했다.

"잘됐다. 나 배고파 죽겠어."

"나도." 그는 말하면서 그녀에게 시선을 던졌다. 그녀의 수줍은 미소가 그의 가슴을 가득 채웠다.

고속도로를 얼마 달리지 않아 그들은 시내에 들어섰다. 화요일임에도 차들이 넘쳐나고 사람들이 쏟아져 나왔다. 개빈은 정지 신호가 끝나자 차를 천천히 출발시켜 식당 근처의 주차장으로 이어지는 경사로로 차를 꺾었다. 그가 주차 대행소에 차를 대는 동안 세아는 립스틱을 덧바르고 거울을 보며 머리를 풍성하게 매만졌다. 그의 가슴이 다시금 벅차올랐다. 그녀의 아름다움에 그는 때때로 그녀를 바라보는 것만으로도 가슴이 저릴 때가 있었다. 바로 지금처럼.

주차요원에게 열쇠를 넘기고 표를 받은 다음, 개빈은 다시 한 번 세아의 등에 한 손을 두른 채 길을 걸었다. 그들은 내슈빌 시내의 관광객 밀집 장소인 브로드웨이에서 몇 블록 떨어져 있었지만 그럼에도 길은 지역 주민들 그리고 늘 해오던 익숙한 것 말고 색다른 걸 찾아 외부에서 온 사람들로 북적였다.

위스키와 음악을 찾아 나선 관광객들의 홍수에 파묻혀 두 사람은 길을 가다 멈춰 서다를 반복하며 말없이 한 블록을 걸었다. 그가 그녀를 보호하듯이 줄곧 자기 쪽으로 바짝 당기고 있는데, 바로 그때 불가피한 상황이 벌어졌다.

"어이, 저기 개빈 스콧 같은데." 카우보이 부츠를 신은 남자 하나가 그들 곁을 지나가며 말했다.

세아는 활짝 웃으며 올려다보았다. "어이." 그녀는 코웃음을 치며 따라 말했다.

"그냥 계속 걸어가. 그냥 지나가주면 좋겠는데."

잠시 후에 또 다른 남자가 그를 알아보았다. "이봐요, 당신 혹시……."

개빈은 남은 한 손을 번쩍 들어 '지금은 참아주실래요'라는 듯 예의 바르게 흔들었다.

그 만루 홈런 이후로 공공장소에서 전보다 그를 알아보는 사람들이 훨씬 많아졌다. 그런 이유로 오늘 밤 그녀를 다른 곳으로 데려가고 싶었지만, 그 식당은 스테이크로 유명했고 세아가 좋아할 게 분명했다. 게다가 직접 음악도 연주하고 춤출 수 있는 무대가 있었는데, 내슈빌에는 그곳 말고 그런 식당이 없었다. 개빈은 예약을 할 때 최대한 독립된 자리를 부탁했다. 그는 자기 유명세를 이용하지는 않았지만 원하는 자리를 얻어내기 위해서 아부를 좀 떨기는 했다. 결국 그럴 만한 가치가 있는 일이었다는 게 드러났다. 도착해보니 여사장이 그들을 왕족처럼 대해주며 무대가 내려다보이는 독립된 층으로 안내를 해준 것이다.

두 사람에 맞춰 차려진 테이블 한가운데에는 초가 놓여 있었고, 그 옆에는 데이지가 한가득 담긴 꽃병이 있었다. 여사장은 곧 종업원이 와서 마실 것을 주문받을 거라고 말한 뒤 한껏 즐거운 마음으로 두 사람만 두고 자리를 떠났다.

"당신이 이렇게 해달라고 부탁한 거야?" 세아는 데이지 꽃병을 가리키며 물었다.

"응, 맞아."

그런 행동이 딱 봐도 그녀를 불편하게 만든 것 같았다 "미안한데 난 그날 기억 안 나. 데이지 꽃 얘기했던 날 말이야."

"당신이 날 알아보기 훨씬 전부터 난 당신을 보고 있었어. 그래서 당신이 그걸 기, 기억할 거라고 기대하진 않아."

"훨— 씬 전부터는 아니야." 그녀는 어깨를 으쓱했다.

"꽤 오래전부터였어."

"얼마나?"

"두 달."

그녀는 눈을 굴렸다. "거짓말."

그는 웃으며 양손을 들어 보였다. "맹세할 수 있어."

"내가 당신을 알아보기 두 달이나 전부터 카페에 왔었다고?"

"그렇다니까. 매일같이 가슴의 상처를 부둥켜안고 있다가 어느 날 마침내 당신이 고개를 들고 나를 보며 웃어줬지."

"그렇지만 우리가 서로한테 미소를 보내기 전에 난 당신을 알아봤는데?"

"좋아. 얼마나 오래전에?"

그녀는 어깨를 으쓱했다. "몰라. 몇 번 정도."

"아, 그러세요, 난 커피 싫어하는데도 오로지 당신을 또 보겠다는 희망 하나로 거길 드나들기 시작했는데, 그러니까……."

세아의 입이 벌어졌다. "그랬다고?"

"응."

"전에는 왜 그런 얘길 한 번도 안 했어?"

"일단 당신한테 말을 걸려고 용기를 내고 나니까 그것 말고도 하고 싶었던 얘기가 너무 많았던 게 아닐까."

그리고 그 밖에도 그들이 나누지 않은 이야기가 많았으니까, 그녀의 부모님 이야기처럼. 그가 몇 번인가 시도해봤지만 세아는 늘 그 이야기에서 입을 닫았다. 사실 그걸 딱히 할 말이 없어서 그런 거라고 생각한 그가 바보라고 할 수 있다. 하지만 그가 그녀 대신 아버지를 상대해주겠다고 했을 때, 늘 그렇듯이 벽이 솟아올랐다. 하지만 그도 이제는 그게 무엇을 위한 벽이었는지를 알게 되었다. 적어도 이제는 그 벽을 무너뜨려야 한다는 것도 안다.

여자 종업원이 조용히 다가와 와인을 마실 것인지 물었다. 개빈은 선택의 영광을 세아에게로 돌렸는데, 그도 그럴 것이 그런데는 그녀가 훨씬 뛰어났던 것이다. 그녀는 와인 목록을 재빨리 훑어보더니 프랑스 와인일 것 같은 이름의 샤도네이 한 병을 주문했다.

종업원이 와인을 가져와 두 잔에 따르고 주문을 받았다. 개빈은 자신의 의자를 그녀에게 가까이 옮긴 다음 그녀의 잔에 자기 잔을 쨍 소리가 나게 맞댔다.

세아가 한쪽 눈썹을 치켜올렸다. "우리 건배하는 거야?"

"응."

"뭘 위해서?"

그는 그냥 마스킹 테이프 같은 가벼운 말을 할까도 생각했다. 그러다 좀 더 성숙하고 의미 있는 말을 선택했다. "우리의 첫 데이트를 위해."

세아는 자신의 와인 잔을 들여다보며 미소 짓다가 그의 어깨 뒤편 바에 시선이 닿자 미간을 찌푸렸다.

"왜 그래?"

"아까 내가 상점에서 말한 두 남자 있지?"

그의 등줄기가 꼿꼿해졌다. "그 사람들이 뭐?"

"여기 와 있어."

"어디?" 그의 시선은 세아가 가리키는 바를 따라갔다. 두 남자가 재빨리 고개를 돌렸다. 한 남자는 카우보이 모자와 선글라스를 쓰고 있었고 또 한 남자는 디트로이트 레드윙스 팀의 운동복을 입고 있었다. 거리가 멀어서 얼굴을 알아볼 수는 없었지만 저런 시건방진 태도는 아무리 멀리 떨어져 있어도 알아볼 수 있었다.

허접하게 변장을 한 망할 브레이든 맥이었다.

저 자식을 죽이고 말 것이다. 개빈은 최대한 아무렇지 않은 목소리로 물었다. "아까 그자들이 확실해?"

"그렇다니까. 아냐 무슨 우연 같은 걸 거야, 그렇겠지?"

개빈은 탁자 위로 냅킨을 던졌다. "여기 있어."

"뭐?" 개빈이 일어서자 그녀가 팔을 잡았다. "뭐 하는 거야? 개빈, 저 사람들 상대하면 안 돼!"

"나만 믿어."

'두 남자'는 그가 계단에 첫발을 내딛는 순간, 자신들이 발각된 걸 알았다. 개빈이 그들을 똑바로 쳐다보며 다가오기 시작하자 두 남자는 바를 가득 메운 사람들을 밀쳐가며 '화장실'이라는 네온사인이 바닥에 분홍색 빛을 반사하고 있는 어두운 통로를 향해 달려갔다.

개빈은 춤을 추고 있는 커플은 피하고 술 취한 얼간이들은 밀쳐가며 드디어 화장실 앞에 다다라 양손으로 활짝 문을 열어젖혔다. "여기 있는 거 다 알아, 맥." 그가 큰 소리로 외쳤다.

"그런 이름 가진 사람 여기 없어요." 두 번째 칸에서 목소리가 울렸다.

개빈은 스테인리스 문을 두들겼다. "나와. 당장."

문이 열렸다. 개빈은 주먹을 허벅지 앞에 말아쥔 채로 한 발짝 뒤로 물러섰다. 맥이 한 손에 모자를 들고 걸어 나왔다. "왜 우리 문자에 답을 안 하는 거야?"

개빈의 속에서 뭔가가 끓어오르다 가슴 밖으로 터져 나왔다. "지금 장난해? 나한테 할 말이 고작 그거야? 여기서 대체 뭔 짓거리를 하고 있는 거야?"

"너 도와주려고 그러지."

개빈은 통로를 걸어가며 모든 문을 두드렸다. "같이 온 건 누구야?"

두 번째 문이 열리고 소화 장애가 있는 러시아인 하키 선수가 걸어 나왔다. "부인한테 춤추고 싶은지 물어봐."

"제정신이야?" 그는 맥을 향해 빽 소리를 질렀다. "이 인간을 데려왔어?"

"쟤 말이 맞아." 맥이 말했다. "계속 무대를 보더라고. 춤추자고 해봐."

"너희들 도움 없이도 아주 잘하고 있거든, 대단히 고맙게도 말이야. 그건 그렇고, 그 모자며 선글라스, 내가 여태껏 본 변장 중에 최악이야. 정말 그러고도 아무도 못 알아볼 거라고 생각했어?"

"아직까진 없었어."

"다들 창피해서 그런 척했겠지. 네가 미쳤다고 생각했을걸.

근데 있지, 넌 진짜 미쳤어. 제정신이 아니라고. 너는 빌어먹을 네 인생이 없는 거냐?"

"내 변장은 어때?" 러시아인이 자기 상대 팀인 레드윙스의 옷을 내려다보며 물었다.

"거지같아."

"아무도 너 알아본 사람 없었다, 참고로." 맥이 말했다. "그건 그렇고, 둘이 마스킹 테이프 앞에 있었을 때, 너한테 키스하더라!"

개빈은 맥의 셔츠 깃을 움켜잡았다. "내가 장담하는데, 너……."

변기 물이 내려가는 소리가 났다. 개빈은 머릿속 혈관이 터질 것 같았다. 키가 작고 동글동글한 남자 한 명이 맨 끝 칸에서 걸어 나오다 그들을 보기 위해 멈춰 섰다. 맥은 휘파람을 불며 주위를 두리번거리기 시작했다. 개빈은 뼈에 금이 가는 소리가 들릴 정도로 이를 악물었다.

그 남자가 개빈을 보았다. "나 당신 알아요."

개빈은 맥의 멱살을 풀어주었다. "아니오, 모를 거예요."

"당신 개빈 스콧이죠."

"에이, 아니에요." 러시아인이 거들었다. "개빈 스콧이 저 남자보다 훨씬 커요. 이렇게까지 못생기지도 않았고."

남자는 콧방귀를 뀌더니 손을 씻었다. 그는 거울을 통해 개빈을 쳐다보았다. "여자한테 춤추자고 해요. 여자가 무대를 보고 있다는 건, 춤을 추고 싶다는 뜻이니까."

환장하겠네. 빌어먹을, 이제 화장실에서 웬 모르는 남자한테
까지 조언을 듣고 있다니.

남자가 손을 말렸다. "아무것도 못 들었수다." 그는 그 말을
남기고 밖으로 나갔다.

개빈은 맥을 가리켰다. "여기서 나가. 당장."

"일단 우리 말 들어." 맥이 말했다. "너 아주 잘하고 있어. 그
렇지만 춤은 춰. 그래서 그녀가 말할 수 있는 기회를 만들어주는
거야. 지침서에 늘 나오잖아. 이레나랑 베네딕트가 왈츠 췄던 거
기억나지? 그래서 둘이 가까워졌잖아. 춤을 출 때 비밀을 흘리
는 법이거든. 얼굴보다 어깨를 보며 말하는 게 쉬우니까."

어이없게도 그 말이 너무 설득력 있게 들려서 개빈은 더욱 화
가 치솟았다.

다시 문이 열리고 회색 정장을 입은 보안요원이 성큼성큼 걸
어 들어왔다. 그는 죽 둘러보았다. "별일 없는 겁니까?"

"그럼요." 맥이 말했다. "여긴 별일 없어요."

"한 여성분이 남편분한테 문제가 생긴 것 같다고 걱정하셔서
요."

개빈은 한 손을 내밀었다. "제 이름은 개빈 스콧, 내슈빌 레전
드 팀 선수입니다. 이 두 남자가 제 부인과 저를 불편하게 하고
있어요. 그래서 말인데 이 사람들을 좀 내보내주시면 좋겠는데
요."

"갑시다." 보안요원이 맥의 팔을 잡았다. 그러다 맥의 팔이
단단한 근육질이라는 걸 알고 주춤했다. "가, 가시죠……."

맥은 그를 무시했다. "집에 도착하면 진입로에서 그녀한테 키스해도 되냐고 물어봐. 차 안에서. 분명 좋아할 거야. 이것도 어느 책에서 읽은 건데, 전에 어떤 여자한테 써봤거든. 내 무릎 위에서 버터처럼 녹아내리더라."

"이 사람 확실히 좀 이상한 것 같아요." 개빈이 보안요원에게 말했다.

"손님, 술 드셨어요?" 보안요원이 물었다.

맥은 고개를 끄덕였다. "그래. 좋다! 내가 취한 척할게. 우리가 쫓겨날 때 세아가 꼭 그 모습을 보게 해. 넌 우리 뒤를 따라 나와서 '여기서 당장 꺼져!' 그 말만 하면 돼. 최고 수컷이 되는 거지, 그거야!"

"정상이 아니시군요."

맥은 모자를 다시 썼다. "장담하는데, 이런 일을 겪고 나면 그녀는 너한테 마음을 완전히 열 거야. 넌 나중에 우리한테 고마워하겠지."

보안요원이 맥의 팔을 밀었다. "이봐요, 대체 이게 무슨 상황인지도 모르겠고 난 알고 싶은 생각도 없어요. 어쨌든 두 사람은 여기서 나가요."

그는 맥을 문 쪽으로 밀었다. 러시아인이 뒤를 따랐다. "내 변장 거지 같지 않은데."

화장실 밖에는 호기심 어린 관중들이 몇몇 몰려 있었다. 술집 화장실로 보안요원이 들어갔으니 당연히 궁금할 수밖에. 맥은 어깨 너머로 돌아보며 최대한 동작을 크게 해 보였다. "사랑해요, 형." 극적인 효과를 위해 넘어지는 시늉을 하며 그가 울부짖었다. "저 완전 왕팬이에요. 완전, 완전."

개빈은 손끝으로 콧날을 지그시 눌렀다.

"맞아요. 왕팬!" 러시아인이 외쳤다. 그는 허공에 양팔을 뻗치는 도무지 이해할 수 없는 동작을 해 보였다.

"어서 나가요." 보안요원이 그들을 문으로 밀었다.

개빈은 자신을 향한 사람들의 궁금해하는 시선을 무시하며 무대 옆을 돌아 걸어 올라갔다. 난간에 기대어 입술을 깨물고 있는 세아가 보였다. 그는 한 번에 두 계단씩 뛰어 올라갔다.

그녀가 황급히 다가왔다. "무슨 일이야?"

"아무것도 아냐. 이제 괜찮아."

"그 사람들한테 뭐라고 했어?"

"지금 내 부인과 즐거운 저녁 시간을 보내는 중이니까 이만 우리를 내버려두면 고맙겠다고 했어."

"다신 그러지 마. 내 말 들었어? 이상한 사람들이었으면 어쩌려고. 당신 다신 그러지 않으면 좋겠어."

"안 그럴게."

"진짜로."

개빈은 그녀의 엉덩이 위에 양손을 얹고 자기 몸 쪽으로 바짝 끌어당겼다. "추, 춤출래?"

"춤?" 세아는 그가 또 머리를 다쳤나 싶어 그의 얼굴을 살폈다. 욕실에서 넘어졌다든지 말이다.

그의 얼굴에 불안함이 스쳤다. "다, 다, 당신이 좋아할 줄 알았는데."

"나는……."

"안 춰도 돼."

그가 한 발 물러서자 세아가 그의 손을 잡았다. "그런 말은 안 했는데. 난 그냥, 우리 같이 춤춰 본 적 없잖아."

"알아. 진즉에 했어야 했는데. 안 그래?"

맞는 말이었다. 하지만 그들의 결혼은 그다지 평범하지 않았다. 보통의 부부들이 결혼을 하고 아기를 낳기 한참 전에 하는 많은 일들을 그들은 처음으로 해보고 있었다.

"나 춤추는 거 좋아해." 결국 그녀는 말했다. 잠깐만. 아니야. 대체 무슨 생각으로 이러는 거지? 이건 진짜 데이트가 되면 안 되는데. 그녀는 억지로 따르는 척만 하려 했는데. 그 마스킹 테이프랑 와인 때문에 머릿속이 뒤죽박죽이 돼버렸다. 그녀는 뒤로 물러섰다.

"나도 좋아해." 개빈이 말했다. 그는 한 손으로 그녀의 손을 잡고 그녀를 가까이 끌었다. 그는 마주 잡은 두 손을 단단히 깍지 꼈다. "그럼, 추실까요?"

세아는 어둑어둑한 주위를 둘러보았다. 훔쳐보는 눈으로부터 자유로웠고 밴드는 느린 곡을 연주하고 있었다.

개빈이 한 팔로 그녀의 허리를 감싸고 바짝 끌어당기자 그녀의 가슴속에서 긴장하고 있던 나비가 날갯짓을 시작했다. 그는 다른 한 손으로 그녀의 손을 감싸 쥐더니 마주 잡은 손을 그의 가슴으로 끌어당겼다. 너무나 남자답고 정중하면서도 미치도록 섹시했다. 춤을 추기도 전에 이미 그랬다. 그런 그가 춤을 추기 시작하자 —

세. 상. 에. 자연스럽게 음악에 맞춰 움직이는 그를 보며 그녀는 숨이 막혔다. 물론 보통 운동선수들은 몸을 잘 다루지만, 그게 실제로 춤을 잘 춘다는 뜻은 아니다. 그녀는 자기 재능을 야구장에 놓고 왔나 싶을 정도로 춤을 못 추는 야구선수들도 많이 봤다. 그런데 개빈은, 세상에, 세상에였다. 이런 걸 대체 어디다 숨겨놓고 있던 거지?

"혹시 지, 진짜 결혼식을 못 올려서 후회해?" 잠시 조용히 몸을 움직이던 개빈이 물었다.

"우리 진짜 결혼식했어."

"무슨 말인지 알잖아. 성대한 결혼식."

그녀의 마음이 움찔했다. 이대로 대화가 계속되면 위험해질 텐데. "아니 별로. 당신은?"

"안 그랬었는데, 지금은 당신이 새하얀 드레스 입고 통로를 걸어 들어오는 모습을 추억할 수 있으면 좋을 것 같아."

"그냥 드레스야."

"이건 그냥 드레스가 아닌데." 그의 손이 그녀의 등을 훑었다. 그녀의 가슴이 방망이질 쳤다. 그녀를 칭찬하는 말이 지난주에는 무척이나 거슬리게 들리더니 오늘 밤엔 따뜻한 두근거림으로 느껴졌다. 좋은 징조가 아니다. 그녀는 그의 시선을 피하려고 그의 어깨를 바라보았다.

"신혼여행은?" 그가 낮은 소리로 물었다.

"그게 왜?" 이건 제대로 위험한 영역으로 뛰어드는 건데. 세아는 자신의 스텝과 숨에만 집중했다.

"그런 것들 중에 하나도 한 게 없는 게 후회돼." 개빈은 뭔가를 암시하듯 부러 그녀의 허리춤을 엄지로 문지르며 장난스럽게 말했다.

세아는 콜록거렸다. "어딜 가고 싶었는데?"

"어디든 따뜻한 곳, 당신이 종일 비키니를 입고 돌아다닐 수 있는 곳."

생각지도 못한 웃음이 터져 나왔다. "아이들 태어나고는 비키니는 입어본 적도 없는데."

"알아. 나한테는 정말 아, 안타까운 부분이지."

그들은 잠시 말없이 춤을 추었다. 그러다 그가 또다시 입을 열었다. "만약에 겨, 결혼식을 했다면 호, 혹시 당신 아빠한테 손을 잡고 걸어달라고 했을까?"

세아는 침을 삼키고 눈을 감았다. 그녀는 지금은 그 나쁜 인간에 대해서는 생각하고 싶지 않았다. 다른 복잡한 감정들이 뒤엉킨 이런 상황엔 더욱이 그랬다. 그녀가 대화의 문을 열지 못했던 건 바로 그런 질문들 때문이었다.

"말해봐, 세아." 그는 그녀의 머리칼에 대고 말했다.

"그게 다 무슨 상관인데?"

"당신한테 중요한 문제니까."

세아는 고개를 가로저었다. "모르겠어." 그녀는 털어놓았다.

"그런 건 그럴 만한 자격이 있는 남자나 할 수 있는 일인 것 같아. 그냥 할 수 있게 되길 바라는 게 아니라."

개빈은 그녀를 더 가까이 끌어당겼다. "장인은 그럴 자격이 없었지."

"없어. 절대로 없는 사람이야."

그들은 그렇게 몇 분을 더 말없이 춤을 추었다. 세아의 몸은 그의 몸이 스치고 닿은 자리를 순서대로 고스란히 기억하고 있었다. 그는 고개를 숙여 그녀의 머리 위에 입을 맞추었다.

"결혼식에는 왜 안 가려는 거야?" 그가 나직이 물었다.

어떤 이유에선지 그녀는 대답했다. "또 다른 어리고 순진한 여자가 자기는 이 남자를 바꿀 수 있을 거라고, 그를 자기 곁에 머물게 할 수 있을 거라고 생각하는 걸 또 볼 자신이 없어. 그는 절대 못 그럴 거야. 그녀를 떠나고 말걸. 왜냐면 그런 사람이니까. 그 사람은 떠나."

집으로 돌아오는 차 안은 조용했다.

긴장감이 도는 침묵이 아니었다. 그건, 이상한 침묵이었다. 저녁 내내, 그들은 둘 사이에 불쾌하고 성가실 것 없이 물리도록 평화로운 분위기를 유지했다. 해결되지 않은 불쾌한 것들이 너무 많았지만, 오늘 밤만은 기쁘게도 잊힌 것이다.

개빈은 진입로로 들어서서 시동을 껐다. 하지만 두 사람 모두 차에서 내리려 하지 않았다.

"오늘 밤 즐거웠어." 그가 말했다.

세아는 자신도 즐거웠다고 인정하고 싶지 않아서 아무 말도 하지 않았다. 헛된 희망으로 용기를 줘서 좋을 게 뭐람. 안락한 피난처인 차에서 내리는 순간 현실이라는 정글이 울부짖는 짐 승 떼를 풀어 그들이 제아무리 일이 달라지길 그리워하고 바란 다 해도 그들을 쫓아낼 것이다.

개빈이 목을 가다듬었다. "그럼……."

세아는 그를 바라보았다. "그럼?"

"이건 데이트니까." 그가 운을 뗐다. "집에 들어가기 전에 차 안에서 당신한테 키스해도 될까?"

그녀의 폐 속으로 공기가 훅 들어찼다. "다들 데이트할 때 그 렇게 하나? 난 잊어버렸는데."

"당신이랑 차 안에서 엄청 많이 했던 거 난 기억나는데." 그 가 쉰 소리로 나직이 말했다.

세아의 뺨이 뜨거워졌다. "아마 그날이 내가 임신한 날일지 도 몰라. 알고 있지?"

"늘 구, 궁금했는데." 그녀를 바라보는 게슴츠레한 눈이 그가 입으로는 알고 싶었다고 말하고 있지만 사실 딱히 상관하지 않 는다는 걸, 그는 그저 그 기억을 좋아하고 새로운 추억을 하나 더 만들고 싶어 한다는 걸 말해주고 있었다.

그러니까 그녀가 결국 똑똑하게 처신하는 건 당장 이 차에서 나가는 것이었다.

하지만 그녀는 딱히 똑똑한 느낌이 들지 않았다. 그저 느낄 뿐이었다. "좋아." 그녀가 웅얼거렸다.

"좋아?" 그가 되물었다.

그녀는 그의 입술을 바라보았다.

개빈은 가슴에서 기쁨의 환성이 터져 나오는 걸 느끼며 당당히 그녀의 입술을 요구했다. 이번에는 전과 달랐다. 주방에서 했던 키스와도, 그가 집으로 돌아온 날 밤에 했던 키스와도 달랐다. 이번 키스는 열정이 뿜어져 나오지는 않지만 모든 게 충격적이었다. 이토록 부드러운 느낌에 그런 변덕이 숨어 있을 줄 누가 알았을까? 그녀로 하여금 코로 천천히 숨을 내쉬게 하고 앉아 있는 좌석을 꽉 움켜쥐게 만드는 키스였다. 데이트를 가장한 이 놀이를 계속했다간 그녀가 상당히 곤란해질 거라고 말해주는 키스였다.

개빈은 입술의 각도를 맞춰 그녀의 입술을 가벼이 스쳤다. 한 번, 두 번, 세 번. 그런 다음 그는 뒤로 물러나 한쪽 입가에 미소를 머금고 그녀를 지그시 바라보았다.

개빈은 엄지로 그녀의 입술을 닦아주었다. "오늘 밤 책 읽고 싶어?"

세아의 고개가 제멋대로 위아래로 움직였다.

한 시간 뒤, 그녀는 그의 부드러운 목소리 속에서 혼란스러운 자신의 심장 박동을 느끼며 잠이 들었다.

16

"우리 어린이들 어젯밤에 즐거우셨나?"

다음 날 아침, 개빈이 냉장고 문을 여는데 리브가 순간이동을 한 듯 갑자기 모습을 나타냈다. 그는 놀라 자빠질 뻔했다.

"응."

"실망이야." 리브가 말했다. "지하실에서 나갈 수 있으려나 했더니."

개빈은 딸들이 시리얼을 타 먹을 우유를 꺼내놓았다. 세아는 위층에서 아이들 옷을 입혀주고 있었다. 사실 오늘 아침 그는 그녀를 직접 보지는 못하고 움직이는 소리만 들었을 뿐이다. "있지, 리브, 우리가 하, 하, 하는 이런 시시한 얘기들 재미있기도 해." 개빈이 툴툴거렸다. "근데, 오늘 아침엔 받아줄 여력이 없어."

"그냥 우리 언니를 위해서 경계하는 것뿐이야. 언니 상처 주면 어떡한다고 내가 경고 안 했던가?"

개빈은 식료품 저장실을 열어 치리오스 시리얼을 꺼냈다. "이게 처제랑 아무 상관없는 일이라는 생각은 혹시 안 들어?"

"우리 언니거든."

"내 부인이기도 하고."

"나 여기 살고 있어."

"원하면 언제든 나가도 돼."

"먼저 나가시지." 그녀는 손가락을 튕겨 딱 소리를 냈다. "맞다. 벌써 한 번 해봤잖아."

"근데 다시는 그럴 생각 없어."

세아가 빠른 걸음으로 주방 안으로 들어서자 개빈은 허둥거리며 시리얼을 잡았다.

"왔어?" 그가 숨을 훅 들이마셨다.

"좋은 아침." 리브가 조잘거렸다.

세아는 우뚝 멈춰 서서 두 사람을 번갈아 쳐다보았다. "무슨 일이야?"

"아무것도 아냐." 개빈이 말했다.

"내가 우리 형부를 얼마나 생각하고 있는지 말하고 있었어."

세아는 한숨을 쉬더니 양손으로 머리칼을 마구 헝클었다. 아이들이 똑같은 분홍 티셔츠에 보라색 레깅스를 맞춰 입고 주방으로 들어왔다. 개빈은 아이들을 번쩍 올려 의자에 앉힌 다음 각자에게 시리얼을 부어주었다.

커피를 따르는 세아의 어깨가 뻣뻣했다. 그녀도 그만큼이나 잠을 못 잔 걸까? 그는 제대로 잘 수가 없었다. 어젯밤 그녀의 침대에서 빠져나와 손님방으로 가는 데는 엄청난 괴력이 필요했다. 오늘 아침엔 그럴 만한 힘이 없었다. 그는 그녀를 만지고 싶어 미칠 것 같았다.

그는 그녀의 뒤에 서서 허리를 두 팔로 감싸고는 그녀의 뺨에 슥 코를 갖다 댔다.

그녀는 깜짝 놀라 고개를 돌려 올려다보고는 눈이 동그래졌다. 그는 그녀의 입술에 가볍게 입을 맞췄다. "잘 잤어?" 그가 나직이 인사를 건넸다.

"좋은 아침." 그녀가 작은 소리로 답했다.

"어젯밤엔 좋았어."

리브가 구역질하는 소리를 냈다.

개빈은 어깨 너머로 돌아보며 입술을 삐죽거렸다. 리브가 눈을 가늘게 뜨고 노려보았다. 그는 치아를 드러내고 활짝 웃어 보였다. 그녀는 분해서 어쩔 줄 모르겠다는 듯 손가락을 꿈지럭거리더니 핑크의 노래 '너와 너의 손'을 흥얼거렸다.

세아는 또 한 번 한숨을 내쉬며 돌아섰다. "둘 다 이러는 거 그만둬."

"처제가 먼저 시작했어."

세아는 고개를 삐딱하게 기울였다. "그런 변명은 애들한테도 못 하게 하는 거 알지?"

정작 애들은 쉴 새 없이 치리오스를 떠서 입에 쑤셔 넣고 있는 걸 보니, 주방 안의 이상한 긴장감을 눈치챈 것 같았다. 그래서 누가 시리얼을 더 많이 먹는지에 매달리고 있는 것이다. 개빈은 세아에게서 시선을 떼고 아이들에게 끼어들었다. "둘 다 똑같이 받았어, 얘들아."

"다 먹었다!" 에이바가 그릇을 밀어내며 아무 의미도 없이 입술을 삐죽이며 외쳤다.

"동생 기다려줘, 그런 다음 다 같이 옷 입을 거야." 세아가 아이들이 앉아 있는 쪽으로 걸어가면서 말했다. 그녀는 아이들의 입을 닦아주다가 주머니에 넣어둔 휴대전화가 진동하자 동작을 멈췄다. 그녀는 짜증 섞인 소리를 내면서도 전화기를 꺼냈다.

그녀는 얼어붙었다.

"무슨 일이야?" 개빈이 물었다.

"밴더빌트에서 온 이메일."

리브는 커피잔을 내려놓았다. "엄마야."

"열어봐." 그가 말했다.

세아가 침을 꿀꺽 삼키고는 휴대전화 화면을 두세 번 넘겼다. 개빈은 그녀가 눈으로 빠르게 화면을 훑어 내리는 동안 숨을 참고 있었다.

휴대전화 화면을 돌려서 보여주는 그녀의 얼굴에 미소가 번져나갔다.

"말도 안 돼." 그가 숨이 들이마셨다. "합격했어?"

"합격이야." 그녀는 두 팔을 들어 올리고 해냈다는 기쁨의 환호를 질렀다. 리브는 아일랜드 식탁 주위를 돌며 춤을 추었고, 한바탕 난리가 난 걸 보며 아이들은 웃음을 터뜨렸다. 개빈은 이 축하의 장에 동참하고 싶었다. 세아를 팔로 끌어안고 키스로 축하를 전하고 싶었다. 하지만 참기로 했다.

"정말 대단해, 세아." 그는 안전한 거리를 두고 말했다. "축하해."

"수업은 언제부터야?" 리브가 물었다.

세아는 다시 이메일을 보았다. "1월 18일."

"우리 오늘 밤에 축하 파티를 하는 거야." 리브가 세아를 뒤에서 끌어안으며 말했다.

개빈은 발끈하는 감정을 눌렀다. 그녀는 이미 오늘 밤 리브친구의 카페 일을 돕겠다고 해둔 터였다. 그의 축하는 다른 날, 단둘이 있을 때로 남겨두기로 했다.

그녀는 그를 올려다보았다. 그의 시선 아래 그녀의 뺨이 붉어졌다. 아무래도 그가 속마음을 숨기는 데 서툴렀던 모양이다. "옷 갈아입어야겠다." 그녀가 말했다.

개빈은 시리얼 그릇을 치우고 아이들이 식탁에서 내려오는 걸 도와주었다. 그런 다음 화이트보드로 다가가 마커를 꺼내 1월 18일에 동그라미를 그렸다.

"그렇게 먼 계획을 세울 필요가 있을까." 리브가 그의 뒤를 따라오며 말했다. "어차피 형부 달력은 크리스마스까지잖아."

그가 제대로 못 해낸다면 그렇겠지.

어젯밤은 두 사람 모두에게 전환점이었다. 그는 느낄 수 있었다. 그녀는 전에 한 번도 하지 않았던 이야기들을 그에게 털어놓았다. 그와 춤을 추었다. 그와 입을 맞추었다.

녀석들 말이 맞았다. 그는 기다릴 필요가 있었던 것이다. 하지만 리브 말도 맞다. 달력은 그의 편이 아니었고, 세아가 밴더빌트에 입학했다는 소식은 그가 계산에 넣어야 할 새로운 반전

요소였다.

진지하게 임해야 할 때다.

개빈은 고심 끝에 남자들에게 문자를 보냈다.

—긴급 회의 소집. 오늘 밤. 우리 집으로.

아이들을 학교에 내려준 뒤 세아는 서둘러 집으로 돌아와 샤워를 하고 옷을 갈아입었다. 다행히 개빈은 아침 훈련 때문에 집에 없었다. 그녀는 그와 단둘이 나누는 대화를 감당할 수가 없었다. 오늘 아침 그녀를 바라보던 그의 눈길을 마주한 이후로는, 달콤하고도 가벼운 키스들과 그 안에 담긴 모든 의미를 겪은 후로는 감당이 되지 않았다.

리브 말이 맞았다. 세아는 굴복하고 있었다. 몇 번의 부드러운 키스와 단 한 번의 배려 넘치는 데이트에 그만……. 세아는 고개를 저었다. 밴더빌트의 이메일이 딱 맞춰 도착한 것이다. 그가 그녀의 머릿속에 빙글빙글 쳐놓은 거미줄을 밴더빌트의 통보라는 확실한 빗자루질 한 방이 모두 쓸어버린 것 같았다.

그녀는 해야 할 일이 너무 많았다. 입학 허가 관련 서류를 내는 거라든지, 수강 신청하기, 서점 들르기 등 전부 나중으로 미룰 수는 있겠지만 그녀는 학교로 돌아가기 위해 거의 4년을 기다렸다. 기다림이라면 진절머리가 났다.

밴더빌트 캠퍼스는 프랭클린에서 차로 30분 정도 걸렸다. 세아는 교무처 건물 건너편에 주차기를 발견하고 25센트짜리 동전을 한 움큼 집어넣고 안으로 들어갔다. 입학처 사무실은 3층에 있었다. 세아가 서류를 내밀자 고양이 눈 모양의 안경을 쓴 비서가 약간 놀란 눈으로 쳐다보았다.

"저기, 이런 건 전부 인터넷으로 할 수 있는데요." 여자가 말했다.

세아는 어깨를 으쓱했다. "알아요. 그냥 와보고 싶었어요."

그녀는 그리웠다. 대학 캠퍼스가 주는 떨림이 그리웠다. 미술과 연극 전공생 들의 창의적인 반항이 그리웠고, 밤샘 공부로 무겁게 쳐진 눈동자가 그리웠고, 잘난 체하는 교수들의 냉소적이고도 재치 있는 입담이 그리웠다. 세아는 학교에 있을 때만큼 자기 자신을 온전히 느꼈던 적이 없었다.

입학처를 나와 세아는 구내 서점에 잠깐 들렀다. 그녀는 충동적으로 아이들에게 주려고 밴더빌트 티셔츠 두 장을 샀다.

이런! 아이들. 세아는 휴대전화를 꺼내 시간을 확인했다. 아이들 데리러 가는 시간에 늦을 게 분명했다. 개빈이 가주지 않는다면.

세아는 망설이다 아이들을 학교에서 데리고 와줄 수 있느냐고 묻고, 가능하다면 자기는 곧장 알렉시스네 카페로 갈 생각이라고 문자를 보냈다. 개빈은 즉시 그렇게 하겠노라고, 캠퍼스에서는 어땠느냐고 묻는 답장을 보냈다. 그녀는 질문은 무시하고 간단히 10시까지 집에 가겠다고 답장했다.

세아는 구내 식당에서 샌드위치를 하나 사서 차로 돌아갔다. 교통 체증 때문에 알렉시스의 카페까지 가는 데 40분이 걸렸다. 세아는 알렉시스네 건물 뒤편 주차장에 도착해서 문이 하나 열려 있는 곳 앞에 차를 댔다.

세아는 안을 들여다봤다. "계세요?"

아무 소리도 들리지 않자 그녀는 안으로 슬며시 들어가 다시 한번 불러보았다. 여전히 아무 인기척이 없었다. 주방은 상자들과 뽁뽁이 더미로 가득 차고, 반짝이는 냄비와 팬 들이 새 레인지 위 고리에 한 줄로 걸려 있었다.

"리브? 다들 어디 갔어?" 세아는 상자들을 비껴서 주방 안으로 걸어 들어갔다. 반회전문 뒤로 카페 홀이 있을 것 같다는 생각에 그리로 다가갔다. 그녀는 문을 밀었다. 그리고…….

"놀랐지!"

세아는 꺅 소리를 지르고 한 손을 가슴에 얹었다. 리브와 알렉시스가 카페 한가운데 테이블 옆에 서 있었다. 다른 테이블들에는 상자나 정리할 접시가 놓여 있었지만, 그 테이블에는 샴페인 한 병과 기다란 샴페인 잔 세 개 그리고 '축하해'라고 적힌 엄청나게 큰 카드가 놓여 있었다.

"이게 뭐야?" 세아가 웃었다.

"축하 파티 할 거라고 말했잖아!" 리브가 말했다. "깜짝 놀랐지!"

알렉시스는 빙긋 웃고 있었다. "리브가 언니 소식 알려줬어요. 정말 잘됐어요. 사실, 시기도 정말 딱 맞고요."

그녀는 리브와 시선을 주고받았다.

세아는 앞으로 다가섰다. "시기가 정말 딱 맞다니……."

"그게," 알렉시스가 설명을 시작했다. "우리 가게 벽들이 말 그대로 텅 비어 있잖아요. 멋진 예술 작품들을 절실히 바라고 있거든요. 지역 예술가들의 원작들을 전시할 수 있으면 멋지지 않을까 생각 중이에요."

세아는 그대로 멈춰 서서 그녀를 뚫어져라 보았다. 리브가 눈을 굴렸다. "언니 말하는 거잖아."

"여기에 내 작품들을 걸어달라고?"

"할 생각 있어요? 전 정기적으로 지역 예술가를 알리는 행사를 열고 싶어요. 작가들이 작품을 팔 수 있는 공간이 될 수 있게."

세아는 꿈인가 싶어 볼을 꼬집어 볼까 생각했다. 단 하루 만에 그녀는 미술대학으로 다시 돌아갈 수 있게 됐고, 자신의 작품을 전시할 기회까지 얻었다. 그녀는 계시 같은 건 딱히 믿지 않았지만 이번에는 정말 계시처럼 느껴졌다.

세아는 카페 안을 둘러보았다. "그럼 우선 뭘 해야 하지?"

리브는 가까이 다가와 세아의 손에 샴페인 잔을 내밀었다. "우선, 축배를 들어야지."

세아는 잔을 받아 들었다.

리브는 잔을 높이 들어 올렸다. "새로운 시작을 위하여."

세아도 리브와 똑같이 잔을 들었다. "새로운 시작을 위해."

샴페인이 그녀의 혀에 닿았다. 하지만 샴페인도 그녀의 기분도 어쩐지 시큼한 뒷맛을 남겼다.

"제발 본론으로 들어가면 안 될까, 응?"

개빈은 새빨간 깃털 목도리를 두르고 사슴뿔을 머리에 단 채로 성인 남자가 발휘할 수 있는 최대한의 위엄을 끌어모아 소파에 털썩 앉았다. 에이바와 어밀리아, 조조는 남자들이 '벽 작업'을 하는 동안 쌍둥이 방에서 영화를 보기로 했는데 그 전에 옷차려입기 놀이를 하자고 졸랐다. 그런데 하필 고른 영화가 〈인어공주〉였던 터라 그 바람에 아래층에서는 갑자기 토론의 장이 열려 이야기가 한참 딴 길로 새고 있었다.

"인어공주는 한 남자와 있기 위해서 말 그대로 하나의 종에서 다른 종으로 바뀌어야 했잖아." 맥이 손톱을 완전히 말리기 위해 양손을 빙글빙글 돌리며 말했다. 에이바가 크리스마스에 맞추어 그에게 초록과 빨강으로 손톱을 칠하도록 했던 것이다. "그게 어린 여자애들한테 대체 무슨 교훈을 주는데?"

"그냥 영화잖아." 그 영화를 고른 장본인인 델이 방어적으로 으르렁거렸다.

"델이 정확히 짚었어. 우리가 간과하면 안 되는 부분이지."

맬컴은 차분히 말했다. 그가 말할 때마다 그의 턱수염에 달린 조그마한 종 구슬 장식이 달랑거리며 경쾌한 소리를 냈다. "여자들이나 어린 여자애들이 현실과 환상을 구분 못 할 거라고 생각하면 안 돼. 살인 미스터리나 스릴러 소설을 읽는 남자들이 진짜 연쇄 살인마가 되지는 않을까 걱정하지 않잖아. 그런 것처럼 사랑을 찾기 위해서 인어에서 인간으로 변할 필요 따윈 없는데 여자애들이 영화 하나 때문에 그걸 모를까 봐 우리가 걱정할 필요가 있을까?"

"왜냐하면 때때로 여자애들이 그런 생각만 받아들일 때가 있으니까." 맥은 강하게 주장했다. "영화 하나가 아니야. 이건 뭐, 전부 다 그딴 영화투성이야."

모두가 동의의 표시로 말없이 고개를 끄덕였다. 러시아인이 엉덩이를 슬쩍 들더니 방귀를 뀌었다.

"맞아." 맬컴이 말했다. "우리도 여자들의 허구와 사실을 구분하는 능력을 폄하하지 않으면서 동시에 여자들의 격렬함을 찬양할 수 있는 내용을 만들고 즐길 수 있는 방법을 찾아야 돼."

"로맨스 소설처럼." 개빈이 툴툴거렸다.

맥이 한 손으로 가슴을 덮었다. "우리 아들 많이 컸구나."

"너네 아들이 지금 화가 많이 났거든." 개빈이 말했다. "점점 늦어지잖아. 이럴 시간 없다고."

러시아인이 벌떡 일어섰다. 그 역시 무언가 임박해오는 것 같은 얼굴이었다. "화장실 어디야?"

순간 "안 돼!" 하며 야유가 방 안을 가득 채웠다. 맥은 벌떡 일어나 주방으로 향했다. "개브, 저 녀석 화장실 근처에도 못 가게 해. 안 그랬다간 냄새 안 빠져서 고생깨나 할걸. 저 녀석 장에 유독성 폐기물을 넣고 다니거든."

"소화 장애가 있어서 그래." 러시아인이 말했다.

"지하실에 있는 화장실 써." 개빈이 툴툴거렸다. "그리고 넌, 내 냉장고에서 당장 떨어져."

맥은 포장용기를 하나 꺼냈다. 그는 매니큐어에 자국이 생기지 않도록 조심하면서 손가락 끝으로 뚜껑을 열었다. "이게 뭐야?"

"나도 몰라."

"먹어도 돼?"

개빈은 어깨를 으쓱했다. "그러든지. 시작하자 좀, 제발."

남자들은 모두 그를 위해 한 보따리씩 챙겨 온 책을 인정사정 없이 바닥에 우르르 쏟아냈다. 개빈은 처음 눈에 들어온 책을 집어 들었다. 웃통을 벗은 남자가 권총을 쥐고 있는 어두침침한 표지의 책이었다. "이건 대체 뭐야?"

"로맨틱 서스펜스." 델이 대답했다.

"로맨틱 서스펜스?" 그는 탐탁지 않다는 투로 따라 말했다.

"왜, 그런 거 있잖아." 맥이 주먹을 치켜들고 천장을 향해 과장된 말투로 말했다. "과연 이 남자가 섹스에 성공할 것인가? 네 얘기야, 친구. 딱이지?"

개빈은 들고 있던 책을 책 더미 위에 던졌다. "나 심각하단 말이야." 그가 투덜거렸다. "어젯밤에 엄청 진전이 있었거든. 그런

데 오늘 아침에 밴더빌트에 합격했다는 걸 알고 나서 뭔가 이상
해졌어.”

“무슨 일이 있었는지 말해봐.” 맬컴이 말했다.

개빈은 어젯밤의 데이트와 오늘 아침의 일을 간단히 말했다.

“네 이야기에서 제일 두려워하는 한중간에 들어가버렸네.”
델이 말했다. “한 걸음 나아갔다 생각했는데 두 걸음 물러나 있
는 거. 딱 책에서 그런 것처럼. 이레나가 드디어 베네딕트에게
자기 언니 얘기 털어놓은 거 기억나? 얼마나 미국으로 도망치고
싶어 했는지 말하잖아.”

개빈은 고개를 끄덕였다.

“근데 그러고 나니 자기가 뭔가 약해진 기분이 들고, 그가 떠
나고 나자 화가 나기까지 했어.”

개빈은 귀를 틀어막았다. “말하지 마! 나 아직 거기까지 안
읽었단 말이야.”

“세아가 너에게 자기 아빠에 대한 이야기를 약간이라도 털어
놨다는 건 좋은 징조이긴 하지만, 그런 진전이 그녀에게는 동시
에 무섭기도 할 거야.” 맬컴이 말했다. “그녀에게 상처가 될 이
야기를 하게 만든 거잖아. 그 성감대라는 건, 노래를 시작하기
전까진 가장 연약한 부분이거든.”

“전부한테 100만 달러씩 줄 테니까 제발 성감대라는 말 좀
쓰지 마.” 개빈이 쏘아붙였다.

“중요한 건, 어젯밤 네가 그녀의 벽을 서서히 무너뜨리기 시
작했다는 거야. 그게 그녀한테는 스스로가 발가벗겨지고 한없이

약해진 기분을 느끼게 한 거고."

"그래, 뭐, 나도 그러니까." 개빈은 조용히 인정했다.

순간 방 안에 침묵이 감돌았다.

"계속해봐, 친구." 맥이 말했다. "근데 이거 맛있다."

맬컴은 몸을 뒤로 젖혔다. "개빈, 우린 계속 그녀가 두려워하고 거부하는 게 뭔지 이야기하는 데 많은 시간을 썼어. 그럼, 네가 두려운 건 뭔데?"

"그녀를 잃는 거."

"헛소리 마." 델이 말했다.

개빈은 고개를 돌려 델을 쏘아보았다. "방금 뭐라고?"

"너무 빤한 헛소리잖아." 델이 말했다. "당연히 그녀를 잃는 게 두렵겠지. 그런 건 말 안 해도 알아. 그녀를 되찾으려는 게 단지 행복해지기 위해서라면 넌 틀렸어. 지금 관두는 게 나을 거야."

"난 단지 그런……." 그는 잠시 말문이 막혔다. "다들 뭔 소린지 모르겠는 수수께끼 같은 거 집어치우고 그게 뭔지 그냥 말해주면 안 돼?"

"델이 하려는 말은," 맬컴이 말했다. "두려움을 보이는 게 그녀만은 아니라는 얘기야. 넌 그녀에게 마음을 열어 보인 적 있어? 진심을 내보인 적이 있냐고?"

"난…… 자, 잘 모르겠어." 겨드랑이에서 땀이 솟기 시작했다.

"그럼 우리한테 마음을 여는 것부터 시작해봐." 델이 말했다. "네가 죽어도 절대 할 수 없을 것 같은 일이 뭐야? 네가 가장 두려워하는 거, 네가 절대 말하고 싶지 않은 게 뭐냐고?"

남자들이 일제히 그를 쳐다보았다.

아니야. 말할 수 없어. 그것만은 안 돼.

그는 고개를 저었다.

북클럽의 명상 전문가답지 않게 맬컴이 이례적으로 짜증 섞인 한숨을 내쉬었다. "개빈, 네가 너 스스로를 도우려하지 않으면 우리도 널 도와줄 수가 없어."

"너흰 이해 못 해. 너무 사적인 일이야."

델이 툴툴거리며 자리에서 일어섰다. "더 이상은 시간 낭비 못 해. 네가 계속 이런 식으로 나오……."

"그녀가 연기를 했어."

젠장. 이런 젠장맞을. 입 밖으로 내고 말았다. 그는 온갖 비웃음과 농담이 쏟아질 것에 대비했다.

하지만 그런 일은 일어나지 않았다. 고개를 들어보니 모두가 동정 어린 얼굴로 자신을 보고 있었다.

"그녀가 오르가슴을 느낀 척 연기했다고?" 맥이 물었다.

"그래, 이 똑똑아. 그럼 달에 착륙한 척했겠냐?"

"이런, 이런. 그건 심하다." 델이 말했다. "정말 유감이야."

"늘 연기를 했던 거야?" 맬컴이 물었다. "아니면 가끔?"

"늘." 그의 혀에 쓴맛이 맴돌았다. "내가 아는 한, 우리 결혼 생활 중에 진짜 오르가슴을 느끼게 해준 건 딱 한 번이야."

맥이 입에서 헐 소리가 새어 나왔다. "저기, 있잖아. 진짜 미안해. 섹스 어쩌고 농담했던 것들 전부……. 몰랐어. 나 진짜 멍청한 놈인가 봐."

그의 사과가 갑자기 진심으로 다가왔다. "네가 뭔 수로 알았 겠냐."

델이 조심스레 헛기침을 했다. "그럼, 그녀가 그런 척했다는 걸 네가 알았다는 뜻은……."

그의 목이 뜨거워졌다. "어느 날 밤 연기를 하지 않았는데, 그 게 너무 확실했거든."

"난 이해가 안 가는데." 맥이 말했다. "드디어 진짜 오르가슴 을 느끼게 해줬다는 이유로 널 내쫓았다고?"

개빈은 '드디어'라는 말에 발끈했다. "아니. 날 내쫓은 건 내 가 진실을 제대로 받아들이지 못해서야."

"어떻게 했는데?" 델이 지체없이 물었다.

"내가 손님방으로 옮기고 대화를 거부했어."

방 안은 마침내 그가 예상했던 반응으로 터져 나갈 것 같았 다. 남자들은 일제히 자리에서 벌떡 일어났다. 델은 주먹으로 다 른 손바닥을 치며 좌우로 서성였다. 맬컴은 종이 달랑거리는 수 염을 손으로 쓸면서 수도승처럼 기도문을 읊조리기 시작했다. 맥은 거칠게 포크질을 해서 갈색 국수를 입에다 쑤셔 넣으면서 동시에 화가 난 손가락을 개빈을 향해 뻗었다.

"이 등신아!" 마침내 델이 말했다.

"제대로 못 한 거 나도 알아." 개빈이 본능적으로 스스로를 옹호했다. "이혼하자고 한 다음에 집으로 돌아와서 사과하려고 애썼단 말이야."

"개빈, 사과할 일은 그것만이 아니야." 맬컴이 말했다. "여자들은 다른 일에 연기를 할 필요가 없으면 오르가슴을 연기하지 않아."

미치겠네. 빌어먹을 또 수수께끼로 돌아왔다. "그냥…… 그냥 말해줘. 내가 뭘 해야 하는지."

"부인이 오르가슴을 연기했다는 거에 온통 정신 팔려 있지만 말고, 네가 왜 그걸 여태 몰랐을까 네 스스로에게 물어보는 것부터 시작해."

맬컴의 말이 그의 가슴에 쿵 하고 내려앉았다.

"그래." 맥이 팔뚝으로 기름이 번들거리는 입술을 닦아내며 말했다. "그리고 네가 그 사실을 알게 됐을 때 왜 용기 있게 그녀한테 말하지 못했는지도."

"그런 다음에 광맥을 열어보는 거야." 델이 말했다. "그녀도 오르가슴에 대해 솔직하지 못했던 건 맞지만 넌 그녀에게 솔직하게 대했었어? 그녀 핑계를 댈 수도 있겠지. 네가 그녀에게 바라는 감정적인 위험 부담을 네가 똑같이 겪지 않는다면 말야."

"그녀는 너 없이 헤쳐나갈 거야, 친구." 맬컴이 말했다. "그녀한테는 계획이 있어. 목표가 있고. 그녀는 다시 학교를 다니기 시작할 거야. 그러면 널 필요로 하지 않을 거야. 너를 믿어야 할 이유를 주지 않는 이상……."

갑자기 전면 창 커튼에 노란 불빛이 비추어서 순간 모두가 입을 다물었다. 이어 여기저기서 젠장, 망했다, 소리가 웅성웅성 퍼져나갔다.

"10시까진 안 돌아온다고 하지 않았어?" 델이 소리쳤다.

"그런다고 했는데!" 개빈은 거실 바닥을 보았다. "책! 이 망할 책들 좀 숨겨."

개빈과 맥은 바닥에 주저앉아 마구잡이로 책을 주워서 쌓기 시작했다.

차의 헤드라이트가 꺼지고 다시 어두워졌다. "소파 아래로!" 개빈이 작은 소리로 외쳤다.

"손톱 아직 다 안 말랐단 말이야." 맥이 징징거렸다.

개빈은 그를 노려보고는 책들을 소파 아래로 쑤셔 넣기 시작했다. 세아의 발소리가 현관까지 다가왔다.

"쿠션 뒤에도 숨겨." 델이 작게 외쳤다.

러시아인이 방귀를 뀌더니 손을 배 위로 가져갔다. "나 또 화장실 가야 할 것 같아." 그는 지하실로 달려갔다.

현관문이 활짝 열렸다. 개빈은 마지막으로 남아 있던 책 몇 권을 담요 아래로 던지고 맥을 밀어 그 위에 앉혔다.

세아가 걸어 들어오고 뒤이어 리브가 들어오자 모든 남자들이 얼어붙었다.

개빈은 헛기침을 하며 말했다. "어, 왔어?"

세아의 시선이 집 안을 훑었다. "어……?"

개빈은 자신들이 입고 있는 옷이 생각났다. "아, 아아, 이거, 애들이 같이 이, 이, 입어보자고 해서."

"그래?" 그녀는 다시 둘러보았다. "애들은 지금 어디 있는데?"

"위층에서 자."

"그래."

맥은 소파 뒤를 들여다보고 나서 손톱을 불었다. "저기, 세아, 학교 일 축하해요!"

리브는 안으로 걸어 들어오자마자 포장 용기를 알아보았다. "누가 내 중국 요리 먹었어?"

개빈은 맥을 가리켰다.

정작 맥은 이상하리만치 그대로 굳어 있었다. 그는 눈을 동그랗게 뜨고 리브를 보고 있었다. 말 그대로 동그란 눈으로. "안녕." 그가 멍청하게 말했다. "난, 난 브레이든이에요."

리브는 당장 불이라도 쏠 것 눈으로 그를 쏘아보고는 화난 걸음으로 주방으로 들어갔다. 그녀가 지나간 자리에는 누군가 외야에서 옷을 홀딱 벗고 달려간 듯 설마 이럴 리 없다는, 믿기지 않는다는 침묵이 감돌았다.

천하의 브레이든 맥한테 눈길 한 번 주지 않고 지나간 여인이 있다니.

"이런 걸 직접 보게 될 줄이야." 맬컴이 특유의 차분한 저음으로 말했다.

"나 방금 토스트 위에 예수님 얼굴 모양으로 자국이 생긴 걸 목격한 기분이야." 뎁이 말했다.

리브는 냉장고 문을 열었다. "말도 안 돼! 당신들 내가 남겨 놓은 피자까지 먹은 거야?"

그녀는 발을 쾅쾅 구르며 지하실 쪽으로 다가갔다.

"리브, 잠깐 좀 기다렸다 가는 게······."

쾅 문을 열어젖히는 소리에 개빈의 경고가 묻히고, 다음 순간 리브의 비명이 터져 나왔다. 빠르게 위층으로 달려 올라오는 그녀의 발소리가 계단을 울렸다.

문이 활짝 열렸다. 지하실에서 달려 올라온 그녀는 헛구역질을 하면서 무섭게 소리쳤다.

"남자들. 정말. 최악이야!"

개빈은 현관을 가리켰다. "친구들, 갈 시간이야."

개빈은 그로부터 20분 동안 숨조차 쉬지 않고 있었다. 남자들이 모두 흩어지고 여자들이 각자의 방으로 들어가고 난 뒤에야 숨겨놓은 책을 꺼낼 수 있었다. 그는 책들을 쇼핑 봉투 두 개에 담아 손님방 옷장에 쑤셔 넣었다. 그런 다음에야 침대에 파고들어 손바닥으로 두 눈을 꾹 눌렀다.

정말 아슬아슬했다.

세아가 잠자리에 들 준비를 하며 움직이는 소리가 그를 그녀의 방문으로 이끌었다. 그녀가 얼굴을 씻으면서 세면대로 물이 튀는 소리, 그녀의 치아를 스치는 조용한 칫솔질 소리, 그녀가 잠옷을 꺼내고 서랍장을 닫는 소리.

'광맥을 열어.' 델이 자고 있는 조조를 어깨에 걸쳐 안은 채로 현관을 나서며 그에게 해준 말이었다.

개빈은 방문을 두드렸다.

"들어와." 잠깐 틈을 주었다가 세아가 대답했다.

그녀는 옷장 앞에 서서 잠옷을 꺼내고 있었다. 그의 심장이 욕망과 긴장으로 쿵쿵거렸다.

"어때, 흐흠, 오늘 어땠어?" 그가 문간에 선 채로 물었다.

"밴더빌트 말하는 거야? 아님 카페?"

"둘 다."

그녀는 어깨를 으쓱했다. "괜찮았어."

역시나 그랬다. 그녀는 또다시 뒤로 물러서고 있었다. '감정적으로 위험 부담을 느끼는 것'이었다. "밖에 모닥불을 피우면 어떨까 생각 중인데. 가, 같이 나갈래?"

세아는 침대를 가만히 바라보고는 다시 그를 보았다. "음……."

"책, 밖에서 읽을 수도 있고."

"뭐, 그래." 그녀는 가까스로 대답했다.

개빈이 먼저 나가 불을 피웠다. 그런 다음 뒷마당 테라스용 소파에 담요를 깔고 병맥주 두 개를 따놓고 아내를 기다렸다. 잠시 뒤 그녀는 그의 맨투맨 티셔츠에 레깅스를 입고 복슬복슬한 양말을 신은 채 밖으로 나왔다. 머리는 하나로 묶어 위로 틀어 올렸고 손에는 책이 들려 있었다.

"왔어?" 그녀의 모습에 그는 순간적으로 말문이 막혔다.

그녀는 그에게서 몇 발자국 떨어진 자리에 멈춰 섰다. "왔어."

"불이 아직 안 뜨거운데, 내가 담요 가져올게."

"그래." 그녀는 소파를 흘깃 보더니 그대로 잠시 있다가 시선을 그의 입술로 옮겨 갔다. 그녀의 눈길에 담긴 무언가가 안달이 나 있는 그에게 강렬하게 날아와 꽂혔다.

그녀는 간절한 눈빛으로 그를 보았다. 노골적이고 확실한 눈빛이었다. 숨을 내쉬는 그녀의 가슴이 힘겹게 오르내렸다. 그녀의 시선은 그의 입에 단단히 못 박혀 있었다. 그의 몸이 뜨거워지고 단단해졌다. 너무 단단해서 아플 지경이었다.

그는 목을 가다듬고 가까스로 말문을 열었다.

"날 죽일 셈이야, 세아?"

그녀가 눈을 깜빡였다. "뭐가?"

"그런 식으로 날 쳐다보는 거 그만두든지, 아님 키스해줘. 선택은 당신 몫이야. 내가 망치고 싶진 않으니까."

그녀가 눈이 커졌다가 이내 억지로 웃어 보이며 고개를 흔들었다. "엉뚱한 소리 마."

개빈은 실망을 애써 감추고 세아가 먼저 앉기를 기다렸다. 그런 다음에야 그녀 곁에 앉았다. 둘은 전에도 수십 번이나 그랬던 듯 자동으로 자세를 잡았다. 그는 돌아앉아 소파 팔걸이에 등을 기대어 그녀가 자기의 가슴에 등을 기댈 수 있도록 했다. 세아는 두 사람 다리 위로 담요를 끌어당겨 덮었다. 개빈은 한 팔로 그녀의 몸을 감싸 가까이 끌어당겼다. "편해?"

그녀는 '음 음' 소리를 내고는 머리를 그의 어깨에 기댔다. 그들은 어젯밤에 시작된 이게 과연 무언지 가늠하면서 잠시 말없이 불을 바라보았다.

"당신 생각하는 거 다 들려." 그가 말했다.

그녀는 아무 말도 하지 않았다. 개빈은 나오려는 한숨을 참았다. 그녀의 심경을 거스르는 짓을 해서 좋을 게 없을 것이다. 그는 색다른 기술을 시도했다. "이런 걸 전에 더 자주 했어야 했는데." 그가 조용히 말했다.

"그럴 만한 시간이 절대 없을 줄 알았지."

'광맥을 열어.'

"실은 있었는데 말이야. 내가 시간을 더 냈어야 했어."

순간 그녀가 숨을 멈췄다.

"야구가 우선이었어. 이제 나도 알겠어. 내가 놓친 모든 게 아쉬워. 아이들이 걸음마를 떼던 순간, 처음으로 했던 말, 애들이 아팠을 때 응급실로 달려갔던 거. 내 일이 중요하다는 이유로 합리화했었어. 하지만 당장이라도 전부 포기할 수 있어. 그렇게 해서 우리 관계를 살릴 수 있다면."

세아는 천천히 몸을 일으켜 앉아 고개를 돌려 그를 보았다. 아마 그가 진심인지 가늠하기 위해서일 것이다.

그녀는 둘 중 어느 쪽인지 언질을 주지 않았고, 이어 아무 준비도 되어 있지 않은 그에게 그녀는 입을 열었다. "우리 아버지가 다시 결혼하는 걸 엄마는 어떻게 생각하느냐고 나한테 물었던 거 기억해?"

"그럼."

"사실은, 나도 몰라. 부활절 전부터 엄마랑 연락 안 했거든."

그녀가 왜 이런 말을 하는지 그로서는 짐작도 되지 않았지만 일단 중요하다는 느낌은 들었다. "왜?"

"당신이랑 나 사이에 문제가 있다는 걸 알면 엄마가 고소해할 테니까."

그의 몸이 굳었다. "고소해한다고?"

"내가 임신했을 때, 엄만 내가 일부러 그런 건지 날 의심했었어. 그걸 노리고, 알잖아."

말도 안 돼. "나랑 결혼하려고 일부러 그랬다고?"

"응." 딱 한 마디였지만 그 안에는 사전 한 권을 채울 만큼 엄청난 양의 상처가 담겨 있었다.

"맙소사. 세아." 허구와 현실이 갑자기 뒤섞이기 시작했다.

"엄마는 내가 정말이지 자기 딸답다고 말했어." 슬픔이 밴 웃음이 새어 나왔다. "왜냐하면 엄만 일부러 날 임신했거든."

"그걸 당신한테 말했고?"

"늘 의심은 하고 있었어. 최소한 계획을 세워 놓은 게 아니라는 건 알았지. 아빠가 나를 뭐라고 불렀었냐면……." 그녀는 다시 말을 멈췄다. 개빈은 그녀가 다시 말을 할 때까지 그녀를 감싸 안은 팔에 지그시 힘을 주었다. "날 '속도위반'이라고 부르곤 했거든."

소파 팔걸이를 쥐고 있던 개빈의 손아귀에 힘이 들어갔다.

"어렸을 때는 내가 날쌔서 그렇게 부르는 거라고 생각했어. 그러다 특별한 뜻이 있는 말이라는 걸 알게 됐지."

"몇 살에 알게 됐는데?"

"아홉 살."

개빈은 어금니를 꽉 물었다. "세아, 개자식이라고 부르게 해줘." 아니, 그 개자식 집으로 당장에 차를 몰고 가 얼굴에 주먹을 날리게 해준다면 더 좋겠다.

"그럴 가치도 없는 사람이야."

"당신은 그럴 가치가 있는 사람이야."

그녀는 그가 무슨 꿍꿍이인지 그의 얼굴을 다시 한번 찬찬히 살폈다.

"당신 엄마가 했다는 말 때문이었어? 당신이 임신한 걸 알고 나서 날 피한 이유가? 나랑 결혼하려고 일부러 그랬다고 내가 생각할까 봐?"

"그런 것도 있었고." 그녀는 말하고 어깨를 으쓱했다. "또 한편으로는 그냥 단순히 무서웠어. 어렸으니까. 우리 둘 다 어렸지."

개빈은 그녀의 머리칼 사이로 손을 넣어 머리를 감싸 쥐었다. 이번만은 어떤 말을 해야 할지, '베네딕트 백작이라면?' 하고 물어볼 필요가 없었다. "당신이 임신한 건 내 인생에서 일어난 일 중 최고의 사건이었어. 그건 단지 아이들 없는 삶을 상상할 수 없어서가 아니라, 당신 없는 삶을 생각조차 할 수 없어서야."

그녀의 얼굴에 고심의 흔적이 떠올랐고, 그는 그녀 안에서 싸움이 이어지고 있다는 걸 확실히 알 수 있었다. 그를 믿고 싶은 애처로운 욕망과 그녀가 삶을 통해 배운 신랄한 현실 간의 싸움이었다. 말은 아름다웠다. 하지만 그게 그 말을 모두 믿을 수 있다는 걸 의미하지는 않는다. 그녀는 이 무너진 다리를 건너는 것이 너무나 두려웠다. 다리 너머에 무엇이 있을지 알고 있었으니까. 불확실성과 열정 그리고 즐거움. 결국 사라져버리고 말 것들이었다. 상처를 주고 말 것들.

사랑이 전부는 아니에요.

"세아, 결혼을 위해 수작을 부린 사람이 있다면, 그건 바로 나였어. 내가 당신을 궁지에 몰았던 거야."

세아의 입에서 짧은 탄식이 나오고 그대로 입을 다물지 못했다. "뭐라고?"

"다, 당신이 두려워하고 있을 때 내가 청혼했잖아. 당신이 나약해져 있을 때였어. 내가 오랜 시간 야구에 푹 빠져 있다는 걸 당신에게 확실히 알렸어야 했어. 그리고 결혼 이야기를 꺼내기 전에 당신이 적응할 시간을 줘야 했고."

그녀는 자조적인 표정으로 오른쪽 눈썹을 치켜올렸다. "난 거절할 수도 있었어. 그렇게 속수무책은 아니었다고."

"하지만 당신이 앞으로 어떤 일을 겪게 될지 모르고 있었잖아. 난 메이저리그 야구선수와 결혼하는 게 어떤 건지 알고 있었어. 하지만 당신은 몰랐지. 그런 거에 익숙해질 시간도, 이런 거에 적응할 시간 따위도 없었어."

시간이 멈추고, 그는 오롯이 그녀의 행동 하나하나에 초점을 맞추고 있었다. 그녀가 침을 삼키자 팽팽해지는 턱 근육, 그의 입술 선을 따라 움직이는 그녀의 시선, 치아 사이로 아랫입술 한쪽을 빨고 있는 모습까지.

그리고 마침내, 신이시여, 감사합니다! 마침내 잠시 주춤하던 그녀의 손이 그의 가슴 위에 내려앉았다.

그녀는 그를 향해 고개를 들었다. 그녀의 표정은 어젯밤처럼 모든 게 날것 그대로였지만 또 다른 모습이었다. 어젯밤 그녀는 스스로도 어찌할 바를 모르고 있었다. 오늘 밤, 그녀는 간절함이 담긴 눈빛으로 그를 보고 있었다. 그것은 욕망이었다.

그는 고개를 기울여 입술을 그녀의 입술 위로 가져갔다.

세아는 그에게 몸을 기댄 채 입을 열고 그를 기꺼이 받아들였다. 그는 두 팔로 그녀를 감싸 안고 무릎 위로 끌어 올렸다. 그녀의 정맥을 흐르는 피가 떨리는 그녀의 숨결 소리만 남긴 채 쿵쾅거리며 모든 걸 쓸어갔다.

이게 바로 그녀가 그와 함께 여기로 나오기를 주저했던 이유였다. 낮에 일정한 거리를 두려 했던 이유. 그가 위험한 존재인 이유. 그의 팔 안에서 그런 아름다운 말을 들은 지금, 그녀에게는 그를 밀어낼 힘이 없었다.

세상에, 왜 이런 키스를 하지 않게 된 거지? 대체 언제부터 안 했던 걸까? 그리고 왜 지금은 멈출 수가 없는 거지? 시간이 흐를수록 둘 사이에 쳐놓았던 장벽을 계속 세우고 있기가 힘들어졌다. 그런데 지금 누굴 속이려고 이러는 건데? 데이트에서 그가 눈가리개를 풀어준 다음 그녀를 미술용품점에 데리고 와주었다는 걸 그녀가 안 순간, 그들은 쓸모없는 먼지 조각들을 이미 허물어버렸다. 그녀의 몸 이곳저곳으로 기쁨의 감정이 튀어 오르자 그녀는 애초에 왜 그런 장벽을 필요로 했는지 그 이유조차 기억나지 않았다.

"오, 세아." 그는 그녀의 턱 선을 지나 목을 따라 키스하며 신음했다. 그녀는 고개를 기울여 그를 더 가까이 받아들였다. 그의 손이 그녀의 티셔츠 속으로 들어가 허리춤을 서성이다가 엄지로 그녀의 가슴 아래를 부드럽게 쓸었다. "만져도 돼?"

세아의 몸에 전율이 일었다. 승낙이었다. 그는 손가락으로 가슴을 덮은 레이스를 끌어 내리고 그녀의 단단해진 젖꼭지를 부드럽게 매만졌다. 그녀는 몸의 반응을 숨길 수가 없었다. 그녀는 입술을 떼어내고 머리를 뒤로 젖히며 신음했다. 그의 입술은 민감하게 고동치고 있는 그녀의 목에 새로운 둥지를 틀었고, 그의 손가락은 부풀어 올라 아리기까지 한 그녀의 젖가슴에 마술을 부리고 있었다. 그는 단단해진 젖꼭지를 튕기고, 둥글게 굴렸다가 다시 잡아당겼다. 그러는 내내 그의 혀는 관능적인 리듬을 타며 그녀의 입안을 드나들었다.

세아는 몸을 일으켜 앉아 티셔츠를 벗어버렸다. 부드럽게, 하지만 급박함이 느껴지는 동작으로 개빈은 브래지어 끈 아래로 손가락을 밀어 넣어 그녀의 어깨 아래로 끌어 내렸다. 얽매여 있던 그녀의 가슴이 봉긋 튀어나오고, 그녀는 손을 돌려 후크를 풀었다. 순간 차가운 공기가 닿았다가 그가 두 손으로 그녀의 맨살을 덮자 뜨거운 열기가 느껴졌다.

그녀는 신음하며 두 손으로 그의 손을 감쌌다. 그의 입술이 그녀의 입술을 점령해 약탈하는 동안 그의 손은 그녀의 가슴을 주무르면서 손가락으로 단단해진 젖꼭지를 비틀었다 튕겼다.

그때 갑자기 버터가 짖으며 뒷마당에 있는 무언가를 쫓으려 펄쩍펄쩍 뛰었다.

세아가 따귀라도 맞은 것처럼 깜짝 놀라 튀어 올랐다. 그녀는 그의 무릎에서 내려와 팔을 엇갈려 가슴을 가렸다. "세상에, 우리 뭐 하고 있는 거지?"

개빈은 불편한 듯 자세를 고쳐 앉았다. "사랑을 나누는 중?"

"너무 오래 전이잖아, 이런 식으로 한 거." 세아가 티셔츠를 다시 입으며 숨을 골랐다.

"그럼 더 해야겠네." 개빈은 받은 숨을 내쉬며 거친 목소리로 말했다. 그는 고개를 돌려 그녀를 내려다보았다. 그의 시선에 세아는 마음이 따뜻해지는만큼 두려워졌다.

"자러 가야겠어." 그녀가 말했다.

"나도 같이 가."

"아니." 세아는 고개를 젓고는 자리에서 일어섰다. "난, 난 시간이 필요해."

개빈은 일어서서 그녀 앞을 막아섰다. "날 봐."

그녀는 마지못해, 그를 보았다. 그의 눈은 말로는 전할 수 없는 질문을 담은 채 그녀를 향하고 있었다. "당신한테 너무 빠른 것 같으면 더 천천히 할 수도 있어. 어느 정도가 좋은지는 당신이 정해, 세아. 약속해. 절대 밀어붙이지 않을게."

그녀가 아무 말도 하지 않자 그는 고개를 숙여 이마를 그녀의 이마에 맞댔다. "말해줘, 세아. 제발."

"난 겁이 나, 개빈." 그게 사실인지 아닌지 생각할 겨를도 없이 말이 제멋대로 그녀의 입에서 튀어나왔다.

하지만 그는 자신의 진심을 담아 대답했다. "나도 그래."

'이러다 여기서 몇 날이고 보내겠어.' 이레나는 서재의 높은 선반을 밟으며 생각했다. 차라리 그럴 수만 있다면. 베네딕트가 떠난 지 열흘이 지났다. 그 열흘 동안 그는 에버필드에서 무슨 일이 벌어지고 있는지 알려줄 아무런 전갈도, 사람도 보내오지 않았다.

불충분한 그의 설명보다 더욱 화가 나는 것은 그의 오랜 부재에 낙담하고 있는 자기 자신이었다.

그녀는 미쳐가려는 자신을 다잡기 위해 밤이면 서재를 탐색하며 시간을 보냈다.

"무언가를 찾고 있소?"

흠칫 놀라 소리를 내며 이레나는 어둠 속에서 빙그르 돌아섰다. 서재 반대편 작은 소파 위에 베네딕트가 게으른 고양이처럼 길게 누워 있었다. 그는 둘 사이의 친근함을 말해주듯 한 손을 들어 올려 가벼운 인사를 건넸다. 스타킹을 신은 발은 팔걸이에 걸치고 어깨 뒤로는 쿠션을 받치고 있었다. 그는 재킷과 스카프도 하지 않은 채 그녀의 눈앞에 목을 그대로 드러내고 있었다.

"돌아오셨군요." 그녀는 쿵쾅대는 심장을 감추며 최대한 차분히

315

말했다.

"돌아왔소." 그는 낮고 지친 목소리로 말했다.

"도착하는 소리를 듣지 못했는데. 대체 왜 온 걸 알려주지 않은 거죠?"

"그대를 깨우고 싶지 않았소."

이레나는 맨살이 드러난 발가락을 양탄자 아래로 집어넣었다. "여기서 무얼 하고 계신 건가요?"

"아마도 그대가 하고 있는 것과 같은 것이 아닐까."

"그럼 고대 로마 마차의 기술에 대한 책을 찾고 계셨나요?"

"다행히도, 아니오."

"그럼 무얼 하고 계셨나요?"

"우리의 침실 사이를 가로막고 있는 문의 잠금 장치를 풀고 싶은 욕망을 피하고 있는 중이었소."

"저런, 그럼 전혀 다른 거군요."

그의 손이 극적인 동작으로 그의 가슴 위로 털썩 떨어졌다. "상처를 주는군, 나의 그대."

그녀의 독단적인 도덕심만이 홀로 평정을 유지하려 노력하고 있는 가운데 그녀의 입꼬리가 살짝 말려 올라갔다. "당신이 돌아온 것조차 몰랐는 걸요, 베네딕트."

"그럼 이제 알게 됐으니, 이 어둠 속에서 우리의 이 귀한 시간으로 무엇을 하면 좋겠소?" 장난기 섞인 그의 말 속에 마치 그녀에게 화가 나기라도 한 듯 어둠이 드리워 있었다. 하지만 그가 무슨 권리로 그녀에게 화를 낸단 말인가? 며칠이나 사라져 있던 사람은 바로 그였는데.

"제 책을 함께 찾아볼까요?"

베네딕트는 우아하고 유려한 동작으로 소파에서 몸을 일으켰다.
"물론이오. 이런 어둠 속에서 남편과 아내가 달리 무엇을 하겠소?"

이레나는 그의 가벼운 한 방을 무시했다.

베네딕트는 서재 사다리를 레일을 따라 방 안에서 빙 돌려 아무도
원하지 않는 책을 숨겨둘 만한 곳에서 멈췄다. 그곳은 보통 이레나가
가장 읽어보고 싶어 하는 책들이 있는 곳이었다. 그는 사다리 계단을
몇 개 밟고 올라선 다음 몸을 돌려 한 손을 뒤로 뻗었다.

"초를 좀?"

이레나는 초를 건네고는 그가 고개를 옆으로 기울여 책등을 읽는
동안 참을성 있게 기다렸다. 잠시 후, 그는 책장에서 책 한 권을 뽑았
다. 그는 초를 도로 그녀에게 건네고 사다리를 내려왔다. 돌아서며
그는 그녀에게 얇은 책 한 권을 내밀었다.

책 제목을 보고 놀란 그녀가 눈을 깜빡거렸다. 《고대 로마의 기
술》. "제가 찾던 게 바로 이 책인 거 같네요."

"잘됐군. 그럼 내가 벽난로에 불을 피울 테니 나에게 책을 읽어주
시오. 내가 깊은 잠으로 떨어져 지난 열흘을 잊을 때까지."

그녀의 등이 꼿꼿해졌다. "지난 열흘을 잊는다고요?" 그녀는 쏘아
붙였다. "저에게 남아 있으라는 명령을 한 다음 한마디 없이 사라지
셨어요. 그런데 당신이 잠이 들도록 제가 순순히 책을 읽어줄 거라고
생각했나요?"

베네딕트는 두 손으로 지친 얼굴을 천천히 쓸었다. "이레나, 제

발."

"밤이 늦었습니다, 영주님. 몹시 지치신 것 같군요. 이제 각자의
방으로 돌아가야 할 것 같습니다."

베네딕트는 손을 뻗어 그녀의 팔꿈치를 잡았다. "텅 빈 내 방에서
홀로 또 하룻밤을 보내고 싶지 않소, 이레나. 오늘 밤만은 아니오. 부
탁이오. 잠시 그저 그대의 목소리를 듣고 싶소."

그의 조용한 애원이 그녀의 굳은 결심을 흔들었다. "에버필드에서
무슨 일이 있었나요, 베네딕트? 로젠데일은 어떻고요?"

베네딕트는 힘겹게 침을 삼켰지만 아무 말도 하지 않았다.

이레나는 그의 손아귀에서 몸을 빼냈다. "영주님, 제게 영주님을
믿어달라고 계속해서 요구하셨지요. 하지만 영주님께선 저를 믿는
건 거부하시는군요. 저에게 믿음을 보이실 때까지, 우리에게 새로운
시작은 없을 겁니다."

가슴에 책을 꼭 끌어안은 채로 이레나는 문을 향해 몸을 돌렸다.
그녀가 채 열 걸음을 가기도 전에 그가 다시 입을 열었다.

"그는 떠났소. 며칠 버텼지만 상처가 너무 심했소. 할 수 있는 일
이 아무것도 없었어."

이레나는 돌아섰다. 촛불의 침침한 불빛 속에서 베네딕트의 형체
는 흔들리는 불꽃과는 아무 상관없는 그림자를 쫓았다.

"어머나, 베네딕트. 그런 일이." 이레나는 그가 서 있는 곳으로 다
가갔다. "그와 가까웠나요?"

"내 평생 그를 알았지."

그녀는 말없이 그가 더 많은 이야기를 해주기를 바라면서도 그가

말하지 않을 거라는 생각에 잠시 실망을 느끼고 있었다. 하지만 그 시간은 지나갔다. "그가 나를 키웠소." 그가 말했다.

"무슨 말이지요?"

베네딕트는 벽난로 쪽으로 빠르게 걸어가 불길을 뚫어져라 바라보았다. "그는 나에게 내 친부보다 더욱 아버지 같았던 사람이오."

"어째서요?"

그는 어깨를 으쓱했다. "아버지에게 나는 후계자일 뿐이었소. 그것만이 중요했지. 두 해 동안 보지 않은 때도 있었소. 그러고 나서 나를 봤을 때 심지어 알아보지도 못하더군."

이레나는 탄식했다. "오, 베네딕트."

그는 돌아섰다. "로젠데일에게는 아이가 없었소. 그와 부인은 아이를 갖지 못했지. 그들의 집이 곧 내 집이 되었소." 그들의 모습을 떠올리기라도 하듯 그의 얼굴에 흐릿한 미소가 번졌다. "그는 나를 어디에든 데려갔소. 영지를 다스리는 일에 대해 내가 알고 있는 모든 것은 그에게서 배운 것이오. 그리고 그의 부인 엘리자베스, 그녀는 언제나 하루를 마칠 때면 달콤한 페이스트리나 스튜를 준비해서 우리를 맞아주었지."

"그동안 당신이 어디 있는지 당신 어머니는 궁금해하지 않으셨나요?"

"나의 어머니는 대부분의 시간을 그곳에서 지내지 않았소. 그분은 런던에서 시간을 보내거나 스코틀랜드 영지에서 여름을 보내셨소. 난 명절에만 어머니를 만났소."

"베네딕트, 그건 너무 심하잖아요." 그녀는 그에게 다가섰다. "당신의 부모님은 당신을 버려두었어요." 그녀는 그에게 바짝 다가섰다. "용서할 수 없는 일이에요."

"그들이 곁에 없는 편이 나에겐 더 나았다오. 그들과 한 집에 있으면 삶이 더욱 즐겁지 않았으니까."

"어째서요? 귀족들이 사랑으로 맺어져 결혼하는 게 드물다는 건, 저도 이제 알아요. 하지만 결국은 대부분 원만한 동지애로 안정을 찾는 것 아닌가요?"

"아마 우리 부모님은 대부분의 부부보다 동지애가 부족했던 것 같소." 그는 웃음을 띤 채로 말했지만 팽팽해진 그의 턱 선은 그가 그녀에게 보이고 싶어 하는 만큼은 태연할 수 없다는 걸 드러냈다.

이레나는 손을 들어 올려 잠시 망설이다가, 그의 뺨에 손바닥을 갖다 댔다. 하루 동안 자라난 턱수염이 까칠했지만, 피부는 따뜻하고 부드러웠다. 베네딕트는 낮은 신음을 하며 눈을 감고 태양을 바라보는 한 송이 꽃처럼 그녀의 손길에 더욱 바짝 얼굴을 붙였다.

"그대가 너무나 보고 싶었소, 이레나." 그가 말했다.

"저도 보고 싶었어요." 그녀는 인정했다.

그는 탄식하며 이마를 그녀의 이마에 가깝게 낮추었다. "나는 그대의 자비 안에 있소, 이레나. 내가 그대를 처음 본 그 순간부터, 나는 반쪽짜리 인간이었소. 나머지 반쪽은 그대에게 속해버렸으니. 나의 고통을 끝내주시오, 나의 사랑, 이렇게 애원하리다. 나에게 키스해주오. 그대를 안게 해주오, 제발."

그가 바라는 위안을 허락하지 않는 것은 굶주린 자에게 음식을 주기를 거부하는 게 될 것이었다. 그녀는 자신의 입술을 그의 입술로

320

가져갔다. 처음에는 부드럽게, 하지만 이내 격렬하게. 그는 다시 한 번 신음을 뱉고는 재빨리 주도권을 가져왔다. 그는 그녀의 손에 들린 책을 빼내 바닥에 떨어뜨렸다. 그런 다음 그녀를 바닥에 눕혔다. 그녀의 열기 띤 살갗을 따라 놀리듯 짓궂게 움직이던 그의 입술은 그녀의 턱에서부터 목을 따라가다 숨결에 들썩이는 그녀의 가슴에 다다랐다. 옆으로 타고 올라간 그의 손은 그녀의 옷을 끌어 올려 다리를 드러나게 했고 더 멀리 뻗어 올라간 손가락은 가슴 아래를 부드럽게 스쳤다. 그의 손길에 대한 간절함에 그녀는 활처럼 몸을 휘고 입술로는 열렬히 애원했다. 하지만 무엇을 위한 애원인지, 그녀는 알지 못했다.

"나의 사랑." 그가 속삭였다. "그대를 만져도 되겠소?"

"네." 그녀는 신음했다. "어서요."

19

"어떻게 돼가, 언니?"

세아는 붓을 떨어뜨리고 휙 돌아섰다. 얼굴이 발그레했다.

"뭐가?"

아흐레가 지났고, 그들은 알렉시스의 카페에 있었다. 세아는 제빵 카운터 뒤 벽돌 장식이 드러난 벽에 식당 로고를 그리고 있는 중이었다. 물론 공짜가 아니었다. 그녀는 이 일로 돈을 받게 될 것이다. 화가로서 처음으로 돈을 받고 하는 작업이었다.

리브는 들고 있던 커다란 화병을 제일 가까이에 있는 탁자 위에 소리 나게 올려놓고 팔짱을 꼈다. "좋아, 거기까지. 대체 무슨 일이 있었던 거야?"

"무슨 소리야?"

"완전 정신 팔려서 불안해하고 있잖아. 일주일 내내 나를 피하고, 여기 온 뒤로도 거의 한마디도 안 하고 있거든. 어디가 가려워서 어쩔 줄 모르는 사람처럼 왜 그래?"

"난 아무렇지도 않아." 그녀는 거짓말을 했다. 세아는 사실 리브를 피하고 있었다. 그걸 부정할 생각은 없었다. 하지만 바로 이런 것 때문이었다. 그녀의 동생은 언제나 그녀를 꿰뚫어 보는 데다가 그녀는 지금 동생의 삐딱함이 아니더라도 충분히 곤란한 상황이었다. 모닥불을 피웠던 날 밤, 그녀와 개빈 사이에 뭔가 엄청난 일이 벌어졌고, 이후로 두 사람 사이에 모든 게 달라졌다. 그들은 매일매일 더 가까워졌으며 마지막 다리를 건너기 직전까지 갔지만 늘 거기서 멈췄다.

하지만 내일 밤은 야구 팀의 크리스마스 파티가 있다. 그와 단둘이 호텔에서 밤을 보내야만 하는 날이다. 그리고 그게 무얼 뜻하는지 두 사람 모두 알고 있었다.

아, 이 얼마나 교묘한 일인가. 리브는 언제나 그녀가 믿어온 유일한 사람이었다. 그런데 지금은 다시 전처럼 연기를 하고 있었다. 리브를 상대로.

리브가 갑자기 뒤에서 웃기 시작했다. 정말 웃겨서 하하하 소리 내어 웃는 게 아니라 한 시간 전에 들은 농담의 속뜻을 갑자기 알아들은 것처럼 기분 나쁘게 키득거렸다. "완전 어이없다." 그녀가 코웃음을 쳤다.

세아가 돌아보았다. "뭐?"

"믿을 수가 없네. 내가 그 신호들을 놓치다니, 완전 어이없어." 리브는 또다시 웃었다.

"무슨 뜻인지 내가 스스로 깨달을 때까지 두고 볼 거니?"

"당연하지." 리브는 팔짱을 끼며 입을 활짝 벌리고 웃었다. "완전 몸이 달았군."

뜨거운 열기가 세아의 목을 타고 올라왔다. "닥쳐."

주방으로 난 문이 빙글 열리더니 안에서 알렉시스가 나왔다. 비프케이크라는 이름의 고양이가 그녀의 발꿈치에서 따라왔다. "누가 몸이 달아?"

"내가 미쳐. 그런 사람 없어." 세아는 다시 벽화 작업으로 돌아갔다.

"인정하시지. 맞잖아. 그 인간이 밤마다 찾아가는 거 내가 다 알거든. 언니의 그 침실로 말이야." 그녀는 마지막 말을 들어주기 힘든 영국 억양을 써가며 말했다. "그게 언니한테 먹히기 시작했군. 언니 네가 이렇게 몸이 달아 있으면 그 인간 입지가 어떻게 될지 생각해봐. 제대로 처신하라고. 지금쯤 원시 상태일걸. 장담하는데 손님방 이불이 그 인간만큼이나 뻣뻣해져 있을 거라고."

"우엑, 리브!" 세아가 캑캑거렸다.

리브는 살랑거리며 춤을 추기 시작했다. "몸 달았대요, 몸 달았대요. 인정하세요. 몸 달았대요."

세아는 붓을 병에 꽂아 넣고 홱 돌아섰다. "그래, 나 몸 달았다. 근데 왜 그러면 안 되는데? 너 내 남편 본 적 없니? 소방관 달력에 있는 남자들이 걸어 다니는 것 같다고. 웃통 까고 있는 소방관들 말이야. 하루하루가 매달 다른 달력을 보는 것 같아. 웃통 까고 개랑 있는 거, 웃통 까고 애들이랑 있는 거, 웃통 까고 벽 작업 하는 거, 웃통 까고 책 읽는 거."

알렉시스가 고개를 휘휘 저었다. "워, 대체 이게 다 무슨 일이래요."

리브는 팔짱을 끼고 눈썹을 치켜올렸다. "그래, 언니 남편 몸이 좀 괜찮긴 하지."

"괜찮아? 괜찮다고? 그 사람 트레이너가 새로 코어 훈련을 시켰는데, 너 남자들 허리께 위에 살짝 브이 라인처럼 생기는 거 알지?" 세아는 자기 골반 양쪽 위아래를 손으로 가리켰다.

"어, 어……."

"내 말은, 개빈은 늘 그게 있었는데, 지금은 진짜 그게 제대로 있어. 게다가 그 턱수염하며! 세상에, 리브, 너 그 사람이 오늘 아침에 나가면서 어떻게 한 줄 알아? 몸을 기울였어. 내 말 뭔지 알아들어? 그 왜 남자가 가까이 오는 거, 내 양옆으로 손을 받치고 서서 나한테 키스하려고 몸을 기울였다고. 그 사람 때문에 나 미치겠다고!"

리브의 킬킬거림이 죽어가는 수탉 소리처럼 들렸다. "그럼 확 자버려. 몸이나 이용해먹고 차버리라고."

알렉시스가 헛기침을 했다. "저기, 정확히 누구 말하고 있는 거야?"

리브와 세아는 동시에 말했다.

"내 남편."

"언니 남편."

알렉시스는 고개를 갸우뚱 기울였다. "언니가 남편이랑 섹스하는 걸 동생한테 허락을 받아야 돼?"

그들의 대답이 또 동시에 터져 나왔다.

"아니." 세아가 으르렁거렸다.

"당연하지." 리브는 웃었다.

야옹. 고양이 비프케이크였다.

"개빈이랑 나랑…… 문제가 좀 있어." 세아가 뺨을 붉히며 설명했다.

"문제가 좀 있어?" 리브가 비아냥거렸다. "이제는 그걸 그렇게 표현하시겠다?" 리브는 알렉시스를 보았다. "3주 전만 해도 이혼할 준비가 다 돼 있었어. 그런데 그 인간이 달콤한 말로 구워삶아서는 다시 집으로 돌아올 수 있는 기회를 얻었다니까."

"그 사람, 우리 결혼 생활을 다시 살리려고 애쓰고 있어." 어라, 이거 봐라. 그녀는 이제 그를 변호하고 있었다. 세상의 축이 방향을 바꾸었다.

리브의 웃음이 수그러들었다. "잠깐만. 지금 혹시…… 진심으로 다시 받아줄 생각을 하고 있는 거야?"

세아는 벽화 쪽으로 돌아섰다.

"언니, 진심으로 이러는 거 아니지?"

세아는 비난조의 대답을 참고 있다가 그냥 뱉었다. "왜 안 되는데?"

"그야 지금 언니가 딱 형부가 바라는 대로 하고 있으니까. 어떻게 해야 언니를 얻는지 줄곧 알고 있던 거야. 이게 형부 방식이지. 프로 운동선수니까."

세아는 다시 홱 돌아섰다. "대체 그게 이거랑 무슨 상관인데?"

"그 사람은 타고난 경쟁자야. 그 사람한테 언니는 그냥 게임일 뿐이라고."

"미치겠네. 대단히 고맙다."

리브는 손가락 하나를 들어 올리며 말에 힘을 주었다. "이기게 두면 안 돼."

알렉시스가 심판처럼 두 사람 사이에 다가섰다. "저기, 내가 와인 한 병을 딸 테니까, 우리 자매로서, 친구로서 이야길 좀 해 보면 어떨……."

"난 언니 지지하지도 않을 거고, 언니가 또다시 상처받게 두지도 않을 거야." 리브가 말을 잘랐다.

냉기와 열기 그리고 분노의 감정이 동시에 세아에게 휘몰아쳤다. "리브, 난 널 사랑해. 하지만 어떤 게 나한테 최선일지 판단하는 내 능력을 네가 과소평가하는 것 같아."

"전력이 그다지 좋다고는 못 할걸."

알렉시스가 조용히 입을 열었다. "리브, 가장 친한 친구로서이 말은 해야겠어. 너 지금 언니한테 하는 행동, 별로 좋아 보이지 않아. 사람 관계라는 게 복잡한 거잖아. 기대감을 낮추면 상황이 좋아질 수도 있어. 이 일은 네가 언니를 지지해주면 안 될까?"

리브의 얼굴이 배신감으로 얼룩지고, 그 모습이 세아의 가슴을 세게 쳤다.

"아니, 난 못 해." 리브는 들어오며 의자에 던져두었던 코트를 집어 들었다. "엄마라면 그래줄지도 모르지. 언닌 누가 뭐래도 엄마 딸이니까."

이레나와 베네딕트는. 그것을. 하고. 있었다.

개빈은 아이들을 재우고 나서 다음 장면을 이어서 읽으려고 했지만, 이건 정말이지, 와우! 본격적인 섹스 장면이 시작되려 하자 아무 생각이 없어졌다. 게다가 그저 그런 섹스 장면이 아니었다. 추잡함과 음란함 그 자체였던 것이다. 그 시절에도 실제로 이런 짓거리들을 했다고?

당연히 했지. 암, 하다마다. '현란한 손기술 백작'이 대답했다. 입으로 하는 애무가 20세기나 들어서야 백인 서구 문명에서 발달했을 거라고 생각한 건 아니지?

뭐든 간에, 개빈의 머릿속에는 마침내 그들이 하게 됐다는 그 생각뿐이었다.

그는 책을 읽다 발기를 하고 말았다. '책발'이 된 것이다.

그는 소파 위에서 불편한 듯이 자세를 바꾼 다음 그 장면을 다시 읽었다.

베네딕트는 그녀의 치마 속으로 얼굴을 디밀었다. 이레나는 숨을 헐떡이고 있었다. 신음하고 있었다. 베네딕트는 손가락 두 개를 그녀의 안으로 집어넣었다. 안으로 밖으로. 이윽고 그의 혀가 그녀의 안으로 들어가고…….

후, 미치겠네, 혹시 기회가 생기면 세아에게 반드시 이렇게 해줘야겠다고 생각하며 이레나의 모습에 세아를 대입시키자마자, 오, 안 돼, 이건 너무하잖아!

"내 말 들어요, 내 사랑." 베네딕트는 그녀의 귀에 속삭였다. "우리가 이렇게 함께 있을 땐, 그대가 나의 책임자요. 우리가 이렇게 함께 있을 때, 난 그대의 쾌락만을 위해 임하리다."

결국 개빈은 항복했다. 그가 욱신거리기까지 하는 자신의 그곳에 손을 가져가 문지르는 순간…….

갑자기 현관문이 벌컥 열렸다. 개빈은 컴퓨터로 포르노를 보다 걸린 십 대 남자애처럼 펄쩍 튀었다. 공중으로 날아오른 책을 그는 가까스로 낚아채 세아가 돌진해 들어오기 직전에 소파 쿠션 뒤로 쑤셔 넣었다.

"왔어?" 그는 목소리를 쥐어짰다. "후, 대체 무슨 일……."

세아는 티셔츠를 벗어 던지고 그의 무릎 위로 다리를 벌리고 올라앉아 그의 목에 보물이라도 묻힌 것처럼 그에게 키스를 퍼부었다. 그는 얼어붙은 자세로 그녀의 공격을 즐기고 있다가 숨이 막힐 지경이 되자 말을 했다. "자기야." 그는 뒤로 물러서며 숨을 헐떡였다. "지금 이, 이, 이러는 거에 절대 반대하는 건 아니지만, 대체 무슨 일이야?"

세아가 몸을 일으켰다. "등 대고 누워."

개빈은 소파 위에 납작하게 누워 두 다리는 천장으로 들어 올렸다. 세아는 그의 앞에 선 자세로 브래지어를 풀었다. 그걸 그녀가 방구석으로 날리는 걸 따라가던 그의 시선이 그대로 그녀의 가슴으로 돌아와 꽂혔다. 하지만 바지 단추를 풀고 지퍼를 내리고 있는 그녀의 손가락에 튄 물감 자국을 보고 다시 그의 정신이 흐트러졌다. 그녀가 바지를 벗고 엉덩이 아래로 팬티를 내리는 걸 보며 그는 숨 쉬는 걸 잊었다. 그녀의 벗은 모습에 그는 신음하며 무슨 신인지는 모르겠지만 이게 꿈이거나 책 보고 발기하다 생기는 일종의 정신병이 아니게 해달라고 기도했다. 정말 그럴 수도 있을 것 같았다. 나중에 녀석들에게 물어봐야 할지도 모르겠다.

하지만 이건 꿈이 아니었다. 세아가 홀딱 벗은 채로 몸을 앞으로 숙이고 그의 청바지를 벗기려 하고 있었다. 그는 그녀를 멈춰 세웠다. "우, 우리 지금 뭐 하는 거야, 세아?"

"설마 몰라서 묻는 거야?"

"난 당신이 그 마, 말을 했으면 좋겠어."

"무슨 말?" 그녀는 그의 배꼽 주변을 따라 핥았다. 그의 엉덩이가 순간적으로 움찔하며 튀어 올랐다.

"이걸 원한다고 말해줘." 그는 간신히 말을 뱉었다. "이걸 할 준비가 됐다고."

세아의 손은 그의 청바지 안으로 들어왔고, 그녀는 그의 성기를 손가락으로 감싸 쥐었다. "준비됐어, 개빈."

그의 목소리는 거의 찢어질 것 같았다. "정말 감사합니다!"

그는 살면서 그렇게 빨리 옷을 벗어본 적이 없었다. 세아는 다시 한번 그의 가슴을 밀며 누우라고 말했다. 그는 시키는 대로 했다. 동시에 그녀를 향해 손을 뻗었다.

세아는 그의 무릎 위로 다리를 벌리고 앉아 앞뒤로 움직였다. 그가 너무 넣고 싶어서 미쳐버리는 게 아닐까 생각할 때까지. 그리고 마침내, 오, 신이시여, 마침내, 그녀는 상체를 들어 올렸다가 그에게 몸을 밀착시켰고, 그를 그녀의 안으로 미끄러져 들어오도록 이끌었다.

아, 그래, 이거야! 개빈은 쿠션으로 고개를 젖혔다. 그가 그녀의 안으로 곧게 뻗어 들어가고, 그녀 안을 꽉 채우자 두 사람의 신음이 뒤섞이다 하나가 되었다. 고개를 들어보니 그녀가 고개를 뒤로 젖힌 채 눈을 감고 있었다.

"날 봐, 세아." 그가 말했다.

그녀는 눈을 뜨고 그를 내려다보았다.

"당신이 책임자야." 그가 말했다. 말도 안 돼, 책에서 본 걸 이렇게 바로 써먹을 줄 누가 알았을까. "우리가 이렇게 함께할 때면, 나, 난 당신에게 맡길게. 당신 쾌락을 위해서만 임할 거야."

그녀가 연거푸 눈을 깜빡거렸다. "뭐?"

"당신은 어디를 만지면 좋을지 그것만 말해주면 돼. 어떤 식으로 만져야 하는지."

세아는 두 사람의 몸이 합쳐진 곳으로 그의 손을 끌었다. "난 있잖아……."

"뭔데? 말만 해."

"난 당신이 내 안에 들어와 있을 때 여길 만져줬음 좋겠어."

개빈은 그녀의 부풀어 오른 음핵에 엄지손가락을 갖다 댔다.

그거라면 할 수 있었다. 좀 전에 '할짝할짝 백작'으로부터 몇 가지를 배운 터였다. "이렇게?"

세아는 말을 못 할 정도로 헐떡이면서 고개를 끄덕였다. 그녀는 그의 어깨를 잡았는데, 손가락이 너무 파고들어 아플 정도였다. 그녀는 엉덩이를 앞뒤로 움직이며 그를 제대로 타고 있었다. 그는 엄지로 그녀의 그곳을 애무하면서 다른 한 손으로는 그녀의 엉덩이를 움켜잡았다.

그녀의 움직임이 빨라졌다. 그는 그녀의 안으로 파고들었다. 그녀는 견딜 수 없다는 듯 신음을 뱉어냈다.

세상에. 이게 지금 정말 일어나고 있는 일이란 말인가?

"개빈." 그녀는 헐떡거렸다. "아, 좋아……."

"그거야, 자기야. 잘하고 있어."

"아, 너무 좋아……."

"바로 그거야, 세아. 할 수 있어."

그녀는 머리를 치켜들더니 손으로 자기 가슴을 움켜잡았고, 와우, 그는 자기 욕구를 진정시키지 못했으면 이 순간을 망쳤을 것이다.

"할 수 있어, 자기야……."

그녀가 손으로 그의 입을 막아버렸다. "그 응원하는 것 좀 그만할래? 무슨 야구 연습하는 것처럼?"

"미안해." 그가 웅얼거렸다. 그녀가 그의 어깨에 다시 슬며시 손을 얹었다. "미안해, 자기야. 난 그냥 힘을 주고 싶어서. 젠장, 자기 정말 섹시해."

"말 좀 그만해." 세아는 다시 머리를 뒤로 젖혔다. 그녀는 자기 리듬을 다시 찾아 빠르고 거칠게 움직였다. 하지만 뭔가가 달랐다. 세아는 개빈의 어깨에 양손을 얹었다.

"저기, 자기야……."

"어쩌면…… 어쩌면 자세를 바꾸면 될지도 몰라."

그 순간 개빈은 짐승 같은 괴력을 발휘해 부인을 안아 단번에 바닥으로 돌려 눕힐 수 있는 능력이 프로 운동선수의 특권이라는 걸 깨달았다. 그녀는 다리를 들어 그의 허리를 감았다. 그는 그녀의 안에서 힘껏 움직였다. 그의 이마와 등에 땀이 배어 나왔다.

"개빈." 그녀는 양팔을 바닥으로 떨어뜨리며 말했다. 그녀의 목소리에는 이미 글렀다는 체념의 분위기가 묻어났다.

아니야. 아니, 아니, 아니야! 개빈은 몸을 숙여 그녀의 젖꼭지를 입에 물었다.

"개빈, 그만. 그게…… 안 될 것 같아."

개빈은 아직 그녀 안에 머문 채로 움직임을 멈췄다. "자기야, 거의 될 뻔했잖아. 어떡하면 될 것 같은지 말만 해."

"미안해."

떨림이 느껴지는 그녀의 목소리에 그는 몸을 세웠다. 그녀의 눈가에 반짝이는 눈물을 보자 그의 온몸이 얼어붙었다. "미안해, 개빈. 이게 다 무슨 일인지 모르겠어. 대체 뭐가 잘못된 건지도."

"자기야, 그런 소리 마. 괜찮아." 그는 끙 소리를 내며 그녀에게서 몸을 뺐다. 으윽, 너무 아팠다. "우리가 너, 너무 성급했어.

그래서 그런 거야. 좀 더 천천히 나갔어야 했는데."

"이번 주 내내 충분히 천천히 했잖아!" 세아는 그를 밀쳐내고 벌떡 일어섰다.

개빈은 손으로 얼굴을 비비며 '욕쟁이 백작'이 그에게 할 법한 욕지거리를 속으로 중얼거렸다. 상사병에 걸린 약쟁이 소년의 고환 같은 놈!

그는 애써 침착한 목소리로 말했다. "나한테 말만 해, 세아. 내가 뭘 잘못하고 있는지 말해줘."

"나도 모르겠어." 세아는 거친 동작으로 티셔츠를 입고는 청바지를 찾았다.

"그냥 나한테 말해봐."

세아는 청바지를 입었다. "무슨 말을 해야 할지 나도 몰라! 뭐가 잘못된 건지도 모르겠다고! 당신은 그냥 손가락 탁 튕겨서는 '이리 와, 자기야' 하면 다 되는 줄 알지? 미쳐, 남자들은 대체 왜 그래? 당신들은 그저 자기 거시기가 단단해져 있으니까 우리 여자들이 품으로 굴러들어 가서 포르노 배우처럼 신음해야 한다고 생각하는 거야?"

침착해, 친구. 주워 담을 수 없는 말은 하지 마.

굴욕감을 느낀 개빈은 '마법의 거시기 백작'의 얼굴 한가운데에 거칠게 한 방을 날렸다. 개빈은 벌떡 일어섰다. "당신은 그렇게 해왔었지, 세아. 매번. 당신의 연기력 덕에 난 내가 침대에서 왕이라도 되는 줄 알고 있었어." 그는 손으로 머리 뒤를 쓸어내렸다. "말해봐, 세아, 나랑만 그런 거였어? 당신이 한 번도 오르가슴을 느끼지 못하게 한 남자가 나뿐이었냐고?"

"어떻게 감히 다른 남자 얘길 꺼내? 당신 전에 남자 친구라고는 딱 두 명밖에 없었어. 그래 궁금하다니 말해주는데, 당신이 상관할 바는 아니지만, 그래, 맞아. 그 남자들하고는 가끔 오르가슴을 느꼈지."

그녀가 인정하자 그는 숨이 멎을 것 같았다. "왜 나한테 말해주지 않았어?"

"왜 몰랐는데?"

"난 독심술 같은 거 할 줄 모르니까. 이런 문제는 우, 우리가 마음을 열고 솔직하게 말해야 돼."

"어떤 일이든 마음 열고 솔직하게 말하는 거, 우리 안 한 지 아주 오래 됐어, 개빈."

개빈은 자기 옷을 찾아 서둘러 입었다. "당신은 우리 사이가 끔찍했던 것처럼 말하는데, 세아, 그렇지 않았어."

"당신이 최고로 생각하는 기준은 겨우 그 정도야? 끔찍하지 않으면 되는 거? 당신, 정말로 그날 밤 이전으로 돌아가는 게 낫다고 생각하는 거야?"

"지금보다는 나을 것 같은데."

그녀의 얼굴이 흙빛이 되었다. "그게 내가 두려워하는 거야, 개빈. 연기하는 방법은 많아. 그 모든 걸 털어놓고 싶은 사람은 나뿐이라는 거지."

"그게 대체 다 무슨 소리야?"

"당신은 내가 연기해왔다는 걸 절대 몰랐길 바라는 게 아닐까, 가끔 그런 생각이 든다는 소리야."

"그런 거 아니야."

"젠장, 개빈! 나한테 솔직해져봐!"

개빈은 주먹을 꽉 말아 쥐었다. "내가 솔직해지길 바라? 좋아. 그래, 까짓것. 내 아내가 우리 결혼 생활 내내 그 오랜 시간 동안 내게 불쌍해서 섹스를 해준 것처럼 구는데, 그걸 몰랐으면 얼마나 좋았을까 싶어."

이런, 한쪽에 쏠린 고환 같은 벌레 녀석, 구린내를 풍기는구먼. 그 건 너무 심했어, 친구. 이번엔 나도 못 거들어주겠어.

"불쌍해서 섹스를 해줘?" 세아는 그에게 따귀라도 맞은 것처럼 뒤로 주춤 물러섰다. "그게 누구한테 더 모욕인지 모르겠지만, 개빈, 당신일까 나일까. 하지만 내 몸은 자선 물품이 아니야. 난 원하지 않으면 누구와도 하지 않아. 설령 내 남편일지라도."

후회가 시큼하게 그의 입안을 적셨다. "그게 아니라…… 내 말은 그게 아니야, 세아."

세아는 고개를 가로저으며 슬픈 어조로 말했다. "나 상처받았어, 개빈." 그 말이 개빈의 가슴을 쳤다.

개빈의 가슴 역시 무너져 내렸다. 그는 방을 가로질러 가 그녀의 어깨를 잡았다. "내가 다시 고쳐볼게."

"난 원래대로 못 돌아가, 개빈. 이전의 내 모습으로는."

"그건 나도 바라지 않아. 난 앞으로 나아가고 싶어."

그녀는 팔짱을 꼈다. "당신을 믿을 수 있을지 모르겠어."

개빈은 돌아서서 문 옆 장식장으로 성큼성큼 걸어갔다. 그는 열쇠꾸러미와 지갑을 들고 거칠게 신발을 발에 꿰었다.

"어디 가는 거야?" 세아가 숨을 죽이고 물었다.

"머리 좀 식혀야겠어."

"집 나가는 거야?"

그는 문을 벌컥 열고 거칠게 뛰어나갔다.

20

개빈은 곧장 동네 야구장으로 차를 몰았다. 당장에라도 공원으로 가 손바닥에 피가 날 때까지, 그래서 그 통증에 그의 가슴에서 흐르는 피와 벌어진 상처가 덮일 때까지 공을 치려고 했다.

그는 차를 다이아몬드 모양 야구장 앞에 있는 타격 연습장 앞에 대고 헤드라이트를 켜두었다. 그는 트렁크에서 더플백을 꺼냈다. 그 안에는 야구방망이 한 자루와 열 개 남짓한 야구공이 늘 굴러다녔다.

그는 힘껏 가방을 던져 울타리 뒤로 넘겼다. 그런 다음 뒤에서부터 달려와 쉽게 울타리를 타고 가뿐하게 반대편으로 넘어갔다. 혹시라도 걸리면, 그딴 건 상관없다. 무슨 일이 생기려나? 딱지라도 끊나? 체포라도 하나? 차라리 감옥이 나을지도 모르겠다.

개빈은 첫 번째 공과 방망이를 꺼냈다. 그는 공을 공중에 띄우고 방망이를 휘둘렀다. 공과 딱 맞아떨어진 방망이에서는 만족스러운 '깡' 소리가 났고, 공은 맞은편 그물망으로 날아가 꽂혔다.

두 번째 공이 날아갔다. 이어 세 번째. 개빈은 소매를 걷어붙였다. '나 상처받았어, 개빈.' 네 번째 공이 타격장 끝으로 날아가 친구들과 합류했다.

'당신을 믿을 수 있을지 모르겠어.' 다섯 번째 공은 너무 힘껏 친 탓에 곧바로 바닥에 튕겨 되돌아왔고 그는 다시 한번 공을 치며 외쳤다. "꺼져!"

그 느낌이 괜찮아 그는 여섯 번째 공을 치며 똑같이 했다. 일곱 번째 공, 그는 욕을 멈추고 세아에게 하고픈 말을 하기 시작했다.

"당신도 나 상처 줬어." 그는 투덜거렸다. 이어서 깡, 공이 그물망을 향해 날아갔다. "당신만 상처받은 거 아니라고."

여덟 번째 공이 날아갔다. "당신이 날 내쫓았잖아!"

아홉 번째 공이 철망을 쳤다. "그게 어떤 기분인지나 알아?"

열 번째 공은 그물망을 찢을 뻔했다. "대체 날더러 어쩌라는 거야!"

어둠 속에서 거들먹거리는 영국식 억양의 목소리가 대답했다.

그녀를 쟁취하라는 거지 뭐겠어.

열한 번째 공이 타격장 망에 구멍을 뚫을 뻔했다. "나한테 나가라고 했다니까!"

자넬 시험하는 거였어.

"헛소리 하지 마." 열두 번째 공에 그의 방망이가 부러질 것 같았다.

왜 손님방으로 옮긴 거지?

개빈은 쿵쿵거리며 그물망으로 다가가 다시 공을 주워 던지기 시작했다.

질문을 피하시겠다, 그렇군.

"너한테 대답 안 해, '가슴 털 백작' 놈아." 그는 방망이를 다시 집어 들었다.

그녀를 벌하고 싶었던 거잖아.

"그녀는 나한테 3년이나 거짓말을 했어." 개빈은 공을 치며 으르렁거렸다.

하지만 그것 때문에 벌하려던 건 아니었을 텐데.

깡, 공 하나 추가.

자넨 그녀가 결혼의 장밋빛 막을 찢어버려서 그녀를 벌한 거잖아.

"헛소리."

자네가 대면하고 싶지 않았던 무언가를 직면하게 했기 때문에 말이지.

"꺼져."

왜냐하면 자넨 진실이 두려웠으니까.

"꺼지라고!"

개빈은 방망이를 내던지고 타격장 다른 쪽으로 공을 주워 던지기 시작했다. 공이 바닥 나 더 이상 던지고 칠 공이 없어질 때까지 던지고 또 던졌다. 숨을 헐떡이고 땀을 흘리면서 그는 허리를 굽혀 손으로 무릎을 짚었다.

세아가 옳았다. '쫄쫄이 바지 백작' 말이 옳았다. 그 망할 북클럽 녀석들 말이 전부 옳았다.

그는 연기를 하고 있었다. 그날 밤, 일이 벌어지기 몇 달 전부터 그는 아닌 척 연기를 하고 있었다. 명백히 아닌데도 불구하고 둘 사이에 모든 게 괜찮은 척했다. 진실을 대면하기보다는 그 편이 쉬웠으니까. 그들 사이가 멀어지고 있다는 진실, 그가 그녀를 잃어가고 있다는 진실. 그리고 그는 여전히 아닌 척하며, 한 권의 책과 로맨틱한 키스 그리고 몇 번의 데이트만으로 그녀를 되돌릴 수 있고, 뭐가 망가졌는지 제대로 마주하지 않고도 모든 걸 고칠 수 있을 거라고 생각했다. 왜냐하면 그 편이 쉬우니까.

왜냐하면 그렇게 하면 그는 아무것도 할 필요가 없으니까.

마음을 들여다볼 필요도 없다. 자신의 행동을 되돌아볼 필요도 없다. 지금 그의 가슴을 휘젓고 있는 상처로 얼룩진 불편한 통찰 따위 필요 없다.

'그녀는 다시 학교를 다니기 시작할 거야. 그러면 널 필요로 하지 않을 거야. 너를 믿어야 할 이유를 주지 않는 이상…….'

개빈은 공을 주워 다시 가방 안에 담았다. 그는 먼지와 땀으로 뒤범벅이 되었고, 셔츠 한쪽 팔꿈치가 찢어져 있었다. 그는 주차장에서 황급히 차를 돌려 출발시켰다.

그가 집 주차진입로에 들어섰을 때 집 안은 캄캄했다. 현관등도 꺼져 있었다. 텔레비전의 푸르스름한 빛도 새어 나오지 않았다. 침실 커튼 뒤로 일렁이는 따뜻한 노란 불빛도 없었다. 개빈은 쿵쿵 발소리를 내며 현관으로 뛰어 올라가 문을 열었다.

개빈은 한 번에 두 계단씩 뛰어 위층으로 올라갔다. 그녀의 방문은 닫혀 있었다. 잠겨 있는 거라면 그는 완전히 망한 것이다. 그는 방문 손잡이를 잡았다. 방문에 이마를 지그시 기댔다.

제발, 열려 있어라.

그의 손 안에서 손잡이가 돌아갔다.

신이시여, 겁나 감사합니다!

방 안은 깜깜했지만 그는 침대 위에 있는 두 개의 형체를 알아볼 수 있었다. 하나는 큰 덩치에 북슬북슬한 꼬리를 가진 녀석이었는데, 개빈의 차지였던 자리에서 지나치게 편안해하고 있었다. 두꺼운 이불 아래 숨어 있던 다른 하나는 그의 침입에 재빨리 몸을 돌렸다.

"나, 나 왔어." 그가 담담히 말했다.

"그래." 그녀는 작은 소리로 대답했다.

개빈은 버터를 향해 손가락으로 딱딱 소리를 냈고, 버터는 한숨을 쉬며 침대 발치로 내려왔다.

그래, 내려오라고 좀. 넌 적어도 그녀랑 같은 침대에서 자게 될 거잖아.

세아는 뭐라고 할 기세로 일어나 앉았다.

"당신한테 말할 게 있어." 그가 그녀의 말을 막고 먼저 말을 했다.

"개빈, 나 이러는 거 지쳐. 못 하겠다고."

그는 침대 주위를 돌아 그녀 쪽으로 가 무릎을 꿇었다. "내, 내가 고등학생 때, 어떤 여자애를 너무 좋아했어. 예쁘고 인기도 많았지. 그러다 내가 최대한 용기를 내서 데이트 신청을 했는데, 그 애가 날 비웃더라고. 내가 말을 더듬는다면서 면전에 대고 놀리면서."

"개빈, 정말 안됐어. 그치만……."

"그런데 그게 끝이 아니었어. 한 일주일 정도 지났을까, 목록 하나가 학교 안에 돌아다니기 시작했어. 최고 열 명으로 뽑힌 우리 학교……." 그는 말을 멈추었다. 다시 생각난 수치스러움에 그 증오를 씻어 내리려 침을 삼켰다. "동정표 섹스 상대남. 내가 1번이었어. 그 여자애가 뒤에서 꾸민 일이었고."

세아는 관자놀이를 문질렀다.

"세아, 난 한 번도 섹스에 자신 있었던 적이 없어. 난…… 난 뒤늦게 깬 편이고, 대학에 가기 전까지 총각이었어. 그리고 언제나……." 그는 떨리는 숨을 훅 들이마셨다. "그리고 언제나 이 결혼을 나 혼자 사랑해서 한 거라는 두려움이 있었어."

"개빈." 그녀는 부드러운 눈빛으로 나직이 말했다.

"당신이 나랑 결혼해주지 않았을지도 모른다는 생각, 당신을 곁에 둘 수 없었을지도 모른다는 생각에 나는 늘 두려웠어. 만약 당신이 임신을 하지 않았더라면."

그의 옷을 입고 있던 그녀는 옷 속에서 주먹을 꼭 쥐었다. "어떻게 그런 생각을 해?"

"그래서, 맞아, 한편으로 당신이 연기를 했다는 걸 몰랐기를 바라기도 했어. 그래야 우리 사이가 괜찮은 척할 수 있으니까. 그래야 당신을 잃지 않을 수 있으니까."

그녀의 뺨으로 눈물이 한 줄기 흘러내렸다.

"나는 우리가 아무것도 아닌 것처럼 앞으로 나아갈 수 있는 척하고 있던 거야. 근데 그렇게 하는 건 당신한테 옳지 않아. 어쩌면 나에게도, 우리 둘 다에게, 그런 것 같아."

세아는 침대 옆으로 다리를 내리고 그를 가까이 끌어당겼다. 이보다 더한 격려가 또 있을까. 그는 이제 제대로 모든 것을 걸어볼 참이다. 개빈은 고개를 숙여 그녀의 무릎에 이마를 댔다. "나의 모든 건 당신한테 달렸어, 세아. 당신을 처음 본 순간부터 난 반쪽짜리였어. 나머지 반쪽은 늘 당신이 가지고 있었으니까."

"개빈……." 힘겹게 숨을 쉬는 그처럼 자신도 그래왔다는 걸 불현듯 깨달은 것처럼 그녀의 입에서 그의 이름이 힘겹게 새어나왔다.

개빈은 고개를 들어 그녀를 마주 보았다. "내 고통을 끝내줘, 세아. 이렇게 애원할게."

그의 가슴이 2루에서 그녀가 움직이기를 기다리는 땅볼처럼 튀어 올랐다. 서로의 가쁜 호흡이 뒤엉키면서 두 사람 사이에 망설임과 갈망이 밀물처럼 거세게 밀려들었다. 마음이 아리도록 천천히, 아주 천천히 그녀의 입술이 그에게로 내려앉았다. 그녀의 손이 그의 힘겨워하는 가슴을 에워싸면서 그녀의 호흡은 점점 제멋대로 내달리기 시작했다.

개빈은 천천히 몸을 일으켜 그녀를 부드럽게 침대 위로 눕혔다. 세아는 베개에 파묻힌 채로 입을 벌렸고, 그의 가슴은 무언가로 벅차올랐다. 산소와 환희의 감정이 안도와 욕망이라는 최음제가 되어 그의 혈관을 격렬하게 타고 흘렀다.

아내와 이런 키스를 한 건 너무 오랜만이었다. 지난 몇 주간 그녀에게 퍼부었던 격정적인 키스를 말하는 게 아니다. 그는 이런 키스를 너무 오랫동안 하지 않았다. 그가 기억하는 것보다 더오래된 것 같았다. 나른하면서도 뜨거운, 친숙하기에 느낄 수 있는 편안함 속에서 새로움에 대한 긴장이 감도는 키스. 그녀의 손이 그의 머리칼을 감쌌다. 그녀의 다리가 그의 엉덩이를 감쌌다. 그녀의 가슴이 그의 가슴과 맞닿았다. 바로 직전에 했던 거친 키스로도 이런 친밀함에 도달하지는 못했다. 그는 입이 닿는 모든곳, 모든 스침에 미안함과 약속을 쏟아부었고, 처음으로 그녀가그에 대한 답으로 자신을 받아들이고 있다는 걸 느꼈다.

그의 몸은 그들을 감싸고 있는 옷을 없애고 그녀의 안으로 깊숙이 들어가고픈 욕망에 불타올랐다. 하지만 두 사람 다 준비가되지 않았다는 걸 그는 알고 있었다. 그들의 결혼은 아직 준비가 되지 않았다. 그들은 둘 사이에 시작될 새로운 무언가의 맨가장자리에 다가가 있었다. 그것은 전보다 더 나은 무언가였다. 그는 단지 몸의 욕구를 만족시키기 위해 위험을 감수하고 싶지않았다.

특히나 그는 아직 자신이 그녀의 욕구를 만족시킬 수 있을지자신이 없었다. 그 어떤 작은 실패로도 그들은 원래대로 돌아갈것이고, 그는 절대로 되돌아가고 싶지 않았다. 그들 앞에 이런시간들이 기다리고 있으리라는 걸 안 이상은 아니었다.

이어 그의 폐에서 산소가 격렬하게 움직이자 무언가 감사의느낌이 밀려와 폐를 가득 채웠다. 맞다, 감사함이었다. 이 순간에 대한, 또 한 번의 기회에 대한, 이 여인에 대한 감사함이었다.

이렇게나 오랜 시간 그녀가 그의 가슴 절반을 소유하고 있던 것이다. 그녀와 함께여야만 느낄 수 있는, 그녀와 함께였을 때에만 느낄 수 있었던 삶이 완성되는 이 감각이 전혀 경험해본 적 없는 새로운 느낌으로 그의 가슴을 사정없이 두드리고 벅차오르게 했다.

세아는 그녀도 모든 걸 똑같이 느끼고 있다는 듯, 모든 걸 이해하고 있다는 듯, 무언가를 달래듯 속삭였다.

그녀는 그의 턱 선을 어루만졌고, 그의 목에 입술을 대고, 그의 맥박에 맞추어 숨을 쉬었다. 그들은 움직였다. 그들은 서로를 어루만졌다. 그들은 오직 깃털 같은 입술과 달아오른 살갗으로만 이야기했다.

그의 인생에서 가장 중요한 순간이라는 걸, 그는 떨리는 숨을 채우며 깨달았다.

개빈은 그녀의 눈이 보일 만큼 고개를 들어 올렸다. 숨을 들이쉬는 그녀의 가슴이 떨려왔다.

"분부만 내려줘."

눈물이 흐르는 그녀의 얼굴에 미소가 번졌다. "여기 남아서 책 읽어줄래?"

세아는 알몸인 채로 잠에서 깼다.

그들은 사랑을 나누지도, 그럴 시도조차 하지 않았다. 하지만 개빈은 그녀의 침대에서 밤을 보냈고, 두 사람은 옷 따위야 아무래도 상관없다는 암묵적 합의를 보았다.

개빈은 그녀의 등 뒤에서 졸린 목소리로 말했다. "당신 무슨 생각하는지 다 들려." 그는 그녀를 안고 있는 팔에 힘을 주어 그녀를 더욱 바짝 끌어안았다. "잘 잤어?"

"음."

"무, 무, 무슨 생각하고 있는지 말해봐." 개빈은 그녀의 목 언저리에 얼굴을 깊이 파묻으며 그녀의 귀에 대고 속삭였다.

아이 왜, 알면서. 다른 건 필요 없어. 섹스면 돼.

뜨거운 섹스.

질펀한 섹스.

당신의 등에 손톱 자국을 낼 만한 섹스 말이야.

오르가슴을 느낄 수 없는 섹스는 상상도 할 수 없어.

아아—

그는 입술로 그녀의 귓불을 핥았다. "내가 무, 무슨 생각하는지 알아?"

"섹스?" 그녀가 불쑥 말했다.

갑자기 터뜨린 그의 웃음에 그녀의 가슴이 흔들렸다. "그건 말할 것도 없지." 그는 그녀의 몸 위로 손을 넘겨 그녀의 손을 찾아 잡았다. "근데 실은 베이컨이라고 말할 참이었어."

세아는 고개를 돌려 어깨 너머로 그를 보았다. "그거 혹시 돌려 말하는 거야?"

"내 맘 모를 거야." 개빈은 한쪽 팔꿈치를 괴어 몸을 일으켜 섹시하고 나른한 눈빛으로 그녀를 내려다보았다. "좋은 아침."

세아는 그를 잘 볼 수 있게 돌아누웠다. "좋은 아침."

"내가 팬케이크 만들까?"

아, 맞다. 토요일이었지.

"좋지. 근데 아직. 너무 일러. 애들 아직 일어나지도 않았을 거야."

그가 한쪽 눈썹을 치켜올렸다. "이 어, 어둠 속에서 우리의 귀한 시간으로 무얼 하면 좋을까?"

그녀는 웃음을 터뜨리다가 그가 이불로 두 사람의 머리를 덮어버리자 꺅 소리를 질렀다. 이내 그들은 어두운 고치 안에 들어갔고 그대로 정지했다. 진공 상태가 되어버린 순간이었다. 그녀의 부드러운 몸 구석구석에, 그의 단단한 몸이 맞닿아 있다는 사실만이 선명하게 각인되었다.

세아는 입술로 그의 아랫입술을 물어 살짝 당겼다.

그걸로 충분했다. 개빈은 목 안쪽에서부터 낮게 앓는 소리를 내며 그녀의 입술을 덮쳤다. 그녀를 침대로 깊숙이 밀어붙이면서 그녀의 입술을 살짝 물었다가 부드럽게 문대었다가 소중히 다가가 구석구석 탐했다. 언제나 그랬던 것처럼 그녀에게 키스했다. 그러다, 그녀의 다리가 그의 종아리 위를 미끄러지자 무언가가 바뀌었다. 그가, 달라졌다. 그의 비어 있는 손 하나가 그녀의 턱 선을 따라 만지며 이내 각도를 바꾸었다. 그는 혀로 그녀의 입속을 휘저으며 더욱 깊고 강렬하게 키스했다.

세아는 두 팔로 그를 감싸 안았다. 그녀의 손은 그의 상체에 잘 자리 잡고 있는 큰 근육과 잔근육, 솟아오른 부분들, 불끈불끈 튀어나온 힘줄을 매만지며 탐험했다. 그녀의 탐험이 그의 불길에 기름을 부은 것 같았다. 그는 가슴 깊이 우러나오는 소리로 신음했고 엉덩이를 들어 욕망으로 고동치는 그녀의 몸 곳곳에 밀어붙였다. 그녀는 그의 살갗 속으로 파고들고 싶었다. 그녀는 그의 몸 모든 곳에 입 맞추고 싶었다.

그녀는 그저 원하고 있었다.

땀으로 흥건한 그의 무게를 몸으로 느끼고 싶었다. 그의 몸 아래에서 엉덩이를 들썩이고 싶었다. 신음하고 온몸을 비틀고, 숨이 턱까지 차오르길 간절히 바랐다.

그의 손이 그녀의 살갗을 만지고, 그의 입술이 그녀의 가슴에 닿기를 원했다. 그녀의 안으로 굵고 거칠게 밀고 들어오는 그를 강렬하게 오랫동안 느끼고 싶었다. 그녀는 열기와 불꽃이 일고 회오리바람이 일어나는 그곳을 다시 찾고 싶었다. 그런 다음 그의 옆에 빠짝 붙어 쿵쾅대는 그의 가슴을 손가락으로 쓸어내리면서 그의 가슴에 뜨겁고 질펀한 키스를 퍼붓고 싶었다.

그녀는 원했다.

그녀는 그를 원했다.

"개빈." 그녀는 밭은소리를 냈다. "뭐 물어봐도 돼?"

그는 그녀의 귀 아래를 핥았다. 그녀는 헉하며 숨을 들이마셨다. 아, 너무 좋았다. 그녀는 힘겹게 숨을 들이마셨다. "그날 밤, 어떻게 알았어?"

"알다니, 뭘?" 그는 그녀의 귓불을 빨았다.

"내가 오르가슴을 느꼈다는 거."

"처음엔, 당신이 내는 소리로 알았어." 그는 그녀의 고동치는, 부드러운 목을 빨았다. "그렇게 소리 내는 거, 전에는 들어본 적 없었거든. 우는 것 같기도 하고 낑낑거리는 것 같은."

세아는 그의 아래에서 자세를 바꾸었다. 그녀의 가랑이 사이가 점점 거세게 고동치며 그의 사이에 있는 단단하고 긴 그것을 찾고 있었다.

"그리고 나에게 맞춰서 움직이기 시작했어." 개빈은 그녀의 다리 사이에 자신의 그것을 갖다 댔다. 세아는 그의 어깨를 움켜쥐었다.

"내 이름을 부르기 시작했어." 그는 쉰 소리로 말했다. 그녀의 목에 닿는 그의 숨이 뜨거웠다. "계속해서. 제대로 이름을 말할 수 없을 때까지."

세아는 신음하며 다시 그에게 몸을 비볐다.

"정신이 완전히 나가던데." 그는 헐떡이며 단단해진 그것을 그녀의 가랑이 사이로 미끄러뜨렸다. 헉, 숨을 몰아쉰 그녀는 거기에 맞춰 몸을 앞뒤로 움직였다.

"그런 다음 당신 온몸이 팽팽해졌어." 그의 손가락이 그녀의 골반 사이로 파고들었다. "내 이름을 불렀지. 그리고 난 당신 안에 있었는데, 세상에, 세아, 당신 안에서……."

그의 손은 그 틈을 파고들어 그녀를 고통스럽게 하고 있는 바로 그곳을 찾아냈다. 그의 손가락이 탐험을 시작했다. 그녀는 신음하며 머리를 뒤로 젖혔다.

"느낄 수 있었어, 세아. 당신의 오르가슴을." 그는 손가락 두 개를 그녀 안으로 슥 밀어 넣었고, 그녀는 울부짖었다.

"당신의 근육이 나를 꽉 움켜쥐었는데, 그건 정말이지……." 개빈은 그녀의 어깨에 얼굴을 파묻고 일정한 리듬에 맞춰 손가락을 움직였다. "내가 지금까지 겪은 것 중 가장 놀라운 경험이었어, 자기야. 그리고 내가 절정에 다다랐는데, 난생처음이었어, 그런 느낌은."

세아는 그의 입술을 자신의 입술로 끌어왔다. 그녀는 그의 손에 맞춰 움직였고 그들은 십 대들처럼 혀를 뒤섞어가며 격렬하게 키스했다. 그녀는 그 느낌, 그 쾌락을 쫓아 엉덩이를 아래위로 움직였다.

그는 신음을 뱉었다. "그날 밤부터 난 고통 속에 있었어. 또다시 당신에게 그런 걸 느, 느끼게 해주고 싶어. 당신을 원해, 세아. 미치도록."

콩콩콩. 조그마한 주먹이 침실 문을 두드리는 소리에 그녀의 눈이 휘둥그레졌다. "설마!"

"아냐, 이럴 수는 없어." 개빈의 입에서 탄식이 터져 나왔다.

"엄마!" 어밀리아였다.

"잠깐만, 아가!" 세아는 개빈을 밀어내고 가장 가까이에 있는, 침대 발치까지 늘어져 있던 긴 티셔츠를 잡았다. 개빈은 부러 보란 듯이 털썩 뒤로 나자빠졌다. 세아가 티셔츠에 머리를 집어넣는 동안 개빈은 팔뚝으로 두 눈을 덮었다.

"잠깐만, 아가, 금방 가."

"또 이럴 순 없어, 가지 마." 개빈이 투덜댔다. 세아는 그의 무릎에 이불을 던지면서 문을 열어주러 일어섰다.

어밀리아가 한 손에 이불을 질질 끌면서 느릿느릿 들어왔다. 에이바는 오리 인형을 끌어안은 채로 뒤따라왔다.

"아빠 여기 있네?" 어밀리아가 물었다. 발걸음에 점점 힘이 들어갔다.

"그럼. 올라와서 안으로 들어와." 아이들은 개빈이 있는 쪽으로 와서 안아 올려 주기를 기다렸다. 두 아이는 부모의 가운데 자리로, 이불 위에 내려졌다.

"아빠 이제 등 안 아파?" 에이바가 물었다. 그가 왜 손님방에서 자는지에 대해 그들이 둘러댄 이유였다.

세아는 잽싸게 말을 돌렸다. "다들 일찍 일어났네." 그녀는 어밀리아의 뺨에 지그시 뽀뽀를 해주며 속삭였다. "돌아가서 조금 더 자는 게 어때?"

아이들은 모두 눈을 감았다. 세아는 옆으로 돌아누워 어밀리아를 들어 올렸고 개빈은 에이바를 들었다. 딸들 너머로 두 사람의 눈이 마주쳤고, 개빈의 눈동자에 떠오른 무언가가 그녀의 숨을 다시금 가쁘게 하고 심장이 내달리게 만들었다.

세상의 축이 다시 방향을 바꾸었다.

그날 오전 10시, 주방을 청소하던 세아는 어젯밤 집에 들어오지 않은 리브의 문자를 받았다. 그녀는 알렉시스의 집에서 며칠째 묵고 있었고, 오늘 밤에도 아이들을 봐주길 기대할 수 없을 것 같다.

불과 며칠 전만 같았어도 세아는 당장에 전화를 걸어 일을 원만하게 해결해보려 했을 것이다. 하지만 오늘은 아니다. 이번에는 아니다. 리브는 버릇없는 애처럼 굴고 있었다.

개빈이 뒤에서 그녀를 끌어안았다. 한 손에는 커피 한 잔이 들려 있었다. "리브?" 그가 물었다.

"오늘 밤에 애들 안 봐줄 것 같아."

"처제도 괜찮아질 거야. 오늘 밤 일은 우리가 어떻게든 알아보자."

그에게 안긴 채로 그녀는 돌아서서 까치발을 들고 그에게 입을 맞추었다. 개빈의 목 안쪽에서부터 나직한 신음이 올라왔다. 그는 커피를 내려놓고, 두 팔로 그녀를 꼭 안아 올렸다.

"오늘 밤은 우리가 어떻게든 해결해." 그가 빠르게 말했다. "2천 달러를 들여서 우리 부모님이 비행기를 타고 이리로 오시

게 할 수 있으면 그 호텔에 묵을 수 있을 거야."

그녀는 고개를 들어 다시 한번 그에게 키스했지만 그는 어쩐지 짓궂은 미소를 지으며 그녀를 바라보았다. "오늘 아침에 내가 손으로 한 거 있지?"

"응." 그녀는 숨죽이며 말했다.

"다음번엔 입으로 할 거야."

22

부모님을 모셔 오는 데 2천 달러를 쓸 필요는 없었다.

델과 네사가 조조를 위해 아이 봐주는 사람을 고용했는데, 쌍둥이도 함께 그들의 집에서 봐주다가 재워주겠다고 제안한 것이다. 네사가 아직 입덧으로 고생하고 있어서 그들은 호텔에서 머물지 않기로 결정해둔 터였다.

"우리 거기에 얼마나 있어야 돼?" 세아가 물었다. 그들은 파티가 열리는 야구장의 타워형 주차장으로 들어서고 있었다. 그녀는 어깨에 두른 파시미나 숄을 여몄다.

"혹시 지금 당장 호텔로 가고 싶은 거라면, 난 설득당할 준비돼 있어." 개빈이 말했다.

그들은 종일 그런 식이었다. 암암리에 '호텔'이라는 단어 안에 그곳에서 벌어질 모든 것을 담아 쓰고 있었다. 그 단어를 입밖으로 크게 내버리면 모든 걸 망치기라도 하듯이. 마치 투수가 1점을 노리고 있는 상황에서 '무안타'라는 말을 하면 안 된다는 미신이 있는 것처럼 말이다.

오늘 밤, 그들은 다시 섹스를 하게 될 것이다.

문제는 이거였다. 세아가 오르가슴에 도달할 수 있을까? 혹시 실패하면 어떤 일이 벌어지는 걸까?

"아무래도 얼굴은 잠깐 비춰야겠지." 세아가 농담을 던졌다.

해석하자면, '나 너무 떨려서 곧장 그렇게는 못 하겠어. 그게 아무리 내 소중한 친구인 레이철과 또 한바탕하는 걸 피할 수 있다고 해도 말이야.'

"아마 시상식까지는 있어야 할 것 같아." 개빈이 말했다.

해석하자면, '나도 떨려.'

"그럼, 그다음에 나가는 걸로?"

해석하자면, '그럼, 긴장을 해결할 시간이 두 시간은 있는 거네.'

개빈은 시동을 끄고 어둠 속에서 그녀를 보았다. "좋아." 그가 말했다. 해석하자면, '나도 이 떨림을 잠재울 시간이 필요해.'

개빈은 그녀의 손을 잡고 엘리베이터를 타고 야구장의 행정 구역인 꼭대기 층으로 올라갔다. 매년 시설 팀과 연회 팀 직원들이 우뚝 솟은 넓은 로비를 크리스마스 무도회장으로 바꾸어놓았다. 개빈은 미로처럼 놓인 높다란 칵테일 테이블들을 뚫고 델과 네사가 기다리고 있는 곳으로 그녀를 안내했다. 그들이 지나가자 대부분의 선수들이 개빈을 향해 손을 흔들거나 주먹을 부딪치며 인사를 건넸지만 부인이나 여자 친구 들은 더 이상 노골적일 수 없을 만큼 세아의 존재에 거부감을 표했다. 그들은 그녀의 시선을 피했고, 미소 짓던 얼굴은 딱딱하게 굳어버렸다. 평소와 딱히 다른 상황은 아니었지만 오늘 밤은 특히 유난했다.

남자들이 마실 것을 가지러 간 사이 그녀는 네사와 자리에 앉으며 그 이유를 알게 됐다.

"레이철이랑 제이크, 대판 싸웠대요." 네사가 말했다. 바닥까지 끌리는 구슬 장식이 달린 황금색 가운을 걸친 그녀는 패션모델 같았다. "사실인지 아닌지는 모르겠지만, 제이크가 당분간 호텔에서 지내고 싶다고 말한 것 같던데."

세아는 놀랍게도 레이철에게 연민의 감정이 일었다 "오늘 밤 그 사람들도 여기 오나요?"

"그야 그렇겠죠. 아무튼 뭔가 있는 건 확실해요."

"절 탓하겠네요, 그렇죠?" 드디어 뭔가 감을 잡은 세아가 말했다. "추수감사절에 제가 잘못되라고 저주라도 한 것처럼?"

네사가 움찔했다. "그런 얘기를 듣긴 했는데."

윽, 이런.

남자들이 마실 것을 가지고 돌아오자 네사와 세아는 하던 말을 멈추었다. 델은 개빈 쪽으로 맥주병을 들어 올렸다. "아름다운 아내들을 위해."

"난 당연히 그걸 위해서지." 개빈은 병을 부딪치고서 맥주를 마셨다.

그런 다음 몸을 숙여 세아의 귓가에 다가갔다. "이 행사장 안에서 가장 아름다운 아내를 위해." 그는 속삭이면서 자기 병을 가볍게 그녀의 잔에 부딪쳤다.

"나 지금 투명인간이 된 기분인데." 델이 농담을 던졌다. "네사, 당신은 안 그래?"

세아는 고개를 들었다. 네사는 따뜻하게, 델은 짓궂은 표정으로 미소 짓고 있었다. 개빈은 그녀의 관자놀이에 가볍게 입술을 스쳤다. 기나긴 밤이 될 것 같았다.

30여 분이 지나자 연회장은 절반 정도 채워졌지만 그들이 앉아 있는 자리만 눈에 띄게 그대로 비어 있었다. 심지어 얀과 그의 부인 솔레다드마저도 다른 쪽에 자리를 잡아 마음을 불편하게 했다. 사람들이 어떻게 그런 미신을 믿을 수가 있는 거지? 다들 정말로 그녀가 제이크와 레이철이 헤어지도록 뭔가를 했다고 생각하는 걸까? 세아는 성급히 샴페인을 비운 다음 개빈에게 한 잔 더 부탁했다.

저녁 만찬이 시작되기 몇 분 전에 마침내 코치 두 명과 부인들이 그들에게 자비를 베풀어, 자리가 비어 있냐고 물었다. 그 미신이 코칭 스태프까지는 번지지 않은 모양이었다.

저녁 만찬이 끝나고 시상식이 시작됐을 때, 세아는 샴페인 세 잔을 마신 상태였고, 작은 소리로 낄낄대며 이따가 오르가슴을 느낄 수 있을지로 더 이상 스트레스를 받고 있지 않다는 걸 깨달았다.

시상식은 플레이오프 역대 최고 수염상, 투구연습장 최고 몸치상 등 진지한 업적과 우스꽝스러운 전통이 적절히 어우러져 진행되었다. 델은 시즌 초에 2루 도루가 무산되자 성질을 부린 걸로 선수대기석 최고 성질머리상에 호명되자 수상을 거부하겠다고 장난을 치기도 했다.

하지만 모든 상은 개빈의 만루 홈런이 호명될 필연적인 순간으로 그들을 이끌었고, 매 순간 그녀의 몸은 긴장이 더해졌다.

다들 그 일에 그리 유난을 떨지 않는다면, 그녀도 괜찮을 것이다. 하지만 그렇게 후다닥 지나갈 수 있는 일이 아니었다. 그일은 올해 가장 큰 경기였다. 분명 경기 장면을 영상으로 보여줄 것이고, 그녀로서는 그 일이 벌어졌던 그날 밤 이후 처음으로그 장면을 보게 될 것이었다. 곳곳에서 되풀이해서 보여주는 그장면을 그녀는 보려 한 적이 없었다. 왜냐하면 그 기억들이 너무 생생했으니까. 그가 선수 인생 최고의 성취를 이룬 밤이 그녀에게는 가장 수치스럽고 가장 상처를 받은 밤이었던 것이다. 운명의 잔인한 장난인 듯, 그 두 가지는 같은 공간, 같은 시간 안에존재할 수 있었고, 그녀는 모두가 보는 앞에서 그걸 다시 체험해야만 한다.

개빈도 그녀처럼 긴장하고 있는지 어떤지, 아무 내색도 하지않았다. 그는 시종일관 그녀의 손을 잡고 있거나 그녀의 어깨에팔을 두른 채로, 아찔한 미소와 윙크를 날리며 1분이 멀다 하고계속 그녀만 흘금거리고 있었다.

"자, 다음 수상은 고민할 필요가 없는," 드디어 마케팅 담당자가 입을 열었다. "올해 최고의 장타자입니다. 수상자는……."

회장 안에 떼창이라도 하듯 "만루 홈런! 만루 홈런! 만루 홈런!"이라는 함성이 울려 퍼졌다. 거대한 화면에 이제 개빈의 대표 사진이 된, 동료들이 팔을 벌리고 있는 홈을 향해 뛰어 들어가고 있는 그의 모습이 떴다. 회장이 박수로 터져나갈 것 같았다. 화면은 영상으로 바뀌어 그가 3루를 돌아 홈으로 돌아오는 장면을 느린 화면으로 보여주고 있었다. 홈을 향해 몸을 뻗으면서 그는 타자용 헬멧을 공중으로 날렸고, 그 생동감 넘치는 장면은 다음 날 트위터에 '개빈의 헬멧은 아직도 떨어지는 중?'이라는 제목의 글을 엄청나게 만들어냈다. 홈에서 그를 기다리던 팀 선수들은 발을 구르고 뛰어오르고 소리를 지르며 그를 끌어안았다. 그들은 격하게 그에게 달려들었다. 앞다투어 그를 끌어안았고, 바닥에 파묻힌 그를 다시 들어 올렸다. 그의 유니폼이 완전히 찢겨져 나가 배와 가슴, 어깨 근육이 생생하게 도드라져 보이는 검은색 운동용 속티가 드러났다. 그 사진으로 '개빈 스콧의 아이를 낳고 싶어'라는 트위터 글이 쏟아져 나왔다.

개빈은 모두가 등을 쳐주며 안아주고 웃어주는 가운데 비공식상을 받기 위해 무대 위로 달려 나갔다. 그는 자리로 돌아와 허리를 굽혀 세아에게 큰 소리가 나도록 키스했지만 자리에 앉지는 않았다. 마케팅 담당자는 남자들이 진작 만들었어야 했다고 주장한 상이 드디어 새롭게 책정되었고, 이제 그 마지막 상을 시상할 차례라고 말했다.

"레전드 여러분, 모두 자리에서 일어나주십시오."

모든 선수들과 감독, 코치 들이 자리에서 일어섰다. 세아는 네사를 보았다. 하지만 그녀는 세아처럼 무슨 영문인지 모르겠다는 듯 어깨를 으쓱했다.

"우리 팀의 진짜 영웅은 가정에서 우리를 참고 받아주는 아내와 애인, 바로 당신들이라는 걸 우리는 모두 알고 있습니다." 남자의 말이 마이크를 통해 흘러나왔다.

세아의 심장이 덜컹 내려앉았다. 이게 다 뭐지?

"우리가 이길 때나 질 때나 당신들은 우리 곁에 있습니다. 선수 계약, 이적 같은 힘든 일이 있을 때도 마찬가지입니다. 우리의 이 말도 안 되는 꿈을 이루게 해주는 건 당신들입니다. 우리는 우리의 고마움을 충분히 전하지 못했습니다."

세아는 목이 메어와 힘겹게 침을 삼켰다. 쿵쾅거리는 심장 박동이 갈비뼈까지 느껴졌다.

"레전드 여러분," 남자가 말했다. "우리의 고마움을 보여주십시오!"

늑대와 여우 울음소리가 뒤따랐다. 두 사람 주위에 있는 모든 선수들과 코치들이 자신의 여인들을 자리에서 일으켜 두 팔로 끌어안고 급작스럽고도 격정적인 키스를 선사했다. 그녀에게 손을 내미는 개빈의 시선이 확신 없이 흔들렸다. 세아는 그의 손을 잡고 떨리는 다리로 일어섰다.

"이게 오늘 밤 당신을 이리로 오게 한 이유야." 그는 나직이 말하고 그녀의 허리를 한 팔로 감아 끌어안았다.

세아는 그를 향해 얼굴을 들었고, 그다음은 마치 영화의 한 장면처럼 시간이 멈추고 나머지 공간은 캄캄해지면서 그녀 앞에는 오직 개빈의 눈동자와 미소, 손만이 보였다. 아아, 그의 손, 크고 오랜 세월 훈련으로 굳은살이 박인 그의 손이었다. 그의 손가락이 그녀의 맨 등에서 나른하게 움직였다. 그녀의 온몸에 전율이 일었다. 그것은 뜨거운 전율이었다.

그는 고개를 기울이며 그녀의 목 뒤를 느슨하게 감쌌다. 그의 입술은 그녀의 입술 위에서 머뭇거리고 있었다. 그는 오늘 밤 그녀에게 퍼부을 온갖 종류의 키스는 이것과는 사뭇 다를 거라고 온몸으로 말하며 마치 그녀에게 물러설 기회를 주려는 것 같았다. 이전의 것들은 연습에 불과했다. 큰 경기를 치르기 전 타격 연습. 이 키스는 진짜 엄청난 것이 될 것이다.

그는 그녀의 아랫입술을 살짝살짝 물어 애를 태웠고 거기에서 시작된 떨림이 그녀의 온몸으로 퍼져나갔다.

"개빈." 그녀는 속삭였고, 애원했다. 모든 결정은 샴페인에 맡겼다.

그녀의 남편은 미소를 지으며 입술을 기울여 그녀의 입술을 그대로 덮쳤다. 마침내. 완전하게.

얇은 막에 둘러싸여 아찔하고 붕 뜨는 느낌이 들었다. 하지만 샴페인 때문이 아니었다. 그였다. 그의 향기, 그의 맛, 그의 강한 입술의 힘 때문이었다. 그는 물러났지만 그건 더욱 깊이 파고들기 위함이었다. 다시 한번, 또 한 번, 또 한 번. 저마다의 고치 안으로 소멸했었던 사람들로 가득 찬 곳에서 한 그 키스는 정신이 혼미해질만큼 아찔했다. 그녀의 머리를 감싼 그의 손은 부드러웠지만 내 여자라고 강렬하게 말하고 있었다. 세아는 그의 부드러운 턱수염을 감싸 쥐고 입술을 떼어냈다. 두 사람의 가쁘고 거친 호흡이 어우러지다 한 호흡으로 섞였고, 이내 풋, 웃음이 되어 터져 나왔다. 천천히 그녀의 귀에 소리가 들리기 시작했다. 잔을 마주치는 소리. 이미 포옹을 마친 커플들의 중얼거림. 타일 깔린 바닥에 닿는 하이힐 굽 소리. 밴드가 연주하고 있는 느린 노래의 달콤한 선율.

개빈은 그녀의 얼굴을 살짝 들어 시선을 마주쳤다. "다, 당신은 어때? 난 여기서 나갈 준비됐어."

때가 온 것이다. 세아는 고개를 끄덕였다. "먼저 화장실 좀 다녀올게."

세아는 바닥에 떨어진 클러치백을 집어 들었고, 몸을 일으키는 그녀의 팔을 그가 잡아주자 환하게 미소지었다.

"금방 돌아올게." 그녀가 말했다.

화장실은 긴 복도를 따라 내려가 모퉁이를 돌아 있었다. 연회장 밖으로 나오자 밴드 음악 소리가 약해지면서 그녀의 귀에는 온통 자신의 심장 뛰는 소리밖에 들리지 않았다.

하지만 그 소리마저도 모퉁이 너머에서 나는 목소리를 덮어버리지는 못했다.

그녀는 멈춰 서서 속으로 신음을 삼켰다. 레이철과 마녀 일당이 떡하니 사무실과 화장실 앞 대기 공간에 앉아 있었다. 세아에게 주어진 선택권은 두 개였다. 한 층 더 내려가서 화장실을 쓰든가, 아님 손을 흔들거나 무시하면서 그들 앞을 지나가는 것. 젠장! 다른 층으로 내려가면서까지 시간을 허비하고 싶지는 않았다. 그리고 대체 뭣 때문에? 그녀가 왜 그래야 하는 거지? 레이철이 대부분의 여자들이 그녀에게 등 돌리게 만들었다고 해서 그녀에게 거길 지날 권리조차 없는 것은 아니지 않나. 그녀와 개빈은 아직 결혼한 사이다.

용기를 모으기 위해 숨을 깊게 들이마시고 세아는 모퉁이를 돌기 위해 한 발짝 내디뎠다.

하지만 다음에 이어진 레이철의 말에 그녀는 다시 한번 그대로 멈춰 섰다.

"그 둘이 오늘 밤 여길 나타나다니 대체 그런 용기가 어디서 나온 거래." 레이철이었다. 그녀의 늘어진 말투에서 쉴 새 없이 술을 마셨다는 걸 알 수 있었다.

"정말 이기적이라니까." 외야수 케빈 크레이그의 약혼녀인 미아 루이스가 말했다. "미안하지만 그 사람들은 누가 봐도 불운의 아이콘이잖아."

세아의 속이 뒤틀리더니 통증이 느껴졌다. 그들이 그녀와 개빈을 말하고 있다는 건 의심의 여지가 없었다.

레이철이 코웃음을 쳤다. "그 둘이 키스하는 거 봤어?"

"난 좋아 보이던데." 또 다른 목소리였다. 메리 필립스? 백업 포수인 브래드 필립스의 아내인 그녀는 늘 세아에게 잘해주었다. 근데 저 여자들이랑 여기서 뭐 하고 있는 거지?

"역겨워 정말." 레이철이 빈정거렸다. "뭐 하자는 거야, 차라리 방을 잡지그래."

"다른 사람들도 키스하고 있었잖아." 메리가 말했다.

"그래, 근데 딴 사람도 아니고 그 둘이잖아." 레이철이 말했다. "장담하는데 둘이 처음 만났을 때 처녀, 총각이었을걸."

"그건 너무 심하다." 미아가 웃으며 말했다.

"그 남자랑 결혼하는 거 상상이나 돼?" 레이철이 물었다.

세아는 말아 쥔 주먹으로 가슴을 눌렀다.

"그 남자랑 말해본 적 있어? 침대에서도 말 더듬을 게 분명해."

분노였다. 뜨겁고 시뻘건 분노가 세아의 온몸에서 타올랐고 그녀의 눈앞이 흐려졌다. 그대로 레이철에게 달려가 그녀를 바닥에 때려눕히고 얼굴을 흠씬 두들겨 패는 장면이 머릿속에서 순간 번뜩였다. 대신 그녀는 힘찬 발걸음으로 모퉁이를 돌아 모습을 드러냈다.

"어디서 감히!"

세 여자는 깜짝 놀라 돌아보더니 최소한의 양심은 있는지 잠시나마 미안해하는 표정을 보였다.

세아는 무서운 기세로 다가섰다. "당신 대체 어떻게 되먹은 사람이야?"

메리가 핼쑥한 얼굴로 앞으로 나왔다. "세아, 그런 게 아니라…… 우린 두 사람 얘기하고 있던 거 아니에요."

레이철이 눈알을 굴렸다. "그 말을 믿을까 싶네."

격렬한 분노가 폭풍처럼 휘몰아쳤다. "나한테는 어떤 헛소리도 상관없어. 하지만 절대로 내 남편은 욕보이지 마. 개빈은 이 팀에 있는 그 어떤 남자들보다도 품위 있고, 진실하고, 배짱 있는 남자야. 당신 세 사람은 꿈도 꿀 수 없는 남자라고."

메리가 마른침을 삼켰다. "미안해요. 난, 저기…… 난 파티장으로 돌아가려던 참이라." 그녀는 달아오른 뺨을 하고 서둘러 세아 곁을 지나 뛰어갔다.

레이철은 또 눈알을 굴렸다. "이봐, 나한테 혹시 사과받고 싶으면 꽤 오래 기다려야 할 거야."

"바라지도 않아. 솔직히 상관도 없어. 하지만 또 내 남편을 깎아내리는 소리가 내 귀에 들리면……."

"어쩌시려고?" 레이철은 크고 유연한 몸을 천천히 일으켜 우뚝 섰다. "화라도 내시게? 남편한테 이르려고? 자기야, 여긴 고등학교가 아니야."

세아의 입에서 팟 하고 웃음이 터져 나왔다. "레이철, 당신 대체 얼마나 많이 마신 거야?"

"너 따위가 알 바 아니거든."

말은 그렇게 했지만 그녀는 또다시 휘청거리다 쓰러질 뻔했다. 세아가 레이철의 팔을 잡아 부축했다. 레이철은 그녀의 팔을 거칠게 뿌리쳤다. "내 몸에 손대지 마."

그녀가 몸에 세균 소독 스프레이를 뿌리는 중이라고 해도 믿을 만한 광경이었다.

미아가 레이철의 팔을 잡았다. "일단 가자."

레이철이 그 손을 뿌리쳤다. "아니. 왜 저 여자가 진실을 알면 안 되는데?"

세아의 뒤쪽을 바라보는 미아의 시선이 어수선하게 흔들렸다. "레이철, 그러지 말고."

"무슨 진실을 알아야 하는데?" 세아가 쏘아붙였다. "당신 문제를 내 탓으로 돌린다는 거?"

레이철은 앞으로 휘청했다. "월드시리즈에 갈 수만 있었어도 제이크랑 나는 괜찮았을 거야! 그런데 우리가 그러지 못한 건 전부 다 네 남편이 마지막 경기에서 망쳐놨기 때문이야!"

"저기, 지금 이러는 걸 심리학에서는 투사♥라고 부르거든? 그거 정말 안됐네."

"계획이 있었다고!" 그녀는 꽥 소리를 질렀다. "내가 이딴 촌구석에서 평생 살고 싶은 줄 알아? 네 남편이 제이크에게서 그 반지며 우리한테 왔어야 할 계약들을 전부 훔쳐간 거야!"

세아는 겨우내 헛간에 세워둔 녹슨 트랙터처럼 덜컹덜컹 시동을 걸었다. 마침내 제대로 시동이 걸린 그녀는 강렬한 분노를 일으키며 성큼성큼 앞으로 다가섰다. "내 남편? 어디 당신 남편 얘기 좀 해볼까? 3회에서 두 명이나 홈으로 들어가게 한 거? 아니면 그 두 배 점수를 내줘서 시카고 컵스가 앞서게 한 건 어때?"

레이철은 놀란 기색으로 뒤로 물러섰다. "그야, 네 남편이 일곱 번째 경기에서 뭐라도 했으면……."

"여섯 번째 경기에서 내 남편이 해낸 게 없었다면 일곱 번째 경기는 있지도 않았어!"

바로 그것이 레이철이 기다려온 화두였다. 그녀의 입술이 뾰족하게 오므라들고 조소를 보내듯 한쪽 눈썹이 활처럼 치켜 올라갔다.

"그런데 넌 어떻게 된 게 야구선수 부인이 돼서 일곱 번째 경

♥ 개인의 성향인 태도나 특성에 대하여 다른 사람에게 무의식적으로 그 원인을 돌리는 심리적 현상.

기엔 나타나지도 않았잖아."

"이게 다 무슨 일이야?" 우레와 같은 남편의 목소리에 세아는 뒤를 돌아보았다. 개빈이 험악한 표정으로 몇 발짝 떨어진 곳에 서 있었다.

레이철은 콧방귀를 뀌며 웃었다. "어머나, 낭군님 오셨네. 크고 힘센 님이 구하러 오셨어."

다만, 크고 힘센 님은 한 명이 아니었다. 레이철의 남편, 아니 조만간 전남편이 될지도 모를 제이크가 팀원의 반은 되어 보이는 남자들과 함께 모퉁이를 돌아 모습을 드러냈다. 순간 아까 느꼈던 연민의 감정이 떠오르자 세아는 그냥 자리를 뜰까 잠시 생각했다.

하지만 그건 세아가 줄곧 하던 방식이었다.

싸움에서 도망치는 건 이제 끝이다.

세아가 레이철에게 다가갔다. 거리가 좁혀지자 레이철은 뒤로 주춤주춤 물러섰다. "내가 어떻게 된 야구선수 부인인지 알고 싶어? 난, 혼자서 아이를 낳아야 했던 야구선수 부인이야. 남편이 집을 떠나 있었으니까. 난, 혼자서 쌍둥이를 데리고 병원 응급실에서 24시간을 보내야 했던 야구선수 부인이야. 왜냐하면 야구 시즌에 애들이 장염에 걸렸으니까. 난 아직도 노히트노런 게임이랑 퍼펙트 게임이 뭐가 다른지 헷갈리는 야구선수 부인이야. 근데 그거 알아? 나한테는 아무 상관없어. 왜냐면 나는 야구랑 결혼한 게 아니니까. 난 개빈이랑 결혼했고, 그는 네가 꿈에서도 못 만나볼 진실한 남자야."

이제 정말로 겁을 먹은 것처럼 보이는 레이철은 또 한 발 뒤로 물러서다 등이 복도 벽에 부딪혔다. 세아는 한 발 더 앞으로 나아갔다. "그리고 난 평생을 꾸었던 꿈을 3년이나 미뤄뒀던 야구선수 부인이야. 그래서 내 남편의 일을 뒷받침해주려고 너 같은 것들하고 어울려보려고 애도 많이 썼지. 근데 그건 실수였고, 난 드디어 그걸 바로잡고 있는 중이야. 그리고 당신이 날 싫어하는 진짜 이유는 딱 하나야. 당신은 나처럼 할 배짱이 없다는 거. 당신은 남들을 몰아세우고 탓하고 말겠지. 하지만 당신이랑 제이크를 갈라놓은 건 다른 누구도 아닌 바로 당신이야."

그녀는 거칠게 돌아섰다가 멈춰 서서 마지막 한마디를 하기 위해 다시 돌아갔다. "혹시 궁금할까 봐 말해주는데, 맞아, 개빈은 침대에서도 말 더듬어. 근데 그게 좋나 멋있어."

그 말을 끝으로 세아는 개빈이나 어느 누구에게도 시선을 주지 않고 고개를 빳빳이 든 채로 성큼성큼 걸어 나갔다.

개빈은 엘리베이터 앞에서 세아를 붙잡았다. 그녀는 숄을 다시 제대로 여미고 가방을 고쳐 들었다.

"세아……."

그녀는 손을 들어 올렸다. "아무 말 마. 그 여자가 그럴 만한 짓을 했어."

엘리베이터가 도착했고, 그녀의 뒤를 따라 그도 올라탔다. 말싸움의 여운으로 그녀의 호흡은 여전히 거칠었고, 둘 사이의 격앙된 공기 속에는 그녀가 했던 말들이 생생히 감돌고 있었다.

수치스러워야 하는 게 맞다. 불같이 화가 나야 했다. 하지만 그렇지 않았다. 그의 그곳은 돌덩이처럼 단단해져 있었다.

세아와 눈이 마주치자 그의 사타구니에 강렬한 충격이 느껴졌다. 그녀도 그만큼이나 달아올라 있었다. 그들은 각자 서 있던 구석에서 동시에 튀어나왔고 자연의 원시적인 부름에 따라 격렬히 반응하는 한 쌍의 동물처럼 엉겨 붙었다. 개빈은 주춤거리며 뒤로 물러났고 둘은 함께 벽에 부딪혔다.

"당신, 오늘 밤은 연기하지 않게 될 거야." 그는 그녀의 입을 향해 거칠게 다가갔다. "무슨 말인지 알지? 다시는 연기하지 않게 될 거야."

그는 지금껏 겪어보지 못한 가장 빠른 속도로 도시를 가로질렀다. 호텔은 겨우 1마일 떨어져 있었지만 마치 지구 반대편에 있는 것 같았다. 그는 호텔 입구에서 급정거를 하고 주차요원에게 차 키를 던졌다. 온통 다른 데 정신이 팔린 그는 젊은 주차요원에게 차를 맡겨버렸다.

개빈은 뒷좌석에서 가방을 꺼냈다. 보도에 올라서서 그를 기다리는 세아의 눈빛은 깊었고 욕망으로 가득 차 있었다.

그 욕망이 그를 덮치면 그의 부인은 오늘 밤 오르가슴을 느끼고야 말 것이다.

체크인을 하는 데 5분도 걸리지 않았지만 한 시간처럼 느껴졌다. 엘리베이터 안에서 두 사람의 손과 입술은 다시 한데 엉겨 붙었고, 맨 꼭대기 층에서 문이 열리자 여전히 하나로 엉켜 비틀거리며 내렸다. 그는 스위트룸을 예약해두었다. 그럴 만한 능력이 됐고, 오늘 밤은 특별했으니까.

카드 키를 넣는 그의 손이 떨렸다.

삐 소리가 나며 카드 키 삽입구에 빨간불이 들어왔다.

개빈은 짜증을 내며 다시 해보았다. 마침내 초록불이 들어왔다. 그는 거칠게 문을 열어 가방들을 안으로 던지고 돌아서서 아내에게 손을 뻗었다.

그들은 다시 벽에 붙어 서로에게 미친 듯이 달려들었다. "돌아서." 그가 명령했다.

그녀의 검은 드레스 지퍼를 내리는 그의 손이 또 떨렸다. 이렇게 간절하지 않았다면 그도 천천히 했을 것이다. 천천히 옷을 벗기고 맨살이 드러나는 곳곳에 키스를 해주면서. 하지만 그건 다음번에 해보는 걸로 미룰 수밖에.

그녀는 드레스가 발치에 떨어지자 그것을 한쪽으로 밀쳐내면서 돌아섰다. 그녀는 굽이 아주 뾰족한 스틸레토 힐과 티팬티한 장만 입은 채로 그의 앞에 섰다. 개빈은 짐승이 낼 법한 소리를 내면서 그녀의 허리를 두 팔로 끌어안았다. 그녀는 너무나 오랫동안 가져보지 못했던 무방비 상태의 열정을 담아 그에게 키스했다. 이 거침없는 여자가 바로 그가 사랑에 빠졌던 그녀였다. 정말이지, 그는 그녀가 너무도 그리웠다.

두 사람의 밀착된 몸 사이로 개빈의 손이 미끄러져 들어와 그녀의 배를 타고 내려가자 그녀는 몸을 활처럼 휘며 신음했다. 그녀의 젖은 음모에 도달한 그의 손가락이 그녀의 틈 사이로 파고들자 그녀는 소리를 지르며 그의 손길에 따라 엉덩이를 들어 올렸다. 말도 안 돼, 설마 이렇게 서서 그의 손놀림을 받으면서 그대로 절정에 달하는 건 아닐까.

"개빈." 그녀는 그의 머리를 움켜잡으며 말했다. "나랑 사랑을 나눠."

개빈은 그녀의 엉덩이를 손으로 감싸 안아 번쩍 들어 올렸다. 그녀의 다리가 그의 허리를 감쌌고, 뾰족한 구두굽이 그의 엉덩이를 찔렀다. 그녀는 여전히 힐을 신고 있었다.

그는 휘적거리며 침대로 가 그녀를 매트리스 위에 눕혔다. 그는 황급히 셔츠를 벗고서 이미 터지기 일보 직전인 바지를 벗으려고 지퍼를 잡는데 자꾸 손이 미끄러졌다. 세아는 엉덩이를 움직여 티팬티를 벗어버리고 구두만 신은 채 알몸이 되었다.

개빈은 짜증을 내더니 침대 끝자락으로 가 무릎을 꿇었다. 책에서 배운 걸 유용하게 쓸 시간이었다.

"개빈, 뭐 하는 거야?" 세아가 속삭였다. "난 자기랑 하고 싶어."

"먼저 이 방법으로 자길 사랑해줄게." 그는 '섹스 기계 백작'이 딱 필요한 말을 알고 있다는 것에 신께 감사드렸다.

개빈은 두 손을 그녀의 엉덩이 아래로 미끄러뜨리고 몸을 숙여 그녀의 욕망의 경계선에 입술을 갖다 댔다. "아아, 세상에!" 세아는 헐떡이며 손으로 이불을 움켜잡았다.

개빈이 뜨겁게 달아오른 그녀의 피부에 바람을 불어넣자 그녀는 또 한 번 헉하고 숨을 삼키고 몸을 활처럼 휘었다. 그의 혀가 그녀의 틈으로 파고들자 그녀의 목 깊은 곳에서 신음이 터져 나왔고, 그 소리에 그는 하마터면 사정할 뻔했다.

그는 혀끝으로 부드럽게 할짝거리다 부풀어 오른 그녀의 그곳을 빨았다. 그는 그녀가 온몸을 비틀 때까지 빨고 핥기를 반복했다. 그녀의 신음이 그를 더욱 거칠게 만들었지만 그는 잠시 뒤로 물러나 그녀가 숨을 쉬게 해주었다. '혀 놀림의 황제 백작'에게 배운 것이었다. 더욱 깊숙이 들어가기 전에 그녀가 적응할 수 있도록 하는 것이다. 몸으로만이 아닌, 말을 써야 할 때가 왔다.

뜨거워진 그녀의 살갗에 그는 다시 후 하고 바람을 불었다.

"당신, 너, 너무 맛있어." 그는 천천히 위아래로 핥으며 말했다.

그는 책을 읽기 전에는 그녀에게 그런 말을 하는 건 상상도 못 했다. 그녀의 반응은 그의 바람대로였다. 그녀는 다리 하나로 그의 어깨를 감았다. "정말?" 그녀는 끙끙대며 신음했다.

"온종일 당신에게 키스하고 당신을 핥을 수 있어, 세아." 그는 으르렁거렸다. 그녀의 엉덩이가 들썩이며 다시 그의 입을 찾고 있었다. 이번에는 그의 입술이 그녀의 음핵에 닿을 때 그는 손가락 두 개를 그녀의 안으로 밀어 넣었다. 그는 혀 놀림에 맞추어 손가락을 안으로 밖으로 움직였다.

세아는 걷잡을 수 없는 상태가 되었다. 그녀의 엉덩이는 그의 얼굴에 맞춰 위아래로 움직였다. 그녀의 손은 그의 머리칼을 움켜잡았다.

그는 그녀의 움직임에 맞춰 속도를 올렸다.

그녀의 허벅지가 떨리기 시작했다.

그녀의 신음이 울음소리로 바뀌었다.

쾌락이 절정으로 치달았고 그녀는 온몸을 비틀었다. 온몸을 비트는 그녀의 모습, 그건 그가 지금껏 본 가장 야한 모습이었다. 혈관을 세차게 흐르고 있는 욕정만큼이나 강렬한 애정이 그에게 훅 밀려들었다. 그녀는 그의 아내였다. 그의 평생의 사랑이었다. 그런데 지난 3년 동안 그는 그녀가 이런 기분을 느끼게 하는 데 실패했다. 이런 걸 느낄 수 있도록 충분히 마음을 놓을 수 있게 해주지 못했다. 그는 너무 많은 방식으로, 너무 많은 시간 동안 그녀를 실망시켰다. 그는 다시는 그녀를 실망시키지 않을 것이다.

"개브……." 그녀의 입에서 그의 이름이 온전히 나오지 않았다. 그녀는 절정에 오르고 있었다.

"좋아, 좋아, 아아, 아아!"

그녀는 손으로 그의 머리칼을 움켜잡고, 울부짖으며 머리를 활처럼 뒤로 휘었다. 몸이 사정없이 떨렸다. 그녀의 은밀한 근육들은 그의 손가락을 감싼 채로 움찔거리고 있었다. 그녀의 엉덩이가 마지막으로 그의 입술을 찾아 번쩍 올라갔다.

그런 다음 그녀는 털썩 늘어졌다. 울부짖던 그녀의 목에서는 나긋하게 앓는 소리가 새어 나오고 이어 또 한 번의 신음이 이어지고, 끝내, 아아, 세상에…….

와, 끝내준다. 그가 해냈다.

그가 아내를 절정에 다다르게 만들었다.

와, 와, 와!

그녀는 오르가슴을 느꼈다.

개빈의 손과 입술만으로. 감각이 서서히 되돌아오는 동안 세아는 그의 어깨에 다리를 늘어뜨리고 있었다. "개빈." 그녀가 은밀한 목소리로 말했다.

그는 그녀의 배를 따라 올라가며 키스했다. "어떻게 해줄까." 그가 떨리는 목소리로 말했다.

"내 안에 들어와줘."

그는 거칠 것 없이 나머지 옷들을 벗었다. 개빈은 바지를 아무렇게나 벗어 던지고 팬티를 끌어 내리고 그녀에게 바짝 몸을 기울였다. 발기된 그가 아직 고동치고 있는 그녀의 질에 성급히 맞닿자 그녀는 엉덩이를 들어 올려 또 한 번의 쾌락을 찾았다.

"뭘 원해." 그가 말했다. "말해봐. 정확히 내가 어떻게 해주면 좋겠는지 말해줘."

"내 안으로 들어와." 그녀가 다시 한번 말했다.

"다시 말해봐." 그는 끝부분만 그녀의 안으로 살짝 밀어 넣으며 거칠게 숨을 내쉬었다.

그녀는 그의 귓가에 입을 바짝 댔다. "다시 절정을 느끼게 해줘."

개빈은 그녀의 안으로 힘껏 찔러 넣었다. 아주 깊숙이. 그는 단단히 발기된 자신을 그녀의 몸 속 깊이 파묻었고 그녀의 입에서는 기쁨의 울음이 터져 나왔다.

세아는 다리로 그의 허리를 휘감았다. "나랑 미치도록 해줘, 개빈."

그녀가 거칠게 내뱉은 그 말은 그녀가 지금껏 한 말 중에서 가장 화끈하고 섹시했다.

그녀는 그에게 온몸으로 매달렸다. "더 세게, 더 빠르게, 자기야."

그는 복종했다. 그는 팔꿈치를 세워 속도를 올렸고 그녀는 머릿속이 새하얘졌다. 그녀의 머리 옆에 단단히 받치고 있는 그의 팔뚝 근육이 불끈거리며 터져나갈 것 같았다. 그녀의 몸 위로 그의 땀이 뚝뚝 떨어졌다.

갑자기 그녀는 절정을 느꼈고, 그는 미처 준비할 새도 없이 그녀가 그의 등에 손톱을 깊이 새길 동안 그대로 멈춰 있었다. 이내 더 이상 버틸 수 없던 그는 그녀를 따라 절정으로 내달렸다. 그는 온몸을 부르르 떨며 마지막 한 방을 깊숙이 찔러 넣었다. 그는 신음하고, 이어 갈라진 목소리로 그녀의 이름을 불렀다.

그녀의 근육이 힘없이 풀어져 그의 몸 아래서 그대로 축 늘어졌다. 땀이 뚝뚝 떨어지는 그의 등으로 미끄러지던 그녀의 손이 이불 위로 떨어졌다. 개빈은 그녀의 몸 위로 무겁게 털썩 떨어졌고 몸에 마지막 남은 힘을 쥐어짜 그녀의 몸 안에서 빠져나왔다. 두 번이었다. 그가 자기 부인을 두 번이나 절정에 달하게 했다. 월드시리즈에서 다섯 번 연속으로 우승한다 해도 이보다 기쁠 수는 없을 것이다.

"개빈." 그녀는 고개를 돌려 그의 머리 옆에 입술을 가져갔다. "그거 알아?"

그는 침대에 그대로 얼굴을 박은 채로 뭐라 중얼거렸다.

"나, 연기 아니었어."

개빈은 고개를 들어 그녀에게 키스했다. "그거 알아?" 그는 고개를 뒤로 빼며 나직이 말했다.

"응?"

"나도 아니었어."

세아는 웃었다. 개빈은 옆으로 돌아누워 그녀를 끌어안았다. 그녀의 알몸이 그의 가슴 위를 덮으며 늘어졌다. 그는 보호하듯이 한 팔로 그녀의 허리를 감싸 안고 다른 한 팔은 그녀의 머리 뒤를 감싸, 그대로 그녀를 단단히, 부드럽게 안았다.

그의 가슴이 쿵쾅거렸다. 그녀의 손가락이 그의 배를 따라 내려갔다. "배고파?"

"언제나." 그가 말했다.

"룸서비스 시킬까?"

"메뉴에 당신도 있어?"

세아는 다시 웃음을 터뜨렸다. "메뉴 가져올게."

그는 그녀를 안고 있는 팔에 더욱 힘을 주었다. "내가 할게. 당신은 딱 침대에 누워서 절대 그 구두 벗지 마."

"오호, 이 구두 마음에 들어?"

그가 순간적으로 몸을 굴리자 그녀가 또다시 그의 몸 아래로 가 있었다. 그는 그녀에게 키스를 하며 길을 따라 내려갔다. 그녀의 목, 그녀의 가슴, 잠시 멈춰 그녀의 젖꼭지를 입술로 당겼다가 그대로 배꼽까지 내려갔다.

그는 끙 소리를 내며 일어섰다. "금방 돌아올게."

그가 자리를 뜨자 그녀는 자기 가방에서 그의 야구 유니폼을 꺼냈다. 그녀는 알몸 위에 그걸 입은 다음…….

"아, 이런, 세상에! 당신 날 죽일 셈이야?"

그녀는 입술을 살짝 깨물고 한 바퀴 돌았다. "마음에 들어?"

"그 어떤 속옷보다 더!"

그녀는 셔츠 끝단을 잡아당겼다. "정말?"

"지금 내 팬티 속에서 무슨 일이 벌어지고 있는지 보고 싶어?"

"응." 그녀가 야한 상상으로 달아올라 가쁜 숨을 뱉었다. 대체 이 남자 어디서 이런 자신감 넘치고 야한 말이 나오는 걸까?

개빈은 메뉴를 떨어뜨리고 그녀가 서 있는 곳으로 성큼 다가갔다. 그는 그녀의 손을 끌어와 점점 단단해지고 있는 그곳에 갖다 댔다.

"이렇게 빨리 다시 단단해지는 게 인간으로서 가, 가능한 일일까, 세아."

그녀는 자기 입술을 핥았다. "그럼 그걸 낭비하면 안 되겠네."

"절대 안 되지." 그는 그녀의 허리를 안은 채 침대로 뒷걸음질해 그녀를 더욱 바짝 끌어안았다. 그는 침대에 앉아 그녀가 자기 다리 위에 올라탈 때까지 끌어당겼다. 단 한 번의 삽입으로 그는 다시 그녀의 안으로 들어갔다. 원시적이고 격렬하고 억제되지 않은 무언가가 두 사람을 강렬한 쾌락으로 휘감았다. 세아는 한번도 경험해보지 못한 불길에 휩싸여 뜨겁게 타올랐다.

그는 손을 미끄러뜨려 그녀의 엉덩이를 감싸 쥐었다. 그가 그녀의 엉덩이를 움켜쥐었다 펴고, 또다시 주무르고 받쳐주는 동안 그녀는 무릎으로 서서 에로틱한 리듬을 타며 위아래로 들썩거렸다. 그녀는 잡고 있는 그의 어깨를 손가락이 파고들만큼 꽉 움켜쥐었고, 단단한 그의 그것에 맞춰 몸을 흔들었다. 두껍고 굳은살이 밴 그의 손가락이 그녀의 가슴 옆을 스치고 올라가 머물자 그의 성급한 탐험 아래 그녀의 젖꼭지가 단단해졌다.

그녀는 그의 어깨를 짚은 채 그를 내려다보았고, 그는 굶주린 소유욕에 불타고 있는 그녀의 시선과 마주쳤다.

"당신, 미치게 아름다워." 그가 거친 목소리로 말했다. 그녀가 입고 있는 자신의 유니폼을 찢어버리자 단추가 날아갔고, 그는 고개를 앞으로 숙였다. 그는 그녀의 단단해진 젖꼭지 하나를 입에 물었다. 세아는 신음을 뱉고 고개를 뒤로 젖혔다. 그녀는 손으로 그의 머리칼을 헤집으며 그의 머리를 그 자리에 붙박아두었다. 그는 그녀의 양쪽 젖꼭지를 번갈아 빨고 핥았고 그녀의 허벅지 사이가 꽉 조여와 그는 참을 수 없었다.

세아는 곧이라도 터질 것 같은 그의 사정을 살짝 뒤로 미뤄주었다. 그는 그녀를 끌어안고 둘은 몸을 움직이고 신음하며 하나로 뒤엉켰다. 세아는 그가 더 깊숙이 들어오도록, 그의 넓은 가슴에 맞닿을 수 있도록 다리를 벌렸다.

그의 목 깊은 곳에서 거친 소리가 새어 나왔고, 그녀는 자신에게 있는 줄도 몰랐던 성적 만족감이 가득 채워지는 것을 느꼈다.

"미치겠어, 세아." 그는 그녀에게 비벼대며 신음했다. 손으로 그녀의 엉덩이를 움켜잡았다. 그리고 찰싹 때렸다.

이런 망할.

세아가 얼어붙더니 그를 내려다보았다. "방금 나 찰싹 친 거야?"

"어, 그러네, 그게, 마음에 들어?"

"그런 거 같아. 그런가, 정말 그런가 보게 다시 해봐." 개빈이 "이런 빌어먹을 얼룩덜룩 벌레 같은!"이라는 이상한 말을 했지

만 그녀는 일단 그건 나중에 생각해보기로 했다. 왜냐하면 그가 다시 그녀의 볼기를 찰싹 때렸는데 그게,

"아아, 좋아, 그래." 그가 또 한 번 때렸다. "좋아, 너무 좋아."

그녀의 몸 안에서 모든 색채와 감각이 폭발했고, 그녀가 절정에 휩싸이는 동안 그 역시 절정에 올랐다. 그는 놀란 표정으로 침대 위로 벌렁 뻗어버렸다.

그녀는 그를 내려다보며 웃었다. "나 세 번이나 느꼈는데, 자긴 팬티조차 안 벗고 있었어."

"자기야." 그가 헐떡거렸다. "우리 이제 막 시작한 거야. 3년 동안 못 한 거 채워야지."

24

그는 채워주었다.

침대에서 한 번.

마침내 룸서비스를 주문하고 나서 침실 밖 바닥에서 한 번.

새벽 3시, 녹초가 되어 자던 그녀의 가슴 위로 올라온 그의 손길에 잠이 깼을 때.

새벽 6시, 아침을 맞아 발딱 일어선 그것을 그녀가 손으로 쥐어 그를 깨웠을 때.

그 섹스 이후에 둘은 죽은 듯이 곯아떨어졌다.

드디어 잠에서 깬 그녀의 곁에서 그가 누운 채 그녀를 바라보고 있었다. 그윽한 눈빛과 입가에는 달콤한 미소가 어려 있었다. 그는 손을 뻗어 그녀의 얼굴에 늘어진 머리칼을 쓸어 넘겨주었다. "잘 잤어?" 그가 속삭였다.

"응." 그녀가 하품했다. "지금 몇 시지?"

"10시 조금 넘었어."

그녀는 실망의 신음을 길게 늘어뜨렸다. "곧 나가야겠네."

"그러게." 그는 그녀의 귀에 꽂혀 있던 머리 한 가닥을 죽 당겼다. "내가 생각해봤는데, 애들 학교에서 데리고 온 다음에 잠깐 들러서 크리스마스 나무를 살 수 있을 것 같아."

"같이 장식하고 뜨거운 코코아도 만들어 먹고."

"애들은 영화 보여주자."

그녀는 그에게 부드럽게 입을 맞추었다. 그는 그녀의 이마에 자기 이마를 마주 댔다. "여기서 나가기 싫은데."

그녀의 마음에 따뜻함이 차올랐다. 그녀도 침대를 벗어나기는 싫었지만 이후에 올 것들이 기대됐다. "집에 있는 침대가 더 좋잖아."

그는 그녀의 입술을 덮쳤고 그녀의 정신은 아득해졌다. 그런 다음 잠시 그녀는 그의 따뜻한 품 안에 충만한 기분으로 안겨 있었다.

"집에 가자, 개빈."

백작부인
사로잡기

이레나가 옳았다. 무도회는 끔찍하고 고루한 행사였다. 그녀는 그런 이유로 싫어했지만 그것 말고도 남편과 부인은 한 번 이상 함께 춤을 출 수 없는 터무니없는 사회적 규칙도 있었다.

베네딕트는 그녀를 품에 안고 싶었다. 지금 당장. 언제나. 그가 마침내 그녀에게 마음을 열었던 그날 밤 이후로 모든 것이 달라졌다. 그녀의 순진한 손놀림과 머뭇거리는 키스가 불을 지폈고 그는 기꺼이 더 오래 기다릴 수도 있었지만, 그녀는 마침내 긴 기다림을 마치고 첫날밤을 맞이하였다. 그의 부인과 사랑을 나누는 것은 너무나 놀라운 경험이었기에 그는 매일 아침 해가 뜨려는 조짐에도 분통을 터뜨렸다.

"랫퍼드." 묵직한 손이 그의 등을 쳤다.

베네딕트는 부인을 바라보던 눈길을 돌려 친구인 멜빈 자작을 보았다.

"자넬 여기서 보게 되다니." 멜빈이 말했다.

"어째서?"

"자네가 마지막으로 그 무리들과 어울렸을 때 워낙 인상적이지 않왔나."

베네딕트는 그걸 떠올리고 싶지 않았다. 그는 자신의 부인을 늑대들에게 던져놓고 그녀가 순수한 의지만으로 그들과 싸워낼 만큼 강할 거라고 안이하게 생각했었다.

"감히 말하는데 오늘 밤 완전히 새로운 인상을 남긴 것 같은데." 멜빈은 생각에 잠긴 듯 말했다.

"그건 어째서인가?" 그의 눈길은 다시 이레나에게 가 있었다.

"자기 부인에게 흠뻑 빠진 남자의 모습은 눈에 띄지 않을 수가 없지 않나."

"맞네." 전혀 남자답지 않게 느껴지는 낯선 현기증이 그의 가슴을 한껏 부풀게 했다. "나는 행복한 유부남일세, 친구."

"그 말을 들으니 기쁘군. 일단 조심하게, 랫퍼드. 모든 이가 너그러운 것은 아니니."

그는 자신의 부인과 모여 선 한 무리의 여자들을 보며 고개를 끄덕였다.

그 순간 이레나가 빠르게 달려가는 게 눈에 들어왔다.

베네딕트는 자기 부인이 사라진 쪽으로 따라갔다. 바깥으로 나온 그녀는 괜찮아 보였다. 하지만 그는 그녀를 잘 알고 있었다. 무언가가 잘못되었다. 그녀의 굳게 다문 입술과 가슴 앞으로 움켜쥔 주먹 그리고 그녀가 경멸하는 신발 소리를 내며 빠르게 걷는 소리로 알 수 있었다.

그는 도서관에서 그녀를 찾았다.

달리 어디로 가겠는가.

그는 안으로 들어가 육중한 문을 닫았다. 부드럽고 고르지 못한 숨소리와 걸쇠가 딸깍 걸리는 소리만이 방 안을 채웠다.

"이레나?"

맞은편 벽의 웅장한 벽난로를 마주 보는 자세로 그녀는 등받이가 꼿꼿한 의자에 앉아 있었다. 멋진 벨벳 드레스에 비해 그녀가 작아 보였다. 체구만이 그런 게 아니었다. 그녀는 낙담한 듯 보였다. "어디가 불편한 거요?"

그는 그녀 앞에 쪼그려 앉아 그녀의 손을 감싸 쥐었다. 얼음장처럼 차가웠다. 그녀의 눈빛이 그러한 것처럼.

"이레나, 무슨 일이오?"

"한 남자와 부인이 한 집에 있는 걸 피하기 위해 자신의 아이를 내버릴 정도로 서로를 경멸하게 만들 수 있는 게 대체 무엇일까요?"

불안의 기운이 그의 몸으로 퍼졌다. 베네딕트는 바닥에 엉덩이를 대고 앉았다. "무슨 이야기를 하는 거요?"

"당신 부모님이 특별히 불행한 사람들이라고 말했지만 그것만으로는 마땅한 설명이 되지 않는 것 같아요."

"왜 이런 이야길 하는 거요?" 차가운 불안감이 그를 덮쳤다. "그 여자들이 당신에게 대체 무슨 이야길 했기에?"

"그들 탓으로 돌리지 말아요. 진실을 말해주세요."

베네딕트는 천천히 일어섰다. "이게 다 무슨 말인지 나는 전혀 모르겠소." 하지만 그는 알고 있었다. 그리고 사실을 감추면 끝내 그녀의 귓가에 닿지 않을 거라고, 자신이 그렇게 할 수 있을 거라고 믿는 바보이기도 했다.

그녀는 일어서는 그를 바라보았다. "그 무리들은 절대 소문을 잊는 법이 없지요. 여태껏 그걸 몰랐던가요, 영주님?"

직위를 부르는 말에 그의 가슴이 부글거리며 끓어올랐다. "이레나, 내 말을 들어보……."

"진실을 말해주세요."

"나의 어머니와 아버지 사이의 일은 우리와 아무 상관이 없소."

가녀린 그녀의 입가가 어그러지며 조소가 새어 나왔다. "전부 우리와 관련이 있어요. 말해요. 말해봐요. 무슨 일이 있었는지 말해줘요."

"어머니가 아버지에게 덫을 놓았소."

"와! 리비 이모다!"

팀 파티를 치른 다음 날인 목요일, 세아는 어밀리아가 소리를 지른 것과 동시에 집 앞으로 동생의 지프차가 들어오는 걸 보았다. 리브는 둘이 싸운 밤 이후로 단 한 번도 전화를 주거나 문자에 답을 하지 않았다.

"자기한테 온다고 연락 왔었어?" 개빈이 물었다. 막 현관 앞에 여행 가방을 내려놓은 그는 화보 촬영을 위해 곧 뉴욕으로 떠날 참이었다. 겨우 주말에만 떠나 있을 거였지만 세아는 그의 빈자리가 두려웠다. 다시는 그가 떠나지 않기를 바랐다. 야구 시즌이 시작되면 지옥이 되겠지.

"아니." 세아는 주방 창문 너머로 여동생을 바라보며 말했다.

개빈은 그녀의 등에 손을 댄 채로 곁에 섰다. "둘이 얘기할 수 있게 애들 다른 데로 데려갈까?"

그녀는 미소를 지으며 그를 올려다보았다. "아니, 고마워. 근데 괜찮아. 아마 자기 물건 가지러 온 걸 거야." 말은 그렇게 했어도 세아는 리브가 친구네 소파에서 자는 게 지쳐서 집으로 돌아올 때가 되어 그냥 콧대를 꺾은 것이기를 바랐다. 게다가 그녀의 집은 여기였다. 심지어 개빈마저 그녀를 그리워했다.

세아는 현관문을 열고 버터를 밖으로 내보냈다. 버터는 잠깐 멈춰서 수풀에 다리 하나를 들어 올렸다가 곧장 리브에게 달려갔다. 세아는 현관에서 그녀를 마주했다.

"왔어?"

"어." 리브가 말했다. "내 물건 가지러 왔어."

"리브, 그럴 필요 없어."

리브는 대꾸도 하지 않고 집 안으로 들어갔다. 세아는 그녀를 따라 지하실로 내려갔다. 리브는 옷장을 열고 옷을 끄집어내기 시작했다.

"네가 여기서 지내면 좋겠어." 동생 뒤에 바짝 다가서며 세아가 말했다.

리브는 더플백에 티셔츠 한 다발을 쑤셔 넣었다.

"언니 남편은 어디 있어?"

"위층에. 그 사람도 네가 여기서 지냈으면 해."

리브는 스웨터를 둘둘 뭉쳐 가방 안에 쑤셔 넣었다. "손님방에서 나왔다는 얘기네?"

"리브, 그거 잠깐 멈춰볼래?"

"나 오늘 오후에 출근해야 돼. 그러니까 안 돼."

"맞아, 손님방에서 나왔어. 그러니 너도 언제든 그리로 옮겨서 네가 원할 때까지 지낼 수 있잖아."

리브는 지퍼를 채우고 일어섰다. "둘이 같이 지낼 시간이 필요할 텐데 내가 방해하면 안 되지."

"네가 왜 방해가 된다는 거야. 애들도 네가 여기 있기를 바라. 나도 그렇고."

"있잖아," 리브가 처음으로 고개를 들어 세아를 마주 보았다. "어떻게 될지 나도 알아. 언니랑 개빈은 다시 밝고 빛나는 한 쌍이 되겠지. 유일한 완소 커플. 그냥 내가 빠져줄게."

"개빈이랑 나랑 다시 합치면 너랑 보낼 시간이 없을까 봐 이러는 거야?"

리브는 코웃음을 쳤다. 비웃는다기보다 슬픈 느낌이었다. "걱정 마. 절대 둘 중 하날 고르라고 안 할 테니까. 난 살면서 그런 선택을 받아본 적이 한 번도 없었거든."

그녀 안에 내재된 언니의 마음이 리브를 끌어당겨 안아주고 싶어 했다. 두 팔로 안아 그 한마디에 담긴 못난 고통으로부터 그녀를 보호해주고 싶었다. 하지만 그들은 더 이상 아이들이 아니었다. "이건 그런 게 아니잖아. 내가 우리의 부모도 아니고, 개빈을 받아들여서 너를 거부하는 것도 아니야."

리브는 눈알을 굴리며 어릴 적부터 고수하던 특유의 삐딱한 자세로 섰다. "진짜, 못 봐주겠네. 며칠 재미지게 섹스 좀 했다고 아주 심리치료사가 다 되셨어."

침착하게 숨을 고르고 반응하지 말았어야 했겠지만 세아가 선택한 전략은 다른 것이었다. "그래서 어디로 갈 건데? 농장으로 돌아가려고?" 이 집으로 들어오기 전, 그녀는 도시 외곽의 협동조합 농장에 있는 창고 위에 지은 집에서 살았다.

리브는 더플백을 들어 손잡이를 어깨에 걸었다. "그건 모르지. 일단은 알렉시스네 가게에 있을 거야."

"나 아직 벽화 작업할 거 남아 있어. 그러니 카페에서 볼 수 있을 텐데." 세아는 시도해봤다.

리브는 자기 짐들을 계단까지 끌고 가다가 그 앞에서 멈춰 섰다. "언니, 지금 내가 하려는 말, 나도 좋아서 하는 거 아니야. 그건 알아줬으면 좋겠어."

하, 대체 뭘까. 세아는 팔짱을 꼈다.

"이기는 걸 좋아하는 남자들은 원하는 걸 손에 넣기 위해서라면 뭐든지 한다는 거 알아둬."

세아는 짜증 섞인 소리를 내고는 고개를 절레절레 저었다. "물론 개빈한테도 부족한 점은 많아. 근데 넌 그가 무슨 권모술수라도 쓰는 것처럼 그러는데, 그렇지 않아."

"그럼 손님방 옷장에 뭘 숨겨뒀는지 가서 한번 봐."

불안의 기운이 엄습했다. 너무 구체적인 장소라는 게 더 이상했다. "무슨 소릴 하는 거야?"

리브는 쿵쾅거리며 계단을 올라갔다. 세아는 뒤를 따랐다. 한 걸음 내디딜 때마다 화와 불안이 점점 커져갔다.

"리브, 그런 소리만 하고 이렇게 가버리면 어떡해."

리브는 더플백을 계단마다 힘겹게 끌어 올리며 올라갔다. "리브!" 세아가 소리쳤다.

리브는 들은 척도 하지 않았다.

개빈이 계단 맨 위에 나타났다. "괜찮은 거야?"

리브는 그에게 비키라고 했고, 그는 순순히 따랐다.

리브의 더플백에 달린 바퀴가 바닥을 지나며 요란한 소리를 냈고 그 바람에 아이들이 알아채고 다가왔다. 어밀리아가 리비에게 달려가다가 우뚝 멈춰 섰다. "이모 어디 가?"

리브는 가방을 털썩 내려놓고 쭈그리고 앉아 아이들을 향해 두 팔을 벌렸다. "이모는 모험을 떠날 거야!" 밝고 신나는 목소리였지만, 아이들을 위해 부러 그런다는 걸 세아는 알고 있었다. "코끼리도 타고 유니콘도 찾으러 갈 거야. 그리고…….'

"코뿔소도!" 어밀리아가 깔깔 웃었다.

"그리고 야생 두더지랑……." 리브가 이내 말끝을 흐렸다.

세아는 리브가 아이들 뺨에 각각 뽀뽀를 해주고 일어서는 걸 지켜보았다. "있잖아, 얘들아, 사실 이모는 다른 데서 살려고 떠나는 거야. 왜냐하면 이제 아빠 야구가 끝나서 한동안 쉬니까 너희한테 내가 필요 없어졌거든."

에이바가 리브의 다리를 끌어안았다. "아니야! 이모 있어야 돼, 리비 이모!"

개빈이 가까이 다가섰다. "리브, 안 가도 돼."

그가 그녀의 가방을 집어 들자 리브가 홱 잡아챘다.

"가게 둬, 개빈." 세아가 차분한 목소리로 말했다. 리브가 일단 마음을 먹었다면 그걸 바꿀 방법은 없었다.

리브는 짐을 들고는 손 한 번 흔들지 않고 현관으로 걸어갔다.

동생이 어디 멀리 가는 것도 아니다. 그녀는 내슈빌에서 일했고, 여전히 내슈빌에서 지낼 것이다. 그럼에도 세아는 그녀가 떠나자 연결되어 있던 밧줄이 툭 끊어지는 기분이었다.

그리고 동생이 했던 말이 노래처럼 계속 머릿속에서 반복되어 들려왔다.

"개빈?" 그녀가 말했다.

그녀의 말투에 이상한 기운을 감지한 그가 눈썹을 치켜올렸다. "왜?"

"손님방 옷장에 뭐가 있는 거야?"

백작부인
사로잡기

"말해봐요, 베네딕트. 무슨 일이 있었는지 말해줘요."

"어머니가 아버지에게 덫을 놓았소."

이레나는 떨리는 아랫입술을 지그시 물었다.

"많은 걸 설명해주네요, 안 그래요?"

베네딕트는 두 손으로 머리를 감싸 쥐었다. "아니, 그런 게 아니야. 당신이 무슨 생각을 하고 있는지 알지만 그러지 말아요. 부모님 관계랑은 아무 상관이 없소. 내가 당신을……." 그는 말을 잇지 못함으로써 곧장 스스로 아니라고 부정하고 있는 것이 틀렸음을 입증하고 말았다.

"제게 죄가 있다고 즉각적으로 의심했던 것 말이지요?" 그녀는 바짝 다가섰다. "가장 최악의 제 모습을 당신이 기꺼이 믿어버린 것 말이지요?"

"우리 상황은 달랐던, 아니 완전히 다른 것이오."

"그렇다면 스스로에게 물어보세요. 어째서 어머니가 아버지에게 덫을 놓았다고 생각하나요? 두 사람이 관계를 가질 때 당신 아버지는 그 자리에 없었나요?"

"물론 응했지, 하지만……."

"우리가 관계를 가질 때, 당신은 그 자리에 없었나요?"

"물론 있었지! 그렇지만……."

"그렇지만 무엇인가요? 언제나 여자들의 잘못일 뿐이지요, 절대 남자들의 잘못이 아닌!"

"나는……."

"당신은 진실의 한 가지 면만 믿으면서 평생을 보낸 거예요. 당신의 아버지가 희생자라고 생각하면서. 어머니의 입장에서 한 번이라도 생각해본 적이 있긴 한가요? 그날, 덫에 걸린 건 결국 어머니였을지도 모른다는 생각을 단 한 번이라도 해본 적이 없나요?"

어머니가 덫에 걸린 거라고? 차가운 무언가가 그의 피부를 훑고 지나가 머리털이 곤두서고 팔에는 소름이 돋았다. 그는 수년 동안 어머니의 모습을 근엄하고 차갑게만 그려왔다. 하지만 어머니가 냉담했던 걸까, 아니면 그가 단 한 번도 알아채지 못한 슬픔을 그렇게 가렸던 걸까?

이레나는 그의 앞에 꼿꼿하게 섰지만 몸 옆에 붙인 두 손은 떨리고 있었다. "어머님이 당신에게 한 짓이 나는 싫어요, 베네딕트. 당신을 그렇게 내버려둔 것 말이에요. 변명의 여지가 없는 일이죠. 하지만 동시에 어머님을 생각하면 마음이 아파요. 어머님은 자기를 보는 것조차 싫어하는 애정이 없는 남자와 함께 차갑고 잔인한 결혼 안에 갇혀 일평생을 보내야만 했어요. 그가 한때는 그녀를 욕망해서 그녀로 하여금 사회의 요구를 내던지고 그녀의 지위를 위태롭게 하면서도 어두운 구석으로 그에게 바짝 다가오도록 만들었음에도 말이지요."

그의 속이 바싹 타들어가기 시작했다.

"어머님은 한때 그의 애정을 기꺼워했듯이 그의 업신여김도 참아내야만 했어요. 어머님과 결혼하려 한 게 아니라면 그녀를 향한 아버님의 무모한 장난들은 무슨 의도였나요?"

"나도 모르겠소." 그는 쉰 소리로 인정했다. 목소리에 수치와 두려움이 묻어나 있었다. 여태껏 그런 생각조차 해보지 않았다는 사실뿐만 아니라 곧 다가올 새로운 폭로를 예감했기에.

"하지만 종국에는 아버님은 어머님을 싫어하게 되었고," 이레나는 말을 이었다. "당신에게 원망을 들은 건 오직 어머님뿐이었죠."

간절한 마음에 그는 가까이 다가섰다. "당신에 대해서, 당신의 의도에 대해서는 내가 오해했던 거라고 내내 인정하지 않았소. 멜빈 자작이 나에게 와서 우리가 어떻게 보이는지 진실을 말했을 때……."

"바로 그거예요, 베네딕트!" 그녀는 소리쳤다. 그녀답지 않게 격앙된 목소리에 그는 뼈와 살이 분리되는 것 같았다. "내가 당신을 기만하지 않았다는 걸 믿기 위해 당신은 다른 사람에게서 그걸 들어야만 했지요. 당신 어머니는 당신이 평생 믿어온 것처럼 책략가가 아니었을지도 모른다는 걸 나에게 들은 것처럼요."

이레나는 고개를 저었다. "우리 어머니가 방에 들어와 우연히 우리를 보았던 그 순간에, 내가 당신 어머니처럼 덫에 걸린 거라고 생각해본 적 있나요?"

덫에 걸려? 백작과 결혼하는 게? 아니, 그는 도저히 납득할 수 없었다. 그게 가당키나 한 소린가? 그는 태어나는 순간부터 자신이 신바로 아래 위치한 존재라고 믿으며 자랐다. 그렇기에 여자들이 그와 결혼하기 위해서라면 무엇이든 할 거라고, 그의 손길과 명성을 얻기 위해 거짓말을 하고 속임수를 쓸 거라고 생각했다.

하지만 이레나의 말은 그의 눈앞을 가리고 있던 눈가리개를 찢어버렸고, 새로운 시각에서, 그녀의 시각에서 보니 세상이 다르게 보였다.

그들의 만남에 있어 그는 적극적인 참여자였다. 만남의 자리를 이끌어낸 것도 그였던 것이다, 하느님 맙소사. 하지만 그녀는 수치심이라는 사회의 십자가를 홀로 짊어졌다. 무리들의 분풀이를 홀로 받아냈다. 오직 그녀에게만 책략가라는 낙인이 찍혀버렸다.

현실은 너무 다른 것이었다.

그들의 쾌락의 시간은 그의 비밀이 아니었다.

그녀의 비밀이었던 것이다.

오, 신이시여, 그는 그녀의 추잡한 작은 비밀이었던 것이다. 그녀가 경멸하는 세상에 대한, 그녀의 회오리치는 반란이었던 것이다. 그는 백작이었고, 그와의 결혼을 강요받는 것은 그녀의 빌어먹을 삶을 망가뜨려놓았던 것이다. 그는 그녀에게 무도회 가운을 입으라고, 왈츠를 추라고 밀어붙였다. 그는 소문과 경멸로 가득 찬 독사들의 구덩이로 그녀를 밀어 넣었다. 바보같이 그의 지위만으로 그녀를 구할 수 있을 거라 믿으면서.

낯설고 신경질적인 웃음이 속에서부터 터져 나와 그는 몸을 숙이고 손으로 무릎을 짚었다.

"저를 보세요, 영주님."

베네딕트는 숨을 훅 들이마시고 몸을 일으켰다. 그를 마주한 냉담함에 그는 두려움을 떨쳐낼 수가 없었다.

"전 가겠어요." 그녀가 말했다.

사이영상[♥] 투수와 맞대결이라도 하는 듯 개빈의 이마에 한 줄기 땀이 흘러내렸다.

"세아, 그게."

"세상에." 세아가 으르렁거렸다. "뭐야? 옷장에 뭘 숨기고 있는 거야?"

"그게 약간 서, 설명이 필요한데, 일단 내 말을 먼저 들……."

세아는 듣지 않았다. 곧장 계단으로 향했다.

좋아. 침착해. 머리를 쓰자. 개빈은 주머니에서 휴대전화를 꺼내 멤버들에게 단체 문자를 보냈다.

―적색 경보. 책 들켰음. 구원 요청 바람.

그는 아이들을 확인하고 소파에 그대로 있으라고 말한 다음 서둘러 그녀의 뒤를 따랐다. "세아." 그녀를 부르는 목소리에 당황한 기색이 역력히 묻어났다. 제발 그녀가 알아채면 안 되는

<hr />

♥ Cy Young Award. 미국 프로야구에서 22년 동안 활약한 투수 사이 영을 기념하여 그 해의 최우수 투수에게 주는 상.

데! 그가 손님방에 들어간 순간, 세아가 가방을 꺼내 바닥에 내려놓았다.

그녀는 미간을 찌푸리며 그를 보았다. "책?"

개빈은 어깨를 으쓱했다. "맞아, 어, 책."

"리브가 말하던 게 이거였어?"

"그런 것 같은데?"

세아는 가방 안으로 손을 넣어 섭정 시대물 책 두 권을 꺼냈다. 표지를 훑어보는 그녀의 표정이 일그러졌다. "로맨스 소설이잖아."

"어, 그래, 그거야."

"이게 다 당신 거야?"

"어, 응." 개빈은 경계를 풀기엔 두려웠지만 아직까진 나쁘지 않았다. 그녀는 표지들만 훑었지 속을 들여다보지는 않았다. 하지만 리브가 책에 대해 경고를 했다는 건 분명 하나라도 안을 들여다봤다는 거고, 어쩌면 그가 메모해놓은 걸 봤을 수도 있다는 걸 의미한다. 밑줄을 그어놓은 것들도. 그리고 야한 장면에 형광펜으로 표시해둔 것까지.

젠장.

세아는 다른 책 하나를 집어 들었고 그의 심장은 외야로 날아가는 공을 잡기 위해 벽에 부딪힐 위험을 무릅쓰고 달릴 때처럼 쿵쾅대기 시작했다. '흠뻑 젖은 백작부인'이 그녀를 올려다보고 있었다.

그의 휴대전화가 진동했다.

"당신……." 그녀는 웃음을 참으려 애쓰고 있었다. "당신 진심으로 이런 걸 좋아하는 거야?"

"로맨스 소설이 뭐 어때서. 현대에, 아니, 현대인의 관계나 페미니즘에 대해 어떤 생각을 보여주기도 하고…… 또 그 뭐, 많잖아."

세아는 코웃음을 쳤다. "개빈, 나도 알아. 나 로맨스 소설 완전 좋아해."

"그래?"

"내 전자책 단말기에 온통 이런 것들인걸. 근데 뭐랄까…… 자긴 언제부터 좋아한 거야?"

그의 전화기가 잇달아 진동했다. 이런, 망할. "저기, 자기야. 저기 그러니까, 잠깐만."

그는 돌아서서 방을 빠져나왔다. 세 개의 문자가 와 있었다.

―침착함을 잃지 마. 델이었다.

―야한 장면 중에 따라해보고 싶은 거 있나 물어봐. 맥이지 누구겠는가.

―제일 중요한 건 거짓말은 안 돼. 맬컴이었다.

좋아. 그녀에게 북클럽에 대해 말해야겠다. 일단 그녀가 책을 열어보거나 표시해둔 걸 발견하기 전에 주의를 돌리는 게 급선무다. 그게 걸리면 장난 아니게 쪽팔릴 테니까.

"아빠?" 에이바의 목소리가 계단 맨 아래에서 올라왔다.

개빈은 속으로 끙 앓았다. "왜 그래, 우리 아가?"

"나 배고파."

개빈은 속으로 욕지거리를 퍼부었다. 구린내 나는 이 겁쟁이 자식!

"어, 알았어, 아가. 잠깐만 기다려줄래?"

"개빈."

세아가 그의 이름을 불렀다. 나지막이. 불길하게. 그는 돌아서서 방으로 들어갔다.

그녀의 손에 들린 《백작부인 사로잡기》가 활짝 펼쳐진 채로 그가 메모한 것과 밑줄 친 곳들을 적나라하게 드러내고 있었다.

세아가 눈을 치켜떴다. "우리 중 누가 거짓말을 해오고 있던 거지?"

세아는 개빈을 바라보았다. 그의 얼굴에는 사실 장난이었다거나, 실수로 그랬다고, 아니 그게 아니라면, 혹시 리브가 남기고 간 배배 꼬인 장난 같은 거라고 말할 기미는 전혀 보이지 않았다. 이게 보이는 그대로가 아니라고 그녀를 설득할 그 어떤 것도 없었다.

그는 긴장한 목소리로 말했다. "세아, 들어봐."

"당신이 나한테 했던 그 모든 멋들어진 말들이⋯⋯."

"내가 생각해낸 말들은 아니야. 하지만⋯⋯."

그녀의 다리가 부들부들 떨렸다. "난 늘 반쪽짜리 남자였어. 내 고통을 끝내줘. 나는 당신의 자비 안에 있어." 그녀의 말은 끝으로 갈수록 외침으로 바뀌었다. 그는 그런 말들로 그녀를 유혹했다. 그는 그 말들로 그녀의 신뢰를 얻어갔다. 리브가 옳았던 걸까? 그에겐 이게 하나의 경기일 뿐이었던 걸까? 무슨 수를 써서라도 그녀를 돌아오게 만드는 것이? 단지 자기가 그럴 능력이 되기 때문에?

개빈은 방 안으로 성큼성큼 들어갔다. "그게 내 감정들이야, 세아. 그게 중요한 거라고."

"다른 사람의 말로 날 유혹했잖아!"

"책에서 몇 줄 빌린 것뿐이야, 세아. 그게 다야. 내, 내가 아무것도 할 수 없을 때, 당신에게 말할 수 있게 도움을 받은 것뿐이라고."

"그건 그냥 책에서 몇 줄 빌린 게 아니야. 그건 너무 아름다웠어. 내 생각을 달라지게 만들었어, 우리도 달라질 수 있을지 모른다고 생각하게 만들었다고." 그녀는 뒤로 물러서다 침대에 다리를 부딪혔다. "얼마나 더 있어?"

개빈은 두 손으로 머리를 헝클었다.

"내가 이 책들을 전부 읽어서 지난 한 달이 얼마나 날조된 건지 직접 알아내야겠어?"

"아무것도 나, 날조되지 않았어! 당신과 함께한 지난 한 달은 내 인생에서 가장 중요한 순간들이었어."

"당신이 지어냈잖아!"

"아니, 아니야. 난 저, 절박했어. 어떻게 해야 당신에게 기회를 얻을지 도무지 알 수가 없었는데 델이랑 녀석들이 도와줄 수 있다고, 그래서……."

그녀의 심장이 철렁 내려앉았다. "델이 이걸 알아?" 퍼즐 조각이 제자리를 찾아가면서 그녀의 다리가 휘청거렸다. 그것은 하나의 거대한 수치스러움으로 완성되었다. 그녀는 침대 위에 털썩 주저앉았다. "맥. 그리고 맬컴도? 다들 여기서 옷 입어보기 했던 그날 밤이야? 그게 다 이거였어?"

"북클럽이야." 개빈은 그녀 앞에 무릎을 꿇었다. "우, 우리가 로맨스 소설을 읽는 건 관계를 개선하기 위해서야."

"당신은 다른 사람인 척했어!"

"아니야. 그게 나야. 그리고 난 전보다 더 괜찮은 사람이 됐어. 책 때문은 아니지만, 책을 통해 다르게 보게 됐다고. 제발, 자기야."

그녀는 토할 것 같았다. 자리에서 일어섰다. "생각을 좀 해야겠어. 머릿속을 비워야겠다고." 그가 바닥에서 일어서자 그녀는 재빨리 비켜섰다. "뭐가 뭔지 생각해봐야겠⋯⋯."

"뭘 생각해보는데?" 그가 쏘아붙였다. "날 사랑하는지?"

세아가 휙 돌아섰다. 애원하던 그의 눈빛이 강렬한 체념의 빛으로 바뀌어 있었다. "그게 이거랑 무슨 상관인데." 그녀가 말했다.

"아니야?" 개빈은 그녀에게 두 발짝 다가가 자기를 올려다보고 있는 그녀의 얼굴을 내려다보았다. "사랑해."

그녀의 가슴에 강렬한 통증이 밀려와 온몸으로 빠르게 퍼져나갔다.

"사랑해, 세아. 다른 식으로 표현하려고 열심히 찾아봤어, 당신이 그 말을 듣기 싫어하니까. 근데 어쩌면 그 말 자체를 듣기 싫어하는 당신이 문제일지도 모르겠어."

그녀는 숨이 멎고 말문이 막혀버렸다. 생각도 멈춰버렸다. "당신, 일부러 복잡하게 만들고 아무 상관도 없는 걸 갖다 붙이고 있어. 그런 얘기 난 지금 당장은 하지 않을 거야."

"그런 얘기가 전부라고!" 개빈은 그녀의 어깨를 잡았다. "날 사랑한다고 말해줘." 그녀의 목이 울컥 차올랐다.

"왜 말하지 못하는 거야, 세아? 우리 같이 그 모든 걸 겪어놓고서. 날 사랑하는 거야, 아니야?"

"난…… 난 당신 못 믿겠어."

개빈은 알아들을 수 없는 소리를 내더니 그녀에게 등을 돌리고 머리를 움켜잡았다. 잠시 후 다시 그녀를 마주 선 그의 어깨는 체념으로 처져 있었다. "어떻게 해주면 좋겠어, 세아?"

"난 솔직한 걸 원해."

"당신은 3년 동안이나 나를 속였어. 솔직함에 대해서는 나한테 할 말 없어."

"그건 다른 거잖아." 그것은 힘이 없는 변명이었다. 절박한 변명이었고 '그것 말고는 할 말이 없어'라는 변명이었다.

"어쩌면 당신도 자기 자신에 대해 솔직해질 때가 됐는지도 모르지."

"난 스스로에게 솔직했어. 그래서 드디어 당신한테 떠나라고 할 수 있었어! 그래서 학교로 돌아가는 거라고."

"너무 빤한 헛소리야, 세아." 그는 웃음을 터뜨리더니 고개를 젓고 다시 그녀를 향했다. "내가 한 말은 아니야. 내가 했어야 하는 걸 안 한다고 버틸 때 델이 나한테 해준 말이지. 하지만 난 지금은 했어. 내가 할 수 있는 모든 걸 했다고. 그걸 하는 게 나 혼자여서는 안 될 것 같아."

그는 그녀를 비켜 방을 나갔다. 복도를 지나는 그의 부드러운 발소리가 침실로 향했다.

두려움과 옹졸한 마음이 점점 자라나더니 큰 소리로 아우성쳤다. 세아는 발을 쾅쾅 구르며 그의 뒤를 따랐다. "그냥 이렇게 피하려고? 왜 난 놀랍지가 않을까?"

그가 침대 위에 여행 가방을 던지는 걸 본 그녀는 그 자리에 멈춰 서서 숨을 죽였다.

"짐은 이미 쌌잖아." 그녀가 말했다.

"그건 뉴욕에 갈 거고."

"지금 뭐 하는 거야?" 그녀가 작은 소리로 중얼거렸다.

"내가 가장 두려워하는 일." 그가 옷장으로 걸어가며 말했다. "다시는 그러지 않겠다고 맹세했던 일. 그 말은, 반드시 해야만 하기 때문에 하는 거라는 거야."

그는 옷장 맨 위 칸에 있던 옷 다발을 꺼내 침대 위에 내려놓았다. "당신을 떠날 거야."

"아무렴, 그러시겠지." 세아는 쏘아붙였지만 그녀의 목소리에 서린 독기는 가슴이 무너져 내리는 걸 감추기 위한 방편일 뿐이었다. "그게 당신 전문이니까. 떠나."

개빈은 미끼를 물지 않았다. 그는 차분하게 가방의 지퍼를 닫고 침대에서 들어 올렸다. "아니, 그건 내 전문이 아니야. 그건 당신 아버지지. 그리고 난 당신 아버지가 아니야."

"개빈……." 이제 애원하고 있는 건 그녀였다.

그는 현관에서 잠시 멈췄지만 그녀를 돌아보지 않았다. "모든 일엔 다 배경이 있는 거야, 세아. 당신의 배경을 파고들어 봐. 그러고 나면 우리에게 기회가 있을지도 모르지."

27

개빈이 떠나고 30분쯤 지나 세아는 예의 그 거짓말을 하는
방식으로 돌아가 있었다. 딸아이들에게는 아빠가 화보 촬영 때
문에 뉴욕으로 갔고, 크리스마스에 맞춰 돌아올 거라고 했다.

그런 다음 마시고 싶지도 않은 커피를 한 잔 내렸고, 느끼고
싶지 않은 감정들을 밀쳐버리고 모든 게 괜찮은 척했다.

하지만 현관에 열쇠를 꽂는 소리가 들리자 모든 게 엉망진창
이 됐다. 쿵쾅대는 심장으로 세아는 소파에서 튀어 올라 복도를
내달렸다. "개빈……."

입구에는 리브가 서 있었다. "나야."

거실 바닥에서 색칠놀이를 하고 있던 아이들은 늘 그랬듯이
그녀를 향해 달려갔다. 생생한 배신감, 죄책감, 촌스러운 마음의
상처가 세아의 목소리에 뾰족하게 묻어났다. "뭐 놓고 간 거라
도 있어?"

리브는 아이들에게서 빠져나왔다. "아니."

"그럼, 훈계 늘어놓으러 왔니? 내가 그럴 거라고 했지, 그런
소리하려고?"

"아니야. 형부가 문자를 했어. 언니한테 내가 필요할 거라고. 그래서 왔어."

세아의 온몸에 충격이 전해졌다. 그녀는 그 반응을 묵살하고 돌아서서 주방으로 갔다. "안 필요해."

"언니, 미안해." 리브가 뒤를 따르며 말했다.

"뭐가?" 세아는 그냥 뭐라도 해야 할 것 같아서 아무 의식 없이 커피포트 앞으로 걸어갔다.

"이건 내 잘못이야."

"아니. 네 잘못 아니야."

"있지." 리브가 앞으로 다가서며 말했다. "어쩌면 내가 틀렸었나 봐. 나한테 문자를 보낸 건 꽤 괜찮은 행동이었어."

세아는 비웃었다. "이제는 그 사람이 괜찮다고? 넌 지난 두 달 내내 나한테 그 사람이 구제불능 개자식이라고 했어."

"미안해." 리브의 목소리와 표정은 진심이었다. 그걸 보니 아무렇게나 말을 내뱉던 세아의 옹졸하고 화난 마음도 진정이 되었다. "그 사람 돌아온대?"

"난, 난 모르지."

리브가 앞으로 성큼성큼 다가왔다. "미안해, 언니. 난 그냥 너무 두려웠어. 모두를 잃은 것처럼 언니까지 잃게 될까 봐. 미안해, 정말 미안해, 언니."

세아는 여동생을 안아주었다. "네 잘못 아니야."

리브는 세아의 어깨에 팔을 둘렀고 세아는 뿌리치지 않았다.

"아이스크림 먹으면서 드라마 〈골든 걸스〉 볼래?"

아니, 그러고 싶지 않았다. 하지만 세아는 일단 알았다고 했다. 왜냐하면 지금 그녀가 가장 피하고 싶은 일은 혼자 소파에 앉아 그의 차가 돌아오는 소리에 귀를 기울이고 그랜그랜이 했던 말 중 하나를 마침내 이해하게 되는 거였으니까.

외로운 결혼 생활이란 외로움 중에서 가장 지독한 거란다.

세아는 살면서 그 어떤 순간보다도 지금 가장 외로웠다.

개빈은 맥의 지하실에서 길고도 어두운 밤을 보냈다. 이 모든 일이 다시 똑같은 곳에서 끝을 맞이하는 게 적당할 것 같았다.

물론 그를 재워주겠다는 녀석이 아무도 없었기도 했다. 델과 얀은 그에게 혼자 직면해보라고 했고 맬컴은 다른 일이 있었다. 그렇다고 러시아인 집에 가는 건 생각할 필요도 없이 안 될 소리다. 또 어떤 끔찍한 소화불량 사태를 지켜보려고?

맥은 그를 집으로 들이고, 위스키 한 병과 담요 한 장을 건네며 변기가 아닌 다른 곳에 토하면 불알을 걷어찰 거라고 말했다.

그는 잠에서 깼고, 손도 대지 않은 위스키는 소파 앞 탁자 위에 놓여 있었다. 누군지 전혀 모르겠는 눈동자 한 쌍이 그가 동물원의 전시품이라도 되듯 빤히 들여다보고 있었다.

"아저씨 아파요?" 짙은색 머리를 뒤로 높이 묶은 꼬마 여자아이가 손에 토끼 인형을 꼭 쥐고 서 있었다. "맥 삼촌이 아프댔어요."

개빈은 목을 가다듬었다. 사포로 문질러지는 것 같았다. 어떻게 술도 안 마시고 숙취가 느껴질 수 있는 거지. "맥 삼촌?"

"응, 우리 삼촌이에요."

"그럼 너는?"

"루시."

"만나서 반가워."

루시는 그의 이마에 손을 얹었다. "열은 없네요. 입냄새는 좀 나는 것 같지만."

머릿속은 댕댕 울리고 있고 가슴은 뻥 뚫린 느낌이었지만 개빈은 가까스로 웃음을 지어 보였다. "맞아, 그럴 거야."

"맥 삼촌이 이거 아저씨한테 갖다주랬어요." 아이는 트레이닝복 상의 주머니에서 초록색 사과 하나를 꺼냈다.

개빈은 풋 웃음을 터뜨렸다. "맥 삼촌은 어디 있어?"

"우리 엄마랑 아빠랑 언니들이랑 위층에 있어요."

수영장과 뒷마당으로 통하는 유리문에 달린 블라인드 사이로 햇살이 비쳐 들자 댕댕 울리던 머릿속이 망치질을 당하는 것 같았다. "그렇구나." 개빈은 일어나 앉았다. "사과 고마워. 가서 맥 삼촌한테 아래로 내려와 달라고 말해줄래?"

"알았어요!" 루시는 깡충거리며 달려갔다. 어제 너무 무모하게 행동했다는 생각이 개빈을 고통스럽게 쑤셔댔다. 집을 나선 즉시 차를 돌려 돌아갔어야 했다. 달려가 용서해달라고 빌었어야 했다. 하지만 그럴 수는 없었다. 더는 아니었다.

계단을 쿵쿵 내려오는 소리가 맥이 내려오는 걸 알렸다. 그는 모퉁이를 돌더니 능글맞게 웃었다. "안 죽고 살아 있네?"

"아무것도 안 마셨어."

맥은 눈썹을 치켜올렸다. "여어. 너 많이 변했다."

개빈은 마른세수를 했다. "조카가 있는 줄 몰랐어."

"몇 명 있어. 우리 형네 애들."

"형이 있다는 것도 몰랐고."

"나에 대해 네가 모르는 게 좀 많지."

개빈은 고개를 끄덕이며 인정했다. "재워줘서 고마워."

"비행기는 언제 출발해?"

맞다. 뉴욕에 가야 한다. 아무 고민 따위 없다는 듯이. "두어 시간 남았어."

맥은 게임용 의자에 앉아 앞으로 몸을 숙이고 팔꿈치를 무릎에 받쳤다. "그녀를 떠난 건 용기 있는 행동이었어, 개브."

"델은 그렇게 생각하지 않는 것 같던데."

"뭐, 네가 1번 규칙을 어겼으니까."

"북클럽에 대해 말하지 마라?"

맥은 눈을 비스듬히 내리깔았다. "어, 그럼 2번 규칙이네."

"러시아인을 네 화장실에 들이지 마라?"

"책을 따라 하지 마라, 이 헛똑똑이야. 우리가 말해줬잖아."

개빈은 손안에 든 사과를 내려다보았다. "일이 이렇게 되긴 했지만, 너랑 녀석들이 해준 것들 전부 고, 고맙게 생각하고 있어."

그는 북클럽을 만나기 전과는 다른 남자가 되어 있었다. 자신의 잘못과 단점이 뭔지 알았다. 자신을 표현하는 것에 더욱 자신감이 생겼다. 그리고 맞다, 더 괜찮은 사랑꾼이 되어 있었다.

하지만 그것만으론 충분하지 않았다. 사랑이 전부는 아니다.

"이제 어떡할 거야?" 맥이 일어서며 물었다.

"일단 비행기부터 잡아타야지. 그런 다음엔, 나도 모르겠어."

공은 세아의 코트에 넘어가 있었다. 그가 할 수 있는 건 기다리는 일뿐이었다.

세아는 손님방 침대에서 눈을 떴다. 책을 읽다 그대로 불편한 자세로 잠든 바람에 목이 뻣뻣했다. 밤새 그녀가 꾼 꿈의 배경은 섭정 시대의 영국이었는데, 등장인물들만은 실제 인물들이었다.

잠에서 깨자 창피함도 함께 되살아났다.

"커피 마실래?"

세아는 돌아보았다. 리브가 문 앞에 서 있었다. "그래."

리브는 천천히 걸어 들어와 침대에 앉았다. "여기서 뭐 해?"

세아는 일어나 창가로 걸어갔다. "내가 밤새 뭐 했게?"

"벽이라도 쳤어?"

세아는 간신히 웃음을 지어 보였다. "아니. 엄마 생각했어."

당신은 진실의 한 가지 면만 믿으면서 평생을 보낸 거예요. ……어머니의 입장에서 한 번이라도 생각해본 적이 있긴 한가요?

리브는 몸을 뒤로 뺐다. "왜?"

모든 일엔 배경이 있으니까. "그냥 엄마 입장에서 생각하려고 해봤어."

"글쎄, 그럴 만한 자격이 있을까 모르겠네."

"없을지도 모르지. 하지만 엄마가 내린 결정들만 갖고 자동적으로 싫어하는 게 나한테는 아무 도움이 되진 않았어. 어쩌면 너한테도. 그랬니?"

리브는 일어섰다. "안에서 뭐가 기어 나올지 마음의 준비를 하기 전에는 통나무를 걷어차지 마라."

세아가 웃었다. "그랜그랜." 리브와 세아는 아마도 다른 어떤 말보다 그 말을 가장 많이 들었을 것이다. 삶에 대한 철학을 세아는 완전히 잘못 이해하고 있었다. 핵심은 못생기고 징그러운 것들에 대해 두려움을 갖는 게 아니다. 중요한 건, 그걸 맞설 수 있을 만큼 강해져야 한다는 것이었다.

"난 겁쟁이야, 리브."

그녀의 동생은 특유의 '또 뭔 헛소리를 하는 거야' 표정으로 히죽거렸다. "언니가? 겁쟁이라고? 언닌 내가 아는 가장 강한 사람이야."

"아니, 그렇지 않아. 개빈이 한 말이 맞아. 난 겁쟁이야."

"그러지 마, 언니."

"해야 돼. 너 우리가 왜 헤어졌는지 아니?"

리브는 경계하며 눈을 깜빡거렸다.

"내가 잠자리에서 연기를 했어. 그가 그걸 알아챘고 상처를 받았지. 그 사람이 제대로 대처를 못 했어. 나도 그랬고. 내가 그 사람에게 진실하지 못했어……."

"그보다 어떻게 더 진실하게 대하니?"

"내가 정말 그랬을까? 난 그 사람한테 전부 거짓으로 대했어.

그 사람이 뭘 해서가 아니라 내가 상처받아서 그랬어, 리브. 난 그에게 마음을 열기가 두려웠어, 진짜로 마음을 여는 거 말이야. 그리고 이젠 그가 떠나버렸지. 또다시."

그가 옳았다. 모든 일엔 배경이 있었다. 가짜 오르가슴. 그에게 사랑한다고 말하지 못하는 것. 책을 발견하고 그를 최악이라 믿으며 보인 그녀의 행동. 그것들은 그녀가 결코 다루려 하지 않았던, 꼬인 문제들의 일부였다. 부모가 그녀를 떠났고, 그래서 그녀는 신뢰할 수 없게 되었다. 그녀는 사랑하는 남자로 그 대가를 치르고 있었다.

그녀는 그를 사랑했다. 너무나도 사랑했다.

그가 그녀를 떠난 게 아니었다.

그녀가 그를 밀어냈다.

세아는 돌아서서 동생을 안았다. "여기 있어줘서 고마워."

리브도 언니를 꼭 안았다. "그럼, 그럼. 언니랑 난, 영원할 거야."

세아는 몸을 떼고 손으로 머리를 빗어 넘겼다.

"리브, 너한테 너무 많이 부탁하는 건 알지만, 혹시 주말에 애들이랑 같이 있어줄 수 있어?"

리브가 얼굴을 찡그렸다. "뉴욕으로 가려고? 형부 때문에?"

"아니. 아빠 결혼식에 갈 거야."

개빈은 아슬아슬하게 비행기에 올랐다. 그가 가방을 질질 끌고 비행기에 올랐을 때 델과 얀, 그 밖의 사진 촬영을 하러 가는 레전드 팀 선수들은 이미 일등석에 자리를 잡고 앉아 있었다. 그가 머리 위 짐칸에 짐과 코트를 쑤셔 넣는 동안 델은 경기장에서 위협적으로 보이려 할 때 쓰곤 하는, 소리 없이 이를 갈아대는 죽음의 눈초리로 그를 보고 있었다.

개빈은 마주 쏘아본 다음 비어 있는 옆자리에 몸을 묻었다. 그런 다음 또 한 차례 '이 등신 같은 놈아'를 들을 기분이 아닌 걸 눈치채주길 바라며 눈을 감고 고개를 뒤로 젖혔다.

"이 등신 같은 놈아."

"난 해, 해, 해야 할 걸 한 거야, 델."

"어떻게 그녈 떠난 게 잘한 거라고 생각할 수 있는 거야?"

개빈은 눈을 뜨고 그를 노려보았다. "잘한 거라고 생각 안 해. 완전히 망했다고. 난 여기서 죽을 거야. 이렇게 가슴에 피가 철철 흘러서……."

바지 주머니에서 휴대전화가 진동하자 개빈이 허둥지둥 전화를 꺼냈다. 제발 세아이길. 제발 세아……!

리브였다. 망할 곰보딱지 벌레!

"받아, 멍청아." 델이 말했다.

그는 화면을 옆으로 밀었다. 리브는 인사도 없이 단도직입적으로 말했다. "형부가 이건 알아야 할 것 같아서. 언니한테 형부가 필요할 거 같아."

개빈이 등을 꼿꼿이 세웠고 최악의 상황이 떠오르며 심장이 방망이질했다. "무슨 일이야? 애들한테 무슨 일 있어?"

"언니 지금 애틀랜타로 가고 있어."

그는 그 말이 뭘 뜻하는지 뿌연 머릿속을 뒤졌다. "결혼식에 가는 거야?"

"이게 다 무슨 일인지 모르겠어. 암튼 그게 세상에서 가장 중요한 일인 것처럼 뛰쳐나갔어."

"배경."

"뭐?"

"그걸 하고 있는 거야. 배경을 파고드는 거라고."

"그게 무슨 소린지 내가 알아야 하는 거야?"

"말해줘서 고마워, 처제. 이게 얼마나 중요한 건지 아마 모를 거야."

그녀는 잠시 말을 멈췄다가 한층 부드러운 목소리로 말했다. "언니만 확실하게 챙겨줘."

리브는 전화를 끊었다. 개빈은 잠깐 꼼짝 없이 앉아 있다 곧바로 벌떡 일어났다. 그는 짐칸에 머리를 박고는 큰 소리로 욕을 뱉었다. "구린내 나는 거지발싸개 같은 놈아!"

머리를 비비면서 그는 몸을 숙여 통로로 나왔다. 승무원이 이제 곧 비행기 덧문이 닫힐 테니 자리에 앉아야 한다고 말했다.

델이 앞으로 몸을 숙였다. "야, 뭐 하는 거야?"

"나 비행기에서 내려야 돼." 그는 짐칸을 열고 자기 물건을 끄집어냈다.

승무원이 두 손을 든 채로 다가왔다. "손님, 앉으셔야 합니다."

"안 돼요. 내리게 해주세요. 일이…… 급한 일이 있어요."

"저도 내려야 돼요." 델이 갑자기 일어섰다.

얀이 뒤따랐다. "요 타비엔^{저도요}."

"여러분, 제발……."

"이봐요, 우리 지금 긴급 상황이라고요." 델이 소리쳤다.

"누가 아프신가요?"

이제 모두가 그를 쳐다보고 있었다. 또 다른 승무원이 복도를 걸어 다가오고 있었다.

델이 개빈의 팔을 잡고 씩 웃었다. "제대로 한번 보여줘야 지?"

"두말하면 잔소리지." 개빈은 승무원에게 돌아서서 경기할 때의 진지한 표정으로 매력을 발산했다. "비행기에서 내려주세요. 제 아내와 결혼하러 가야 합니다."

위로 곧게 뻗은 석조 교회 앞으로 고풍스러운 롤스로이스가 죽 늘어서 있는 걸 보고 세아는 제대로 찾아왔다는 걸 알았다. 그의 아버지는 절대 적당히 하는 법이 없었다. 아니, 결혼 생활만 빼고. 그녀의 아버지는 평생토록 반쪽짜리 결혼 생활만 했다. 근데 결혼식은? 그는 한 푼도 아끼지 않았다.

세아는 오늘 아침 쉬지 않고 네 시간을 달려 애틀랜타에 도착했다. 그녀는 오는 내내 멈춰서 개빈에게 전화를 걸까 말까 열두 번도 더 고민했다. 그가 전화를 받을지조차 알 수 없었다. 설령 받더라도 그녀는 그와 대화를 나눌 준비가 되어 있지 않았다.

무슨 요행인지, 일찍 도착한 그녀는 여차하면 후다닥 도망칠 수 있는 딱 교회 맞은편 명당 자리에 차를 댈 수 있었다. 하지만 나쁜 소식은, 그녀는 혼자 앉아 긴긴 시간 생각을 하며 기다려야 한다는 거였다.

세아는 눈을 감고 운전석 등받이에 머리를 기댔다. 세상에, 여기서 뭘 하고 있는 거지? 순전히 멍청하고 충동적인 행동이었다. 이런다고 뭘 얻을 수 있을까? 아버지의 결혼식 날 아버지를 대면해야 한다니? 이건 아닌 것 같았다. 게다가 아버지의 새 부인이 될 여자의 최고의 날을 망치고 싶은 생각도 없었다. 그 불쌍한 여인 앞에는 충분한 상처가 기다리고 있을 텐데.

하지만 그녀는 여기 올 수 밖에 없었고, 이걸 헤쳐 나가야만 한다. 개빈이 옳았다. 그녀는 너무 오랫동안 아버지가 이야기의 주인공인 자신의 이야기에서 숨고 도망쳐왔다.

창문을 두드리는 소리에 세아는 깜짝 놀랐다. 그녀는 놀란 눈으로 두리번거렸고…… 으, 이런. 아버지가 차 안을 들여다보고 있었다. 짙은 회색 턱시도를 입은 반백의 그는 신랑이라기보다는 신부의 아버지 같아 보였다.

세아는 창문을 내렸고, 그게 아버지를 기쁘게 한 것 같았다.
"들어오긴 할 거니, 아니면 여기서 결혼식을 볼 생각이야?"

"여기 있는 거 어떻게 아셨어요?"

그는 교회 위쪽을 가리켰다. "창문으로 봤지."

"저렇게 먼 데서 날 알아본 거예요?"

"내 딸인데 알아보지. 당연히."

'딸'이라는 말이 날카로운 바늘처럼 그녀의 가슴을 찔렀다. 사실 그녀는 아버지에 대해 거의 아는 게 없었기 때문에 그를 '아빠'라고 부른다는 것마저 당혹스러웠다. "내 딸요?"

"네가 올 줄은 몰랐다." 그가 말했다.

"걱정 마세요. 아무것도 안 먹을 테니까."

"고집 부리지 마라, 세아. 웨딩플래너가 벌써 제시카의 부모 옆에 네 자리 마련해놨어."

"부모님 옆자리요?" 세아는 흠칫 뒤로 물러섰다. "아니, 안 돼요. 그건 아니에요, 제발 그러지 마요. 그건 그러니까, 너무 심하잖아요."

그녀의 아버지는 허리를 세우고 턱으로 보조석을 가리켰다. "타도 되니?"

"신랑인데 뭐 할 일 없어요?"

"한두 번 해보니. 내가 할 일이 뭔지는 알고 있다."

"그게 재미있다고 생각하실지 모르겠는데, 실은 좀 거북하거든요."

그는 다시 한번 보조석을 가리켰다. "들어간다?"

세아는 잠금 장치를 풀고 아버지가 차 앞을 돌아오는 걸 지켜보았다. 누가 아버지의 이름을 불렀는지 그가 손을 들어 인사를 하더니 보조석 문 앞으로 왔다.

그가 차 안으로 들어오는 순간은 적막함에 숨이 멎을 것 같았다. 누군가와 함께 차에 앉아 있는 건 전혀 아무렇지 않거나 말도 안 되게 어색하거나 둘 중 하나다. 이건 어색했다. 사람들이 보통 자기 아버지 곁에서 느끼는 편안함을 세아는 느낄 수 없었다. 그녀 옆에 앉아 있는 이 남자는 밤에 그녀를 안아준 적도 없고, 다치거나 아픈 자리에 뽀뽀를 해준 적도 없었으며, 그녀를 번쩍 안아 올려 침대에 눕혀준 적도, 그녀가 잠들 동안 품에 안아준 적도 없었다. 그녀는 단 한 번도 그의 무릎에 편하게 앉아 쉬어본 적이 없고 그와 함께 팬케이크를 만들어본 적도 없었다. 그는 낯선 사람이었다. 가족 모임에 5년에 한 번씩 만나서는 하는 말이라곤 "세상에 언제 이렇게 큰 거니" 같은 말밖에 없는, 멀리 사는 삼촌 같은 존재였다.

그럼에도 이 낯선 사람의 행동은 세아에게 충분한 감정의 상처를 남겼고, 그로 인해 그녀는 지금 사랑하는 남자를 잃을 상황에 처해 있었다. 그녀를 되찾기 위해 로맨스 소설을 읽고 밑줄을 긋고 그 말을 따라 할 정도로 그녀를 사랑해준 남자를.

지금 그녀의 차에 있는 이 낯선 사람이 준 상처들이 그녀를 아무것도 믿을 수 없게 만들었고, 그로 인해 아름답고 진실한 마음을 전하려는 개빈의 노력을 알아볼 수 없게 만들었던 것이다.

"개빈이랑 애들은 같이 안 온 거니?" 마침내 아버지가 말을 꺼냈다.

"아뇨. 저만 왔어요."

"리브는?"

"미안하지만, 아니요."

"뭐, 네가 와줘서 난 기쁘다. 왜 마음을 바꾼 거니?"

"통나무를 걷어찼거든요."

그의 입꼬리가 올라갔다. "그럼 뭐가 기어 나와도 상대할 준비는 됐고?"

세아는 차 앞유리를 뚫어져라 바라보았다. "솔직히 여기 왜 와 있는 건지 모르겠어요. 분명 실수하는 걸 거예요."

"네가 말하지 않고 떠난다면 그렇겠지."

"뭘 말해요?" 그녀는 두 손으로 핸들을 꽉 잡았다.

"그 통나무를 치우기 위해 네가 꼭 해야만 하는 말들 말이다."

"난 아무 할 말 없어요. 그냥 보고 싶었던 거 같아요."

그는 고개를 갸우뚱했다. "보고 싶어?"

세아는 몇 년 만에 처음으로 그의 눈을 똑바로 쳐다보았다. "날 어떻게 바라보는지요."

아주 찰나의 순간 그의 몸이 가까이 다가왔고, 그녀의 가슴에 작은 틈이 벌어졌다. 마치 땅 위에 갈라진 긴 틈에서 뿜어져 나오는 수증기가 수년간 억눌러온 배경이라는 독가스를 뿜어내겠다고 협박하는 것 같았다. 그런데, 세상에, 압박을 살짝 덜어내는 것만으로도 기분이 좋아졌다.

"개빈이 우리 딸들을 볼 때처럼 날 보는지, 그게 보고 싶었어요. 날 그렇게 바라본 적이 있었나요?"

그는 뭔가 깊이 생각하듯 흠 소리를 냈다. "넌 그런 기억이 없다고 생각하는 거구나."

세아는 고개를 가로젓고 차의 시동 버튼을 눌렀다. "들어가 보세요. 본인 결혼식에 늦으면 어떡해요. 이러는 거, 아마 내 실수일 거예요. 중요한 얘기는 아무것도 듣지도 못할 텐데."

아버지가 다시 한번 고심의 흔적이 느껴지는 흠 소리를 냈다. "내가 쓰레기 같은 아빠였다는 건 나도 안다. 그리고 이제 와서 만회하기에 너무 늦은 게 아니길 바라는, 너무 진부하고 한심한 인간이라는 것도."

"맞아요." 그녀가 말했다. 더 많은 수증기가 피어오르고 있었다. "너무 늦었어요."

"그렇담 넌 내가 그걸로 괴롭다는 걸 알면 기쁘겠구나. 난 네가 자라 어른이 된 것도, 네 동생이 자라 다 큰 여자가 된 것도 멀리서 물러나 지켜봐야만 했단다. 그리고 내가 너희들 삶의 일부가 될 수 없다는 것도 알아. 네 사랑스러운 딸들을 알지만 내가 그 애들의 할아버지가 될 수 없다는 것도 알고 있어."

세아는 손이 무릎으로 떨어지면서 입이 벌어졌다. "아니요, 그런 걸 안다고 내가 행복해지진 않아요. 전혀요. 정말로 슬퍼진다고요. 왜냐면 그렇게 되면 안 되는 거니까. 아버진 우리 인생에서 곁길로 빠져서 우리 자리를 끊임없이 다른 누군가로 대체하는 걸 선택했잖아요."

"너를 대신한다니, 그런 건 한 번도 생각해본 적 없다, 세아."

갈라진 틈에서 새로운 수증기가 삐익 하며 뿜어져 나왔다. "두 번째 부인한테 우리 집을 팔도록 했잖아요. 그 여자가 우리는 아버지랑 같이 살 수 없다고 말하게됐고요. 아버진 그녀를 선택했고, 다른 모든 여자들을 선택했어요, 딸들 대신에. 왜 그랬어요?"

"왜냐면 너랑 리브는 내가 곁에 없는 편이 훨씬 나았으니까!"

갈라진 틈이 융기하기 시작했다. "정말 그런 말로 자기 위안을 삼는 거예요?"

"그땐 스스로 그렇다고 납득시켰다. 나는 절대로 그런 아빠가 될 수는 없었으니까, 너희랑 공놀이를 해준다든가, 또, 또……."

"일요일 아침에 팬케이크를 만들어준다든가요?"

"난 돈을 벌었다. 그게 내 할 일이었고, 잘하는 일이기도 했지. 그게 내가 너희들 아버지로서 할 수 있는 일이었어."

"그러세요. 아버지가 스스로에게 그런 말을 하고 있는 동안 리브랑 나는 우리한테 무슨 문제가 있다고 믿으면서 자랐어요. 우리가 가진 그 문제가 사람들을 우리에게서 떠나게 만드는 거라고, 결국 사람들은 언제나 우리 곁을 떠날 거라고. 그런 두려움 때문에 남편을 밀어냈고, 그래서 지금 그를 잃게 될지도 몰라요."

댄은 황급히 그녀를 보았다. "개빈하고 무슨 일이 있는 거냐?"

그녀는 질문을 회피하려고 양손을 저었다. "아버지가 해주는 조언 같은 거 들으러 온 거 아니에요, 그러니 하지 말아요, 본때를 보여주겠다느니 그런 거. 그냥 한 가지만 말해줘요."

아, 미칠 것 같다. 드디어 그녀는 물어볼 것이다. 평생을 그녀를 따라다니던 그 질문을 할 참이다.

"후회…… 해요?" 갇혔던 숨이 훅 터져 나왔다. "나를?"

"절대." 아버지의 목소리는 거칠고 확고했다. "그런 적 없다. 단 한 번도."

세아는 눈을 감았다.

"날 봐라." 그녀의 아버지는 단호하게 말했다. 다음 순간 그녀는 눈을 똑바로 들어 그를 마주 보았다. "네 엄마가 널 임신한 건 내 인생 최고의 일이었다. 난 그저 네가 온당히 누렸어야 했을 그런 아버지가 되기엔 너무 바보였고, 이기적이었을 뿐이야."

교회 문이 열리고 빨간 드레스를 입은 여자가 큰일이라도 난 듯 고개를 이리저리 돌리며 사방을 살폈다.

댄은 한숨을 쉬었다.

"그 웨딩플래너예요?"

"맞아."

"아무래도 신랑이 겁이 나서 달아났을까 봐 걱정하는 것 같은데요. 들어가 보시는 게 좋겠어요."

그는 고개를 끄덕이고는 잠깐 골똘히 생각했다. 그런 다음 차 문을 열었다. "네가 있어주면 좋겠구나." 그가 말했다. "하지만 안 그런대도 이해하마."

세아는 그가 가볍게 달려 길을 가로지르는 걸 지켜보았다. 웨딩 플래너가 그를 발견하고 허공에 양손을 흔들었다.

댄은 그녀가 확실히 진정되었는지 돌아서서 보고는 교회 계단을 걸어 올라갔다. 문 앞에서 그가 뒤를 돌아보았다.

그런 다음 안으로 들어갔다.

세아는 손으로 양 뺨을 닦았다. 못 살아. 이제 화장까지 다 지워졌다. 그냥 간다고 해도 마땅한 이유가 되지 않으려나.

그녀는 바닥에 있는 가방을 내려다보았다. 그 안에는 아침에 집을 떠날 때 이성을 잃고 충동적으로 쑤셔 넣은 '성가신 백작 부인'이 들어 있었다.

세아는 가방에서 그 책을 꺼내 어젯밤에 읽다 멈춘 부분을 펼쳤다.

베네딕트는 눈을 깜빡였다가 기침을 하고 자기 코트를 잡아당겼다. "내가…… 내가 마차를 가져오라고 하겠소."

"제 말을 잘못 알아들으셨나 보군요, 영주님. 저는 대륙으로 가겠어요."

안 돼. 오, 세상에. 절대 안 돼. "이레나, 제발."

"당신이 알고자 하기를 거부한 그 지긋지긋한 상처를 저는 치유해드릴 수 없어요, 베네딕트. 그에 대한 비난을 제가 받게 되는 것도 스스로 용납할 수 없고요."

"나는 그대에게 그중 어떤 것도 바란 적이 없소."

"후계자를 맞을 준비가 되면 언제든 저를 찾아오세요. 그러면 우리는 교섭을 할 수 있겠지요, 바로 그……." 그녀는 목이 메어왔다. "…… 출산에 대해서요. 하지만 이건 할 수 없어요."

"이레나, 제발. 당신을 사랑하오."

"이 정도면 충분히 깨달으셨으리라 생각했는데요, 베네딕트? 사랑이 전부는 아니에요."

이게 무슨 헛소린가. 이게 무슨 왕짜증 응석받이의 헛소리란 말인가.

사랑이 전부다.

언제나 사랑이면 충분하다.

세아는 차 밖으로 나와 달려 찻길을 건넜다. 그녀가 들어갔을 때는 결혼식 시작까지 5분도 채 남아 있지 않았다. 그녀가 잰걸음으로 통로를 걸어 들어가자 분홍색 정장을 입은 여자가 그녀에게 식순을 건네며 무서운 눈초리로 쏘아보았다. 세아가 식장 안으로 들어가는데 현악 사중주의 부드럽고 달콤한 음악이 흘러나왔다. 짙은 회색 턱시도를 맞춰 입은 신랑 들러리들은 이미 제단 위에 한 줄로 서 있었다. 그중에 아는 얼굴이라고는 아버지뿐이었는데 그는 양손을 앞으로 모으고 뒤꿈치를 들썩이며 마치 처음 결혼하는 새신랑처럼 목사 옆에 긴장한 채 서 있었다.

세아가 신도석 맨 뒤에서 두 번째 줄 안으로 슬그머니 끼어들어 가자 연인 한 쌍이 짜증 난다는 눈길을 그녀에게 보냈고, 그때 '캐논 변주곡' 현악 사중주 연주가 시작되었다. 초록색 드레스를 입은 신부 들러리들이 새빨간 장미를 안고 복도를 따라 걸어 들어왔다. 하객들은 자리에서 일어나 가장 중요한 식순을 위해 돌아섰다. 바로 신부 입장이었다. 그녀의 새로운 새엄마였다.

베일에 가려져 있어 그녀의 얼굴이 제대로 보이지 않았지만 세아보다 몇 살 많아 보이지 않았다. 그녀의 미소가 얼굴을 가린 베일을 뚫고 나와 찬란히 빛났다. 그녀의 눈은 댄에게 고정되어 있었고, 댄은 그녀가 장인의 팔을 잡고 다가오는 동안 단 한 번도 시선을 돌리지 않았다. 그리고 그녀가 통로 끝에 다다르자 댄은 그녀의 손을 건네받았는데, 그의 표정은…… 이럴 수가, 사랑에 홀딱 빠진 얼굴이었다.

그에게 이건 진짜였다.

그리고 제시카에게도.

그녀는 그걸 알 수 있었다. 그게 어떤 얼굴인지 그녀는 아니까. 그게 어떤 느낌인지 그녀는 알고 있으니까.

세상에, 대체 무슨 생각을 하고 있던 거지? 수많은 방법으로 그를 밀어내려 했던 그녀를 사랑했던 남자, 개빈의 뒤를 따라 갔어야 했다. 그녀를 어떻게 사랑하는지 몰랐던 남자를 위해 애틀랜타로 차를 몰 게 아니라. 세아는 3분에 한 번씩 휴대전화의 시간을 확인했고, 옆에 앉은 연인의 짜증 섞인 눈초리를 받았다. 알아요, 알아. 늦게 들어와놓고 나가고 싶어 안달이라 이거지. 근데 뭐? 이들은 이게 얼마나 위급한 상황인지 모르나? 그녀가 자신의 결혼 생활을 구하러 가야 한다는 걸 모르는 건가?

그렇다. 그녀는 결혼 생활을 구하러 갈 것이다. 신부가 신랑에게 키스하자마자 그녀는 뉴욕으로 가 자신은 절대 할 수 없을 거라고 생각했던 일을 할 것이다.

그녀는 남편에게 다시 자신을 받아달라고 애원할 것이다.

30

"우리 왜 뛰고 있는 거야?" 맥이 소리쳤다.

모두가 달리고 있었다.

맥. 델. 얀. 러시아인. 개빈. 그들은 저 멀리 보이는 웅장한 교회를 향해 애틀랜타의 울퉁불퉁한 보도 위를 달리고 있었다.

"왜냐하면 이건 제대로 한번 보여주러 가는 거니까." 러시아인이 헐떡거렸다. "원래 이런 거 하러 갈 땐 달리는 거야."

"그리고 네놈이 일곱 블록이나 떨어진 곳에 주차를 했으니까!" 개빈이 맥에게 소리를 질렀다.

맥은 자기 휴대폰 내비게이션이 말썽인 것 같다는 둥 주장했지만 개빈은 상관없었다. 눈앞에 교회가 보였고 그녀를 찾으러 가는 그를 그 무엇도 막을 수 없었다. 그래서 그는 더 빨리 달렸다. 그는 비행기에서 내리면서부터 계속 달렸다. 공항 안에서도 달렸고, 차를 향해서도 달렸다. 오는 길에 맥과 러시아인을 태우고 최대한 빨리 차를 몰았다.

그럼에도 벌써 오후 3시였고, 그들은 늦었다.

그래서 그는 뛰었다. 왜냐하면 서약을 놓치면 그는 기회를 놓치게 되는 거니까.

마침내, 한 시간 같은 몇 분이 지나고 신랑과 신부는 서약을
위해 마주 섰다.

세아는 무릎을 들썩였고 또 눈총을 받았다.

그녀의 아버지가 먼저였다. 지금쯤 아마 서약을 외우기는 했
겠지만 프롬프트가 뜨자 서약을 낭송했다. 그는 그녀에게 사랑
을 맹세했다. 그녀를 아끼겠노라고. 아플 때나 건강할 때나 그
어느 순간에나 그녀의 최고의 짝이 되겠노라고.

세아는 시간을 확인했다.

신부는 세아의 아버지와 똑같은 내용을 조용히 암송하기 시
작했다.

사랑. 존중. 소중함. 아픔. 건강. 맹세합니다. 맹세합니다.

미치겠네, 빨랑 키스하라고!

그녀의 아버지가 신부에게 키스하기 위해 고개를 기울이자
하객들은 박수를 쏟아냈다. 하지만 곧 교회 뒤편에서 들려온 엄
청난 굉음에 신부와 신랑은 떨어졌다. 사람들의 머리가 일제히
뒤로 돌아갔고, 여자들은 놀라서 기겁을 하고 남자들은 연달아
듣기 험한 말을 뱉었다.

그 모든 소란 속에서 목소리 하나가 튀어 올랐다. 숨을 헐떡
이며 말을 더듬는 목소리가 우렁차게 외쳤다.

"매, 매, 맹세합니다!"

31

후, 좋아, 그러니까, 이 정도는 예상했어야 했나.

놀란 표정을 한 200개의 얼굴이 입구에 있는 개빈을 바라보았다. 신부의 손은 입을 가렸고, 신랑은…… 윽, 이런, 그의 얼굴은 폭풍이 몰아닥치기 일보직전이었다.

신부 하객석에서 한 사람이 벌떡 일어섰다. "이게 다 무슨 짓들이오?" 그는 쩌렁쩌렁 소리쳤다. "이건 내 딸의 결혼식이란 말입니다!"

우당탕탕 달려 미끄러져 들어오는 소리에 하객들이 일제히 몸을 기울여 개빈의 뒤를 봤다.

맥이 미끄러지며 그의 옆에 멈춰 섰다. "헐."

델은 허리를 숙여 손으로 무릎을 잡고 헐떡거렸다. "우리, 서약 놓친 거야?"

얀과 러시아인은 벽에 곤두박질쳤다.

"이게 다 무슨 일입니까?" 앞에 서 있던 남자가 다시 한번 강하게 소리쳤다. "당신들은 누굽니까?"

맥이 한 손을 들어 올렸다. "브레이든 맥이라고 합니다."

개빈은 입고 있는 재킷 끝단을 잡아당겼다. "죄송합니다. 전, 아, 그러니까, 저는 세아를 찾고 있습니다."

"대체 세아가 누군데?" 남자가 버럭 소리를 질렀다.

"제 딸입니다." 댄이 교회 뒤편 신도석을 가리키며 말했다. 댄이 싱글거리고 있는 모습을 보고 개빈은 욕을 할 뻔했다.

하객들의 머리가 댄이 가리키는 쪽을 따라갔고, 개빈은 마침 내 그녀를 보았다. 그녀는 불과 5, 6미터 떨어진 곳에서 입을 다 물지 못하고 가슴을 들썩이며 힘겹게 숨을 쉬고 있었다. 그녀가 천천히 일어섰다. 오만 가지 감정이 그녀의 얼굴에서 춤을 추었 다. 놀람, 창피함, 신남. 그리고 사랑.

"안녕." 그녀가 속삭이듯 말했다.

개빈은 이마에 맺힌 땀을 닦았다. "안녕, 저기 우, 우리······." 그가 등 뒤의 문을 가리켰다.

세아는 이리저리 무릎을 부딪혀가며 "죄송해요, 지나갈게요, 미안합니다"를 연발하며 신도석 끝으로 빠져나왔다. 그녀는 통 로 맨 앞에 서 있는 아버지를 올려다보았다. "아무래도 전, 그 게······ 어, 지금 가봐야 할 것 같아요."

"피로연에 올 거죠, 네?" 신부가 물었다.

"그건 아직 잘······." 세아는 목소리를 쥐어짰다.

"와줬으면 좋겠어요. 우리 아직 제대로 인사도 못 했잖아요."

하객들의 머리가 두 사람의 대화를 따라 앞뒤로 움직였다.

"그러네요." 세아가 말했다. "만나서 반가워요. 미안해요. 전 일단 여기서 나가는 게······."

세아는 종종걸음으로 어색하게 문까지 걸어갔다. 개빈은 뒷걸음질을 치며 양손을 흔들었다. "방해해서 죄송합니다."

그는 뒷걸음으로 물러나 밖으로 나와 문을 당겨 닫았다. 그리고 돌아섰는데······.

"개빈, 당신 정말이지." 세아가 말했다. "내가 제대로 한 방 보여주려고 했는데."

그런 다음 그녀는 그의 옷깃을 잡아 그를 끌어당겨 키스했다. 그녀의 키스는 이럴 수가! 그녀는 그의 머리를 감싸고 온 마음을 담아 그에게 키스했다.

그녀는 입을 떼지 않고 계속 말했다. "내가 뉴욕으로 갈 생각이었어." 키스.

"내가 당신을 찾아갈 거였다고." 더 격렬한 키스.

"내가 당신을 찾아가서 말하려고 했는데." 진한 키스.

"당신을 사랑한다고."

개빈은 그녀의 얼굴을 부드럽게 감싸 안아 뒤로 뗐다. "다시 말해봐."

"사랑해, 개빈. 당신을 사랑해. 그리고 정말 미안해. 나에 대한 거, 당신이 옳았어. 난 두려워했고, 바보 같았어."

"나도 그랬어."

"우린 언젠가 또 두려워하고 바보 같이 굴 텐데."

"하지만 우린 헤쳐 나갈 거야." 개빈은 맹세했다.

맥이 헛기침을 했다. "서둘러. 안에서 결혼 서약이 거의 끝나가고 있다고."

맞다. 그는 아직 못 한 게 있었다. 제대로 한 방은 아직 끝난 게 아니었다. 개빈은 세아 앞에 한쪽 무릎을 꿇고 그녀의 손을 잡았다.

"자기 뭐 해?" 세아가 웃었다.

"전에는 이걸 제대로 할 기회가 없었어. 그래서 지금 하는 거야. 세아 스콧, 나랑 결혼해줄래?"

"지금 여기서?"

"응. 지금 여기서. 우리 교회에 있잖아."

개빈이 일어서는 동안 세아는 웃었다. "러시아인." 그가 헐떡였다. "이쪽으로."

"이분은 이름이 러시아인이야?"

"제 이름은 블라드예요. 화장실 일은 미안했어요."

"그러니까 여러분이…… 바로 브로맨스 북클럽이군요." 세아가 말했다.

맥이 고개를 끄덕이는 속도가 느릿느릿하다 빨라졌다. "그거 마음에 드는데. 브로맨스 북클럽."

"얼른 이거나 해." 개빈이 말했다.

그는 세아의 양손을 잡고 얼굴을 마주 보았다.

"따라 하세요." 블라드는 개빈이 미리 주었던 종이를 펼치며 말했다. "나, 개빈 스콧은……."

"나, 개빈 스콧은."

교회 안에서 박수 소리가 울렸다.

"그대에게 맹세합니다, 세아 스콧."

"그대에게 맹세합니다, 세아 스콧."

웅장한 음악 소리가 들려왔다. 젠장, 개빈은 블라드의 손에서 종이를 잡아채고 기억하는 대로 읊었다. "맹세합니다, 세아 스콧, 내 감정을 언제나 그대에게 말할 것을, 매일 밤 그대에게 책을 읽어줄 것을, 매일 밤 그대의 몸을 아껴줄 것을……."

맥과 델이 동시에 귀를 틀어막았다. "애들 앞에서 못 하는 소리가 없어!"

개빈은 그녀는 끌어당겨 그녀의 귓가에 나머지 말을 속삭였다. "그리고 절대 잊지 않을 것임을, 사랑이……."

"전부라는 걸." 세아가 속삭였다.

개빈이 그녀에게 다시 한번 키스를 하는 동안 교회 문이 활짝 열렸고, 안에서 또 다른 신랑 신부가 '캐논 변주곡'과 사람들의 박수 속에서 걸어 나왔다.

"어디." 댄이 담담히 말했다. "일이 제대로 풀린 것 같은데."

개빈은 그저 얼굴에 한 방 먹이는 거 말고는 해주고 싶은 게 없는 장인의 얼굴을 바라보았다. "죄송해요, 우린 가야겠어요, 댄. 우린 우리의 행복한 결말을 맞아야 하거든요."

개빈은 두 팔로 세아를 번쩍 안아 올렸다. "준비됐소, 내 사랑?"

세아는 손가락으로 그의 턱 선을 쓸어내렸다. "제 모든 건 당신에게 달렸어요, 나의 영주님."

세아는 개빈을 바짝 끌어안은 채로 그의 배 위로 손가락을 나른하게 위아래로 움직였다. 크리스마스트리에 달린 전구가 그들의 몸에 부드럽고 노란 빛을 비추고 있었다. 위층에서는 아이들이 알사탕과 새로운 닌텐도 게임을 꿈꾸며 자고 있었다.

아래층, 아이들의 엄마와 아빠는 그들만의 서약을 다시 한번, 또 한 번 새롭게 써나가고 있었다.

책을 읽어주는 개빈의 목소리에 피곤함이 묻어났다. 애틀랜타에서 돌아온 이후로 그들은 매일 밤 책을 읽었다. 단지 다른 책이었다.

"이레나, 기다려요!"

베네딕트는 자기 부인의 뒤를 쫓아 달렸다. 그녀를 극구 외면하던 무리들은 충격에 말을 잃은 채 지금 눈앞에서 펼쳐지는 드라마에서 눈을 떼지 못했다.

베네딕트는 무도회장을 가로질러 갔다.

이레나는 휙 돌아섰다. "영주님, 이러지 말아요."

"뭘 하지 말라는 거요? 세상 앞에서 당신을 사랑한다고 인정하는 거?"

그의 말에 여기저기서 헉하고 숨이 멎는 소리가 들려왔다.

베네딕트는 그녀에게 다가갔고, 그녀의 허리를 감싸 안았고, 그리고……

개빈은 멈췄다. "그냥 키스해야 할까, 아니면 허락을 구하고 해야 될까?"

세아는 잠시 생각했다. "이 장면에서는, 기습 키스가 좋을 것 같아. 그의 제대로 된 한 방이잖아, 이건. 최고의 장면이기도 하고."

개빈은 그녀의 코에 쪽 입을 맞추었다. "동감이야."

그리고 그녀의 허리를 감싸 안았다. "나는 내 아내에게 청혼을 하러 왔소."

그리고 그는 그녀에게 키스했다. 모두가 보는 앞에서. 소문을 내보라지. 젊은 여인들은 황홀해했다. 이레나는 휘청거리며 그의 품에 안겼다.

"사랑하오." 그는 그녀의 입에 속삭였다. "나는 그대를 사랑하기에 그대와 결혼했소. 그대는 나를 남자로 만들어주었지. 더 나은 남자로."

개빈은 세아를 내려다보았다. "완전 공감이야."

세아는 입술을 들어 올려 그에게 키스했다. 그녀의 입술이 그에게 찰싹 달라붙어 깊숙이 파고드는 동안 그녀의 두 손은 그의 아랫도리를 찾아 내려갔다.

개빈이 싱긋 웃었다. "책 읽기, 끄, 끝난 거야?"

"음……."

개빈은 책을 떨어뜨리고 그녀를 안고 한 바퀴 굴렀다. 세아는 그의 허리를 다리로 감싸고 마음을 듬뿍 담아 그에게 키스했다. 그들은 대화를 나누는 데 점점 능숙해졌다.

개빈은 입술을 그녀의 입술에 부비며 순식간에 절정에 달할 듯이 불타올랐다. 타오르는 욕구가 그녀의 살갗으로 파고들었다. 욕구와 욕망, 여자애처럼 두근대는 마음이 그의 팔에 안긴 그녀의 온몸을 떨리게 했다.

"당신한테는 절대 질리지가 않아." 개빈이 그녀의 야구복 단추를 풀며 빠르게 말했다. 새 옷이었다. 전에 입던 건 찢어져버렸다. 그는 옷을 벗겨 그녀의 가슴을 드러나게 하고 입술을 그녀의 젖꼭지로 가져갔다 다른 쪽으로 옮겨 갔다.

세아는 손을 뻗어 그의 반바지 안에서 그의 발기된 그것을 꺼냈고, 다음 순간, 오, 세상에, 그는 그녀의 안으로 들어와 있었다. "나도 당신에게 절대 질리지가 않아."

개빈은 점잖은 욕을 나직이 뱉었다.

그는 그녀 안으로 깊이 들어갔다. 그녀를 채웠다. 그녀를 사랑해주었다.

"말해봐." 세아가 속삭였다. "자기가 원하는 걸 말해봐."

개빈은 그녀를 안고 다시 한 바퀴 굴러 그녀를 위로 오게 했다. "내 위에 올라타줘." 그가 신음했다.

그녀는 위아래로 움직였다. 그녀가 엉덩이를 들썩일 때마다 그가 더욱 깊이 들어왔다. 그들은 번갈아 속삭였고, 입술과 입술이 엉겨 붙고, 두 사람의 엉덩이는 하나가 되어 기울어지고 들썩거렸다.

"당신이 쾌락을 느끼면 좋겠어." 그가 거친 소리를 냈다.

세아는 몸을 굽혀 그의 가슴 털에 유두를 비볐다.

"당신이 나를 영원히 사랑해줬으면 좋겠어, 세아."

갑자기 그녀에게 절정이 찾아왔다. 요즘엔 너무 자주 이런다. 그녀 안에 오직 개빈만 만질 수 있는 깊은 진실의 우물이 있는 것 같았다.

"사랑해." 쾌락의 물결을 타는 그녀를 꼭 안고 그가 말했다.

"사랑해." 그녀는 다시 움직이며 말했다. 위아래로 움직이자 그가 깊숙이 찔러 넣으며 온몸을 떨었다. 그녀의 이름이 기도처럼 그의 입에 올랐다.

세아는 그의 가슴에 풀썩 엎드려 그의 목 언저리에 얼굴을 묻었다.

그는 그녀를 받친 채로 손가락으로 그녀의 머리칼을 쓸어주었다. "어, 어떻게 끝날 것 같아?" 그가 물었다.

"내 생각엔 베네딕트랑 이레나랑 행복한 결말을 맞을 것 같아." 그녀가 속삭였다.

"나도 그래." 개빈이 말했다. 그는 그녀의 머리칼에 키스했다. "우리도 그럴 것 같고."

세아는 순간 목이 메었다. 그들은 이걸 잃을 뻔했다. 서로를 잃을 뻔했다.

그녀는 팔꿈치를 받치고 몸을 일으켜 그를 가만히 내려다보았다. "내가 무슨 생각하게?"

"말해줘."

"난 우리의 행복한 결말이 최고로 좋아."

그들이 잠들기까지는 긴 밤이 남아 있었다.

브로맨스 북클럽

지은이 리사 케이 애덤스
옮긴이 최설희
펴낸이 정규도
펴낸곳 황금시간

초판 1쇄 발행 2020년 4월 10일

편집총괄 권명희
편집 박은경
교정교열 이한나
디자인 디자인 잔

황금시간
Golden Time

주소 경기도 파주시 문발로 211
전화 (02)736-2031(내선 361~362)
팩스 (02)732-2036
인스타그램 @goldentimebook

출판등록 제406-2007-00002호
공급처 (주)다락원
구입문의 전화: (02)736-2031(내선 250~252) **팩스:** (02)732-2037

값 14,800원
ISBN 979-11-87100-85-0 (03840)

http://www.darakwon.co.kr
• 다락원 홈페이지를 통해 주문하시면 자세한 정보와 함께 다양한 혜택을 받으실 수 있습니다.
• 기타 문의사항은 황금시간 편집부로 연락 주십시오.